GJ MOFFAT

Verfehlung

Buch

Logan Finch hat alles, wovon er immer geträumt hat: ein Penthouseapartment im Zentrum von Glasgow und die Möglichkeit, zum Teilhaber einer von Schottlands größten Anwaltskanzleien zu werden. Doch eines fehlt ihm noch im Leben, denn er trauert immer noch seiner großen Liebe hinterher, der Frau, die ihn vor über zwölf Jahren ohne ein Wort der Erklärung verließ.

Alex Cahill ist ein Klient von Logan und sein wahrscheinlich bester Freund. Der vergnügungssüchtige Lebemann führt erfolgreich eine Sicherheitsfirma, hat aber eine undurchsichtige Vergangenheit und ein sehr aufbrausendes Gemüt.

Detective Constable Rebecca Irvine, gerade frisch in die Abteilung für strafrechtliche Ermittlungen versetzt, steckt in einer unglücklichen Ehe mit kleinem Kind fest. Am ersten Tag in ihrem neuen Job wird sie zu einem Tatort im Süden Glasgows gerufen. Das Opfer ist Penny Grant, Logans Exfreundin und große Liebe.

Und ihre elfjährige Tochter Ellie wird vermisst …

Die Wege dieser drei Menschen werden sich im Laufe der nächsten drei Tage unweigerlich schneiden und ihr Leben für immer verändern, denn eine Frage quält sie alle gemeinsam: Wo ist das Mädchen?

Autor

GJ Moffat hat an der Universität von Glasgow Jura studiert und praktiziert auch heute noch als Anwalt. In seiner Freizeit beschäftigt er sich am liebsten mit seinen beiden kleinen Töchtern, doch immer, wenn er ein paar Minuten Ruhe hat, setzt er sich an seinen Schreibtisch und geht seinem größten Hobby nach – dem Schreiben von Thrillern. GJ Moffat lebt mit seiner Familie in Kilmarnock, Schottland. *Verfehlung* ist sein erster Roman.

Weitere Romane von GJ Moffat sind bei Blanvalet bereits in Vorbereitung.

GJ Moffat

Verfehlung

Thriller

Aus dem Englischen
von Leon Mengden

blanvalet

Die Originalausgabe erschien 2009
unter dem Titel »Daisychain«
bei Hachette Scotland, an imprint of Hachette UK, London

MIX
Papier aus verantwortungsvollen Quellen
FSC® C014496

Verlagsgruppe Random House FSC-DEU-0100
Das FSC®-zertifizierte Papier *Holmen Book Cream*
für dieses Buch liefert Holmen Paper, Hallstavik, Schweden.

1. Auflage
Deutsche Erstausgabe Oktober 2011 bei Blanvalet Verlag,
einem Unternehmen der
Verlagsgruppe Random House GmbH, München

Umschlaggestaltung: © Artwork HildenDesign, München,
unter Verwendung eines Motivs von messenjah/iStockphoto
Redaktion: Susanne Bartel
LH · Herstellung: sam
Satz: Buch-Werkstatt GmbH, Bad Aibling
Druck und Bindung: GGP Media GmbH, Pößneck
Printed in Germany
ISBN: 978-3-442-37445-8

www.blanvalet.de

Prolog

Vor seinen Augen tanzte es feuerrot.

Er schlug sie noch einmal.

Sie versuchte Luft zu holen, und als das Blut tief in ihrer Lunge gurgelte, hörte es sich an wie eine mit Sirup gefüllte Babyrassel. Sie hustete einen feinen, roten Sprühnebel aus.

Wieder das Knirschen von Metall auf Knochen.

Irgendetwas in ihr zerbrach und löste den langen, langsamen Sturz ins Nichts aus. Während sie fiel, zuckte ein Bild durch ihr zerschmettertes Hirn, und sie sah das Gesicht eines Mannes, eines Jungen vielmehr, eines Jungen von nicht mehr als zwanzig Jahren.

Ein Traum, dachte sie. Ein schöner Traum.

Nein, kein Traum. Eine Erinnerung.

Dass sie sich am Ende ausgerechnet daran erinnerte. Warum musste es gerade das sein? Sie wünschte sich etwas Warmes, nach dem sie greifen und woran sie sich festklammern konnte, während sie in die kalte Umarmung ihres Todes hinabsank. Aber der Tod ist kein Freund von Wärme, und sie starb, während sie in der Erinnerung an ihre eigenen Tränen ertrank.

Sie saßen auf der unteren Bettkante, fest in den roten Baumwollüberwurf gehüllt, und schlossen schweigend Wetten darüber ab, was aus den Regenfäden werden würde, die an der

Fensterscheibe hinunterliefen. Zwei der Fäden vereinigten sich zu einem, wurden gemeinsam zu einem Regentropfenstrom.

Sie erschrak von einem lauten Knacken der Scheite, die in dem offenen Kamin brannten. Das Feuer hatte auf die alten Bodenbretter ein einzelnes glühendes Stück Holz gespuckt, das sie schwarz ansengte.

Sag's ihm.

Sie legte den Kopf auf seine Schulter. Ihr Atem strich warm über seine Haut, und sein Schweiß schmeckte wie Salzwasser auf ihren Lippen. Ihre Hitze drang tief in ihn ein, bis ins Mark seiner Knochen. Sie schob ihre Hand in die seine und drückte sie fest, während die Äste der Eiche an der Außenwand ihrer Wohnung entlangkratzten.

Sag's ihm.

Er wandte sich ihr zu und erblickte etwas Unstetes in ihren Augen, etwas, das sie für einen kurzen Augenblick älter wirken ließ, als sie tatsächlich war.

»Was ist?«, fragte er.

»Nichts«, sagte sie. »Es ist nichts.«

Als ob es davon wahr werden würde, dass man es ständig wiederholte. Er spürte, dass sie nicht die Wahrheit sagte, doch seine Furcht hielt ihn davon ab, die Fragen zu stellen, die er längst hätte stellen sollen. Er verbannte seine Zweifel an denselben Platz, an dem er auch all seine Gefühle wegen der zunehmenden Distanz, die zwischen ihnen während des letzten Monats entstanden war, verwahrte. Wenn er nicht darüber nachdachte und nicht darüber redete, wie konnte es dann real sein?

Wie anders wäre alles gekommen, wenn er sie gezwungen hätte, sich ihm zu offenbaren? Sie wollte, dass er es tat. Dass er sie auf das Bett stieß und sie anbrüllte, sie möge endlich damit herausrücken, ihm sagen, was es war, das sie beide voneinander entfremdete. Aber er tat es nicht.

Sie hörten, wie der Feierabendverkehr draußen auf der Byres Road immer lauter wurde, und ließen sich zurück auf das Bett sinken. Der Überwurf fiel zu Boden und entblößte sie beide in ihrer Nacktheit. Er drehte sich auf die Seite und fuhr mit den Fingern über ihre Schultern, dann über ihre Brüste und weiter hinunter bis zu ihrem Bauch. Sie legte ihre Hand auf die seine und presste sie fest auf ihr Fleisch. Sie wollte seine Hand durch alle Schichten von Haut und Fett und Muskeln hindurchdrücken, bis sie tief in ihrer Gebärmutter steckte und er das Pulsieren des neuen Lebens spüren würde, das dort heranwuchs.

Sag's ihm.

Er spürte, wie ihre Muskeln sich anspannten, und deutete es fälschlich als Verlangen. Er legte sich auf sie, näherte seinen geöffneten Mund dem ihren, ließ seine Zunge über ihre Lippen streichen und drang dann in die Wärme ihrer Mundhöhle ein.

Sag's ihm, und es wird alles gut, dachte sie. Aber dann musste sie fast über ihre eigene Naivität lachen. Sie hatten beide gerade erst ihren Abschluss an der Strathclyde University gemacht und blickten nun zuversichtlich einer Karriere in ihren jeweils gewählten Studienfächern entgegen – Jura und Architektur. Eine Berufskarriere war genau das, was sie anstrebte – nicht ein Eheleben mit Mann und Kind. Sie wusste, dass das egoistisch von ihr war, aber sie konnte noch immer nicht anders, als ihn wieder von sich zu stoßen. Wie sollten sie da ein Kind großziehen?

Und nun, da die Distanz zwischen ihnen immer größer wurde, gelangte sie zu der Überzeugung, dass sie sich nicht einmal sicher war, ob überhaupt er derjenige wäre, mit dem sie ihr Leben teilen wollte. Tief in ihrem Herzen wusste sie, dass es Angst und Unsicherheit waren, die einen Keil zwischen sie trieben, und nicht der normale Überdruss, der sich einstellt, wenn man merkt, dass eine Liebe keinen Bestand hat und doch nur auf eine Trennung hinausläuft. Sie zwang sich, den Umstand zu ignorieren, um damit die Entscheidung, ihn zu verlassen und die Schwangerschaft abzubrechen, für sich erträglich zu machen.

Sag's ihm.

Stattdessen führte sie seine Hand zwischen ihre Beine, machte ein Hohlkreuz, um ihm entgegenzukommen, und verlor sich dann in ihm.

Mach es schön für ihn, sagte sie sich. Mach es richtig gut, und er wird die Erinnerung daran in Ehren halten wie eine alte Fotografie, die zwar mit der Zeit verblasst, aber nie verschwindet.

Es wurde tatsächlich richtig gut.

Später stand er mit den Händen in den Jeanstaschen in der Haustür und sah ihr nach, wie sie im Regen zur U-Bahn-Station lief und das Wasser an den Hacken ihrer Schuhe hochspritzte. Die Straßenlaternen erwachten summend zum Leben und schimmerten schmutziggelb in der spätnachmittäglichen Tristesse des Glasgower Winters.

Er hob die Hand, um zu winken, als sie am Eingang der Station stehen blieb, sich das nasse Haar aus dem Gesicht strich und lächelte. Er war zu weit entfernt, um zu erkennen, dass ihr Lächeln nicht die Augen erreichte, zu weit entfernt, um ihre Tränen von den Regentropfen zu unterscheiden.

War es gut genug gewesen?, fragte sie sich. Dann trat er auf die Straße hinaus, und seine nackten Füße landeten in einer Pfütze vor seiner Haustür. Augenblicklich durchnässte der Regen sein Hemd, ließ es an den Konturen seines Körpers kleben, sodass er für sie nackt aussah. Er umschloss den Mund mit seinen Händen und rief ihr etwas zu.

»Ich liebe dich, Penny!«

Sag's ihm.

Sag's ihm.

Sag's ihm.

In ihrem Inneren bäumte sich alles schreiend auf, und sie machte einen unsicheren Schritt zurück in seine Richtung, auf das Leben zu und fort von dem elenden Tod, der sie eines Tages erwartete. Doch er tat, was er immer tat, ging zurück ins Haus und verschwand aus ihrem Blickfeld.

»Ich möchte niemals sehen, wie du fortgehst«, hatte er zu ihr gesagt, als sie ihn gefragt hatte, warum er sich immer so verhielt. »Keine langen Abschiedsszenen.«

Nun war es zu spät; ihre Tränen flossen mit dem Regen im Rinnstein davon und wurden in die Abwassersiele unter der Straße gespült. Allein stand sie im Regen.

»Bis die Meere austrocknen«, flüsterte sie der jetzt verlassenen Stelle entgegen, an der er gestanden hatte. Das war immer ihre Erwiderung, wenn er ihr sagte, dass er sie liebte – ihre poetische Art und Weise, ihm zu versichern, dass es nie zu Ende sein würde.

Sie löste eine Fahrkarte und wartete auf dem schmalen Bahnsteig zwischen den Gleisen auf den leuchtend orangenen Zug. Sie stieg ein, und die Türen schlossen sich zischend hinter ihr. Rüttelnd fuhr der Zug an und nahm sie mit in die Schwärze des Tunnels.

Sie war fort.

Erster Tag

1

Montag, 05:00 Uhr

Als Partner bei Kennedy Boyd, einer der bedeutendsten Anwaltsfirmen Schottlands, konnten Logan Finch große Fälle nichts mehr anhaben, doch sein Selbstvertrauen hatte sich erst nach und nach eingestellt, und er konnte sich noch immer gut an die Zeit erinnern, als er in den frühen Morgenstunden eines entscheidenden Arbeitstages ins Bad rennen musste, um sein Essen vom vergangenen Abend in die Kloschüssel zu entleeren.

Jetzt betrachtete er die Dinge aus einer professionelleren Perspektive; die Überstunden waren für ihn die Anzahlung seiner Zukunft als Seniorpartner. Bis zu seinem vierunddreißigsten Geburtstag war es nicht mehr lange hin, und er wähnte den dicksten Fisch seiner Karriere so gut wie an der Angel, sodass er endlich das Gefühl hatte, die Fäden in der Hand zu halten. Es war den Preis wert gewesen.

Dinge ändern sich.

Noch im Halbschlaf und mitten in einem Traum öffnete er in der Dunkelheit seines Apartments die Augen. Während das mentale Residuum der Nacht sich langsam entschleierte und die Realität Form annahm, wurde ihm bewusst, wie wirklichkeitsnah sein Traum gewesen war und was für unverarbeitete Gefühle er tief in ihm ausgelöst hatte.

Er legte sich die Hand auf die Brust und fühlte sein Herz rasch und heftig schlagen.

Penny.

Eine ganze Weile lang hatte er überhaupt nicht mehr an sie gedacht, und nun war da dieser Traum von ihrem letzten Beisammensein in seiner früheren Wohnung gewesen. Er fragte sich, wohin in aller Welt es sie wohl verschlagen haben mochte. Zuletzt hatte er von Bob Crawford gehört, sie wäre in Hongkong, aber das musste inzwischen wohl auch schon über ein Jahr her sein.

»Mann, Logan«, sagte er zu sich selbst, »reiß dich zusammen.«

Seine Stimme klang viel zu laut in der Stille des Zimmers. Er schwang die Füße auf den Parkettfußboden und griff nach der kompliziert aussehenden Fernbedienung auf dem Nachttisch. Er berührte ihr Display, das bläulich zu schimmern begann. Während er sich noch den Schlaf aus den Augen rieb, hantierte er eine Weile mit der Fernbedienung herum, fluchte ein paarmal und fand schließlich das, wonach er gesucht hatte. Ein leises elektrisches Summen ertönte, und die Vorhänge der bis zum Boden reichenden Fensterfront, die auf zwei Seiten die Außenwand seines Penthouses bildete, begannen automatisch beiseitezugleiten.

Barfuß ging er zu seinem Kleiderschrank, zog ein altes Sweatshirt und eine Jeans an und setzte sich seine Wollmütze auf. Dann trat er an eine der Fensterfronten und öffnete die Schiebetür. Es überraschte ihn immer noch, wie leicht sich so ein Ungetüm aus Glas und Stahl in den Laufschienen bewegen ließ. Er ging auf den mit Holzboden ausgelegten Dachgarten hinaus und blickte vom sechzehnten Stock des *Pinnacle Building* am Ende der Bothwell Street auf den Süden von Glasgow.

Er liebte das Penthouseapartment, obwohl die Hypothek ihm regelrecht die Haare vom Kopf fraß und er seinen geliebten alten Mercedes hatte verkaufen müssen, um die Anzahlung aufzubringen. Es war nicht ganz nach seinem Geschmack, einen fünf Jahre alten Ford Focus fahren zu müssen, aber manchmal im Leben musste man eben auch ein Opfer bringen.

»Ich hoffe, du landest mit dieser Hypothek nicht noch im Armeleuteviertel«, hatte seine Mutter gesagt.

Logan war sich nicht ganz sicher, wo das Armeleuteviertel lag, topografisch gesehen jedenfalls, aber seit seinem Einzug vor sechs Monaten kamen ihm jedes Mal, wenn er einen Kontoauszug ansah, Gedanken, er würde dort vielleicht bald hausen müssen.

Er stützte sich auf das Eisengeländer und blies einen langen, weißen Atemhauch in die kalte Februarluft. Die Mütze wärmte seinen Kopf, aber seine Zehen begannen zu kribbeln, als der Raureif auf der Dachterrasse unter seinen Füßen schmolz.

Die längst verschütteten Gefühle, die der Traum ausgelöst hatte, spukten ihm noch durch den Kopf, und Logan sog die eiskalte Luft tief ein, um sich von ihnen zu befreien. Er nahm die Mütze ab und fuhr sich mit der Hand über sein kurz geschnittenes Haar. Als er Katzenpfoten auf dem Holzboden klacken hörte, drehte er sich um und entdeckte, wie seine vierpfotige Freundin auf einen der Verandasessel sprang und sich zusammenrollte.

»Kaffee, Stella?«, fragte er.

Die Katze beäugte ihn verächtlich, schnurrte behaglich und schlief dann ein.

»Mach's dir nur bequem.«

Er musste lächeln, als er an den Tag zurückdachte, an

dem sie aus dem Garten in seine alte Erdgeschosswohnung marschiert gekommen war, während seine Freunde gerade zum Fußballgucken zu Besuch waren. Nachdem jeder von ihnen ein Sixpack *Stella Artois* getrunken hatte, hatte die Katze ihren Namen weggehabt.

Logan ging in den Küchenbereich, schaltete die Kaffeemaschine ein, nahm seine akustische Gitarre und ging wieder zurück ins Wohnzimmer, um dort auf den Kaffee zu warten. Er hatte das Gitarrespielen schon als Jugendlicher lernen wollen, damals aber nicht die Geduld dafür aufgebracht. Vor ungefähr einem Jahr hatte er wöchentlich Stunden zu nehmen begonnen und konnte inzwischen ein paar Melodien zum Besten geben und sogar das eine oder andere Soloriff einstreuen. Er setzte sich auf die Couch, spielte ein paar Takte eines Songs der *Kings of Leon* und stand dann auf, um sich seinen Kaffee zu holen.

Er füllte einen großen Becher mit Kaffee und Milch und ging zurück auf die Dachterrasse. Zwei Streifenwagen der Polizei, die von rechts über die Kingston Bridge und über den River Clyde rasten, erweckten seine Aufmerksamkeit. Es war irgendwie sonderbar, im Morgendunst ihr stroboskopisch flackerndes Blaulicht grell aufblitzen zu sehen, ohne das dazugehörige Sirenengeheul zu hören, aber vielleicht hatten sie es auch gar nicht eingeschaltet, weil sowieso noch so gut wie kein Verkehr auf den Straßen herrschte. Er beobachtete die beiden pulsierenden Blaulichter auf ihrem Weg in südlicher Richtung und setzte sich dann auf den Sessel neben dem, den Stella okkupiert hatte. Als er ihren Kopf streichelte, gab sie eine Mischung aus Grollen und Schnurren – fast ein Gurren – von sich.

»Sieht aus, als hätte jemand was angestellt«, sagte er zu der desinteressierten Katze.

2

05:15 Uhr

»Haltbloßdiefresse.«

So hörte es sich für sie an. Wie ein einziges Wort. Sie wollte durchatmen, verschluckte sich aber dabei, und ein weiterer Schluchzer entrang sich ihrer Kehle.

»Maul halten, oder ich verpass dir noch eine.«

Er sprach mit einem starken Akzent, trotzdem hatte sie keine Ahnung, woher er stammte – jedenfalls aus keiner der Gegenden, die sie mit ihrer Mutter besucht hatte. Noch einmal setzte sie an, um tief Luft zu holen, musste sich aber von dem Gestank nach Schweiß und Blut in dem Lieferwagen beinahe erbrechen.

Sie haben meine Mom ermordet.

Sie kniff die Augen fest zusammen, um die Gedanken aus ihrem Kopf zu verbannen – die Erinnerung an das scheußliche Geräusch, das zu hören war, als sie immer wieder auf ihre Mom einschlugen und dabei Blut auf den Boden spritzte. Sie ist tot, dachte sie. Zwar hatte sie noch nie zuvor eine Tote gesehen, aber das musste ja nicht heißen, dass sie sich irrte.

Sie haben meine Mom ermordet.

Als der Lieferwagen ein Schlagloch in der Straße erwischte, spürte sie den Stoß schmerzhaft in ihren gebrochenen Rippen. Ihre linke Gesichtshälfte war geschwollen, und das taube Gefühl in ihrer Wange und um ihr Auge herum wich nun einem dumpfen, pochenden Schmerz. Die Schwellung wurde von Minute zu Minute größer. Wenn das so weiterging, würde ihr linkes Auge bald vollständig zugeschwollen sein.

Sie haben meine Mom ermordet.

Sie hielt die Augen geschlossen und versuchte sich einzureden, dass alles vielleicht doch noch gut werden würde, dass ihre Mom bloß verletzt war – so wie sie selbst. Schon bald würde es ihr wieder besser gehen, die Polizei würde die Männer fassen, und dann wäre alles wieder normal – oder eben so normal, wie ihr Nomadendasein bisher für sie gewesen war.

»Ich mag Glasgow nicht«, hatte sie ihrer Mom gesagt, als sie damals aus dem Flughafengebäude in den grauen Nieselregen hinausgetreten waren.

»Das ist mein Zuhause«, hatte ihre Mom erwidert. »Hier bin ich geboren worden. Es wird dir schon gefallen, sobald du es erst richtig kennenlernst, Ellie. Davon bin ich überzeugt.«

Seitdem hatte sie oft geweint. Ihr fehlten ihre alten Freunde aus Hongkong. Sie vermisste die Wärme. Und jetzt war sie auch noch allein.

Von den Schmerzen verlor sie das Bewusstsein.

Zeit verging.

Als sie wieder zu sich kam, tat ihr Kopf bei jeder Bewegung weh; die Schwellung fühlte sich an, als hätte sich ein Teil ihres Gesichts zu seiner fünffachen Größe ausgedehnt. Sie hörte, wie einer der Männer vorn im Wagen, der Fahrer, in einer ihr fremden Sprache etwas in ein Mobiltelefon sagte. Als er das Gespräch beendet hatte, warf er das Handy seinem Beifahrer zu, und beide begannen in derselben fremden Sprache laut zu streiten. Manchmal verfielen sie dabei kurz ins Englische, aber sie verstand nicht genug, um dem Streit folgen zu können. Für sie schien es, als wäre der Fahrer, der kleinere und dickere der beiden, aus irgendeinem Grund wütend auf den anderen.

Der größere der zwei drehte sich zu ihr um und legte dabei die Hände auf die Sitzlehne. An seinen Fingern war das Blut ihrer Mutter inzwischen getrocknet und hatte eine krustige Schicht gebildet. Der Mann war derjenige, der ihre Mom zum Schreien gebracht und gewürgt hatte, und sie hasste ihn mehr, als sie je zuvor einen Menschen gehasst hatte. Er merkte, wie sie auf seine Hände starrte, und gestikulierte damit in ihre Richtung. Der Fahrer versetzte ihm einen heftigen Stoß gegen den Arm und sagte wieder etwas in der fremden Sprache. Daraufhin wandte sich der andere von ihr ab, und sie war froh, das Blut ihrer Mom nicht länger sehen zu müssen.

Die beiden Männer verfielen in Schweigen, und nach einer Weile merkte sie, dass sie etwas in ihrer rechten Hand zusammengedrückt hielt. Sie öffnete die Faust und berührte das glänzende Papier des Fotos mit den Fingern ihrer linken Hand.

Dad.

Es war das Bild ihres Vaters, das ihre Mutter ihr geschenkt hatte, als sie sechs Jahre alt geworden war. Das war nun schon fast sechs lange Jahre her – aber jetzt hatte sich ihr Leben an einem einzigen Tag mehr verändert als in den ganzen sechs Jahren. Das Foto hatte immer auf dem Tisch neben ihrem Bett in dem Haus in der May Terrace gestanden. Es war alles, was sie von ihrem Vater besaß. Sie wusste noch, wie sie danach gegriffen hatte, als der Mann in ihr Zimmer gekommen war und sie ihre Mutter draußen im Flur schreien gehört hatte. Sie hatte es auch dann noch fest in ihrer Faust gehalten, als der Mann immer und immer wieder auf sie einprügelte. Stumme Tränen liefen ihr über die Wangen. Sie sei ein kluges Mädchen, hatte ihre Mutter oft zu ihr gesagt, und dass sie schnell lerne.

Erste Lektion: Wenn du auch nur einen Laut von dir gibst, dann schlagen sie dich.
Lektion gelernt.

3

06:40 Uhr

»Geh doch mal ran, Becky.« Tom Irvine berührte seine Frau leicht am Rücken, als das Telefon zum wiederholten Male schrill läutete. »Schnell, bevor der Kleine davon aufwacht.«

»Ich mach ja schon.«

Detective Constable Rebecca Irvine hatte das Gefühl, als würde ein Stein in ihre Magengrube sinken, so tief, dass sie hätte schwören können, ihn auf den Fußboden neben dem Bett plumpsen zu hören. Sie tastete nach dem Telefon, bekam es aber nicht richtig zu fassen und stieß mit ihm geräuschvoll gegen ihren Wecker, ehe sie den Hörer endlich greifen konnte und an ihr Ohr hielt. Es war ein Zivilbeamter aus der Telefonzentrale des Oberkommissariats der Strathclyde Police an der Pitt Street.

O Gott. Nicht gleich an meinem ersten Tag.

»DC Irvine?«, fragte eine männliche Stimme.

»Am Apparat.«

»Ich habe hier ein Ersuchen nach Unterstützung durch das CID seitens eines Beamten vorliegen, der zu einem Notfall in Hausnummer sieben, May Terrace, gerufen worden ist. Die Adresse liegt in Giffnock, im Süden der Stadt.«

Rebecca Irvine suchte nach dem Notizbuch, das sie auf ihren Nachttisch gelegt hatte, bis ihr einfiel, dass es wohl bei dem Versuch, sich den Hörer zu angeln, heruntergefallen sein musste.

»Bleiben Sie bitte dran.«

Sie deckte die Sprechmuschel mit einer Hand ab, während sie mit der anderen ihre Lampe anknipste. Ihr Mann gab ein verstimmtes Grunzen von sich und drehte sich von ihr weg, wobei er ihr die Bettdecke wegzog und seinen Kopf darunter vergrub. Die Heizung hatte sich so früh noch nicht eingeschaltet, sodass sie die empfindliche Kälte der Februarluft spürte. Sie war wütend auf Tom, wieder einmal, und holte sich so viel Decke zurück, wie sie zu fassen bekam.

Nachdem sie auf dem Teppich ihr Notizbuch und den Kugelschreiber gefunden hatte, wartete sie noch ein paar Sekunden, bis ihre Augen sich ein wenig an das Licht gewöhnt hatten, ehe sie sich wieder dem Anrufer zuwandte.

»Nennen Sie mir bitte noch einmal die Adresse.«

Sie notierte sie, warf einen Blick auf den Wecker und schrieb die Uhrzeit daneben.

»So, und was ist da los?«

Was ist da los? Sie hörte sich ja richtig professionell an.

»Der Beamte meldet vom Einsatzort einen Todesfall mit möglicher Fremdeinwirkung, zu dem das CID hinzugezogen werden muss.«

»Verstanden.«

»Sie und Detective Sergeant Sharp sind für heute Morgen auf Abruf eingetragen.«

»Ich weiß.«

»Dann werde ich jetzt DS Sharp anrufen.«

»Danke.«

Das Gespräch wurde beendet, und sie legte das Mobilteil zurück auf die Basisstation des Telefons.

»Tom«, sagte sie zu dem Umriss neben ihr im Bett, »ich muss los. Um acht kommt die Babysitterin. Bis dahin musst du den Kleinen so weit fertig gemacht haben.«

»Lass mich in Ruhe. Du bist heute dran, Becky.«

Sie seufzte und presste ihm ihren Ellbogen in die Hüfte. Warum musste er ihr dauernd Schwierigkeiten machen?

»Tom, es ist mein erster Tag beim CID, und ich habe Bereitschaftsdienst.«

»Und?«

Genau über solche Situationen hatten sie erst gestern Abend in aller Ausführlichkeit diskutiert und waren eigentlich zu einer Vereinbarung gekommen. Doch nun brach bei der ersten Gelegenheit gleich wieder sein sturer Eigensinn durch, den sie liebenswert, ja sogar niedlich gefunden hatte, als sie damals anfingen, miteinander auszugehen, aber heute war nun wirklich nicht der richtige Augenblick dafür. Sie riss ihm mit einem heftigen Schwung die gesamte Decke weg, sodass er sich zu ihr umdrehte und ins Licht blinzelte.

»Irgendwo im Süden gibt es einen Todesfall«, sagte sie.

Er blinzelte wieder und rieb sich die Augen.

»Es handelt sich vermutlich um Mord, Tom. An meinem ersten Tag. Bei meinem ersten Einsatz.«

Sie war überrascht, dass ihre Stimme brüchig geklungen hatte, als sie das Wort mit dem ›M‹ am Anfang aussprach.

»Mist«, sagte er. »Okay, ich tu ja alles. Sieh du nur zu, dass du zu deinem weltbewegenden Job kommst.«

Sie blickte ihn an, merkte, wie sehr er sich darin gefiel, sich über sie lustig zu machen, und hätte ihm am liebsten einen Schlag mitten in sein selbstgefälliges Grinsen verpasst.

Sie verließ das Bett, nahm eilig eine Dusche, zog ihre

weiße Bluse mit dem weiten Kragen und ihren marineblauen Hosenanzug an und schlüpfte in ihre flachen Schuhe. Als sie im Badezimmerspiegel ihr Aussehen überprüfte, fiel ihr ein Fleck Babyspucke an ihrem Blazer auf, den sie mit dem feuchten Handtuch herauszureiben versuchte. Er ließ sich nicht vollständig entfernen, aber mehr konnte sie im Moment nicht tun. Die ganze Zeit war Tom auf dem Bett liegen geblieben, um sich an das Wachsein zu gewöhnen. Aus dem Babyfon auf dem Boden neben dem Bett drangen die gedämpften Laute ihres einjährigen Sohnes, der im Kinderzimmer ebenfalls gerade aufwachte.

Sie setzte sich auf die Bettkante und bat Tom noch einmal, endlich aufzustehen und sich um das Baby zu kümmern.

»Mach ich«, murmelte er, unternahm aber keinerlei Anstalten, sich zu erheben.

Rebecca hatte heute keine Zeit für diesen Mist und ließ ihn ohne ein weiteres Wort im Schlafzimmer zurück.

Auf dem Weg nach draußen zog sie ihren Wintermantel über und wickelte sich ihren Schal um den Hals. Sie blickte die Straße hinunter, auf der sich erstes Leben regte. Tom, der im Gegensatz zu ihr aus Glasgow stammte, hatte vor dem Kauf ihrer Hälfte des viktorianischen Doppelhauses stolz erzählt, dieser Teil von Scotstoun läge im West End. Nun, da sie schon etwas über zwei Jahre hier wohnten, kam es ihr eher so vor, als befände sich ihr Stadtteil bloß rein geografisch gesehen im Westen. Aber egal, im wahren West End von Glasgow lebten sowieso nur künstlerisch angehauchte Dauerstudenten und Möchtegernyuppies, und mit einunddreißig lag diese Phase ihres Lebens längst hinter ihr.

Sie stand gerade vor ihrem Wagen, als das Handy in ihrer

Manteltasche zu summen begann. Ein Blick auf das Display verriet ihr, dass ihr Kollege Jack Sharp der Anrufer war.

»Jack?«

»Willkommen in der Kriminalabteilung der Polizei von Strathclyde, Becky.« Er klang nicht besonders gut gelaunt. »Wo bist du gerade?«

»Soeben zur Haustür raus.«

»Kennst du dich in der Gegend des Tatorts aus?«

»Ja. Tom und ich haben uns dort mal ein Haus angesehen, bevor wir unseres kauften. Es war zu teuer.«

»Umso besser, was? Okay, ich kann in ungefähr vierzig Minuten dort sein. Wie lange wirst du brauchen?«

»Kommt auf den Verkehr an. Wahrscheinlich bin ich vor dir da.«

»Also bis gleich. Gute Fahrt.«

Sie öffnete den Kofferraum und überprüfte den Inhalt ihres Ausrüstungsköfferchens: Einmalhandschuhe, Klebeband, Plastiktütchen für Beweismaterial und Aufkleber. Alles da.

»Auf geht's, Mädchen«, sagte sie zu sich selbst.

Während sie in ihren Mantel gehüllt im Wagen saß, den Beschlag von der Windschutzscheibe wischte und darauf wartete, dass die Lüftung endlich Wärme spendete, beobachtete sie, wie im Erdgeschoss ihres Hauses die Lichter angingen, und fragte sich, wie um alles in der Welt es nur so weit hatte kommen können. Sie und Tom hatten es nicht leicht miteinander gehabt, bevor das Baby kam, und schon damals hatte sie ihn verdächtigt, ein Verhältnis mit einer Arbeitskollegin zu haben – obwohl er das stets weit von sich gewiesen hatte. Sie hatte gehofft, ein Kind würde dazu beitragen, dass sich die Wogen glätteten. Nun aber wusste sie, dass sie besser auf den Rat ihrer – unverheirateten – besten

Freundin hätte hören sollen – die die Vermutung angestellt hatte, dass ein Kind eher noch mehr Probleme in ihrer Beziehung schaffen als ebenjene vorhandenen lösen würde. Die Annahme schien sich leider bewahrheitet zu haben, und nach Toms Benehmen heute früh bestand auch keine Hoffnung auf Besserung.

Sie klappte das Handschuhfach auf, nahm eine CD heraus, drehte sie zwischen ihren Fingern und betrachtete das Foto der Band auf der Rückseite der Hülle. Mit neunzehn war sie mit dem Sänger ausgegangen, der damals die Gruppe mit seinen Freunden gerade gegründet hatte. Sie hätte nie geglaubt, dass sie es je zu etwas bringen würden, aber inzwischen verkauften sie jede Menge Platten, und sie empfand ein wohlig schlechtes Gewissen dabei, ganz allein für sich im Auto der Musik zu lauschen. Sie hatte nie darüber nachgedacht, wie ihr Leben sich entwickelt hätte, wenn sie mit dem Sänger zusammengeblieben wäre. Sie war sich sicher, dass es mit ihnen beiden auf keinen Fall geklappt hätte, und als sie in den Skandalblättern von seinen Drogenexzessen las, hatte sie sich in ihrer Überzeugung bestätigt gefühlt. Tom allerdings wusste nichts von ihrer früheren Beziehung, und es war eins der wenigen Geheimnisse, die sie vor ihm hatte, heimlich die CD zu hören. Jede Frau brauchte ein Geheimnis.

Sie schob die CD in den Player und drehte den Lautstärkenregler so weit nach rechts, dass die Musik die Lüftung übertönte. Dann verlor sie sich für ein paar kurze Minuten im Soundtrack ihres früheren Lebens, während die Scheiben langsam klar wurden und die Welt um Rebecca herum zum Vorschein kam.

4

07:30 Uhr

Nachdem er geduscht hatte, rief Logan Finch bei Alex Cahill an. Alex war, wie üblich, für die frühe Tageszeit schon geradezu unanständig munter. Logan fand, dass seine morgendliche Betriebsamkeit ans Widernatürliche grenzte, und hielt damit nicht hinterm Berg.

»Halt die Klappe.«

Alex Cahills Standarderwiderung.

»Bist du schon auf?«, fragte Alex.

»Seit fünf. Konnte es wohl nicht erwarten, dich wiederzusehen.«

»Also sind wir bereit, uns mit dem Knaben zu treffen und seinen Laden zu übernehmen?«

»Klar. Aber diese andere Sache mit Bob soll heute auch ins Rollen kommen, also …«

»Also willst du deinen alten Kumpel mit dem kleinen Deal abspeisen und selbst das große Geld einstreichen. Bist du etwa dermaßen auf die Seniorpartnerschaft erpicht, dass du alles, was wir zusammen aufgebaut haben, opfern würdest?«

»Ja, doch. Würde ich.«

»Du bist unverbesserlich. Dann sehen wir uns um halb neun vor dem Büro.«

Das Geräusch, mit dem er auflegte, hallte in Logans Ohr nach.

Alex Cahill war einer von Logans ersten Mandanten gewesen. Er war in Colorado geboren, hatte aber den Entschluss gefasst, nach Schottland überzusiedeln, als er sich in ein schottisches Mädchen verliebte, das er dann auch heiratete. Seine Frau war Altenpflegerin von Beruf gewesen, und sie hatten sich kennengelernt, als sie auf einer von der Regierung gesponserten Studienreise nach Denver kam, um sich dort über die amerikanische Praxis der Geriatrie zu informieren. Inzwischen hatte Samantha Cahill ihren Beruf aufgegeben und blieb zu Hause bei ihren zwei Kindern, während ihr Mann von einem eleganten Büro in der 123 St Vincent Street einen Sicherheitsdienst betrieb.

Logan war ihm zum ersten Mal vor sechs Jahren auf Samanthas Geburtstagsfeier begegnet, wohin ihn seine damalige Freundin, eine alte Schulkameradin von Sam, mitgeschleppt hatte, und es hatte sich ergeben, dass er und der Gastgeber ins Gespräch gekommen waren. Am nächsten Tag rief Cahill bei Logan an, um mit ihm die Modalitäten der Übernahme eines kleinen Sicherheitsbüros in East Kilbride zu besprechen. Dies war die erste von drei solchen Übernahmen gewesen, mit denen Cahill sein im Werden und Wachsen begriffenes Unternehmen ausbauen sollte: Nun stand sein größter Deal ins Haus. Dennoch waren Logan und Cahill in erster Linie Freunde, ihre gemeinsamen Geschäftsinteressen spielten eher eine zweitrangige Rolle.

Logan zog gerade den Krawattenknoten zurecht, als Bob Crawford anrief.

»Hallo, Logan. Alles bereit für heute?«

Er hörte sich an, als sprühe er vor Tatendrang, was bei ihm allerdings nichts Besonderes war. Crawford war der jüngste Partner in der Anwaltsfirma und hatte seinen Aufstieg mit der Präzision einer lasergesteuerten Fernlenkwaffe betrieben. Nach sechs Jahren hatte er es zum Teilhaber gebracht und verfügte nun über sämtliche Annehmlichkeiten, die eine solche Position mit sich brachte – eine Privatschule für seine Kinder, ein geräumiges Haus in Pollokfields (wo man die Spielerfrauen der Glasgow Rangers auf der Straße treffen konnte, wie er stets voller Stolz betonte) und einen jüngst erworbenen Porsche Turbo. Logan und Crawford standen kurz davor, ein lukratives Geschäft abzuschließen, das Crawford Logan zugeschustert hatte – es war der größte Deal in Logans bisheriger Karriere.

»Aber immer doch, Bob«, sagte Logan. »Ich habe heute Vormittag noch die Sache mit Alex zu erledigen, aber ruf mich doch im Konferenzraum an, damit ich einen Vorwand habe, mich davonzustehlen.«

»Okay. Du und Cahill, seid ihr eigentlich immer noch mit diesen abgenutzten Machtspielchen beschäftigt, mit denen ihr ahnungslose Anwälte aufs Kreuz legt?«

»Es läuft.«

»Gut, gut.« Mit einem Mal wirkte Crawford abgelenkt. »Wir sehen uns dann später.«

»Du errätst nie, mit wem ich heute Nacht im Bett war.«

»Mit wem?« Es war offensichtlich, dass ihn etwas anderes beschäftigte.

»Penny.«

»Willst du mich verarschen, Logan?«

»Nicht direkt. Aber ich hatte einen Traum, in dem sie vorkam. Ich bin fast ausgeflippt.«

»Kann ich mir vorstellen – wenn ich mich daran erinnere, wie sie dir den Laufpass gegeben hat. Ich an deiner Stelle hätte den Verstand verloren.«

»Abgesehen davon – wann hast du eigentlich das letzte Mal etwas von ihr gehört? War sie nicht in Hongkong oder so?«

»Das ist aber schon eine ganze Weile her«, sagte Crawford herablassend. »Vielleicht anderthalb Jahre. Ich habe keine Ahnung, wo sie sich jetzt aufhält. Du solltest sie langsam mal vergessen, Logan, hast du gehört? Sie hat dir das Herz aus dem Leib gerissen, aber auch nach all der langen Zeit scheinst du sie nicht loslassen zu können.«

»Seine erste große Liebe vergisst man nie, Bob.«

»Ich schon. Die Schlampe hat mich wegen eines anderen sitzen gelassen. Sie ist sogar zu ihm in die Federn gekrochen, bevor sie mit mir Schluss gemacht hat.«

»Das tut weh.«

»Hör mal, ich muss jetzt auflegen. Die Kinder sind wach, und Rachel schreit gerade rum. Bis später.«

Wieder ein unüberhörbares Einhängen des Telefons.

Es ging Logan ziemlich gegen den Strich, neben Crawford die zweite Geige spielen zu müssen, aber er wusste, dass er eigentlich keinen Grund hatte, sich zu beklagen. Sie waren auf der Universität im gleichen Semester gewesen, doch während Bob Crawford mit beängstigender Zielstrebigkeit seine Karriere verfolgte, hatte Logan sich nach seiner Trennung von Penny ein Sabbatjahr genehmigt, war in Europa und Australien herumgetourt und hatte sich mit Billigjobs in noch billigeren Imbissklitschen über Wasser gehalten. Immerhin blieb ihm die kleine Befriedigung, Crawford Bob zu nennen, was dieser hasste. Er versuchte vergeblich, jeden dazu zu bewegen, ihn mit seinem richtigen Vornamen, Robert, anzureden.

Logan zupfte die Krawatte noch mal zurecht und zog seinen besten Anzug an, ein Fünfhundertpfundschmuckstück von Hugo Boss. Die Rechnung dafür belastete noch immer sein ohnehin schon überzogenes Kreditkartenkonto.

»Wenn du mich jetzt sehen könntest, Penny«, sagte er zum Spiegel. »Du würdest dich nicht mehr halten können.«

Bei der Erinnerung an ihr Lachen musste er grinsen. Dann verließ er seine Wohnung.

5

07:40 Uhr

Rebecca Irvine traf vor DS Sharp an der genannten Adresse ein. May Terrace war eine nichtssagende kleine Sackgasse, eine kurze Reihe von Doppelhäusern aus den Anfängen des vergangenen Jahrhunderts, von der man auf eine Eisenbahnstrecke blickte und an deren Ende sich ein einigermaßen neuzeitlicher Sportkomplex befand. Die Bäume, die die Schienen säumten, verhinderten normalerweise den freien Blick, wenn man mit der Bahn an den Häusern vorbeifuhr, doch nun, mitten im Winter, waren sämtliche Blätter längst abgefallen, und die teigigen Gesichter hinter den Scheiben des unter metallischem Geschepper behäbig vorbeirumpelnden Vorortzuges starrten auf die Stätte des grausigen Dramas, das sich in der May Terrace entfaltete.

Rebecca Irvine zeigte der uniformierten Beamtin, die den Zugang zur Straße überwachte, ihren Dienstausweis und ließ den Wagen vor Hausnummer drei ausrollen. An dem Eisenzaun, hinter dem ein Plattenweg zur Tür von Nummer sieben führte, war ein weiterer Beamter, ein älterer Kollege, postiert worden.

Sie hatte ziemlichen Respekt – allerdings nicht unbedingt davor, die Leiche in Augenschein nehmen zu müssen, denn die meisten Polizisten in Glasgow bekamen früher oder später einen Toten zu sehen, und fast alle waren schon einmal Zeugen der Folgen eines tätlichen Angriffs nach überreichlichem Alkoholgenuss an einem x-beliebigen Samstagabend im Stadtzentrum geworden, nein, sie fürchtete sich vielmehr davor, bei ihrem ersten Einsatz für das CID zu versagen.

Am Schauplatz eines Tötungsdelikts gab es so viel zu bedenken – falls es sich denn hier um ein solches handelte. Die Beweisstücke mussten gesichert werden, weshalb jeder, der mit einer der Plastiktüten, in denen sie aufbewahrt wurden, in Berührung kam, seinen Namen auf einem Aufkleber vermerken musste. Wenn die Vorgehensweise nicht peinlich genau eingehalten wurde, wäre dies ein ernster Verstoß gegen die Dienstvorschrift, der bei der späteren Verhandlung ans Licht kommen konnte. Der Fundort der Leiche musste so lange unversehrt bleiben, bis die Spurensicherung ihre Arbeit abgeschlossen hatte und die Leiche abtransportiert worden war.

Sie trat an den Zaun heran und hielt noch einmal ihren Dienstausweis in die Höhe.

»DC Irvine, CID.«

Der Beamte warf einen Blick auf das Dokument und nickte.

»Waren Sie als Erster am Tatort?«, fragte sie.

»Jawohl.«

»Sichert jemand die Rückseite des Gebäudes?«

»Ja, Police Constable Wilson. Er hat mit mir zusammen den Notruf entgegengenommen. Wir sind gemeinsam hier eingetroffen.«

»Können Sie mir sagen, was Sie vorgefunden haben, Constable …?«

»Jones. Also, als wir eintrafen, wartete die Nachbarin aus Haus Nummer fünf, die den Notruf abgesetzt hatte, schon auf der Straße auf uns. Sie gab an, in den frühen Morgenstunden mehrere Schreie und laute Geräusche gehört zu haben. Möglicherweise auch das Starten eines Lastwagens oder eines Personenwagens mit Dieselmotor, der anschließend davongefahren ist. Eine genauere Beschreibung des Fahrzeugs konnte sie uns nicht geben. Ich bin zur Vordertür gegangen und fand sie unverschlossen vor. Daraufhin habe ich geklopft und mich durch Rufe bemerkbar gemacht. Da sich nichts rührte, habe ich die Tür geöffnet und bin in den Eingangsflur getreten. PC Wilson ist mir gefolgt.«

»Gut. Und was haben Sie gemacht, als Sie im Haus waren?«

»Wir betraten das erste Zimmer zu unserer Linken, das Wohnzimmer, dessen Fenster Sie dort sehen.« Er drehte sich um und deutete auf die Vorderfront des Hauses. »Ich sah sofort den Körper einer Frau auf dem Boden liegen. Sie war nackt und im Gesicht verletzt, welches außerdem stark angeschwollen war. Um ihren Kopf herum breitete sich eine größere Blutlache aus. Ich habe die Frau angesprochen, und als sie darauf nicht reagierte, habe ich sie auf Lebenszeichen hin untersucht, jedoch keine solchen feststellen können. Anschließend habe ich das CID verständigt.«

Streifenpolizisten bemühten sich häufig um eine übermäßig präzise Ausdrucksform. Rebecca musste das Verlangen unterdrücken, über PC Jones zu schmunzeln.

»Danke«, sagte sie. »Haben wir schon einen Namen?«

PC Jones zog ein schmales Notizbuch aus seiner Gesäßtasche und blätterte durch ein paar Seiten.

»Penelope Grant.«

Als ein weiterer Wagen am Beginn der Sackgasse vorfuhr, drehte sie sich um und erkannte Jack Sharps Klapperkiste. Sie ging ihm entgegen, während er seinen Wagen hinter ihrem am Bordstein parkte. Sharp war ihr Vorgesetzter und würde die Untersuchung leiten. Er war um die fünfzig, schlank, kahl, und alles an ihm wirkte immer sehr adrett – außer seinem Auto. Das Äußere sowie das Innere des Wagens waren ungepflegt, was ihr unverständlich war.

»Guten Morgen, DC Irvine«, begrüßte er sie. »Was haben wir bisher?«

Sie wiederholte, was sie von dem Streifenbeamten erfahren hatte. Sharp rieb sich das Kinn, an dem noch ein wenig Rasierschaum haftete, und sah die Straße zu dem Haus hinunter.

»Na schön«, sagte er. »Nun erzählen Sie mir mal, was wir jetzt tun werden.«

Sie rieb die Hände aneinander, um sie sich zu wärmen. »Wir bestellen den Gerichtsarzt von der Universitätsklinik hierher, damit er die Person offiziell für tot erklärt. Gleichzeitig informieren wir die Spurensicherung und bestellen sie für die Untersuchung des Tatorts hierher. Wenn die Beamten mit ihrer Arbeit fertig sind, bringen wir die Leiche in die Pathologie und sichern und sammeln Beweise – zum Beispiel Kleidungsstücke.«

»In Ordnung. Wir müssen genau darüber Buch führen, wer im Haus ein und aus geht, und auf dem Kommissariat einen Besprechungsraum einrichten lassen. Wenn Sie beides übernehmen, sind wir soweit vorbereitet. Nur die Ruhe, Becky. Sie packen das schon.«

Natürlich hatte er recht, aber musste er dabei so gönnerhaft sein?

»Waren Sie bereits im Haus, um sich die Leiche anzusehen?«, wollte Sharp wissen.

»Ich … äh … nein, noch nicht. Wissen Sie, ich dachte, wir rühren nichts an, bis die Spurensicherung eintrifft. War das falsch?«

Sharp schob seine Brille nach vorn auf die Nasenspitze und sah sie über den Rand hinweg vorwurfsvoll an. Er behandelte sie demonstrativ von oben herab, aber sie hielt ihren Zorn im Zaum.

»Sie überlassen die Feststellung des Todes doch nicht etwa einem Streifenpolizisten?«

Ja, natürlich tat sie das. Sie traute diesem PC Jones allemal mehr zu als Sharp, der das Ausbleiben einer Antwort als stillschweigende Zustimmung wertete.

»Sehen Sie, das würde ich auch nicht tun. Wir müssen uns immer doppelt absichern, bevor wir alles in die Wege leiten. Wir wollen doch nicht, dass der Gerichtsmediziner einen Schock erleidet, wenn das Opfer zu sich kommt und fragt, warum ihm ein Thermometer im Hintern steckt, nicht wahr?«

Rebecca Irvine hatte bei Sharp das Gefühl, dass er sich an seinen rhetorischen Fragen geradezu ergötzte. Er trat aufs Haus zu, sie folgte ihm und hielt den Kopf gesenkt, als sie an dem Polizisten am Eingang vorbeikamen.

Es roch stark nach Blut, sogar in dem engen Vorraum hinter der Tür. Vom Eingang aus führte eine Treppe hinauf zu einem kleinen Absatz, von dem das Badezimmer abging, und dann spindelförmig wieder ins Erdgeschoss zurück, wo der Flur zur Linken der Treppe vermutlich in das Esszimmer und zur Küche im hinteren Teil des Hauses führte. Die Wände waren weiß und beige gestrichen, und der Boden bestand aus alten abgeschliffenen und lackierten Parkettdielen.

»Folgen Sie mir«, sagte Sharp und öffnete die Tür zum Wohnzimmer.

Die weibliche Leiche lag auf der Seite; die Arme bildeten einen Halbkreis um ihren Kopf, ihre Beine waren dicht an den Körper herangezogen – beinahe wie bei einem Fötus. Rebecca vermutete, dass sich die Frau mit der Haltung vor den Attacken ihres Angreifers hatte schützen wollen, aber offenbar ohne Erfolg.

Sharp bückte sich und fühlte nach ihrem Puls. Dann blickte er sich um und bestätigte, dass die Frau tot war. Er erhob sich und sah sich in dem Zimmer um, bevor er Rebecca wieder in die kalte Morgenluft hinausschob.

»Was ist Ihnen aufgefallen?«, fragte er, als sie beide draußen standen.

»Sieht aus, als hätte sie sich schützen wollen, den Angriff abwehren.«

»Aber das hat ihr nicht viel genützt, was?«

Er wandte sich von ihr ab, ging zum Gatter und trat auf die Straße. Sie blieb in der Kälte stehen und fühlte sich noch kleiner als ihre eins fünfundsechzig. Schon bereute sie es, dass sie sich am Wochenende das Haar zu einem Bubikopf schneiden und sich blonde Strähnen hatte färben lassen. Sie fand, dass die Frisur sie zu jung für ihren Job aussehen ließ, jetzt wirkte sie eher wie dreizehn, nicht wie einunddreißig.

6

08:20 Uhr

Er brauchte definitiv einen weiteren Kaffee, also holte sich Logan Nachschub aus einem Schnellrestaurant in der Straße, in der er wohnte. Er nippte daran, als er um die Ecke bog und den Hügel hinauf zum Blythswood Square erklomm, an dessen Westseite sich die Büroräume von Kennedy Boyd befanden. Die Innenstadt von Glasgow erinnerte ihn mit ihren steilen Straßen oft an San Francisco – allerdings ohne den Glamour und den Mythos der amerikanischen Westküstenstadt.

Von der südöstlichen Ecke des Platzes sah er hinter dem kleinen Park, der dessen Mitte bildete, schon Cahill vor dem Eingang auf ihn warten. Man konnte es hier gut aushalten, vor allem im Sommer, wenn die Büroangestellten aus der Umgebung sich mit ihren Sandwiches auf dem Rasen zu einem improvisierten Picknick versammelten. Heute jedoch wirkte der kahle Park kalt und trist inmitten der viktorianischen Bürogebäude.

Cahill wandte sich ihm zu und grinste breit, als er Logan mit dem Kaffeebecher, aus dem es weiß dampfte, in der einen und seiner abgewetzten Aktenmappe in der anderen Hand angeschlurft kommen sah. Logan benutzte die Mappe nur noch deshalb, weil sie ein Geschenk seiner Mutter zu seinem Examen gewesen war und es die gute Frau fast an den Rand eines Zusammenbruchs gebracht hatte, als sie deren Nachfolgerin aus Vinyl erblickte, die Logan sich im vergangenen Jahr gekauft hatte. Sie wurde nie müde, ihn daran zu erinnern, wie teuer die Ledermappe gewesen sei und wie wenig Geld sie und sein Vater verdienten. Logan war in einer Sozialbausiedlung in Ayrshire aufgewachsen, wo er und sein älterer Bruder sich noch als Teenager ein Etagenbett hatten teilen müssen, und er war der Erste seiner weit verzweigten Familie gewesen, der eine Universität besucht hatte.

»Wie läuft's denn so, Atticus?«, rief Cahill ihm entgegen.

Logan beschleunigte seinen Schritt. »Du kannst es dir einfach nicht verkneifen, was?«, entgegnete er.

Alex Cahill war ein glühender Verehrer von *Wer die Nachtigall stört,* und als er mitbekam, dass der Nachname seines Anwalts Finch lautete, musste er darauf natürlich sofort mit Bemerkungen Bezug nehmen. Auch Logan betrachtete das Buch als einen seiner persönlichen Klassiker und schätzte es außerordentlich – weit mehr als den Spitznamen, den Cahill ihm verpasst hatte.

Cahill lachte und fuhr sich mit der Hand durch sein dichtes hellbraunes Haar. Er war zehn Jahre älter als Logan, mit seinen eins dreiundsiebzig aber acht Zentimeter kleiner. Logan fand, dass er aussah wie Robert Redford in *Zwei Banditen* – bis auf den Schnurrbart, der Cahill fehlte. Er hatte es nie gewagt, ihm von der Ähnlichkeit zu erzählen. Cahills Ego war so schon aufgeblasen genug.

»Darfst dich nie deines Anwaltsberufes schämen, alter Junge«, sagte Cahill. »Der ist es, der aus dir macht, was du bist. Nicht das hier.«

Er strich mit der Hand über Logans Jackettaufschlag. Cahill erschien zu geschäftlichen Verabredungen stets in Jeans oder Khakihosen und einem schwarzen Poloshirt – wie auch heute. Bei zwei Gelegenheiten hatte Logan ihn allerdings auch schon im Anzug gesehen und wunderte sich, warum er nicht öfter einen trug. Anzüge standen ihm sehr gut. In ihnen wirkte er wieder wie Robert Redford, diesmal in *Der Clou.*

»Vielen Dank, Dad. Du kannst gerne weiter so herumrennen, als würdest du in einem Videoladen arbeiten, aber ich halte mich an Hugo Boss.«

»Du bist wirklich oberflächlich. Aber wahrscheinlich macht dich das auch zu einem so guten Anwalt.«

»Schön. Sind wir bereit zuzuschlagen?«

»Absolut. Ich kenne den Knaben. Ein großes Maul, aber keine Eier. Mit dem werden wir leicht fertig.«

Wenn's weiter nichts war.

Das Erdgeschoss des Bürogebäudes, bei dessen Bau man mehrere alte Stadthäuser aus Sandstein entkernt und dann zu einem Komplex zusammengefasst hatte, beherbergte verschiedene Besprechungsräume. Der größte davon, gleich neben dem Eingang, verfügte über sämtliche technischen Spielereien, die das Herz begehrte: einen in die Decke eingelassenen Beamer mit Leinwand, DVD- und Videoabspielgeräte, eine Telefonanlage mit Videoaufzeichnungsmöglichkeit für Konferenzschaltungen, Internetanschlüsse, Ladestationen für Laptops, Stereoberieselung und einen Kühlschrank mit diversen Flaschen Champagner – falls es einen Abschluss zu feiern gab – und einer Unmenge an Bier – falls die Verhandlungen sich bis in die Nacht oder gar in den frühen Morgen hinzogen. Die übrigen Sitzungsräume waren kleiner und nicht so opulent ausgestattet, erfüllten aber nichtsdestotrotz ebenfalls hohe Ansprüche.

Megan, die Empfangsdame, war die freundlichste und fröhlichste Person, die man sich an einer Rezeption wünschen konnte, was aber nicht bedeutete, dass man mit ihr über die Verteilung der einzelnen Konferenzräume diskutieren konnte. Ihr Wort war Gesetz.

»Guten Morgen, Megan«, begrüßte Cahill sie mit einem Lächeln. »Wo sind wir heute, meine Gute?«

»Ich habe speziell für Sie unsere Topsuite gebucht, Mr. Cahill.«

»Wann werden Sie mich endlich Alex nennen?«

»Sagen wir mal, sobald die Amerikaner einen weiteren Bush ins Weiße Haus wählen.«

Logan grinste und überließ Cahill sich selbst, während er sich eine Etage höher begab, um mit Crawford zu sprechen. Er fand ihn in seinem Büro, von dem man auf den Park hinausblickte, versteckt hinter einem Stapel Papiere. Crawford war schlecht gelaunt; seine Miene wirkte verkniffen. Wenn er eine solche Fresse zog, betonte das nur seine langen, schmalen Züge, sein strähniges Haar und seine etwas zu große Nase und wirkte sich daher insgesamt nicht gerade vorteilhaft auf sein gesamtes Erscheinungsbild aus.

»Was meinst du, wann dürfen wir mit den Knaben rechnen?«, fragte Logan.

»Keine Ahnung. Du weißt ja, wie die sind. ›Bis morgen früh‹, haben sie nur gesagt, und damit hatte es sich. Ich sage dir dann Bescheid, okay? Jetzt geh und vergnüg dich mit deinem verrückten Kumpel.«

Cahill spielte an der Fernbedienung des Beamers herum, als Logan zu ihm in das Besprechungszimmer kam.

»Ich weiß, dass ich das schon mal gesagt habe, aber das hier wäre verdammt geil für einen großen Actionfilm.«

Logan ermahnte ihn, nicht an der Technik herumzuspielen – die nämlich eine Stange Geld kostete.

Die gegnerische Seite erschien zwanzig Minuten später. Der Anwalt war ein schmieriger Typ von etwa vierzig Jahren mit gestyltem Haar und roten Hosenträgern. Logan mochte ihn vom ersten Augenblick an nicht, hauptsächlich wegen seiner Frisur. Sein Mandant war ein Bär von einem Mann mit Pranken wie Schaufeln und maß gut und gerne über eins neunzig. Sowie er die gerunzelte Stirn des Mannes sah, als er und Cahill sich die Hände schüttelten, ahnte Logan bereits, dass der Bär bei diesem Kampf den Kürzeren ziehen würde. Cahill konnte sich ein Grinsen nicht verkneifen.

»Ihr Angebot ist völlig inakzeptabel. Es grenzt an Beleidigung«, eröffnete der Haarfetischist die Verhandlung.

Cahill baute sich vor ihm auf und warf sich in die Brust, wobei die Muskeln seines Bizeps und seines Oberkörpers die Nähte seines Polohemdes sprengen zu wollen schienen.

»Ach, verpisst euch doch«, knurrte er.

Himmel, heute fing Cahill ja schon früh damit an.

7

10:00 Uhr

Rebecca Irvine koordinierte die Befragung der Nachbarn in der May Terrace und den sie umgebenden Straßen, während sich im Haus die Spurensicherung ans Werk machte. Sharp verhielt sich noch immer so, als wäre er der Größte, und hielt den Kriminaltechnikern einen gut zwanzigminütigen Vortrag, in dem er ihnen erklärte, wie sie seiner Meinung nach ihren Job zu erledigen hätten. Rebecca ging nicht davon aus, dass ihre Zusammenarbeit von Dauer sein würde.

Obwohl ihr solche Ermittlungsarbeiten nicht neu waren, kam sie sich an diesem Vormittag ein wenig deplatziert vor, während sie den Männern und Frauen in ihren weißen Overalls zusah, die im Haus ein und aus gingen, und die uniformierten Beamten eine Tür nach der anderen abklapperten. Sie fühlte sich losgelöst von der Szenerie, als sähe sie sich einen widerlich realistischen Film an. Sie hoffte, dass es nur die Anspannung ihres ersten Tages beim CID war.

Der Pathologe war kurz vor den Lieferwagen der Spurensicherung eingetroffen und hatte sich nicht lange mit dem Ausstellen des Totenscheins aufgehalten. Danach war er wieder verschwunden und hatte etwas davon gemurmelt, dass man ihn rechtzeitig informieren möge, sobald die Leiche in der Gerichtsmedizin wäre, damit er die Obduktion vorbereiten könne.

Eine der Nachbarinnen, eine seriös wirkende Frau mittleren Alters in einem Hosenanzug, bot allen Kaffee an. Rebecca nahm nur zu gerne einen Becher entgegen. Je weiter der Tag fortschritt, desto kühler schien es zu werden. Die tief hängenden morgendlichen Wolken wichen einem atemberaubend blauen Himmel. Zusätzlich war eine leichte Brise aufgekommen, die sich rasch zu einem beißend kalten Wind auswuchs.

Mit geöffneter Tür saß sie seitwärts auf dem Fahrersitz ihres Wagens und trank ihren Kaffee, als Sharp sie entdeckte und zu ihr kam.

»Halten Sie's durch, Becky?«

Jeder nannte sie Becky, doch er hörte sich dabei herablassend an.

»Alles bestens, Jack. Vielen Dank der Nachfrage.«

»Gut. Wie steht's mit unserem Besprechungsraum?«

»Organisation läuft. Gegen Mittag dürfte alles vorbereitet sein.«

»Okay, gegen Mittag.«

Musste er immer alles wiederholen?

»Möchten Sie, dass ich Sie in die Gerichtsmedizin begleite, Jack?«

»Nein, nein. Einer von uns reicht. Ich würde es vorziehen, wenn Sie die protokollierten Aussagen der Nachbarn zusammenfassen und erste Nachforschungen das Opfer betreffend anstellen.«

»Ist gut. Ich werde auch die Angehörigen benachrichtigen.«

»Ja. Übernehmen Sie das.«

Rebecca nahm einen großen Schluck Kaffee und blies gleichzeitig langsam die Luft durch die Nase, um sich zu beruhigen.

Vom Haus ertönte ein Ruf. Beide blickten sich um und entdeckten einen der Spurensicherungsbeamten, der ihnen hektisch Zeichen gab, zu ihm zu kommen. Sie stellte ihren Becher auf das Straßenpflaster und folgte Sharp mit raschen Schritten. Der Beamte stand am Ende des Weges, der zur Haustür führte.

Er zog sich seinen Mundschutz bis unter das Kinn hinunter und nahm seine Schutzbrille ab. Auf dem Overall war sein Name aufgenäht – *Black, Murdoch.*

»Dachte mir, Sie würden das hier unverzüglich sehen wollen«, sagte er und reichte ihnen einen Plastikbeutel, in dem sich ein altmodischer Silberrahmen mit einem Foto befand. »Das haben wir im Wohnzimmer gefunden.«

Ein einziger Blutstropfen war auf dem Rahmen getrocknet. Sharp zog die Stirn in Falten, als verstünde er nicht, was ihm dieser Umstand sagen sollte, aber Rebecca Irvine schaltete sofort.

»Wo ist das Mädchen?« Sie vermied es bewusst, nach der *Leiche* des Mädchens zu fragen.

»Was?«

»Das ist ihre Tochter, nicht wahr?«

»Muss ja wohl so sein. Einer der Räume ist wie ein Mädchenzimmer eingerichtet. In ihm ist ebenfalls alles durcheinandergeworfen worden, als hätte es einen Kampf gegeben. Wir haben dort auch Blut entdeckt. Aber sehr wahrscheinlich nicht genug, als dass der Verlust den Tod der Tochter herbeigeführt haben könnte. Jedenfalls nicht in ihrem Zimmer.«

»Also ist dies nicht bloß eine Untersuchung in einem Tötungsdelikt«, sagte Rebecca atemlos. »Wir haben es auch mit einer Entführung zu tun. Das hier ist in zweifacher Hinsicht ein Tatort.«

Ein Mal wenigstens enthielt sich Sharp jedes Kommentars.

»Wie kommt es dann, dass wir von keinem der Nachbarn etwas gehört haben, das darauf hingewiesen hat?« Sie hatte die Frage mehr oder weniger in den Raum gestellt. »Man hätte doch erwarten können, dass jemand etwas Dementsprechendes erwähnt.«

»Vielleicht hat niemand danach gefragt«, schlug Black mit einem Schulterzucken vor.

Wie viel Zeit haben wir schon verloren?, dachte sie und hoffte, dass es nicht die entscheidenden Minuten waren, die darüber entschieden, ob man das verschwundene Mädchen tot oder lebendig finden würde.

»Das hier haben wir auch noch sichergestellt«, sagte Black.

Er gab ihr einen weiteren Plastikbeutel, diesmal mit einer weißen Visitenkarte darin. Die nach oben zeigende Seite war unbedruckt, aber blutdurchtränkt. Rebecca drehte die Tüte um und las:

Logan Finch
Partner
Kennedy Boyd

»Wo haben Sie die Karte gefunden?«

»Unter der Leiche.«

»Sah es aus, als … als ob man sie dort absichtlich platziert hätte?«

Black neigte den Kopf fast unmerklich zur Seite.

»Stimmt«, entschuldigte sie sich. »Woher sollen Sie das wissen? Tut mir leid.«

Auch Sharp fand seine Stimme wieder. »Scheint so, als hätten wir einen Verdächtigen.«

Black sah sie erwartungsvoll an. Verdammt, dachte sie, ich werde es nicht zulassen, dass dieser Idiot vorschnelle Schlüsse zieht – auch wenn er mein Boss ist.

»Was wir hier haben, ist eine Spur, Jack. Einen Hinweis, sonst nichts.«

Sharp nahm ihr die Tüte ab und drehte sie in seiner Hand. Sie merkte, dass ihm seine Worte peinlich waren und er nun vor Black Zeit schinden wollte.

»Danke. Sie können jetzt wieder hineingehen.«

Black drehte sich um und verschwand im Haus.

»Was wollen Sie jetzt damit anfangen, Jack?«

Bei der Polizei lief es wie in der Politik. Es zahlte sich aus, auf den richtigen Zeitpunkt zu warten und inzwischen den nötigen Respekt zu zollen. Rebecca hatte ihren Punkt vorgebracht, sie konnte nichts gewinnen, wenn sie jetzt darauf beharrte.

»Wir statten Mr. Finch einen Besuch ab, DC Irvine.«

Damit waren die Grenzen abgesteckt. Sie hatte ihren Job erfüllt.

8

10:25 Uhr

Ellie Grant kam es so vor, als wären sie schon seit Stunden unterwegs, aber sie war zu Tode erschöpft und hatte ihr Zeitgefühl verloren. Sie versuchte zu schlafen, doch wann immer sie einnickte, kippte sie nach vorn, und die scharfen Spitzen ihrer gebrochenen Rippen rieben schmerzhaft gegeneinander. Ihr Gesicht pochte noch immer, aber wenigstens schien sich die Schwellung nicht verstärkt zu haben. Ihr Auge hatte es schlimm erwischt, doch zumindest war es nicht ganz zugeschwollen. Jedenfalls noch nicht.

Ihr einziger Trost bestand in der zerknitterten Fotografie, die sie noch immer in der Hand hielt. Als sie das erste Mal eingedöst war, hatte sie schon geglaubt, sie wäre ihr entglitten, hatte sie aber dann in ihrem Schoß wiedergefunden und sie seitdem nicht wieder losgelassen.

Sie spürte, wie der Wagen unvermittelt abbremste und nach rechts abbog. Nachdem sie nun schon so lange im Laderaum hatte verharren müssen, konnte sie jede Veränderung des Motorgeräusches deuten und hatte ein Gefühl für die Beschaffenheit des Untergrunds entwickelt, über den sie fuhren. Dieser hatte sich soeben merklich verändert, denn die Reifen drehten nun durch, und das Heck rutschte aus der Spur, bis die Antriebsräder wieder griffen. Sie konnte kleine Steine gegen den Wagenboden schlagen hören.

Die beiden Männer fingen erneut zu reden an, ihre Stimmen wurden erregter und überschlugen sich fast. Ellie nahm an, dass irgendetwas sie in Aufregung versetzt hatte. Ihr erster schrecklicher Gedanke war, dass sie sie irgendwohin in einen Wald brachten und sie dort umbringen würden. Sie hatte genug Berichte im Fernsehen verfolgt, um zu wissen, was mit jungen Mädchen geschah, die von bösen Männern entführt wurden.

Sie kamen nie wieder nach Hause.

Meistens jedenfalls.

Tränen traten ihr in die Augen, und sie spürte, wie ihr Magen sich zusammenkrampfte und in ihrem Darm etwas in Bewegung kam. Sie schluckte mehrmals, um gegen die Tränen anzukämpfen, und schaffte es, sich das Weinen zu verkneifen. Eine einzelne Träne rann aus ihrem geschwollenen rechten Auge, dann ließ das Verlangen zu heulen nach.

Etwa eine halbe Stunde lang wand sich die Straße nach links und rechts. Sie führte einen Abhang hinunter und einen Hügel hinauf, bis der Wagen seine Fahrt verlangsamte und stehen blieb. Wie von einer schwarzen Welle wurde Ellie wieder von Todesangst überwältigt. Sie bezweifelte, dass sie sich nun noch zusammennehmen könnte. Dann öffneten sich die vorderen Türen, und die Männer stiegen aus. Kalte Luft drang in den Wagen und durch Ellies Baumwollpyjama hindurch, dessen lange Ärmel und Beine sie kaum wärmten.

Sie hörte, wie eine Tür geöffnet wurde – es klang nach einer Haustür – und ein dritter Mann auf die ersten beiden einredete. Sie konzentrierte sich auf die Geräusche, lauschte den Stimmen, und ihre Angst ebbte ein wenig ab.

Draußen näherten sich Schritte, dann wurden die Hecktüren geöffnet. Ellie kniff die Augen gegen das plötzlich in den Wagen flutende Licht zusammen und sog die eiskalte Luft ein. Sie roch Kiefern und frisch gesägtes Holz. Zwei kräftige Arme schoben sich unter ihre Beine und um ihren Rücken, und sie wurde aus dem Wagen gehoben. Als sie einen Arm um die breiten Schultern des Mannes legte, der sie trug, spürte sie, wie seine Muskeln sich bei der unerwarteten Berührung anspannten. In diesem Augenblick wusste sie, dass man sie hier nicht töten würde. Zumindest nicht jetzt. Und der Mann würde auch nicht ihr Mörder sein.

Sie hielt die Augen geschlossen und spürte die Wärme des Inneren eines Hauses. Dann roch es nach Essen: Speck und Spiegeleier. Unwillkürlich lief ihr das Wasser im Mund zusammen. Eine Frauenstimme sagte etwas in der Sprache, die auch die beiden Männer im Wagen benutzt hatten.

Der dritte Mann trug sie weiter ins Haus hinein, blieb stehen, um eine Tür zu öffnen, und legte sie dann auf etwas Weichem ab. Sie streckte die Arme nach beiden Seiten aus und spürte, dass sie sich auf einem Bett befand. Der Mann ließ sie liegen und zog die Tür hinter sich zu, dann rastete ein Schloss ein.

Als er fort war, öffnete Ellie die Augen und atmete ein wenig ruhiger. Regungslos saß sie einige Minuten – die ihr wie eine Ewigkeit vorkamen – in der Finsternis. Das Zimmer war klein, maß höchstens zweieinhalb mal drei Meter, und an der Wand gegenüber der Tür stand das Einzelbett, auf dem sie lag. Die Wände waren vollkommen aus Holz, und das einzige Fenster am Fuß des Bettes war mit Brettern vernagelt, zwischen denen nur schmale Lichtstreifen in den Raum hineindrangen. Weitere Möbel gab es nicht. Es roch muffig, als wäre das Zimmer lange Zeit nicht benutzt worden, und an der Decke konnte sie Schimmelflecken ausmachen.

Sie hörte draußen Schritte und schloss rasch wieder die Augen, als die Tür entriegelt wurde, jemand hereinkam und sich neben das Bett kniete. Ellie blinzelte, und die dunkle Silhouette vor ihr verwandelte sich in einen Mann. Sie wunderte sich, warum sie sein Gesicht nicht sehen konnte, bis sie merkte, dass er eine Mütze trug, deren Schirm er sich tief ins Gesicht und über die Augen gezogen hatte.

»Hallo«, sagte er.

Sein Akzent klang nicht so wie der der anderen. Sie schwieg.

»Du weißt, dass das nicht deine Schuld ist. Nichts von alldem.«

Seine Stimme klang weich, besaß aber gleichzeitig eine Gefühllosigkeit, die ihr Angst machte. Sie versuchte ihm in die Augen zu sehen, konnte aber in dem Halbdunkel nichts erkennen.

»Es war nicht so geplant, aber du musst ein paar Tage hierbleiben. Hast du mich verstanden?«

Sie saß regungslos da.

»Du kannst ruhig antworten. Ich werde dich nicht schlagen.«

Sie zögerte einen Moment, dann nickte sie – sie hatte verstanden.

»Aber du musst tun, was ich dir sage.«

Sie nickte erneut. Seine Stimme wurde tiefer.

»Wenn du nicht gehorchst, werde ich dich bestrafen müssen.«

Ellies Hals war wie zugeschnürt. Sie fühlte, wie sich auf ihrer Stirn Schweißtropfen bildeten. Als der Mann sie berühren wollte, schrak sie vor seiner Berührung zurück. Er legte ihr eine Hand in den Nacken und zog ihren Kopf zu sich heran. Er war kräftig. Mit der anderen Hand hielt er ihr ein kühles, feuchtes Tuch auf die geschwollene Gesichtshälfte. Das Tuch roch komisch wie im Krankenhaus. Nach einer Weile merkte sie, wie der Schmerz in ihrer Wange etwas nachließ.

Der Mann nahm seine Hand von ihrem Nacken und führte eine ihrer Hände an ihr Gesicht, damit sie das Tuch selbst halten konnte.

»Wenn du möchtest, dass ich zu dir so nett bleibe, musst du brav sein.«

Ellie nickte. Sie dachte, der Mann wäre Amerikaner, aber er sprach so sonderbar.

Er erhob sich, und sie roch Kiefernharz an ihm.

»Wie heißt du?«, fragte sie.

Er schien einen Augenblick lang zu überlegen. »Zuerst du.«

»Ellie Grant.«

»Du kannst mich Mr. Drake nennen, okay?« In seinen Augen blitzte ein Lächeln auf. »Möchtest du jetzt etwas essen?«

»Ja.«

Er wandte sich um und verließ den Raum.

Ellie begann zu weinen.

Nachdem er Ellie zurückgelassen hatte, ging Drake ins Wohnzimmer. Eine Frau war dabei, etwas an einem primitiven Herd zu kochen. Der kleinere der beiden Männer aus dem Lieferwagen fläzte sich in einem alten Sessel und sah ihr zu, während der größere am Fenster stand und hinausblickte. Drake griff sich ein Messer von der Anrichte, an der die Frau das Essen zubereitete, und ging damit schnellen Schrittes auf den größeren Mann zu. Als dieser ihm ausweichen wollte, schlug Drake ihn mit voller Kraft in die Nierengegend. Der Mann sank auf die Knie. Drake versetzte ihm einen Tritt, durch den der Mann der Länge nach hinschlug und sich das Kinn an den Bodenbrettern aufschürfte. Der kleinere Mann blieb scheinbar emotionslos in seinem Sessel sitzen und verfolgte die Attacke mit wenig sichtbarem Interesse. Die Frau wusste es besser, als sich einzumischen, und fuhr mit ihrer Arbeit fort.

Drake kniete sich auf den Rücken des größeren Mannes, riss seinen Kopf mit einem Ruck nach hinten und hielt ihm das Messer an die Kehle, wobei er es so fest gegen die Haut presste, dass erste Blutstropfen zu sehen waren. Der Mann grunzte und wollte sich aus dem Griff winden.

»Du solltest die Frau lebend herbringen, du blödes Arschloch«, zischte Drake auf Russisch, seiner Muttersprache. »Was zum Teufel hast du dir dabei gedacht?«

Der kleinere Mann hatte anscheinend genug gesehen. Jetzt beugte er sich in dem Sessel vor und legte Drake eine Hand auf die Schulter.

»Er ist ein verdammter Idiot, Yuri, aber das Letzte, was wir jetzt brauchen, ist seine Leiche, die hier stinkend verwest, während wir darauf warten, dass sich die Situation entschärft.«

Drake wandte sich um und starrte den kleineren Mann an. Seine Gesichtshaut war straff gespannt, seine Wangen waren rot angelaufen.

»Nenn mich nicht noch einmal so. Von jetzt an heiße ich nur noch Drake. Wo warst du eigentlich, als er sie umgebracht hat?«

Der andere Mann seufzte und nahm die Hand von Drakes Schulter.

»Niemand hat uns etwas von dem Mädchen gesagt, verstehst du? Ich meine, einer musste doch auf sie aufpassen, also habe ich ihn bei der Frau gelassen. Okay, es war mein Fehler. Wir wissen doch beide, dass er die Kontrolle verliert, wenn sein Blut kocht.«

»Es ist nicht das erste Mal, dass er so etwas getan hat«, sagte Drake. »Du hättest auf ihn aufpassen müssen. Oder gab es noch einen anderen Grund, wegen dem du in das Zimmer des Mädchens gegangen bist, Sergei?«

Sergei ignorierte die Anspielung, als er bemerkte, dass Drake außer sich vor Wut war. Er lehnte sich wieder in seinen Sessel zurück, machte eine hilflose Geste und überließ es Drake, den Boss zu spielen.

Nachdem sie daheim in Russland damit aufgehört hatten, auf der Straße Leute auszurauben, und sich Gabriels Netzwerk angeschlossen hatten, hatte Drake die internationalen Verbindungen geknüpft, sodass er bei diesem Job ihr Anführer war, aber die Sache war derart aus dem Ruder gelaufen, dass seine Zeit als Verantwortlicher wohl nur kurz bemessen sein dürfte – was Drake vermutlich auch wusste. Also begnügte Sergei sich damit abzuwarten, bis seine Stunde kam. Dann würde er nur zu gern derjenige sein, der Drake eine Kugel in den Schädel jagte und an seine Stelle trat – ungeachtet der langen Zeit, die die beiden einander schon kannten. In ihrem Metier gab es keine wahren Freundschaften.

»Was geschehen ist, ist geschehen«, sagte er zu Drake. »Wir können es jetzt nicht mehr ändern, und es hat keinen Zweck, den Idioten deswegen umzulegen.«

Drake nahm dem Mann das Messer von der Kehle und ließ dessen Kopf auf den Boden fallen, bevor er selbst aufstand. Auch der andere kam wieder auf die Beine, warf Drake einen hasserfüllten Blick zu und wischte sich das Blut vom Kinn und vom Hals.

»Ganz ruhig, Vasiliy«, sagte Sergei. »Du hast in dem Haus Mist gebaut und kannst von Glück reden, dass ich dich auf dem Weg hierher nicht einfach kaltgemacht und irgendwo aus dem Wagen geschmissen habe. Ein Anruf bei Gabriel, und du bist Fischfutter.«

Sergei wusste, dass die Erwähnung Gabriels Drake ärgern und seine Autorität untergraben würde.

»Hör auf damit«, sagte Drake mit einem Seitenblick auf Sergei. »Aber einen Fehler noch, dann verbuddele ich euch beide. Verstanden?«

Vasiliy griff sich ein paar Papiertaschentücher und presste sie auf den blutenden Kratzer an seiner Kehle.

»Verstanden?«, brüllte Drake.

Vasiliy nickte und schob sich an ihm vorbei, um sich im Bad das Blut abzuwaschen.

Drake sah Sergei an. »Erwähne Gabriel nicht noch einmal«, sagte er.

Sergei grinste.

»Du meinst wohl, du weißt ganz genau, wie das hier läuft, Sergei, aber du hast keine Ahnung«, sagte Drake und stieß in der Luft mit dem Finger nach ihm. »Das hier ist keine Demokratie. Du glaubst, du kannst meinen Platz einnehmen, und schon heißt Gabriel dich mit offenen Armen willkommen?« Er schnaubte verächtlich, trat ans Fenster und blickte über das Wasser hinweg zum anderen Ufer des Sees.

»Also«, sagte er, Sergei immer noch den Rücken zugewandt, »wie sollen wir jetzt, wo die Frau tot ist, Druck auf Finch ausüben, damit er das Geschäft abschließt?«

»Das Mädchen wird für unsere Zwecke genügen«, sagte Sergei.

»Ach? Wie denn das? Finch hat zu ihr keinerlei Kontakt. Dafür war die Frau da.«

Sergei wusste, dass er das bessere Blatt in der Hand hatte. Er beschloss, es auszuspielen.

»Auf der Fahrt hierher«, sagte er, »hat das Mädchen immer wieder das Bewusstsein verloren. Sie hat nach ihrem Vater gerufen.«

Drake runzelte die Stirn. »Und?«

»Sie hatte ein Bild von ihm in der Hand, ein Foto von ihrem Vater. Vasiliy hat es ihr abgenommen, als sie bewusstlos war, sodass wir es uns ansehen konnten.«

Er machte eine dramatische Pause und genoss es, dass Drake sich geschlagen geben musste.

»Wir haben ihr das Bild wiedergegeben, aber es ist ein Foto von *ihm«,* sagte Sergei und musste in Anbetracht seines kleinen Triumphs grinsen. »Finch ist der Vater des Mädchens.«

9

11:00 Uhr

Logan genoss das Spektakel. Cahill war in voller Fahrt.

»Das ist nicht sehr konstruktiv, Mr. Cahill«, meinte der Haarschopf.

»In genau welcher Hinsicht soll es nicht konstruktiv sein, wenn ich klipp und klar sage, dass ihr euch verpissen könnt? Erklär's mir, Steve«, sagte Cahill.

»Mein Name ist Steven.«

»Du wiederholst dich, Steve.«

Logan ahnte, dass er Cahill lange genug von der Leine gelassen hatte und die anderen nun reif für einen Deal waren. Sie hatten bereits ihre Schwäche offenbart, da der große Kerl, noch bevor die Anwälte involviert worden waren, auf Cahill zugekommen war, um ihm mitzuteilen, dass er bereit wäre zu verkaufen.

»Schauen Sie«, sagte Logan, »wenn Sie wirklich die Absicht hätten, die Verhandlungen abzubrechen, dann hätten Sie das soeben getan. Niemand lässt sich freiwillig Mr. Cahills Benehmen gefallen, es sei denn, er braucht dessen Geld.«

Der große Kerl tat sein Bestes, um Logans Blick standzuhalten, aber die hektischen roten Flecken am Hals verrieten ihn. Logan merkte, wie sich Cahill in dem Sessel neben ihm anspannte, um sich auf seinen finalen Angriff vorzubereiten. Logan legte ihm beruhigend eine Hand auf den Arm. Das Spiel war gewonnen, er konnte sich abregen.

Als er einen Blick aus dem Fenster warf, erblickte er zwei Köpfe, die sich auf und ab bewegten und die Stufen zum Eingang heraufkamen. Kurz konnte er das Gesicht einer jungen Frau mit einem blonden Bubikopf erhaschen, deren emporgerecktes Kinn und starrer Blick Entschlossenheit verrieten. Sie war recht attraktiv, aber mit ihrem stur nach vorn gewandten Blick wirkte sie hart und unnahbar.

Cahill beugte sich in seinem Sessel vor, stützte die Ellbogen auf die helle Tischplatte und starrte die Frisur seines Gegenübers an.

Nachdem die Tür zur Straße so geräuschvoll ins Schloss gefallen war, dass sogar die Fenster im Konferenzzimmer vibriert hatten, spitzte Logan die Ohren, um die Unterhaltung am Empfangstisch mitzubekommen. Als er glaubte, seinen Namen gehört zu haben, läutete auch schon unüberhörbar das Telefon auf der Anrichte hinter ihm. Plötzlich überkam ihn das Verlangen, ans Fenster zu stürzen, es aufzureißen, auf die Straße hinauszuhechten und davonzulaufen. Das zweite scharfe Klingeln brachte ihn wieder in die Gegenwart zurück. Er vollführte eine Drehung in seinem Sessel und nahm den Hörer ab. Es war Megan. Sie klang eine Spur zu höflich.

»Mr. Finch?«

So höflich hatte sie ihn noch nie angesprochen, seit er zum ersten Mal durch die Türen des Bürogebäudes von Kennedy Boyd geschlendert gekommen war.

»Ich habe hier zwei Polizeibeamte, die gerne mit Ihnen sprechen würden. Sie … sie lassen sich nicht abwimmeln.«

»Äh … ja, vielen Dank, Megan«, sagte er. »Hat es noch eine Minute Zeit? Wir sind so gut wie fertig.«

Bei dieser Bemerkung verzog der Haarschopf wütend das Gesicht und schüttelte energisch den Kopf. Mit einer Handbewegung gab Logan ihm zu verstehen, Ruhe zu bewahren.

»Ich schätze, Sie haben maximal noch eine Minute«, sagte Megan und legte auf.

»Steven«, sagte Logan und wandte sich wieder dem Konferenztisch zu. »Jetzt oder nie. Wir müssen in weniger als einer Minute los. Wie wäre es, wenn ich einen Vertragsentwurf über den Verkauf aufsetze und die Summe eintrage, die unser Freund Alex gerade mit heiserer Stimme in den Raum geschrien hat? Was meinen Sie dazu?«

Schweigen. Logan sah den massigen Mann an.

»Damit wäre die Angelegenheit dann erledigt. Okay?«

Der Mann nickte fast unmerklich und erhob sich. Sein Anwalt wirkte verwirrt, folgte seinem Mandanten aber um den Tisch herum. Gemeinsam verließen sie den Raum.

Langsam schloss sich die Tür hinter ihnen. Logans Blick traf sich kurz mit dem der blonden Polizeibeamtin, die am Empfang auf ihn wartete, während Cahill in ein Freudengeheul ausbrach und Logan kräftig mit der Hand auf den Rücken schlug. Fast wäre Logan wieder von dem Impuls übermannt worden, das Weite zu suchen. Warum nur? Er hatte keine Ahnung.

»Was ist denn?«, fragte Cahill, dem Logans verdrießlicher Gesichtsausdruck nicht entgangen war.

»Alex, du vertraust mir doch, nicht wahr?«

Cahill zog die Stirn in Falten, was sein wahres Alter enthüllte, da seine jugendliche Jovialität nun einer weitaus ernsteren Miene wich.

»Da draußen bei Megan stehen zwei Polizeibeamte, die mit mir unbedingt über etwas sprechen wollen.«

Cahills ganzer Körper verkrampfte sich. Logan spürte die unheilschwangere Anspannung, die den Raum geradezu vibrieren ließ, so als hätte man mit einer Stimmgabel gegen eine Stahlplatte geschlagen.

»Und worüber?«

»Das weiß ich ja eben nicht.« Logan sah den fragenden Ausdruck in Cahills Augen. »Ich habe nichts angestellt«, versicherte er ihm, während er sich für die Beklommenheit verfluchte, die in seiner Stimme mitschwang.

Das Telefon läutete noch einmal. Cahill nahm den Hörer ab, und Logan hörte die blecherne Stimme eines Mannes.

»Das ist ihm im Moment nicht möglich, Bob«, sagte Cahill. Schnell beendete er das Gespräch, legte Logan die Hand auf die Schulter und bat ihn, sich zu setzen. Dann öffnete er die Tür des Konferenzzimmers und bat die Beamten herein. Logan wollte aufstehen, um die beiden zu begrüßen, doch Cahills Hand ruhte schon wieder fest auf seiner Schulter und drückte ihn in seinen Sessel.

Die beiden Beamten positionierten sich am anderen Ende des Tisches, zückten ihre Dienstausweise, legten sie auf die Tischplatte und schoben sie ein Stück von sich weg, was den trügerischen Eindruck einer lang einstudierten Geste machte. Cahill beugte sich über die Dokumente, inspizierte sie und setzte sich dann neben Logan. Der männliche Beamte wirkte unsicher, aber seine Kollegin nahm selbstbewusst Platz.

»Ich bin Detective Constable Irvine vom CID aus Strathclyde«, stellte sie sich vor. »Dies ist mein Kollege, Detective Sergeant Sharp.«

Sie blickte Sharp nicht an, als sie seinen Namen nannte, sondern behielt stattdessen Logan fest im Blick.

Cahill nickte und fragte sich, wieso die Beamtin mit dem niedrigeren Dienstrang das Gespräch führte. »Wir würden uns gerne mit Ihnen allein unterhalten, Mr. Finch«, sagte sie. »Es handelt sich lediglich um eine Routinebefragung anlässlich eines Vorfalls, der sich heute früh zugetragen hat. Ich möchte auf die näheren Einzelheiten nur ungern im Beisein Dritter ein…«

»Kommt nicht in Frage.«

Sie blinzelte reflexartig, als Cahill ihr brüsk das Wort abschnitt, sah ihn aber nicht an.

»Es wäre besser, wenn wir mit Mr. Finch alleine …«

»Ich habe Nein gesagt.«

Diesmal blickte sie ihn an.

»DC Irvine hat soeben erklärt, dass es sich nur um eine Routinebefragung handelt, Mr. …«, schaltete Sharp sich ein.

Cahill reagierte nicht.

Logan vertraute seinem Freund mehr als jedem anderen auf der Welt, aber jetzt fühlte er sich unbehaglich und hatte den Eindruck, dass Cahills Anwesenheit die Sache nicht gerade leichter für ihn machte. Trotzdem hielt er sich zurück, um die weitere Entwicklung abzuwarten. Cahill überließ ihm stets sämtliche juristischen Angelegenheiten, und Logan hatte das beruhigende Gefühl, dass Cahill nun ganz in *seinem* Element war.

»Auf jeden Fall«, nahm Sharp den Faden wieder auf, »gibt es keinen Anlass für Mr. Finch, *nicht* mit uns sprechen zu wollen. Oder sollte ich mich da etwa irren?« Logan vermutete, dass diese Gesprächswendung genau *das* war, worauf Cahill es angelegt hatte – es handelte sich eben *nicht* um eine Routinebefragung, wenn sie so schnell die harte Tour fuhren.

Die Beamtin sah ihren Kollegen Sharp scharf an, als würde sie ihm am liebsten eine Ohrfeige verpassen wollen. *Detective Sergeant Sharp,* korrigierte Logan sich in Gedanken. Der Mann war ihr Vorgesetzter, aber ganz offensichtlich war sie es, vor der man sich in Acht nehmen musste.

»Eins wollen wir mal klarstellen«, sagte sie jetzt an Cahill gewandt, fixierte dabei aber noch immer Logan. »Ich möchte unsere Bekanntschaft mit Ehrlichkeit beginnen. Jeder soll wissen, wo er steht.«

»Dann schießen Sie mal los«, ermunterte Cahill sie.

Von der Beamtin schien ein wenig ihrer Anspannung abzufallen. Sie lehnte sich in ihrem Sessel zurück. Das Kräftemessen ist beendet, dachte Logan. Es musste den beiden Polizisten doch klar sein, dass Cahill kein Anwalt sein konnte, so wie er da in seiner Khakikampfhose saß und einen auf Robert Redford als Sundance Kid machte. Seltsamerweise schien das jedoch keine Rolle zu spielen. Offenbar hatten sie geschluckt, dass Cahill sich von ihnen nichts sagen ließ, und das war es wohl, worauf es ihm angekommen war.

»Okay.« Die Beamtin übernahm wieder das Wort. »Wir befassen uns gerade mit der Untersuchung eines Vorfalls von heute Morgen. Aus naheliegenden Gründen darf ich zu diesem Zeitpunkt noch keine näheren Einzelheiten bekannt geben, aber es handelt sich um einen ungeklärten Todesfall.«

Logan versuchte zu schlucken, brachte aber nur ein trockenes Geräusch in seiner Kehle hervor.

»Heute früh ist eine Frau gestorben«, fuhr die Beamtin fort. »Bei der ersten Untersuchung des Tatorts ist Ihr Name aufgetaucht, Mr. Finch.«

»Wie das?« Logan hatte seine Stimme wiedergefunden. »Was wollen Sie damit sagen?«

»Wir haben am Tatort eine Ihrer Visitenkarten gefunden.«

»Verstehe. Wenn Sie mir den Namen des Opfers nennen, kann ich Ihnen vielleicht helfen. Schließlich haben alle möglichen Leute meine Karte.«

Die Beamtin beugte sich vor, als beabsichtige sie eine Erwiderung. Doch dann sah sie Logan nur starr an, als wolle sie sich sein Gesicht einprägen.

»Penelope Grant«, sagte sie schließlich.

Logans Herzschlag setzte aus.

10

11:20 Uhr

Seine Brust zog sich zusammen, und er musste die Augen schließen. Es war ihm gleich, wie sein Verhalten auf die beiden Beamten ihm gegenüber wirkte. Sämtliche Geräusche um ihn herum verstummten und ließen ihn in einem luftleeren Vakuum zurück. Nur langsam wurde er sich wieder des Schlagens seines Herzens bewusst.

Ta-Tumm

Ta-Tumm

Ta-Tumm

Aber es hörte sich hohl an, so als würde jeder Schlag in einem leeren Raum widerhallen. Dann nahm er wieder Stimmen im Raum wahr. Jemand sagte seinen Namen, aber er hörte sich fremd an und schien nicht zu ihm zu gehören.

»Mr. Finch?«

Als Logan die Frau ansah, die ihm gegenübersaß, bemerkte er die geringfügigsten Details ihres Gesichts und ihrer Kleidung: ein nur unvollständig entfernter Fleck auf ihrem dunklen Jackenaufschlag, das Make-up in den kleinen Falten ihrer Augenwinkel, die dunklen Ansätze ihres blondierten Haares, der feine Haarflaum an ihrem Hals. Mit absoluter Klarheit erinnerte er sich an das flackernde Kaminscheit an jenem letzten Tag und daran, wie er auf den Holzfußboden seiner Wohnung gefallen war. Er streckte den Arm aus, um ihn aufzunehmen, doch seine Finger griffen auf der Tischplatte ins Leere.

»Penny«, brachte er endlich hervor.

»Also kennen Sie sie?«, fragte Sharp.

»Ja.«

Logan merkte, dass Cahill ihn eindringlich musterte.

»Oder vielmehr: Ich kannte sie«, sagte er, während er sich an seinen Freund wandte.

Logan kam es vor, als würden die zwölf langen Jahre seit ihrem letzten Beisammensein tief aus seiner Magengrube aufsteigen. Seine Gefühle ballten sich zu einer Kugel zusammen, die in ihm hochkam und drohte, ihn zu ersticken, ihm den Kopf von den Schultern zu reißen und ihn dann in der Luft in Stücke zu sprengen. Dann blieb die Kugel in seinem Hals stecken, und ein gequältes Husten war der einzige äußerliche Beweis ihrer scheußlichen schwarzen Wucht.

»Wann haben Sie sie zuletzt gesehen?«, wollte die Beamtin wissen.

Logan musste über die Absurdität der Frage in dieser Situation lachen.

»Was ist daran lustig?«, erkundigte sich ihr Kollege. »Eine Frau ist tot, Mr. Finch, und wir brauchen ein paar Antworten von Ihnen.«

Logan beachtete ihn nicht und sah wieder DC Irvine an. Ihr Blick war nicht mehr ganz so kalt.

»Sagen Sie's uns«, verlangte sie.

Logan wischte sich mit dem Handrücken über den Mund. Er befürchtete, dass ihm gleich die Stimme versagen würde, beantwortete aber dennoch die Frage.

»Vor zwölf Jahren.«

Wieder musste er husten und fühlte, wie sich dabei etwas von dem Druck verflüchtigte.

»Da habe ich sie das letzte Mal gesehen, Detective Irvine. Sie verließ meine Wohnung in der Byres Road, ich stand im Regen und habe ihr nachgerufen, dass ich sie liebe … und das war es. Wir hatten beide gerade unseren Abschluss gemacht, und wir hatten …« Er suchte nach dem treffenden Wort. »Wir hatten gefeiert.« Unwillkürlich musste er über den Euphemismus grinsen.

»Was geschah dann?«, fragte sie.

»Später habe ich dann von einer ihrer Freundinnen erfahren, dass sie schon seit ein paar Wochen vorhatte, Schottland zu verlassen und sich in Übersee einen Job zu suchen. Etwas von der Welt zu sehen. Nach ihrer Abreise hat sie mit niemandem mehr wirklich Kontakt gehalten. Das Letzte, was ich von ihr gehört habe, war, dass sie in Hongkong bei irgendeiner großen Baufirma gearbeitet und ein kleines Vermögen verdient hat.«

»Warum haben Sie nicht versucht, sie zu finden?«

»Warum hätte ich das tun sollen? Mit ihrer Abreise hatte sie doch klargemacht, was sie vom Leben erwartete – oder vielmehr, was sie nicht davon erwartete. Außerdem war ich zu der Zeit noch jung und zu stolz, um hinter ihr herzujagen. Und als ich dann älter wurde, war es zu spät dafür.«

Er holte Luft – das erste Mal seit mehreren Minuten, wie es ihm vorkam.

»Und jetzt ist die Chance endgültig vertan.«

Sharp wollte etwas sagen, aber DC Irvine kam ihm zuvor.

»Wie haben Sie erfahren, dass sie sich in Hongkong aufhielt?«

Logan zögerte mit der Antwort – ohne den Grund dafür zu kennen. Trotzdem wusste er, dass er in genau diesem Augenblick einen Teil von Irvines Sympathie ihm gegenüber eingebüßt hatte. Sie war wieder ganz Polizistin.

»Ich … äh … ich kann mich nicht erinnern. Jemand hat's mir gesagt.«

»Wer?« Ihre Stimme klang schärfer.

Crawford.

»Ich weiß es wirklich nicht mehr.«

Er konnte es an ihrem Blick ablesen, dass sie die Lüge als solche erkannt, jedoch beschlossen hatte, es vorerst dabei zu belassen.

»Na schön. Vielen Dank, Mr. Finch«, sagte sie und erhob sich aus dem Sessel. Sie zog eine Karte aus ihrer Manteltasche und schob sie ihm über den Tisch hinweg zu.

»Sobald wir weitere Informationen haben, melden wir uns wieder bei Ihnen«, sagte Sharp. »Wir stehen ja erst am Beginn unserer Ermittlungen.«

Seine Worte hörten sich an wie eine Drohung. DC Irvine warf ihm einen verärgerten Blick zu und ging ohne ein weiteres Wort zur Tür. Sharp wirkte leicht konsterniert und folgte ihr in die Eingangshalle hinaus.

Cahill hinderte Logan daran, den beiden nachzugehen, und zog die Tür mit solcher Wucht ins Schloss, dass die Wasserkaraffe auf dem Sideboard wackelte. Dann stellte er sich in Logans Blickfeld.

»Was zum Teufel tust du da?«

Logan zog einen Augenblick lang in Betracht zu lügen, aber das finstere Funkeln in Cahills Augen ließ ihn den Gedanken sogleich wieder verwerfen.

»Warum hast du sie angelogen?«

11

13:30 Uhr

Cahill kaute bedächtig auf seinem *Frankenstein*-Burger in der gleichnamigen Bar in der West George Street herum, während er unverwandt Logan beobachtete, der die Pommes frites auf seinem Teller hin und her schob.

»Es ist …« Cahill warf einen Blick auf seine Uhr, »oh, es ist jetzt ungefähr eine Stunde her, seit du mehr als zwei Worte zu mir gesagt hast, Logan.«

Logan griff sich eine seiner lauwarmen Pommes und starrte auf den Breitwandbildschirm über dem Tresen. Es lief MTV, aber die Musik, die aus den Lautsprechern der Bar schallte, passte nicht zu dem Videoclip. Logan hasste so etwas.

Er wandte sich wieder Cahill zu.

»Wie lange kennen wir uns jetzt? Fünf Jahre, nicht wahr?«

Cahill nickte langsam.

»Und wie viele ernst zu nehmende Beziehungen habe ich in dieser Zeit gehabt, Alex?«

»Keine einzige.« Er brauchte nicht einmal nachzudenken.

»Richtig. Keine. Und wie viele Affären?«

Die Frage war schon nicht mehr so einfach.

»Weiß nicht. Sechs oder sieben vielleicht?«

»Drei. Und die längste hat kein halbes Jahr gehalten.«

»Worauf willst du hinaus?«

»Sie ...«

Erneut fühlte Logan das noch immer feste Knäuel der Gefühle in sich aufsteigen. Sein Blick verschwamm, und er blinzelte, um wieder klar sehen zu können.

»Was ist mit ihr?«, drängte ihn Cahill, der seine Geduld auf eine harte Probe gestellt sah. »Sprich drüber.«

»Ich bin nie über sie hinweggekommen, Alex. Was ich damit sagen will ... ich glaube, sie war diejenige, welche. Ich weiß, wie kitschig das klingt, aber das ist mir egal, weil es das ist, was ich empfinde. Wir haben nie über Kinder oder so etwas geredet, aber ich habe immer gedacht, dass wir für alle Zeiten zusammenbleiben würden, verstehst du? Dass wir uns Jobs in der Stadt suchen, ein paar Jahre miteinander verbringen, dann heiraten und Kinder kriegen, uns irgendwo ein großes Haus kaufen, in dessen Auffahrt dann ein teurer Geländewagen mit Kindersitzen parkt.«

Cahill sah schweigend zu, wie sein Freund den Kopf senkte und sich durchs Haar strich.

»Mist. Jetzt hör mir mal zu.«

Cahill schob seinen Teller beiseite und lehnte sich auf seinem Stuhl zurück. »Aber wenn das zwischen euch so gut lief, was ist dann plötzlich passiert? Warum ist es mit einem Male zu Ende gewesen?«

»Ich weiß es nicht. Ich weiß es wirklich nicht. Ich meine … ich wusste, dass irgendetwas zwischen uns nicht ganz stimmte, aber ich dachte, dass sich das mit der Zeit klären würde. Und dann war sie weg. Hat mit so ziemlich jedem, den sie kannte, den Kontakt abgebrochen. Sie hatte keine Geschwister und ihre Eltern verloren, als sie die Schule abschloss, also war sie immer schon ein wenig so etwas wie eine Einzelgängerin. Trotzdem gab es keine Vorzeichen oder eine schlüssige Erklärung für ihr Abhauen.«

»Ein anderer Typ?«

»Nein, das glaube ich nicht. Davon hätte ich Wind bekommen. Außerdem hat sie ja nicht bloß mich verlassen, sondern gleich das Land.«

Cahill hielt kurz inne, bevor er wieder etwas sagte.

»Warum hast du denen nicht erzählt, von wem du erfahren hast, dass sie in Hongkong war?«

»Keine Ahnung. Ich … ich habe den Namen einfach nicht über meine Lippen gebracht, und dann schien es mir, dass es vielleicht so sein sollte. Ich kann's dir nicht erklären.«

»Ich kann mich nicht daran erinnern, dass du mir etwas davon erzählt hast.«

»Habe ich auch nicht. Ich rede mit niemandem viel über sie.«

»Okay, und wer war es nun?«

»Wer war was?«

Cahill beugte sich vor. Eine Gruppe von fünf jungen Anwälten aus Logans Kanzlei war laut redend in die Bar gekommen und hatte zu ihnen herübergenickt.

»Wer hat dir erzählt, sie sei in Hongkong?«

»Das war Bob Crawford.«

Cahill zog die Stirn in Falten.

»Bob und ich waren zusammen auf der Uni«, erklärte Logan. »Damals waren wir noch enger befreundet als heute. Wir haben viel zusammen herumgehangen, manchmal auch mit Penny, also hat sie ihn auch kennengelernt. Er hat mir erzählt, sie habe ihn eines Tages im letzten Sommer angerufen und erzählt, wie gut sie es in Hongkong getroffen hätte, dass es aber auch schön wäre, wenn man sich bei ihrem nächsten Besuch zu Hause mal treffen könnte. Dass sie überlegte, wieder in Schottland einen Job anzunehmen, und dazu an einige alte Verbindungen wieder anknüpfen müsse. Als Bob ihr sagte, dass ich auch in seiner Firma arbeite, hatte sie das Gespräch wohl abrupt beendet.«

»Und du hast wirklich zwölf Jahre lang nichts von ihr gehört?«

»Ja.«

»Junge, die hat dich wirklich sitzen lassen. Das erklärt so einiges.«

»Und was zum Beispiel?«

»Dass du dich wie ein beschissener Einsiedler in deinem neuen Apartment verkriechst und dort mit einer Katze namens Stella zusammenlebst, verdammt.«

Logan brachte ein Lächeln zustande. »Ich mag die Katze.«

Cahill beruhigte sich ein wenig und klopfte mit dem Finger den Takt der Musik mit. Dann blickte er zu dem Breitwandfernseher auf, der am anderen Ende der Bar unter einem vorspringenden Erker des Zwischengeschosses montiert war.

»Das Video passt nicht zur Musik. So etwas kann ich

nicht ausstehen. Wieso können die nicht überall den gleichen Kanal laufen lassen?«

Logan wollte zu lachen anfangen, unterließ es aber, als Cahill ihn finster ansah.

»Ist nicht leicht, aus dir schlau zu werden, Alex.«

Cahill senkte den Blick und nahm einen Schluck aus seiner Flasche mit kaltem Bier.

»Nein, das stimmt nicht«, sagte Cahill. »Vielleicht kennst du mich einfach nicht gut genug.«

»Heute Morgen ist mir aufgegangen, dass ich so gut wie gar nichts über dich weiß – über Alex Cahill, den weltgewandten Mann voller Geheimnisse.«

»Und wieso kommst du dann in mein Haus, um dir ein richtiges Footballmatch anzugucken, mein Bier zu trinken, meine Burger zu essen und mit meinen Töchtern zu spielen?«

»Erzähl mir von den Mädchen.«

»Was gibt's da groß zu erzählen? Du kennst sie ja. Zwei kleine Rabauken, die das ganze Haus zusammenschreien, wenn Samantha versucht ihnen Röcke anzuziehen.« Cahill musste selbst grinsen.

»Bist du jetzt anders, seit es sie gibt? Verändern sie dich?«

»Lass dir eins gesagt sein: Wenn man Kinder hat, verändert sich alles für einen. Deine Beziehung zu deiner Frau ist nie mehr die, die sie vorher war. Du kannst nicht einfach unter die Dusche schlüpfen und dein Weib an einem Sonntagmorgen überraschen, ohne dass eins der Mädchen aufwacht. Es ist, als hätten sie kleine Sensoren in ihren Gehirnen eingebaut, die auf so etwas programmiert sind.«

»Ich habe nicht nach eurem Intimleben gefragt.«

»Ich weiß. Natürlich verändern sie einen. Früher, als ich noch …«

Cahill hielt inne und schaute sich einen Augenblick lang im Raum um, ehe er weitersprach.

»Du kannst nicht mehr über dich selbst nachdenken. Sie kommen immer an erster Stelle. Du bist dafür verantwortlich, sie geistig zu formen und ihre Persönlichkeiten zu entwickeln. Von dir und davon, wie du sie erziehst, hängt es ab, was für eine Person sie im späteren Leben sein werden. Das kann man sich einfach nicht vorstellen, wenn man es nicht selbst mitgemacht hat.« Er hob die Flasche an den Mund und trank den letzten Schluck Bier. »Nichts auf der Welt ist damit zu vergleichen, wenn ich abends die Tür aufschließe, vielleicht sogar ein paar Tage in Übersee gewesen bin, und sie angerannt kommen und sich mir in die Arme werfen. Das ist diese besondere Art der Liebe, die du nur von deinen Kindern bekommst.«

»Aber macht dir die Verantwortung nicht auch Angst?«

»Und wie! Was ist, wenn ich bei ihrer Erziehung Mist baue und es nicht einmal merke, bis es zu spät ist? Wenn sie plötzlich mit achtzehn durch die Tür getorkelt kommen, high von irgendeinem Scheiß und mit blauen Flecken am ganzen Körper? Aber weißt du, was noch schlimmer ist?«

»Sag's.«

»Die Furcht, sie zu verlieren. Habe ich dir je erzählt, wie Jodie in einem Sommer plötzlich verschwunden war?«

Logan schüttelte den Kopf.

»Wir waren mit Samanthas Eltern an einem Strand irgendwo in Südspanien. Es war unser erster Tag, und wir wollten einfach nur relaxen, uns entspannen. Ich lege mich also auf ein Badehandtuch, ziehe mir meine *Broncos*-Kappe über die Augen und döse eine Minute lang ein. Sam und ihre Familie packen die Getränke und unser Mittagspicknick aus. Jodie, sie ist damals fünf, spielt mit Anna im

Wasser, unmittelbar vor unseren Augen, keine zehn oder fünfzehn Meter weit entfernt. Außer uns sind kaum Leute am Strand. Eine kleine, halbmondförmige Bucht in der Vorsaison.«

Logan sah zu, wie Cahills Blick an Schärfe verlor, während er sich erinnerte.

»Das Nächste, an was ich mich erinnere, ist, dass Sam mich wachschüttelt und mich fragt, wo Jodie ist. Anna hockt noch immer am selben Platz, kichert, während die Wellen ihre kleinen Beine umspülen. Sie ist erst zwei. Aber Jodie ist verschwunden. Ich bewahre die Ruhe, stehe auf und sage zu Sams Vater, er soll zum Wasser gehen und gucken, ob er sie sehen kann. Ich bin dabei nicht laut oder hektisch, aber Jodie kann noch nicht schwimmen, und mein erster Gedanke ist, dass sie von der Strömung unter Wasser gezogen worden ist. Man rechnet ja zuerst immer mit dem Schlimmsten. Weißt du, man denkt überhaupt nicht daran, dass sie vielleicht nur ein Stück den Strand entlanggelaufen ist, weil sie irgendwo dahinten einen Esel gesehen hat. Man denkt, dass sie ertrunken ist oder dass irgendein Irrer sie sich geschnappt hat. Also renne ich am Strand hin und her und rufe ihren Namen. Sam ist schon am Durchdrehen, und ein paar von den anderen Leuten am Strand fragen, was denn los sei und ob sie uns helfen können. Wir formen einen kleinen Trupp, und alle gehen auf die Suche nach ihr. Nach fünf Minuten halte auch ich es nicht mehr aus. Sam wird von Weinkrämpfen geschüttelt, und ihre Mutter kann sie nicht beruhigen. So etwas kann doch einfach nicht passieren, denke ich, mir doch nicht. Ich muss diesen Scheiß wieder in Ordnung bringen. Dafür bin ich doch da.«

Er machte eine kurze Pause, und Logan fragte sich,

ob sein Freund während der letzten zehn Minuten mehr über sich preisgegeben hatte als in den vergangenen fünf Jahren.

»Ich laufe also weiter am Strand entlang, kann nicht mehr klar denken, und da sehe ich einen der anderen Badegäste winkend auf mich zukommen. Er ist nur ein Junge von vielleicht fünfzehn Jahren, ein spindeldürrer Bengel, aber er hat Jodie an der Hand, die weint. Als sie mich sieht, rennt sie auf mich zu und packt mich so heftig, dass ich noch eine Woche später blaue Flecken davon habe. Ich hebe sie hoch und trage sie zu Sam zurück. – Und weißt du, was das Schlimmste daran war?«

Wieder konnte Logan nur mit dem Kopf schütteln.

»Eine halbe Minute später hatte sich Jodie wieder beruhigt und ist zurück zu ihrer Schwester gelaufen, um weiter im Meer zu spielen. Sie hat ihre Mutter nicht einmal richtig in die Arme genommen, obwohl Sam mit den Nerven völlig am Ende war.«

Cahill lachte laut auf, während ihre Bedienung die Rechnung auf den Tisch legte und sich wieder entfernte.

»Und wenn ihr nun etwas zugestoßen wäre?«, fragte Logan. »Was hättest du dann gemacht?«

»Ich weiß es nicht, Logan. Ehrlich nicht. Ich mag überhaupt nicht daran denken, wie ich leben soll, falls wir eine von ihnen verlieren. Aber eins kann ich dir versichern: Wenn jemand sie sich gegriffen und ihr etwas angetan hätte, würde ich keine Minute ruhen, bis ich den Schweinehund aufgespürt und ihm einzeln die Glieder aus dem Leib gerissen hätte. Wenn sich einer an meinen Kindern vergreift …«

Er beendete den Satz nicht.

Logan kam es langsam so vor, als wollte er vielleicht doch

besser nicht zu viel über Alex Cahill wissen. Er konnte einem richtig Angst machen.

12

14:00 Uhr

Ellie erwachte, als die Tür ihres Zimmers geöffnet wurde. Der Schlaf hatte ihr Erleichterung von ihren Schmerzen verschafft, aber er war unruhig gewesen, erfüllt von Träumen von ihrer Mutter und den Ereignissen am Morgen. Sie versuchte sich aufzusetzen, aber der Schmerz in ihren Rippen war wie ein Messer, das langsam in ihr Fleisch eindrang. Sie sog hörbar den Atem ein und blieb still auf dem Bett liegen.

Drake, der Mann, den sie für den Anführer hielt, kam ins Zimmer und stellte ein Tablett auf den Fußboden. Diesmal trug er keine Mütze, und sie konnte seine ausgeprägten Wangenknochen erkennen.

Auf dem Tablett lag ein Schinkensandwich, daneben stand ein Glas Milch – und eine nierenförmige Metallschale mit einer Spritze. Aus dem anderen Teil des Hauses hörte Ellie Stimmen – die der beiden Männer, die sie aus der May Terrace verschleppt hatten, und die der Frau am Herd.

Drake kniete sich neben das Bett und fragte sie, wie es ihr ginge. Sie sah ihn an, schwieg aber.

»Wenn du Schmerzen hast, kann ich dir helfen. Ich kann machen, dass es dir besser geht.«

Ellie wollte, dass der Schmerz aufhörte. »Es tut in der Seite weh«, sagte sie, und ihr Kinn zitterte vor Aufregung.

»Schon gut. Ich habe Medizin.«

Er nahm die Spritze vom Tablett. Ellie schloss die Augen, denn sie hasste Nadeln. Sie biss die Zähne zusammen, als sie spürte, wie die kalte Metallspitze sich unter ihre Haut schob und der Inhalt der Spritze in sie eindrang.

»So, nun iss. Du musst bei Kräften bleiben. Wenn du nicht isst, geht es dir noch schlechter. Ich möchte nicht, dass es so weit kommt.«

Wieder fiel Ellie auf, dass er sich um einen korrekten Sprachgebrauch bemühte. Sie nickte, und er half ihr, sich aufzurichten, ehe er das Tablett neben sie auf das Bett stellte. Dann erhob er sich und ging.

Sie verschlang das Schinkenbrot mit großem Appetit, ließ sich ihr Essen schmecken und genoss das verschwommene Wohlgefühl, während das Medikament, das durch ihre Blutbahnen strömte, zu wirken begann.

»Ich verstehe nicht, wieso Finch überhaupt in die Sache mit hineingezogen werden musste«, sagte Sergei. »Wir brauchten ihn doch gar nicht. Wenn er da nicht mit drinstecken würde, müssten wir uns jetzt auch nicht mit dem Scheiß auseinandersetzen, woher das Geld kommt.«

Drake seufzte. Es erschöpfte ihn, das alles schon wieder durchkauen zu müssen. Er vermutete, dass Sergei es nur darauf anlegte, ihn zu reizen. Er hatte Erfolg damit.

»Wie ich bereits gesagt habe, Sergei, habe ich Crawford zusammen mit Gabriel getroffen. Crawford war derjenige, der Finch ins Spiel gebracht hat.«

Die Frau hatte sich neben Vasiliy auf das Sofa gesetzt. Sie war sich des Machtkampfes zwischen Drake und Sergei sehr wohl bewusst, der ihr nach all den Jahren zum Hals heraushing. Alles hatte anders werden sollen, als sie der

Straßenkriminalität den Rücken kehrten und sich Gabriel anschlossen. Aber Sergei würde nie aufhören, danach zu streben, die Nummer eins zu werden, und das ließ er Drake bei jeder Gelegenheit spüren.

Andererseits wusste sie auch, dass Sergei vor seinem Kumpel noch immer Angst hatte, weil Drake zu einem außerordentlichen Maß an physischer Gewalt fähig war. Dennoch wurde er zunehmend mutiger, wenn es darum ging, Drake herauszufordern, und das beunruhigte sie. Das Letzte, was sie sich wünschte – das Letzte, was *jede* Frau sich wünschen würde –, war, Sergei und seinen … Gelüsten schutzlos ausgeliefert zu sein. Sie würden sorgsam darauf achten müssen, dass er nicht zu lange mit dem Mädchen allein war. Falls ihr etwas zustieß, hätten sie kein Druckmittel mehr in der Hand.

»Wenn du die Dinge besser im Griff hättest, würden wir nicht in dieser Scheiße sitzen und Gabriel hätte längst sein Geld«, sagte Sergei.

Drake trat an die Spüle und ließ sich ein Glas Wasser einlaufen. Er gab sich alle Mühe, seine Wut auf seinen alten Freund im Zaum zu halten.

»Es kann uns allen nur nützen, wenn wir zusammenhalten und diese Geschichte gemeinsam durchziehen«, sagte er. »Warum tust du also nicht das, was du am besten kannst, Sergei, und hältst einfach deinen Mund? Überlass das Denken mir und Gabriel.« Er sah, wie Sergei puterrot anlief, und spürte förmlich den Zorn, der sich in ihm zusammenbraute. Nur zu, dachte er. Versuch's doch. Lass uns ein für alle Mal sehen, wer von uns beiden der Stärkere ist.

Sergei rutschte in seinem Sessel hin und her, machte aber keine Anstalten, sich zu erheben. »Weil ich das Denken dir überlassen habe, sitzen wir jetzt in der Scheiße«, sagte er. »Wenn wir den Geldfluss simpel gehalten hätten, hätte Finch nie Wind davon bekommen und würde uns jetzt nicht solche Scherereien bereiten.«

»Wir mussten die Vorgehensweise ändern, Sergei, und das weißt du auch. Wenn du es auf eine Auseinandersetzung ankommen lassen willst, warum sagst du es nicht einfach, dann gehen wir nach draußen und klären die Sache, wie wir's immer gemacht haben – wie Männer.«

Sergei starrte ihn an, rührte sich aber nicht von seinem Platz.

»Habe ich's mir doch gedacht«, sagte Drake und spülte sein Glas mit heißem Wasser aus.

Die Frau behielt Sergei im Auge, solange Drake ihm den Rücken zuwandte. Sie konnte an seinem Gesichtsausdruck erkennen, was in seinem Gehirn ablief, während er so tat, als würde er sich gemächlich in seinem Sessel zurücklehnen. Als er merkte, dass sie ihn beobachtete, steckte er die Zunge zwischen die Lippen, machte eine lutschende Bewegung damit und grinste über ihr Unbehagen.

Ellie saß mucksmäuschenstill auf dem Bett und lauschte auf irgendwelche Geräusche, die ihr helfen könnten, herauszufinden, wo sie sich befand. Als die Männerstimmen in dem anderen Zimmer verstummten, glaubte sie, Wasser zu hören; nicht dahinströmend wie in einem Fluss, sondern leise plätschernd. Vielleicht war das Meer ganz in der Nähe? Aber sie kannte den Salzgeruch der Seeluft, den sie hier nicht wahrnahm.

Dann erinnerte sie sich an den Geruch der Bäume, als man sie aus dem Wagen gehoben hatte. Bäume und Wasser. Ein See? Wie nannte man die noch in Schottland? Ihre

Mutter hatte es ihr gesagt. Sie schloss fest die Augen und versuchte sich zu erinnern.

Der mit dem Ungeheuer darin – wie hieß der doch gleich? Sie kannte die Geschichte von damals, als sie noch ein kleines Mädchen gewesen war. Das Ungeheuer hieß … Nessie. Loch Ness. Das war's. Sie hatte die Geschichte gemocht, sich bei dem Gedanken an das geheimnisvolle Wesen, das irgendwo da unten umherschwamm, wohlig gegruselt. Sie lächelte und ballte die Hand zu einer Faust, um ihren kleinen Sieg zu feiern.

Sie befand sich in unmittelbarer Nähe eines sogenannten Lochs. Sie war sich ganz sicher.

13

16:00 Uhr

Nachdem er und Cahill sich getrennt hatten, betrat Logan die *Waterstone's*-Buchhandlung an der Sauchiehall Street, um sich einen Kaffee zu holen. Der Laden lag unweit des Blythswood Square und hatte eine *Costa Coffee*-Filiale im Tiefparterre. Logan konnte etwas gebrauchen, was ihn aufbaute.

Es war kurz nach vier, als er zurück ins Büro kam. Sein Mobiltelefon war ausgeschaltet gewesen, seit die Beamten ihn mit Cahill zurückgelassen hatten. Als er seinen Schreibtisch im dritten Stock erreichte, warteten dort sieben Nachrichten von Bob Crawford auf ihn. Mit jedem Anruf wurde seine Stimme schriller, der letzte war nur noch eine Aneinanderreihung von Verwünschungen.

Während Logan ein Stockwerk höher ging, blickte er nach oben und bemerkte einen leichten Nieselregen, der auf das gewölbte Oberlicht des Treppenhauses fiel. Crawfords Büro war das erste auf der nächsten Etage, von ihm blickte man auf den Park hinaus. Crawford warf ihm einen finsteren Blick zu, als Logan sich gegen den Türrahmen lehnte.

»Wo hast du gesteckt, verdammt noch mal?«

»Hatte einen schlechten Tag.«

»Soso. *Du* hattest also einen schlechten Tag. Und wie, glaubst du, ist wohl meiner verlaufen, nachdem du nicht zu dem Treffen erschienen bist? Von wegen schlechter Tag!«

Logan war nicht in der Stimmung, sich von Crawford herunterputzen zu lassen. Er beschloss, ihm die schreckliche Nachricht geradeheraus zu überbringen, und wenn er sie nicht vertragen konnte, sollte ihn doch der Teufel holen.

»Ich habe heute erfahren, dass Penny …«

Seine Zunge fühlte sich dick und geschwollen an. Ein weiteres Mal wurde er von der Tiefe seiner Gefühle übermannt, die er nach all den Jahren noch für sie empfand.

»Dass Penny was, Logan? Ich habe dir doch gesagt, du sollst sie vergessen.«

»Dass sie nach Glasgow zurückgekehrt ist.«

Keine Reaktion. Also war das für Crawford keine große Neuigkeit.

»Und dass sie heute Morgen ermordet wurde.«

Mit einem Schlag wurde Crawfords Gesicht so kreidebleich, dass Logan dachte, er würde sich übergeben, in Ohnmacht fallen oder beides gleichzeitig. Er sank in seinen Sessel zurück und in sich zusammen.

»Zwei Bullen vom CID waren heute früh hier, um mich dazu zu befragen.«

Crawfords Gesicht blieb weiß, während seine Stirn sich in tiefe Falten legte. Er sah aus, als würde er Logan etwas fragen wollen, könne aber die Worte nicht in die richtige Reihenfolge bringen.

»Wie lange hast du schon gewusst, dass sie hier ist, Bob? Und warum hast du mir nichts davon erzählt?«

Logan trat ins Zimmer und schloss die Tür hinter sich. Er konnte sich nicht erklären, wieso die Nachricht Crawford so sehr erschütterte, aber dessen Reaktion löste tief in ihm einen winzigen Funken Wut aus, der sich rasch zu einer weißglühenden Flamme ausweitete.

»Hast du dich mit ihr getroffen, Bob?«

Dann kam ihm ein noch naheliegenderer Gedanke.

»Hast du mit ihr geschlafen, Bob?«

Er stellte sich dicht an den Rand von Crawfords Schreibtisch. Logans Nähe ließ Bob aus seinem Schockzustand erwachen. In sein Gesicht kehrte wieder etwas Farbe zurück.

»Nein«, sagte er. Seine Stimme war fast ein Flüstern. »Das hätte ich nie getan. Niemals.«

»Aber du wusstest, dass sie hier war, oder? Ich hab's an deiner Miene gesehen. Hast du vergessen, dass ich früher Strafverteidiger war? Ich merke es, wenn jemand lügt.«

Logan sah an Crawfords Augen, dass der blitzschnell überlegte, ob er die Situation noch mit Ausflüchten retten könnte. Die Beobachtung brachte das Fass zum Überlaufen.

»Rede nicht um den heißen Brei herum, Bob!«, schrie er ihn an und fühlte, wie ihm wieder die Tränen kamen. »Nicht, wenn es Penny betrifft.« Seine Stimme war heiser, das letzte Wort war nur noch ein Krächzen.

»Ich wusste, dass sie hier war«, räumte Crawford endlich ein.

Logan knallte die Faust mit solcher Wucht auf den Tisch, dass an zweien seiner Fingerknöchel die Haut aufplatzte. Von seinem Vater hatte er das aufbrausende Temperament geerbt – und die Fähigkeit, Schmerzen zu ertragen. Emotionslos sah er zu, wie das Blut aus den Hautrissen sickerte und dann langsam über seinen Handrücken lief.

»Hör mal«, sagte Crawford, »sie hat mich gebeten, dir nicht zu sagen, dass sie zurückkommt. Sie hat mich geradezu angefleht.«

»Wie lange hast du es schon gewusst?« Logans Stimme war tonlos, aber Crawford konnte den Zorn wittern, der dahinter kochte.

»Sechs Monate. Sie ist vor acht Wochen zurückgekommen, aber sie hat mich schon vorher angerufen. Ich habe mich für sie nach einer Unterkunft umgeschaut.«

»Weiß deine Frau davon? Weiß Rachel davon, Bob?«

»Himmel, Logan, hör dir doch bloß mal zu.« Crawford erhob sich. »Du klingst wie ein eifersüchtiger Teenager. Ich habe sie nicht gefickt. Und selbst wenn ich es tun würde …«

»Getan hätte«, verbesserte Logan ihn. »Vergangenheitsform. Sie ist tot.«

Crawford seufzte. »Was ist das eigentlich zwischen dir und ihr? Ich meine, sie hat dich doch verlassen – dich sitzen gelassen. Das war brutal, und ich habe damals mitbekommen, wie sehr du darunter gelitten hast. Warum also liegt sie dir immer noch so am Herzen? Ich verstehe das nicht.«

Logan zog ein Papiertaschentuch aus dem Karton auf Crawfords Schreibtisch und wischte sich damit etwas von dem Blut auf seinem Handrücken ab. Er verspürte kein Verlangen, jetzt auf die Frage einzugehen.

»Vielleicht solltest du dich bei der Polizei melden«, sagte er. »Bevor sie zu dir kommen.«

»Was willst du damit sagen? Glaubst du etwa, *ich* hätte sie ermordet?«

»Ich habe keine Ahnung. Aber ich denke, dass ich dich längst nicht mehr so gut kenne wie früher, Bob.«

»Du bist ein Arschloch, Logan.«

»Ach? Bin ich das?«

»Ja, bist du.« Die Adern auf Crawfords Stirn schwollen bläulich an. »Kann doch sein, dass auch *du* gewusst hast, dass sie hier ist. Sieh dir bloß mal deine Hand an, Logan. Sieh dir an, was du angestellt hast. Vielleicht bist du nie über sie hinweggekommen, und als du herausbekamst, dass sie hier ist, wolltest du sie wiedersehen. Das Treffen ist nicht so gut gelaufen, was?«

Logan hatte das Gefühl, als würde er von in ihm lodernden Flammen verzehrt. Ihm wurde schwarz vor Augen, und einen Moment lang fürchtete er, das Bewusstsein zu verlieren. Er merkte, wie seine Beine nachgaben und ließ sich mit seinem ganzen Gewicht in den Sessel neben dem Schreibtisch fallen. Auch Crawford setzte sich wieder und sah ihn an. In seinem Blick spiegelte sich eine Mischung aus Furcht und Reue wider.

Der Niederschlag hatte sich von einem leichten Nieseln in einen Regenguss ausgewachsen, der gegen das Fenster hinter Crawford prasselte. Logan fühlte sich in seine Wohnung an der Byres Road zurückversetzt. Wäre er fähig, so etwas zu tun? War er dabei, den Verstand zu verlieren? Wenn das letzte Nacht nun gar kein Traum gewesen war und er sie wirklich getroffen hatte? Konnte sein Gehirn bereits so angeschlagen sein, dass es die Erinnerung daran vollkommen verdrängte? Er fragte sich, ob die wahrhaft Geistesgestörten sich ihres Zustandes bewusst waren. Hinter seinen Augenhöhlen begann ein wahnsinniger Kopfschmerz zu pochen. Er presste die Handballen auf seine Augen, um den Druck zu lindern.

»Es tut mir leid, Logan«, hörte er Crawford sagen. »Das war wohl ein bisschen übertrieben.«

Logan sah ihn aus vor Schmerz halb geschlossenen Augen an. »War es das? Und wenn ich nun nicht bloß von ihr geträumt habe? Was, wenn ich da oben nicht mehr richtig bin, ich tatsächlich bei ihr war und sie umgebracht habe?«

»Nein. Das ist doch …«

»Was? Verrückt?« Logan lachte laut auf. »Die Bullen sind bei mir gewesen, weil man eine Visitenkarte bei ihr gefunden hat. Meine Visitenkarte.«

Crawford blickte starr ins Leere, seine Pupillen weiteten sich.

»Ich denke, du solltest jetzt nach Hause gehen«, sagte er.

»Hast du Angst vor mir, Bob?«

»Geh nach Hause.«

»Und was wird aus den Typen, dem Deal?«

»Ich werde mit denen telefonieren. Es ist mein Hals, nicht deiner.«

Logan verließ das Büro. Er war sich nicht sicher, wen von ihnen beiden es schwerer getroffen hatte.

14

19:00 Uhr

Das Besprechungszimmer im Hauptquartier der Strathclyde Police an der Pitt Street, nur eine Querstraße von den Büroräumen von Kennedy Boyd entfernt, war fast leer.

Sharp war vor fünf Minuten nach Hause gefahren; Rebecca Irvine saß noch an einem der Tische und hatte sich im grellen Licht einer Halogenschreibtischleuchte in die Betrachtung der Fotos vom Tatort vertieft. Zwischendurch blickte sie auf die Tafel vor sich, aber die Namen, Zahlen und die Liste der möglichen Spuren darauf verschwammen zu einem undurchschaubaren Chaos. In der Hand hielt sie Logan Finchs Visitenkarte, die sie immer wieder zwischen den Fingern drehte.

Sie ging den Flur hinunter zum Waschraum und spritzte sich kaltes Wasser ins Gesicht. Als sie es sich mit einem billigen Papiertuch abtupfen wollte, verteilte das Tuch die Feuchtigkeit mehr, als dass es sie aufsaugte. Ihr Gesicht im Spiegel wirkte fahl und eingefallen, unter den Augen hatte sie dunkle Ringe. Wahrscheinlich wäre es am besten, sich den Mantel zu holen und ebenfalls nach Hause zu fahren. Ob sie Tom anrufen und ihm sagen sollte, dass sie noch im Büro war? Doch sie verwarf den Gedanken sogleich wieder. Sie hatte keine Lust, sich schon wieder sein Genöle anzuhören.

Als sie zurück in das Besprechungszimmer kam, fand sie dort ihren obersten Vorgesetzten, Superintendent Liam Moore, dabei vor, wie er sich die Fotos ansah und gleichzeitig in ihren Notizen blätterte. Er koordinierte die Ermittlungen in dem Fall, was bedeutete, dass er nicht mit der aktiven Polizeiarbeit betraut war, sondern vielmehr sämtliche Spuren auswertete und auf Zusammenhänge untersuchte. Er hatte seine Zeit als Laufbursche längst hinter sich.

Moore war fünfzig Jahre alt und ehemaliger Amateurboxer; ein Schwergewichtler, mit dem es irgendwann bergab gegangen war. Sein breiter Oberkörper und seine Arme waren immer noch muskulös, aber inzwischen trug er eine dazu passende Wampe vor sich herum, über der sich die Knöpfe seines hellblauen Hemdes spannten. Sein dunkles Haar war in den letzten Jahren ziemlich grau geworden, sodass er nun einen militärischen Bürstenschnitt bevorzugte, der ihn wie den härtesten Brocken der gesamten Polizeitruppe aussehen ließ, der er vermutlich auch war.

»Wie kommen Sie voran, Becky?«

»Mühsam. Macht einen mürbe.«

»Ja, ja. War ein langer Tag für uns alle.«

Er klappte ihr Notizbuch zu, verschränkte die Arme hinter seinem Kopf und lehnte sich auf dem Stuhl zurück, der unter seinem Gewicht so unheilverkündend ächzte, dass Rebecca ihre mütterlichen Instinkte unterdrücken musste – ihn beim Kragen zu packen und ihm zu sagen, er solle gerade sitzen, sonst würde er das Abendessen heute vergessen können.

»Sie sehen wirklich ganz schön erledigt aus«, sagte er. »Wie bekommt Ihnen die Arbeit?«

Es war das erste Mal, dass sie Moore etwas sagen hörte, was auch nur entfernt einer persönlichen Bemerkung ähnelte. Erstaunt blickte sie auf, öffnete den Mund, aber nur ein leiser Atemhauch drang über ihre Lippen.

»Für den ersten Tag war es reichlich aufreibend«, sagte sie schließlich.

Moore nickte. »Sie gewöhnen sich schon daran«, sagte er. »Aber leicht wird's nie sein.«

Rebecca war sich unschlüssig, ob seine Bemerkung als Trost gemeint war oder nicht.

»Erzählen Sie mir ein bisschen was über diesen Anwalt«, wechselte Moore das Thema.

»Sie meinen Finch?«

Er nickte bedächtig – ein Anzeichen dafür, dass die kurze

Geduldsspanne, für die er berüchtigt war, sich dem Ende zuneigte.

»Nun, zu diesem Zeitpunkt kann man noch nicht viel sagen. Wir haben seine Visitenkarte am Tatort gefunden, und er hat mehr oder weniger zugegeben, mit dem Opfer eine Beziehung unterhalten zu haben, als sie beide noch auf die Universität gingen. Wir haben das in den Unterlagen nachgeprüft. Beide haben im gleichen Semester ihren Abschluss gemacht – vor zwölf Jahren. Sie waren in unterschiedlichen Fakultäten, aber wir haben für beide Listen ehemaliger Kommilitonen. Wir werden versuchen sie ausfindig zu machen, um sie zu fragen, ob sie uns noch etwas über sie erzählen können.«

»Und das Opfer war Einzelkind und Vollwaise?«

»Ja. Wir sind auf eine Tante mütterlicherseits in Pitlochcry gestoßen, aber es war niemand zu Hause, als die Kollegen sie besucht haben. Wir bleiben am Ball.«

»Ansonsten war sie ganz allein auf der Welt.« Er stellte es mehr fest, als dass er es fragte.

»Bis auf ihre Tochter«, sagte Rebecca, doch sogleich tat ihr ihre scharfe Art schon leid, da er möglicherweise noch etwas hatte sagen wollen.

Er blickte sie an. Seine Lider wirkten schwer, aber trotz des Halbdunkels im Raum konnte sie seine blauen Augen leuchten sehen. »Ja, abgesehen von Ellie.« Er schaute sie nachdenklich an. »Sie ist elf, nicht wahr?«

Sie nickte.

»Und das Opfer und Finch waren vor zwölf Jahren ein Paar. Damit könnte sie fast seine Tochter sein.«

Rebecca hatte das Gefühl, als wäre ihr im wahrsten Sinne des Wortes die Kinnlade heruntergeklappt. So etwas Dummes. Wieso war sie nicht von selbst darauf gekommen? Sie war viel zu sehr mit Sharp und seinen bescheuerten Sprüchen beschäftigt gewesen, viel zu sehr bedacht darauf, sich bloß keinen Fehler zu erlauben, sodass sie das Naheliegendste übersehen hatte.

»Das würde Finch in den Mittelpunkt der Ermittlungen rücken, Sir«, sagte sie.

Damit dürfte ihr Lapsus ausgebügelt sein.

»Das würde es. Aber verschwenden wir nicht zu viel Zeit mit unbestätigten Mutmaßungen. Knöpfen Sie sich die Mitstudenten vor, sprechen Sie mit der Tante, und dann sehen wir, ob die Rumrennerei uns was gebracht hat. Stellen Sie außerdem fest, ob das Mädchen hier geboren ist, und besorgen Sie nach Möglichkeit eine Kopie der Geburtsurkunde. Vielleicht wird Finch ja doch als Vater genannt.«

Er erhob sich und streckte seinen massigen Oberkörper, wobei die knackenden Gelenke laut wie Schüsse in dem stillen Raum hallten.

»Wenn Sie meine Meinung hören wollen«, wandte Rebecca ein, »so habe ich heute nicht den Eindruck gewonnen, dass Finch zu so etwas wie dem, was sich in dem Haus abgespielt hat, fähig ist. Dazu wirkte er auf mich zu aufrichtig.«

»Wenn Sie das sagen. Ich habe für morgen Vormittag eine Pressekonferenz angesetzt, damit wir die Mittagsnachrichten noch mitnehmen. Ich werde dabei auch Fotos von der Tochter zeigen. Bestellen Sie Finch für morgen früh her, dann werden wir ihm das Bild mit dem Mädchen vorlegen, bevor es an die Öffentlichkeit gelangt, und sehen, wie er reagiert. Mal schauen, ob wir ihn ohne den Amerikaner aus der Reserve locken können.«

»Okay, aber wie stellen Sie sich den Ablauf vor? Ich gehe davon aus, dass Sie die Befragung übernehmen, Sir.«

»Da haben Sie recht. Wir haben noch nicht zusammengearbeitet, Becky, also müssen Sie sich darauf vorbereiten, dass ich Menschen ganz schön heftig zusetzen kann, wenn ich es will. Aber das ist nur eine Art Schauspiel, verstehen Sie? Auch wenn ich einen noch so Furcht einflößenden Eindruck mache, habe ich mich doch im Griff. Lassen Sie es also einfach auf sich zukommen.«

Sie bemühte sich, nicht eingeschüchtert zu wirken.

»Wissen wir eigentlich inzwischen, wer das ist?«, fragte Moore. »Dieser Amerikaner, meine ich.«

»Nein, Sir.«

»Na gut. Sie sehen jetzt zu, dass Sie nach Hause kommen, und ich treffe Sie hier morgen früh pünktlich um acht wieder. Bis dahin sollten auch schon die ersten Laborergebnisse und der Bericht der Gerichtsmedizin vorliegen. Arbeiten Sie so, wie man es Ihnen beigebracht hat, Becky. Das tun wir alle.«

Einen nach dem anderen ließ er seine Fingerknöchel knacken, was ihr einen Schauder über den Rücken jagte. Mein Gott, wie sie so ein Gehabe hasste. Bevor Moore ging, hatte er noch eine Frage an sie.

»Haben Sie Kinder, Becky?«

»Jawohl, Sir. Eins. Einen Jungen.«

»Ich habe zwei. Beide sind schon erwachsen und haben selbst Kinder. Halten Sie mich nicht für jemanden, dem alles egal ist. Jeder hat seine eigene Methode, um mit solchen Fällen fertigzuwerden. Verstanden?«

»Jawohl, Sir.«

Auf der Heimfahrt ließ Rebecca Irvine der Gedanke nicht los, dass Finch der Vater des Mädchens sein könnte. Sie hatte eines der Bilder von Ellie mitgenommen und sich ein

Porträtfoto von Finch von der Website seiner Anwaltsfirma ausgedruckt. Beide lagen nun auf dem Beifahrersitz, und sie warf einen Blick darauf, sooft sie an einer roten Ampel oder einer Kreuzung halten musste.

Sie war schon fast zu Hause, als sie sich entschloss, noch einmal zu dem Haus an der May Terrace zurückzufahren. Unter Umständen würde sie dort eine Antwort auf eine ihrer Fragen finden, etwas, das die Gerichtsmediziner vielleicht nicht für bedeutungsvoll genug erachtet hatten, um es einzutüten.

Als sie vor dem Haus hielt, sah sie den an der Tür postierten uniformierten Beamten schon auf sich zukommen, um sie abzuwimmeln. Sie stieg aus und hielt dem jungen Polizisten am Zaun ihren Dienstausweis unter die Nase. Er öffnete ihr das Gartentor, bat sie aber zu warten, bis er die Haustür entriegelt hatte.

Sie ließ ihn draußen stehen und betrat allein den Flur. Es roch noch immer stark nach Blut. Rasch schaltete sie die Deckenbeleuchtung ein, denn ihrer Erfahrung nach wirkte im Dunkeln immer alles viel bedrohlicher. Trotzdem verschwand das mulmige Gefühl nicht.

In der Überzeugung, dass der beste Ort für eine Spurensuche das Zimmer des Mädchens war, ging sie die Treppe hinauf und stieß die halb offene Tür auf. Die Leute von der Spurensicherung hatten alles weitgehend in seinem ursprünglichen Zustand belassen; die Bettdecke lag noch immer auf dem Boden, aber sie hatten das Laken mitgenommen, um die Blutflecken darauf zu analysieren. An der Wand hinter dem Bett klebte weiteres Blut.

Unter dem Fenster stand ein – offenbar, um mit der hellen Eierschalenfarbe der Wände zu harmonieren – notdürftig schmutzigweiß gestrichenes Schminktischchen. Sie fand dies ein ziemlich übertriebenes Möbel für eine Elfjährige, aber wahrscheinlich waren die Vorstellungen der Mutter von der Einrichtung eines Mädchenzimmers hier mit ihr durchgegangen. Sie schaute in die Schubladen, entdeckte aber nichts von Bedeutung, also wandte sie sich dem Kleiderschrank zu, der dem Stil des Schminktischs entsprach.

In der Hoffnung, einen vielleicht nützlichen Hinweis auf die Persönlichkeit ihrer Besitzerin zu bekommen, schob sie die Sachen des Mädchens auf der Stange hin und her. Wenn das, was sie hier sah, Aufschluss über Ellies Charakter gab, musste sie ein ziemlicher Wildfang sein. Jede Menge Jeans, allerhand bedruckte T-Shirts in verschiedenen Brauntönen, ein oder zwei Röcke und ein einziges Sommerkleidchen; außerdem zwei dünne Windjacken, die kaum für das Klima in Schottland geeignet schienen, und einige teuer aussehende Oberteile. Unten im Schrank fand sie eine Auswahl an Markenturnschuhen und flachen Pumps. Nun gut, vielleicht war Ellie eben ein Wildfang mit modischen Ambitionen.

Mützen und Schals wurden in dem Fach oberhalb der Kleiderstange aufbewahrt, und hier fand sie endlich, wonach sie gesucht hatte: Ziemlich weit hinten und verborgen unter einem Halstuch entdeckte sie eine Art Tagebuch – allerdings nicht regelmäßig geführt; das Mädchen schien immer nur dann etwas hineingeschrieben zu haben, wenn ihm gerade danach war. Während sie darin blätterte, gewann Rebecca den Eindruck, dass es sich bei Ellie um ein ziemlich aufgewecktes Kind handelte. Für ihr Alter verfügte sie über einen beachtlichen Wortschatz.

Es gab Eintragungen über Klavierstunden, die sie mit kleinen gemalten Notenbeispielen illustriert hatte. Da Rebecca selbst kein Instrument beherrschte und keine Noten lesen konnte, wusste sie nicht, ob das Mädchen einfach etwas aus einem Stück kopiert hatte, das es lernen sollte, oder ob es sich hier um eine eigene Komposition handelte. Auf jeden Fall beschlich sie das Gefühl, dass diese Elfjährige ihr im musikalischen Bereich einiges voraushatte.

Im hinteren Teil des Buches fand sie ein paar Seiten, die für Fotos vorgesehen waren, doch die mit »Dad« beschriftete Plastikhülle war leer. Sie klappte das Tagebuch zu, streckte sich, um es wieder ins Regal zurückzustellen, als etwas herausfiel und zu Boden flatterte. Sie kniete sich hin, um es aufzuheben, und hielt es dann vorsichtig zwischen den Fingern. Es war ein getrocknetes und gepresstes Gänseblumenkränzchen, ein wenig verblasst, aber immer noch leuchtend. Als sie es umdrehte, fiel eine der Blüten ab, und die Kette war zerbrochen. Sie schlug das Buch wieder auf und versuchte die Blumenkette zwischen dem letzten Blatt und dem hinteren Deckel wieder vorsichtig zusammenzusetzen. An dem gelben kreisförmigen Abdruck, den die Blüten auf dem Papier hinterlassen hatten, konnte sie erkennen, dass dies ihr ursprünglicher Platz gewesen war. Außerdem war in die Mitte des Kreises mit kindlicher Handschrift »Sommer 2003« gekritzelt worden. Sie tat ihr Bestes, um alles wieder herzurichten, aber der Kranz würde nie mehr zusammenhalten. Sie schämte sich, als sie das Buch endgültig zuklappte. Die gepressten Blumen mussten dem Mädchen viel bedeutet haben, wenn es sie so lange aufbewahrt hatte.

Sie verließ das Haus und ging zu ihrem Wagen zurück. Während sie hoffte, eines Tages die Chance zu bekommen, sich bei dem Mädchen dafür zu entschuldigen, dass sie ihren Blumenkranz kaputtgemacht hatte, fragte sie sich gleichzeitig, was sich im Sommer 2003 so Bedeutsames zugetragen haben mochte.

Als sie zu Hause ankam, blieb sie noch einen Augenblick lang im Wagen sitzen und schaltete die Innenbeleuchtung ein, um sich die Bilder von Finch und dem Mädchen erneut anzusehen.

Könnte sein.

Tom badete den Kleinen gerade, als sie zur Tür hereinkam. Sie rief ihm nach oben ins Bad zu, dass sie sich ein Sandwich machen und dem Baby gerne seine Milch geben würde. Eigentlich war ihr bewusst, dass ihr Sohn längst kein Baby mehr war, trotzdem dachte sie immer noch als Baby von ihm. Als Antwort erhielt sie von Tom nur ein Grunzen.

Sie setzte sich an den alten Holztisch in der Küche und kaute auf ihrem Nutellabrot herum. Sie mochte das Zeug noch lieber als ihr Sohn. Die Fotos lagen nebeneinander vor ihr, und während sie sie betrachtete, entstanden in ihrem Kopf verschiedene Szenarien.

Sie erinnerte sich genau daran, wie Finch auf die Nachricht von Penny Grants Tod reagiert hatte, und war sich sicher, dass sein Verhalten nicht nur gespielt gewesen war. Falls er tatsächlich keine Ahnung von dem Mädchen hatte, das seine Tochter sein könnte, stand ihm morgen, wenn Moore ihn damit konfrontierte, ein Schock bevor. Sie empfand etwas Mitleid mit Finch und hoffte, dass ihn Moore nicht zu sehr in die Mangel nehmen würde.

Sie trank ein Glas kalte Milch und lauschte den beiden Männern in ihrem Leben, die über ihr im Badezimmer herumplantschten. Wie würde sie damit fertigwerden, wenn einem von ihnen etwas zustieß? Der Gedanke, Tom vielleicht nie wieder zu Gesicht zu bekommen, rief kein ausgesprochenes Bedauern in ihr hervor.

Wie hatte es nur so weit kommen können?

15

20:00 Uhr

Es war nun still in der Hütte – als solche stellte Ellie sich inzwischen ihr Gefängnis vor. Vor einer Weile – allerdings vermochte sie nicht zu schätzen, wie lange das genau her war – hatte sie irgendwo im Haus ein Mobiltelefon läuten hören. Der Klingelton war irgendein alter Popsong gewesen, dessen Melodie sie schon einmal gehört hatte, aber nicht zuordnen konnte. Drake, der Anführer, hatte das Gespräch entgegengenommen. Sie hatte seine Stimme erkannt, allerdings nicht verstanden, was er sagte. Danach waren die Stimmen der beiden Männer aus dem Lieferwagen zu hören gewesen; sie hatten sich angeschrien. Später dann wurde ein Motor gestartet, und ein Auto war weggefahren, wobei die Räder einen Augenblick lang auf einem Untergrund, der sich wie Gras oder Erde anhörte, durchgedreht hatten.

Anschließend hatte Ellie wieder vor sich hin gedöst. Von der Injektion, die der Mann, der sich Drake nannte, ihr gespritzt hatte, war sie schläfrig geworden, aber das machte ihr nichts aus, denn dann spürte sie auch den Schmerz nicht mehr. Nun aber war es dunkel geworden, und die Schmerzen begannen wieder an ihr zu nagen. Heftiger Brechreiz befiel sie, und ihr wurde zunehmend unwohler zumute. Am schlimmsten taten ihre Seiten weh, dort, wo man ihr die Rippen angebrochen hatte. Die Schmerzen in ihrem Gesicht waren einigermaßen zu ertragen, solange sie sich nicht zu sehr bewegte oder es berührte. Irgendwann, nicht allzu lange nach der Spritze, hatte sie mit einer Hand ihr Auge angefasst, um zu prüfen, wie geschwollen es war. Ein rasender Schmerz hatte sie durchzuckt. Sie würde es nicht noch einmal tun.

Mit der Dunkelheit und den Schmerzen kehrte auch die Angst zurück. Sie nahm das Foto von ihrem Dad in die Hand und bemühte sich, es so zu halten, dass sie in dem schwachen, bläulichen Licht des bleichen Mondes, das durch die Ritzen der Wände fiel, etwas von ihm erkennen konnte. Es war kaum möglich.

Sie versuchte die Umrisse seines Gesichts mit dem Finger nachzuziehen, weil sie sich davon ein wenig Trost versprach, aber alles, was sie dabei fühlte, war nur die kalte, leblose Oberfläche des Hochglanzpapiers.

Sie begann zu weinen. Sie weinte um ihre Mom und um sich selbst. Ihre arme Mom, die beste Freundin, die sie gehabt hatte. Sie bemühte sich, die Erinnerung an das, was die Männer heute früh mit ihr getan hatten, zu verdrängen, doch die Bilder und Geräusche waren so deutlich, dass es sich anfühlte, als würde sie es erneut durchleben.

Am Abend zuvor hatten sie zusammen auf der Couch gesessen, heißen Kakao getrunken und sich einen der Spiderman-Filme angeguckt. Sie liebte Actionfilme. Mit albernen Mädchenabenteuern, in denen dauernd gekichert wurde, konnte sie nichts anfangen. Sie wollte, dass Gut und Böse gegeneinander kämpften. Aber im richtigen Leben ging es nicht so zu wie bei Spiderman. Ganz und gar nicht.

Sie war glücklich schlafen gegangen, und ihre Mom hatte sich noch neben sie aufs Bett gesetzt und ihr die Decke bis zum Kinn hochgezogen.

»Ellie«, hatte sie gesagt. »Hast du eigentlich noch das Bild von deinem Dad, das ich dir mal geschenkt habe?«

Sie hatte genickt. Die Erwähnung ihres Vaters und die

Erinnerung an jenen sonnigen Sommertag 2003, als ihre Mutter zum ersten Mal von ihrem Dad gesprochen und ihr das Foto gegeben hatte, versetzte sie in freudige Erregung. Sie wusste, dass auch er damals hier in Glasgow gelebt hatte. Und nun war auch sie hier in dieser Stadt.

Ihre Mom hatte plötzlich irgendwie verändert ausgesehen. Zwischen ihren Augen hatten sich dünne Denkfalten gebildet.

»Das Bild ist hier«, hatte sie geantwortet. »In der Schublade vom Nachttisch.«

Ihre Mom hatte gezögert und dann die Schublade des kleinen Schränkchens neben ihrem Bett aufgezogen. Sie schob die Hand hinein, und man konnte hören, wie ihre Finger das Foto berührten. So war ihre Mom eine ganze Weile lang sitzen geblieben, hatte das Bild betrachtet und mit der Hand darübergestrichen. Es war, als hätte sie ganz vergessen, dass Ellie auch noch da war.

»Was ist denn, Mom?«

Ihre Mutter hatte die Nase hochgezogen und sich übers Gesicht gewischt. Als sie Ellie danach ansah, glänzten ihre Augen feucht in dem warmen Lichtschimmer der Nachttischlampe.

»Was würdest du davon halten, wenn wir deinen Dad besuchten?«

Im ersten Moment war sie sprachlos gewesen, hatte vor Aufregung eine komische Leichtigkeit in ihrem Kopf und ihren plötzlich unruhigen Magen gespürt. Dann hatte sie sich aufgesetzt und ihre Mutter so fest umarmt, wie sie konnte.

»Können wir? O ja, bitte, Mom, bitte.«

»Aber ich muss erst mit ihm darüber sprechen, verstehst du, Schatz? Ich habe ihn eine ganze Weile nicht gesehen, und wir … nun, wir können nicht einfach so bei ihm aufkreuzen. Aber ich habe in letzter Zeit viel darüber nachgedacht, und deswegen wollte ich auch, dass wir hierher ziehen, nach Glasgow. Deshalb habe ich dieses Haus gekauft. Ich wünsche mir so, dass es für uns beide ein Zuhause wird.«

Ellie hatte zu weinen angefangen. Salzige Tränen waren ihr über die Wangen gekullert, und ihr ganzer Körper hatte gebebt, als sie sich so fest an ihre Mutter drückte, dass sie kaum noch Luft bekam.

»Können wir dann vielleicht eine richtige Familie sein?«, hatte sie gefragt.

»Ich weiß noch nicht, Ellie. Lass uns einfach sehen, wie sich alles entwickelt, okay?«

»Aber er wird mich doch treffen wollen, oder? Bestimmt wird er das. Er muss einfach wollen.«

Ellie hatte bemerkt, dass die Tränen ihrer Mom sich mit den ihren zu vermischen begannen, während sie zusammen am letzten Abend im Leben ihrer Mutter auf dem Bett saßen.

Viel, viel später.

Es ist dunkel. Sie hört ein Krachen und einen Schrei. Sie hat Angst.

»Mom!«, ruft sie.

Keine Antwort.

»Mom!« Dieses Mal ist es fast ein Schrei. »Mom? Wo bist du?«

Die Tür wird grob aufgestoßen, kracht gegen die Wand und erschüttert das ganze Zimmer. Sie schreit laut auf, als sie den Mann sieht, verkriecht sich am Kopfende ihres Bettes und zieht sich die Decke über das Gesicht.

Immer noch Lärm im Flur.

»Ellie!«

Die Stimme ihrer Mutter, die anders klingt als je zuvor.

Und dann ein furchtbares Geräusch, ein Geräusch, das niemand in ihrem Alter hören sollte – das Splittern von Knochen unter der Haut, warmes, rotes Leben, das auf den Fußboden spritzt.

Ellies Stimme wird zu einem schrillen Kreischen. Kein Wort kommt über ihre Lippen, nur dieses grelle Schreien. Es ist, als würde ein Stück von ihrem Herzen aus ihrem Körper gerissen.

»Mooom!«

Dann fällt der Mann in ihrem Zimmer über sie her und schlägt wie ein Wahnsinniger auf sie ein.

Ellie saß kerzengerade auf dem Bett. Sie weinte hemmungslos und trat mit den Füßen gegen die Hüttenwand.

Drake kam in den Raum, drückte sie aufs Bett zurück, hielt ihre Arme fest.

»Du musst ruhig sein, sonst bin ich nicht mehr nett zu dir.«

Sie wusste, dass sie besser tun sollte, was er sagte, aber ihre Angst und die Wut überwältigten sie.

»Du hast meine Mom umgebracht!«, schrie sie ihn an, und ihr Speichel sprühte ihm ins Gesicht. »Du hast sie getötet!«

Drake drückte leicht auf ihre angebrochenen Rippen auf ihrer rechten Seite. Der jähe Schmerz brachte sie augenblicklich zum Verstummen. Ihr Atem rasselte, als sie durch zusammengebissene Zähne Luft einsog. Eine volle Minute lang blieb er sitzen und presste die Hand gegen ihren Oberkörper.

Ellie kniff die Augen zu und versuchte sich ihre Mutter vorzustellen, etwas zu finden, woran sie sich klammern konnte, aber es gelang ihr nicht. Kurz bevor sie in eine schwarze Bewusstlosigkeit versank, erschien eine Sekunde lang ein strahlend helles Bild vor ihren Augen. Sie schrie ein Wort, dann übermannte sie der Schmerz.

Als Drake merkte, dass sie ohnmächtig war, ließ er sie los und erhob sich vom Bett. Er fühlte ihren Pulsschlag. Schwach, aber regelmäßig. Gut. Nachdem ihre Mutter tot war, hatten sie außer dem Mädchen nichts mehr in der Hand, und das bedeutete, dass sie gut auf die Kleine aufpassen mussten, solange sie sie noch brauchten.

Er verließ das Zimmer und schloss die Tür ab.

Die Frau, die Ellies Essen zubereitet hatte, fragte, ob alles in Ordnung sei.

»Ja«, sagte er. »Sie hat nach ihm gerufen.«

»Nach wem?«

»Sie hat ›Dad‹ gesagt.«

»Das ist doch schrecklich«, sagte die Frau. »Warum hat dieser Idiot Vasiliy ihre Mutter umbringen müssen? Niemand hat uns darauf vorbereitet, dass wir einem Kind das antun müssen.«

Drake setzte sich neben sie auf das Sofa, hob ihr Kinn und küsste sie auf den Mund.

»Bald ist es ausgestanden, Katrina«, sagte er. »Wenn es den beiden heute Abend gelingt, alles Notwendige zu erledigen und Finch zu stecken, dass er mit uns zusammenarbeiten muss. Anschließend muss Finch seinen Teil erledigen. Was auch immer geschehen wird, es hängt allein von ihm ab.«

»Und was ist mit Gabriel? Hast du mit *ihm* darüber gesprochen?«

Drake stand auf, ging schweigend zur Anrichte, füllte den Wasserkessel und stellte ihn auf den Herd. Katrina beobachtete ihn dabei, unsicher, ob sie ihn mit ihrer Frage nach Gabriel verstimmt hatte.

»Dieser verfluchte Sergei will mir meinen Platz streitig machen«, sagte Drake. »Er hat mir schon damals alles geneidet, als wir noch in Russland waren. Hat immer geglaubt, er müsste der Boss sein. Seit wir mit Gabriel zusammenarbeiten und er mich für zwei Jahre nach Amerika geschickt hat, damit ich dort unser Netzwerk aufbauen konnte, ist es noch schlimmer geworden. Sergei denkt, er kann mich vom Thron stoßen, und die Situation jetzt ist genau das, worauf er gewartet hat. Möglicherweise hat er Vasiliy extra gesagt, dass er die Frau töten soll, damit ich vor Gabriel schlecht dastehe. Ich frage mich, ob er bloß darauf wartet, dass ich schlafe, um mich dann abzustechen.«

Katrina stellte sich neben ihn und nahm sein Gesicht in beide Hände.

»Dann bring den Mistkerl doch um«, sagte sie. »Warum das Risiko eingehen?«

Drake lachte und küsste sie noch einmal. »Du bist ein ganz schön hinterhältiges Biest.«

»Was meinst du, Yuri?«

Er ließ es zu, dass sie ihn mit seinem früheren Namen ansprach. Er benutzte ihn in letzter Zeit so selten, dass er in seinen eigenen Ohren schon ganz fremd klang.

»Lass uns das hier zu Ende bringen, damit Gabriel sein Geld bekommt«, sagte er. »Wen, glaubst du wohl, wird er dann ins Visier nehmen – mich oder die Vollidioten, die die ganze Operation gefährdet haben, indem sie die Frau abschlachten mussten?«

»Sieh lieber zu, dass Gabriel das zuerst von dir erfährt«,

sagte Katrina. »Es sind *seine* fünfundzwanzig Millionen, und er wird sich kaum Ausflüchte anhören wollen. Wir waren doch beide in Paris dabei, als er diesen Amerikaner wegen fünfzigtausend umgelegt hat.«

Drake sah noch den warmen Strahl Blutes aus der Arterie spritzen, als Gabriel dem Amerikaner die Kehle durchgeschnitten hatte – er wusste noch, wie er über den Dampf gestaunt hatte, der von der immer größer werdenden Blutlache aufstieg, während der Amerikaner sein Leben ausgehaucht hatte.

»Dafür werde ich sorgen«, versicherte Drake ihr. Er nahm sein Mobiltelefon vom Fensterbrett, als hinter ihm gerade das Wasser im Kessel zu kochen anfing. Er tippte eine Kurzwahlnummer ein und lauschte auf den Rufton am anderen Ende.

»Hallo?«, meldete sich eine Stimme mit gepflegtem englischem Akzent.

»Gabriel? Ich bin's, Mr. Drake. Wir haben ein Problem.«

Er sah Katrina an, die nervös lächelte.

16

23:45 Uhr

Logan war stockbetrunken – so sternhagelvoll, dass sich alles um ihn herum drehte und er das Gefühl hatte, sich an den Bettkanten festhalten zu müssen.

Nach dem Eklat mit Crawford war er schnurstracks zurück ins *Frankenstein's* gegangen, hatte dort bis nach zehn gesoffen und sich danach bei McDonald's an der Sauchiehall Street einen Big Mac geholt. Ziellos war er die Straße entlanggeschlendert, hatte allerdings zuvor noch mit einigen Halbstarken debattieren müssen, die vor *Marks & Spencer* herumlungerten und es auf seine Pommes frites abgesehen hatten – als Gegenleistung dafür würden sie davon Abstand nehmen, ihm den Kopf einzutreten. Schließlich war er noch auf drei weitere Biere im *Living Room* eingekehrt. Nun befand er sich auf dem Weg zurück in seine Wohnung. Seine leere Wohnung.

Bis auf Stella.

Er hatte die Angewohnheit, mit sich selbst zu reden, wenn er sich mehr als ein Pint hinter die Binde gekippt hatte.

»Du bist doch ein Scheißverlierertyp, Logan. Lebst scheißalleine mit dieser Katze. Heulst einer Freundin aus der Zeit nach, als dir noch das ganze Leben offenstand.«

Auf der Bothwell Street wechselte ein junges Pärchen die Straßenseite, um ihm auszuweichen. Er lamentierte lautstark vor sich hin.

»VERLIERER!«

Er fummelte mit seinen Schlüsseln herum und brauchte vier Anläufe, bis er die Foyertür seines Apartmenthauses geöffnet hatte. Die zwei breitschultrigen Kerle, die hinter ihm ins Haus schlüpften, bevor die Tür sich wieder schloss, nahm er nicht wahr.

Er zögerte, überlegte, ob er die vierzehn Treppen zu Fuß erklimmen sollte, um einen klareren Kopf zu bekommen, gelangte aber zu dem Schluss, dass der Lift letzten Endes die vernünftigere Lösung war.

»Du fällst noch die Stufen runter und brichst dir den Hals, Verlierer.«

Es kostete ihn Mühe, sich vor der Fahrstuhltür auf den

Beinen zu halten, während die beiden Männer sich an die Wand hinter ihm lehnten. Das Apartmenthaus war ein modernes Gebäude mit gefliestem Boden und ebensolchen Wänden, wodurch jedes Geräusch hohl und kalt widerhallte.

»Scheißverliererkatze«, sagte einer der Männer.

Der andere lachte.

Logan drehte sich um und blickte die beiden an, starrte auf die typische Art eines Volltrunkenen durch sie hindurch, während sein Verstand zu begreifen versuchte, was er da vor sich sah. Die Männer erwiderten grinsend seinen Blick. Einer war über sechs Fuß groß, hatte breite Schultern und dicke Arme und Beine. Er sah aus wie ein Bodybuilder am Anfang seiner Karriere – bevor die Muskeln zu grotesker Größe anwuchsen. Der zweite war viel kleiner, aber nicht minder breit gebaut. Beide hatten ziemlich langes und fettiges dunkles Haar. Ihre Gesichter waren teigig und voller Narben um die Augen und erinnerten an zwei Boxer, deren beste Tage weit hinter ihnen lagen.

Lieber Himmel!

Logan wandte sich rasch ab und tat so, als würde er sich intensiv mit dem grünen Lichtkreis um den Fahrstuhlknopf beschäftigen.

»Miesen Tag gehabt, Kumpel?«, fragte einer der beiden mit einem auffälligen Akzent. Osteuropäer, dachte Logan und bemühte sich, so zu tun, als hätte er die Frage nicht gehört.

»He! Du! Ich habe dich gefragt, ob du einen miesen Tag gehabt hast.«

Logan drehte sich wieder um. Es war sicher klüger, ihnen mit Humor zu begegnen, als sie zu ignorieren. Derjenige, der die Frage gestellt hatte, schien tatsächlich eine Antwort zu erwarten, während der Lift offenbar in der neunten Etage stecken geblieben war. Logan befand sich auf dem besten Weg, schnell wieder nüchtern zu werden.

»Ja, das kann man wohl behaupten«, sagte er.

»Wie kommt's?«

Nun hatte der Größere das Wort ergriffen. Sein kleinerer Kollege fixierte Logan mit einem starren Grinsen, obwohl in seinen Augen kein Anzeichen von Heiterkeit zu erkennen war. Logan nahm den unangenehm durchdringenden Körpergeruch wahr, den die beiden verströmten und der sich in der Halle verbreitete.

»Jemand, den ich kenne – den ich kannte – ist gestorben. Hat mich ganz schön umgehauen.«

Es überraschte Logan, wie wütend er war. Seine anfängliche Beklommenheit begann zu weichen – wäre doch gelacht, wenn er sich von diesen zwei Clowns beeindrucken ließe. Sein plötzlicher Anflug von Schneid hatte allerdings nicht wenig mit dem Alkohol zu tun, der durch seine Blutbahnen floss.

»Zu traurig, wenn so was passiert«, sagte der Größere. »Woran ist sie gestorben?«

Logans Verstand registrierte, dass irgendetwas an der Frage sonderbar war, aber der Alkohol vernebelte noch immer seinen Scharfsinn.

»Woran? Das weiß ich nicht. Sie ist einfach gestorben.«

»Traurig.« Das war der Kleinere, immer noch feixend.

»Was macht die Arbeit?« Wieder der Große.

Logan sah ihn an. Der Kleine trat ein paar Schritte auf Logan zu.

Das sieht gar nicht gut aus.

Logan fuhr herum und schaute zu der Leuchtanzeige über der Fahrstuhltür hoch.

8 – 7 – 6 – 5

Im fünften Stock hielt der Lift wieder an.

Er warf einen Blick Richtung Eingangstür, auf die Straße hinaus. Eine Frau, die einen Regenschirm dicht über ihren Kopf hielt, rannte vorbei. Erst da ging ihm auf, dass sein Anzug völlig durchnässt war und er vor Kälte zitterte.

»Nochmal wegen der Arbeit«, sagte der Kleine. »Was macht der Deal?«

Sie.

Das war es. Woran ist *sie* gestorben, hatte der Kerl ihn gefragt. Logan hatte nicht erwähnt, dass es sich bei dem Toten um eine Frau handelte.

Er sah wieder zur Leuchtanzeige hinauf.

5

Er hätte doch die Treppe nehmen sollen.

Der Größere kam langsam auf ihn zu, ging an dem Kleinen vorbei und baute sich vor ihm auf. Er war so groß, dass Logan den Kopf in den Nacken legen musste, um ihm ins Gesicht zu sehen. Eins fünfundneunzig, dachte er. Mindestens.

»Es ist traurig, wenn jemand stirbt«, sagte der Riese.

Der Zwerg nickte. »Traurig, traurig.«

O mein Gott.

Der Riese strich mit beiden Händen die Regentropfen von Logans Anzugrevers. Jetzt erst fiel ihm auf, dass er seinen Mantel nicht mehr trug. Er musste ihn in einer der Bars liegen gelassen haben. Merkwürdig, was für Nebensächlichkeiten einem angesichts einer lebensbedrohlichen Situation in den Sinn kamen.

»Ich weiß nicht, was Sie von mir wollen.«

»Wir wollen gar nichts«, sagte der Zwerg.

»Ich verstehe – nicht.«

»Wenn das Geschäft gut läuft, wollen wir gar nichts. Verstanden?«

Nein, er verstand nicht. Sein Kopf fühlte sich an, als wäre er voller Wackelpudding, und die Feuchtigkeit drang ihm bis in die Knochen. Er zitterte noch stärker.

Der große Mann beugte sich ihm entgegen, bis ihre Nasenspitzen sich beinahe berührten. »Geschäft war heute nicht gut, nein?«

Logan war sich noch nicht einmal sicher, ob der Mann überhaupt Englisch sprach. Er trat einen Schritt zurück, bis er mit dem Kopf gegen die Wand stieß. Der Riese richtete sich wieder zu seiner vollen Größe auf.

»Geschäft wird morgen besser sein«, sagte er. »Also hoffen wir, dass nicht noch jemand stirbt. Niemand, den du kennst. Verstanden?«

»Nein.«

Der Zwerg kam näher, und sein Geruch traf Logan wie ein Faustschlag. In seinem Kopf drehte sich alles, und er sank, die Hände auf die Oberschenkel gestützt, in die Knie. Wenn er jetzt bloß nicht kotzen musste oder ohnmächtig wurde. Irgendetwas – nein, zwei Dinge flogen an ihm vorbei und landeten auf dem Boden. Der kleinere Mann packte ihn beim Kragen und zog ihn auf die Füße.

»Keine Treffen mehr ausfallen lassen, okay? Mach den Deal klar.«

Wahrscheinlich war es das Beste, in alles einzuwilligen, sagte sich Logan. Er nickte, denn er bekam kaum Luft, geschweige denn ein Wort heraus.

»Gut. Dann sind wir fertig.«

Die beiden Männer gingen zur Tür und traten in die Nacht hinaus. Die Fahrstuhltür öffnete sich, Logan griff nach den Papierfetzen, die die Unbekannten fallen gelassen hatten, und stopfte sie sich in die Hosentasche, bevor er sich an den Leuten, die im Erdgeschoss aussteigen wollten, vorbei und in den Lift drängte.

In seinem Apartment kochte er sich den schlechtesten Kaffee, den die Welt je gesehen hatte, und stürzte zwei dampfend heiße Becher voll hinunter. Dann ging er unter die Dusche und stellte sie so heiß wie möglich ein. Ungefähr eine Minute lang hielt er es aus, dann stellte er, in kurzen, flachen Zügen nach Luft japsend, sie wieder aus.

Er schaltete sämtliche Lichter ein, zog die Vorhänge zu und drehte die Heizung auf die höchste Stufe. Obwohl er sich ein fleecegefüttertes Sweatshirt, Thermosocken und eine Jeans angezogen hatte, saß er fünf Minuten lang am ganzen Leib zitternd auf der Couch. Als ihm einfiel, dass er im Treppenhaus etwas eingesteckt hatte, suchte er zunächst in seiner Anzugjacke danach und griff erst anschließend in seine Hosentasche. Zum Vorschein kamen zwei zerknitterte Fotos. Das eine war eine Polaroidaufnahme. Sie zeigte eine auf einem Fußboden liegende nackte Frau, zusammengekrümmt in einer irgendwie gekünstelten, an einen Fötus erinnernden Position. Er hielt sich das Bild dicht vor die Augen, um ihr Gesicht erkennen zu können, aber es wurde von ihrem herunterhängenden roten Haar verdeckt. Die Frau kam ihm merkwürdig vertraut vor, doch je länger er sich das Bild ansah, desto weniger konnte er damit anfangen. Er legte es beiseite und nahm sich das zweite Foto vor.

Dieses zeigte ein kleines Mädchen von vielleicht fünf oder sechs Jahren. Das Alter von Kindern konnte er ganz gut einschätzen, da er die Entwicklung der vier Kinder seines Bruders über die Jahre verfolgt hatte. Das Mädchen auf dem Bild ähnelte Ashley, seiner jüngsten Nichte – die

Kleine hatte die gleichen Augen. Es war eine Porträtaufnahme ihres Gesichts – ein strahlendes, Zahnlücken offenbarendes Lächeln vor dem Hintergrund einer Wiese neben einem schmalen Streifen Sandstrand. Das Mädchen hielt etwas in den Fingern, das sich bei näherer Betrachtung als eine Gänseblümchenkette herausstellte. Logan wusste nicht mehr, wann er zuletzt einen solchen Blumenkranz gesehen hatte, aber das Bild weckte Erinnerungen an lang zurückliegende Sommertage in dem Haus, in dem er aufgewachsen war: wie sie als Kinder beim Fußballspielen Jacken zum Markieren der Torlinien verwendet hatten, wie er auf seinem neuen Rennrad – ein großes, blaues *Raleigh Arena* – herumgebraust und im Wald auf Bäume geklettert war, um möglichst dicke Kastanien zu sammeln, die dann an einer Schnur befestigt wurden, um mit ihnen die des Gegners zu zerschlagen.

Als er das Foto auf Armeslänge von sich weg hielt, war er sich ganz sicher, dass es sich bei dem Mädchen tatsächlich um Ashley handeln musste. Er griff nach dem Telefon auf dem Couchtisch und tippte die Kurzwahl seines Bruders Craig ein. Seine Schwägerin nahm ab.

»Logan«, sagte sie vorwurfsvoll, »weißt du, wie spät es ist? Craig ist nicht da. Er ist …«

Logan drückte auf die rote Taste und beendete abrupt die Verbindung. Ihm war aufgegangen, dass es sich nicht um Ashley handeln konnte – obwohl das Mädchen ihr sehr ähnlich sah. Vielleicht spielte ihm sein alkoholisiertes Hirn nur einen Streich, aber er konnte den Blick nicht von den großen braunen Augen und dem etwas schiefen Lächeln abwenden.

Am Frühstückstresen in der Küche trank er noch einen Becher Kaffee und versuchte, sich daran zu erinnern, was die beiden Männer in der Eingangshalle gesagt hatten. Die Kombination aus dem Alkohol, den er intus hatte, und seiner Verwirrung nach dieser rätselhaften Begegnung half seinem Gedächtnis nicht gerade auf die Sprünge. Er kniff die Augen zusammen.

Irgendetwas mit einem Treffen. Und dass die Geschäfte nicht gut liefen. Ansonsten fiel ihm nicht mehr viel ein. Er setzte sich auf seinen Barhocker und trank den letzten Schluck Kaffee.

Langsam wurde sein Kopf wieder klar. Mehr und mehr Einzelheiten kamen ihm in den Sinn. Die beiden hatten versucht ihn einzuschüchtern. Wegen eines Geschäftsabschlusses? Konnte es das sein? Es wäre eine plausible Erklärung, aber er war unsicher, ob ihn seine Erinnerung nicht doch trog.

Also, was war heute im Büro passiert? Der Deal zwischen Cahill und dem massigen Mann mit seinem frisch frisierten Anwalt. Das geplatzte Treffen mit Crawford und seinen Klienten. Der Mann, den Cahill übers Ohr gehauen hatte. Das musste es gewesen sein. Er war mit dem Ausgang des Geschäfts unzufrieden und hatte nun seine Helfershelfer geschickt, um es ihm heimzuzahlen. So musste es sein. In was hatte ihn Alex da bloß hineingeritten?

Logan ging zurück zur Couch und wählte die Nummer von Cahills Homeoffice. Obwohl es schon nach Mitternacht war, hob er beim ersten Läuten ab.

»CPO Security?«

Der Name von Cahills Firma. Als er Alex' Stimme hörte, verpuffte sein Zorn ein wenig.

»Ich sehe deine Nummer hier auf dem Display, Logan, also weiß ich, dass du es bist, du bescheuerter Mistkerl. Was ist los?«

Ertappt.

»Äh … nichts. Tut mir leid. Ich habe bloß ein bisschen zu viel getrunken.«

»Möchtest du, dass ich zu dir komme? Nicht, dass du dich nachher noch vom Balkon stürzt.«

»Nein, mir geht es gut.«

Er nahm die Polaroidaufnahme von der Frau zwischen zwei Finger. Ihm fiel auf, dass sie überwiegend braunes Haar hatte – im Unterschied zu den roten Strähnen, die ihr Gesicht verdeckten.

»Warum bist du heute so aggressiv zu den Bullen gewesen, Alex?«

»Ich wollte dich so lange beschützen, bis ich wusste, worum es ging. Sie werden noch lange an mich als ein Arschloch zurückdenken, sich aber im Gegenzug nicht viele Gedanken über dich machen. Es war so eine Art Ablenkungsmanöver.«

»Glaubst du denn, ich habe etwas angestellt?«

Eine Pause.

»Hast du?«

»Das ist keine Antwort auf meine Frage, Alex.«

»Niemand kann einen anderen Menschen ganz genau kennen. Lass dir das von mir gesagt sein. In meinem Geschäft …«

»Das ist es ja gerade«, unterbrach ihn Logan. »Was genau ist dein Geschäft? Was tust du?«

»Das weißt du doch. Ich betreibe eine Firma für Baustellenabsicherungen und so.«

»Nein. Das ist das, was die Firmen tun, die du nach und nach übernimmst. Ich habe dich gefragt, was *du* genau machst. Als du vorhin von deinen Kindern sprachst, hast du eine gewisse Bemerkung fallenlassen …«

Logan schloss die Augen und versuchte sich an die Unterhaltung zu erinnern. Cahill schwieg.

»Irgendwas davon, dass du ab und zu nach Übersee musst. Was genau tust du da?«

»Ich kann mich nicht daran erinnern, dass ich das gesagt hab. Wir haben doch nur so geredet, Logan.« Cahills Stimme war merkwürdig ausdruckslos geworden.

»Nur so geredet«, wiederholte Logan. »Wenn du meinst.«

»Warum rufst du an?«

Logan hatte es schon fast wieder vergessen. »Mir haben gerade zwei üble Typen im Hausflur aufgelauert. Sie wollten mich unter Druck setzen, damit ich deinen Deal etwas vorteilhafter für die gegnerische Seite gestalte.«

»Was?« Cahill klang eher überrascht als wütend. »Das kann nicht sein. Da musst du was falsch verstanden haben, Logan. Ganz bestimmt.«

Logan war sich bei gar nichts mehr von dem, was sich in den vergangenen vierundzwanzig Stunden ereignet hatte, ganz sicher.

»Ich darf mich in nichts Unlauteres hineinziehen lassen, Alex, sonst ist es mit meiner Karriere vorbei. Man wird mir meine Zulassung als Anwalt entziehen. Was soll ich dann tun?«

»Diese Typen haben nichts mit meinem Deal zu tun. Du bist betrunken und redest dir nur was ein. Das ist alles.«

Wieder starrte Logan die Polaroidaufnahme an, hielt sie sich dicht vor die Augen, um die Frau besser erkennen zu können. Am liebsten hätte er in das Foto hineingegriffen, um ihr das Haar aus dem Gesicht zu streichen.

Rotes Haar.

Kein braunes.

Cahill redete unablässig weiter, aber Logan hörte nicht

mehr zu. Er verabschiedete sich von ihm und beendete das Gespräch. Dann warf er das Mobilteil auf die Couch und befasste sich wieder mit dem Foto, das er noch immer in der Hand hielt. Als das Zimmer zur Seite wegzukippen schien, hatte das nichts mit dem Alkohol zu tun. Mit einem Schlag war Logan nüchterner als je zuvor in seinem Leben.

Eine Stimme in seinem Kopf schrie ihn an, er solle das Foto fallen lassen und davonlaufen. Langsam hielt er es sich wieder dicht vor die Augen, und plötzlich fühlte er sich, als hätte ihn ein Güterzug mit über hundertfünfzig Sachen erwischt, würde in seinen Körper hineinrasen und ihm die Seele aus dem Leib reißen, während er durch die Wohnung donnerte und dann in der Nacht draußen wieder verschwand. Er wollte keinen Blick mehr auf das Foto werfen, aber sein Verstand hatte sich selbständig gemacht und ließ sich nicht mehr steuern. Wieder zog er das Bild zu sich heran und erkannte nun, was er schon gewusst hatte, als er es sich das erste Mal angesehen hatte, was sein angeschlagenes Denkvermögen aber nicht hatte wahrhaben wollen. Es war Blut, das über das Haar der Frau auf dem Bild sickerte, dickes dunkelrotes Blut. Und dann erkannte er auch den roten Fleck um ihren Kopf herum als das, was er in Wirklichkeit war – eine Blutlache –, und dass ihr Gesicht irgendwie verunstaltet wirkte.

Vor allem aber erkannte er, dass es sich um Penny handelte.

Logan sank auf die Knie. Er machte den Mund auf, aber kein Geräusch drang aus seiner Kehle. Sein Kopf füllte sich mit Geräuschen – wie die heranrauschender Wellen. Er wusste mit an Sicherheit grenzender Wahrscheinlichkeit, dass sie den Schutzwall seiner Zurechnungsfähigkeit zum

Einsturz bringen und die tosenden Fluten seinen gesunden Menschenverstand mit sich davonspülen würden.

Hinter ihm, auf der Couch, spielte das Mädchen mit dem etwas schiefen Lächeln und den braunen Augen in der Sonne mit seiner Kette aus Gänseblümchen, während Logan in sich zusammensackte und in Bewusstlosigkeit versank.

Zweiter Tag

I

Dienstag, 06:00 Uhr

Der Barrowland Ballroom, Sommer 1994. Legendärer Konzertsaal, dessen Tanzparkett, wie man sich erzählt, gefedert sein soll – wie sonst wollte man sich das nicht enden wollende Gehüpfe der Menge erklären? Es ist einer jener fast unerträglich schwülen Tage, an denen in jedem Augenblick ein Gewitter loszubrechen droht, es tatsächlich aber nie dazu kommt und einem die Kleider am schwitzenden Leib kleben.

Logan ist neunzehn und Single. Er beäugt die Mädchen in der Warteschlange, während er sich Schritt für Schritt langsam auf die Sicherheitskontrolle zubewegt. Begleitet wird er von Crawford und zwei von dessen Kumpeln. Sie freuen sich schon auf mehrere Pints Lager-Bier aus den allgegenwärtigen Plastikbechern, um sich damit auf den Wahnsinn, der bald in den ersten Reihen vom »Barras« ausbrechen wird, entsprechend einzustellen. Mit neunzehn sind die Mitglieder einer Band für einen Götter, und man ergötzt sich an jeder einzelnen ihrer Bewegungen. Heute spielt Oasis. *Crawford hat sich ihr erstes Album gekauft und schwört Stein und Bein, sie wären die geilste Band der Welt, Mann.*

Logan hat nur ein Stück der CD gehört – »Cigarettes and Alcohol« – und findet, dass es sich nach dem anhört, was Marc Bolan heute produzieren würde, wenn er noch lebte.

Rock 'n' Roll.

Sie trinken an der Bar am Rand der Bühne, während die Vorgruppe – die gar nicht mal so schlecht ist – mit halb vollen Bechern gelblicher Flüssigkeit bombardiert wird. Logan hofft für sie, dass es sich dabei nur um Bier handelt, aber bei dem Publikum kann man nie wissen.

Dann räumt die Band die Bühne, und die Roadies fangen an, alles für die Stars des Abends aufzubauen. Crawfords kräftiger Kumpel übernimmt die Führung, und sie drängeln und schubsen sich durch die Menge, bis sie nur noch ungefähr zwei Meter von der Bühne entfernt stehen.

Die Saalbeleuchtung verlischt, und die Band stolziert so großspurig auf die Bühne, als würde ihnen die ganze Welt gehören. So etwas hat man seit … nein, so etwas hat man noch nie gesehen. Der Mikrofonständer des Sängers ist zu seiner vollen Größe ausgezogen, das Mikro schaut quasi von schräg oben auf ihn hinab. Er nimmt seine Position darunter ein, während Rauchwolken aus den Trockeneismaschinen zu beiden Seiten der Bühne alles verhüllen, und dann lassen die ersten Riffs von »Cigarettes and Alcohol« den Zuhörern in den vordersten Reihen die Kopfhaut kräuseln. Crawfords großer Kumpel legt die Arme um die anderen drei, und sie beginnen auf der Stelle zu hüpfen. Logan ist hin und weg.

Fünf Songs später ist er bis auf die Haut durchnässt. Er ist noch nie in einem so lauten Konzert gewesen, und der Saal ist brechend voll mit Menschen. Ihm ist nicht entgangen, dass zwei der Zuschauer umgekippt und wieder auf die Beine gestellt worden waren, ehe sie wieder in der Masse verschwanden.

»Columbia«, kündigt der Sänger das nächste Stück an.

Es entsteht ein Geschiebe von der rechten Seite der Menge, und Logan wird von seinen drei Begleitern getrennt. Als die Beine des jungen Mannes neben ihm einknicken, befürchtet auch er, das Gleichgewicht zu verlieren, aber er kann sich am

Hemd des Zuschauers vor ihm festhalten und hält die Balance. Als er zur Seite blickt, sieht er ein Mädchen neben sich auf dem Boden liegen. Sie wird unabsichtlich in die Rippen getreten, und es sieht nicht so aus, als käme sie aus eigener Kraft wieder auf die Füße. Instinktiv bückt sich Logan, fasst sie um die Taille und zieht sie wieder hoch.

Schlagartig taucht die Bühnenbeleuchtung das Publikum in grellweißes Licht. Das Mädchen schaut ihn an, und er ist hingerissen. Sie ist klein, allerhöchstens eins sechzig, hat eine schmale Nase und schulterlanges Haar, das sie im Nacken zusammengebunden trägt. Um den Nasenrücken herum hat sie ein paar Sommersprossen, und ihre blauen Augen schimmern leicht grünlich. Sie kann ihm gerade noch einen Dank ins Ohr schreien, als die Menge schon wieder in Bewegung gerät, er gegen sie gepresst wird und den weichen Druck ihrer Brüste auf seinem Bauch spürt. Sie legt ihre Arme um ihn, um sich festzuhalten.

Als das Geschubse und Gedränge nachlässt, sehen sie einander an und lachen. Sie drückt ihn noch fester an sich, und sie lassen sich von den wiegenden Bewegungen der Masse treiben, bis der letzte Ton aus der Verstärkeranlage verklungen ist und die Lichter wieder angehen.

Logan ist fast taub – es kommt ihm vor, als lausche er unter Wasser dem konstanten Feedback einer E-Gitarre. Er hat den Arm noch immer um das Mädchen gelegt und schreit ihr ins Ohr, ob sie mit ihm noch etwas trinken gehen wolle.

»Ja, klar doch!«, schreit sie zurück, und er kann sie gerade so verstehen.

Von Crawford und den anderen ist nichts mehr zu sehen, aber das stört Logan nicht weiter. Auch das Mädchen blickt sich nach ihren Freunden um, aber scheinbar ebenso halbherzig wie er.

Sie gehen nach draußen und schlagen den Weg in Richtung Stadtmitte ein. Die ziemlich runtergekommenen Pubs um das »Barras« *herum lassen sie hinter sich. Im Gehen unterhalten sie sich über das Konzert und die Musik, als vom Himmel schon der erste Donnerschlag ertönt und es in Strömen zu regnen beginnt. Sie nimmt ihn bei der Hand und fängt an zu laufen, reißt ihn mit sich und lacht, wenn er beinahe stolpert und hinfällt und dabei wild mit den Armen rudert, damit sein Gesicht nicht mit dem Straßenpflaster Bekanntschaft macht.*

Sie biegen um eine Ecke und sehen im Westen Blitze am Himmel zucken. Logan hat keine Ahnung, wo sie sind, denn er wohnt noch bei seinen Eltern in Ayrshire und kennt sich in Glasgow nur in der Gegend um die Uni herum einigermaßen aus.

Das Mädchen scheint genau zu wissen, wohin es will. Sie zerrt ihn in eine Seitenstraße und an einigen recht runtergewirtschaftet anmutenden Läden vorbei, lehnt sich dann in ihrem an ihrer Haut klebenden durchnässten Kleid gegen eine Mauer und zieht seinen Mund zu dem ihren herunter.

Logan hat schon die eine oder andere Freundin gehabt, doch einen Kuss wie diesen hat er noch nie erlebt, und er schmiegt sich fest an das Mädchen. Ihre Hände greifen um seinen Rücken herum und ziehen sein T-Shirt hoch. Als ihre Finger seine Haut berühren, ist es, als würden ihn Stromstöße durchfahren.

Sie schiebt ihn ein Stück von sich weg und zieht ihm das T-Shirt über den Kopf, und als er sich zu ihr vorbeugt, schmiegt auch sie sich zärtlich an seine Brust.

»Das bin nicht nur ich«, sagt sie mit ernstem Gesicht. »Verstehst du, was ich dir sagen will?«

Logan beugt sich weiter vor, bis ihre Nasenspitzen sich fast berühren.

»Ich verstehe«, sagt er. »Es sind wir beide.«

Diesmal küsst er sie; seine Hände schlüpfen unter ihr Shirt, und seine Finger streichen liebkosend über ihre Brüste. Der Kuss scheint eine Ewigkeit zu dauern, und als sie voneinander lassen, kracht über ihnen Donner, und Regen prasselt auf sie hinab.

Er fängt an, an dem Knopf ihrer Jeans rumzuspielen, und sie tut das Gleiche mit ihm. Sie blickt ihm noch einmal ins Gesicht, blickt in seine Augen, und dann schiebt sie die Hand in seinen Hosenschlitz, bevor sie sich auf die Zehenspitzen stellt, um ihn noch einmal zu küssen.

Die Menschen hasten an der Ladenfront vorbei und fluchen über das Wetter, aber die beiden nehmen nichts davon wahr. Regentropfen perlen über ihre Gesichter. Wie ein eingespieltes Team ziehen sie einander die Jeans hinunter und sich gegenseitig die Unterhosen aus, dann dringt Logan in sie ein.

Danach gehen sie zu der Wohnung, die sie mit zwei Freundinnen teilt. Sie nimmt ihn an der Hand, als sie den Flur durchqueren, schenkt den glotzenden Blicken aus dem Wohnzimmer keine Beachtung und führt ihn in ihr Zimmer. Aus dem Bad holt sie Handtücher. Sie ziehen sich nackt aus und trocknen sich ohne einen Anflug von Verlegenheit ab. Dann stehen sie in Badelaken eingewickelt in der schmalen Küche, warten darauf, dass das Wasser im Teekessel kocht, und unterhalten sich über die Semesterabschlussarbeiten, die sie beide gerade geschrieben haben. Schließlich kehren sie in ihr Zimmer zurück, setzen sich aufs Bett und schalten den tragbaren Fernseher ein, während sie den heißen Tee schlürfen.

Logan greift sich die Fernbedienung und zappt durch die Kanäle, bis er im Spätprogramm von BBC2 auf den Hitchcock-Film Rebecca *stößt. Geistesabwesend legt er die Fern-*

bedienung beiseite, ohne sie gefragt zu haben, ob sie den Film überhaupt sehen möchte.

»Du willst mir doch nicht weismachen, dass dir der Streifen gefällt?«, fragt sie.

Er sieht sie an und merkt, dass sie grinst.

»Ob er mir gefällt? Ich liebe *ihn. Mein Lieblingsfilm von Hitchcock.«*

Sie gibt ihm einen zärtlichen Kuss auf die Lippen. »Ich bin Penny.«

»Logan.«

»Wie fühlst du dich, Logan?«, fragt sie, und sie müssen beide kichern.

Logan erwachte auf der Couch liegend in der Dunkelheit. Als er sich aufrichtete, entdeckte er das Polaroidfoto von Penny auf dem Parkettfußboden und fühlte sich wie betäubt. Dann begann der Kater in seinem Kopf zu hämmern, und seine trockene Zunge klebte ihm am Gaumen.

Er setzte sich auf und spürte etwas unter seinem Bein. Als er danach griff, fand er das Bild von dem kleinen Mädchen und steckte es achtlos in die Gesäßtasche seiner Jeans.

Er nahm die Fernbedienung für die Vorhänge, hantierte damit herum, um Licht hereinzulassen, gab es schließlich auf, trat an eine der großen Glasscheiben, zog den Vorhang beiseite und ging hinaus auf seine Dachterrasse. Es war kaum ein Grad über null, und die Kälte traf ihn wie ein Keulenschlag. Er stieß eine dichte weiße Atemwolke aus, blickte auf die Straße hinunter und sah die Autos in der Bothwell Street an der Ampel halten und wieder anfahren. Es tat ihm gut, die düsteren Gedanken einen Augenblick lang aus seinem Kopf zu verbannen und sich auf solche Belanglosigkeiten zu konzentrieren. Zehn Minuten blieb er am Balkongitter stehen und sah zu, wie unter ihm das Leben seinen Lauf nahm, ging dann in die Küche, holte eine Halbliterflasche Mineralwasser aus dem Kühlschrank und leerte sie in einem Zug. Schließlich machte er die Kaffeemaschine einsatzbereit, schaltete sie an und begab sich ins Bad, um eine heiße Dusche zu nehmen.

Danach setzte er sich in das abgewetzte Ledermöbel mit verstellbarer Rückenlehne, das er als seinen Filmsessel bezeichnete, nippte an seinem schwarzen Kaffee und dachte daran zurück, wie er sich mit Penny im Dunkel des *Glasgow Film Theatre* eine Hitchcock-Retrospektive angesehen hatte. Es war die schönste Zeit seines Lebens gewesen.

Die Leuchtanzeige seines Anrufbeantworters blinkte. Er hatte mehrere Nachrichten. Die erste war von seinem Bruder, der wissen wollte, was um alles in der Welt so wichtig gewesen sein konnte, dass er gestern spät in der Nacht bei ihm angerufen hatte. Die restlichen Anrufe stammten bis auf einen von Cahill und waren zu unterschiedlichen Nachtstunden eingegangen, der letzte am frühen Morgen. Dann hatte sich noch ein Freund von ihm gemeldet, um die Verabredung für ein gemeinsames Amateurfußballspiel am Abend zu bestätigen. Logan hatte das Treffen schon vollkommen vergessen, doch in Anbetracht all des Wahnsinns erschien ihm der Gedanke, Fußball zu spielen und sich danach ein paar Pints zu genehmigen, als die beste und normalste Idee der Welt.

Er war gerade dabei, die Nachrichten zu löschen, als es unten an der Haustür klingelte. Er zuckte zusammen.

Er ging zur Wohnungstür, drückte auf den Knopf, der die unten am Hauseingang installierte Videokamera aktivierte, und erblickte Cahill in seiner beigebraunen Tarnjacke, ein Teil wie aus dem Golfkrieg, und mit einer über die Ohren gezogenen schwarzen Wollmütze.

»Was ist?«, fragte Logan in die Gegensprechanlage.

»Lass die blöden Fragen und mach lieber auf. Hier draußen ist es saukalt.«

Logan betätigte den Türöffner und sah, wie Cahill vom Bildschirm verschwand. Er ließ die Wohnungstür offen stehen, setzte sich wieder in seinen Fernsehsessel und drehte ihn so, dass er die Tür im Blick hatte. Er selbst war mit einer dunkelblauen Anzughose und einem karierten Hemd bekleidet, dessen Kragen noch offen stand; schließlich musste er sich auf den vor ihm liegenden Arbeitstag vorbereiten. Es gab nichts Besseres zu tun.

Er hörte, wie Cahill dem Lift entstieg und über den Flur zu seiner Wohnungstür ging, die er leise hinter sich schloss. Er nahm die Mütze ab und zog seine Kampfjacke aus, wobei das olivgrüne T-Shirt, das er darunter trug, zum Vorschein kam. Ohne Logan auch nur eines Blickes zu würdigen, ging er in die Küche, um sich einen Kaffee einzuschenken.

Logans weitläufige Wohnung, die eine Hälfte der obersten Etage des Apartmenthauses einnahm, war loftähnlich geschnitten, sodass der Wohnbereich gleich hinter der Tür begann, während die Küche sich ganz hinten am anderen Ende befand. Sein Bett stand in der von der Tür am weitesten – an die fünfzig Fuß – entfernten Ecke des riesigen Wohnzimmers und war durch eine nicht ganz bis zur Decke reichende spanische Wand aus Holzlamellen abgeschirmt. Der einzige separate Raum war das Badezimmer hinter der Küchenzeile – wenn man von der Dachterrasse absah, die über die längere der zwei verglasten Fronten seiner vier Wände verlief.

Cahill lehnte am Frühstückstresen und sah Logan durch den von seinem Kaffee aufsteigenden Dampf hindurch streng an.

»Nimmst du meine Anrufe nicht mehr entgegen, Logan?«

»Ich war betrunken. Ich habe geschlafen und nichts gehört.«

»Soso. Und warum hast du einfach aufgelegt?«

Logan stand auf, ging zu der Stelle, an der das Foto von Penny auf dem Boden lag, und hob es auf. Er wollte es nicht ansehen, aber es war wie ein Zwang. Sein Magen vollführte Purzelbäume, und er musste sich die Hand vor den Mund halten. Nachdem er ein paarmal tief Luft geholt hatte, legte er das Bild vor Cahill auf den Tresen und nahm selbst auf einem der Barhocker Platz.

Cahill griff nach dem Foto und betrachtete es eine Minute lang schweigend. Dann legte er es mit dem Gesicht nach unten vor sich hin.

»Ist das echt?«, fragte Logan.

Cahill blickte ihn an und entschied sich, nicht lange drum herumzureden. »Natürlich ist das echt«, sagte er. »Woher hast du das?«

Nun teilten sie also beide diese entsetzliche Erkenntnis.

»Die Typen von gestern Abend haben es mir dagelassen.«

Das zweite Foto, das mit dem kleinen Mädchen, hatte Logan inzwischen vollkommen verdrängt, hatte es als ein Versehen abgetan, geglaubt, dass es zufällig mit dem anderen Bild, das für seine Augen bestimmt gewesen war, auf dem Boden gelandet sein musste. Eine schlüssigere Erklärung fiel ihm nicht ein. Er kannte das Mädchen nicht, hatte keine Ahnung, um wen es sich dabei handelte – nachdem er die Kleine im ersten Augenblick mit Ashley verwechselt hatte.

»Kennst du sie?«, fragte Cahill.

»Sie ist es. Penny.«

»Woher willst du das so genau wissen? Es ist schwer, ihr Gesicht zu erkennen.«

»Sie ist es. Ich weiß es einfach.«

Cahill stellte sich an eine der großen Fensterflächen und schaute auf die Stadt hinaus.

»Das ergibt doch keinen Sinn«, sagte er, noch immer nach draußen starrend. »Verstehst du? Warum sollte jemand sie umbringen und dann so eine Show wie gestern Abend abziehen?«

»Vielleicht um mich einzuschüchtern, damit ich etwas Bestimmtes tue?«

»Das kaufe ich dir nicht ab. Wie soll das funktionieren?« Cahill lehnte sich mit dem Rücken an die Scheibe. »Logischer wäre es doch, wenn jemand sie entführt und die Drohung, ihr etwas anzutun, dann gegen dich verwendet. Das wäre eine weitaus effektivere Maßnahme, als sie, sozusagen als Beispiel, wie weit diejenigen zu gehen bereit sind, einfach umzubringen.«

»Weil die meisten Menschen eher sich selbst opfern würden als jemanden, den sie lieben?«

»Korrekt.«

Logan ließ sich von dem Hocker gleiten. In ihm stieg hilflose Wut auf, die sein anfängliches Entsetzen verdrängte.

»Aber was zum Teufel wollen die von mir? Warum haben sie es mir nicht einfach gesagt?«

»Weil sie sich für schlau halten und meinen, dass sie sich für den Fall, dass einer von ihnen geschnappt wird, in Sicherheit wiegen können, indem sie in Rätseln sprechen. Denk noch mal darüber nach, was sie gesagt haben. Konnte man dem irgendeine konkrete Andeutung entnehmen?«

Logan kniff die Augen zusammen und versuchte sich zu erinnern. Er führte sich die Szene im Hausflur vor Augen und ließ die Begegnung noch einmal im Geiste ablaufen. Trotzdem blieb alles für ihn ein Chaos aus Bildern und Worten ohne jeden erkennbaren Zusammenhang.

»Ich krieg's nicht mehr zusammen«, sagte er. »Irgendwas von einem Treffen und davon, dass ich hoffen soll, dass nicht noch jemand stirbt, den ich kenne.«

»Was ist mit dem Deal mit Bob? Davon hängt doch genügend Knete ab, dass es sich fast lohnen würde, deswegen so ein Theater zu veranstalten.«

»Könnte sein. Bob hat mir gesagt, dass er davon wusste, dass Penny wieder in der Stadt war.«

»Ich glaube nicht an Zufälle«, sagte Cahill. »Bob könnte derjenige gewesen sein, der ihnen den Tipp mit Penny gegeben hat.«

»Aber es geht doch bloß um eine Softwarefirma, in die zwei Weegiefuzzies ihr Geld gesteckt haben. Wo soll es da eine Verbindung zu den beiden Schlägern von gestern Abend geben? Das sehe ich einfach nicht.«

Cahill blickte ihn verständnislos an. »Was ist denn ein Weegiefuzzi?«, wollte er wissen.

»Das ist Slang für jemanden aus Glasgow. Ein Glas*wegian,* ein Weegie eben. Hast du mich den Ausdruck noch nie benutzen hören?«

»Nicht dass ich wüsste. Aber er gefällt mir.«

Zum ersten Mal an diesem Morgen mussten beide grinsen.

»Okay, lassen wir Bob also mal für einen Moment außen vor. Bist du noch in andere Deals involviert? Vielleicht in einen, bei dem du gar nicht die Verhandlungen führst? Hast du irgendjemandem bei irgendwelchem Papierkram geholfen?«

Logan ging im Geiste sämtliche Geschäftsabschlüsse durch, mit denen er betraut war, aber ihm fiel nichts ein, was Anlass zu einer Erpressung geben konnte.

»Dann muss es Bobs Deal sein«, stellte Cahill fest.

»Aber soweit ich es beurteilen kann, geht alles dabei seinen ganz legalen Weg.«

»Wer finanziert das Ganze?«

»Da hat's eine Änderung gegeben, seit ich hinzugezogen worden bin. Sie haben von einer Londoner Bank zu irgendeiner privaten französischen Equitygesellschaft gewechselt, mit der ich vorher noch nie zu tun gehabt habe.«

»Was ist das? Eine Equitygesellschaft?«

»So etwas wie ein Eigenkapitalanleger, der die Mittel für den Kauf vorschießt und dafür im Gegenzug einen Anteil an dem Geschäft erhält. Es handelt sich um Privatinvestoren, eine staatliche Bank ist nicht im Spiel. Das Geld kommt von irgendwelchen stinkreichen Geiern, die in der Hoffnung in neue Unternehmungen investieren, beim späteren Wiederverkauf einen satten Profit abzusahnen, wenn die Geschäftsidee ein Erfolg wird.«

»Verstanden. Wenn es sich beim Geldgeber also um keine reguläre Bank handelt, könnte es dann eher der Fall sein, dass das Geld nicht ganz sauber ist?«

»Ja, schon. Natürlich ist es weniger naheliegend, dass ein anerkanntes Bankinstitut sich auf Geldwäsche einlässt als irgendeine ausländische Kapitalgesellschaft. Tatsächlich habe ich auch wegen des Kapitalgeberwechsels damals gewarnt. Als Notar muss ich über die Herkunft des Geldes im Bild sein und bin verpflichtet, der Sache nachzugehen, wenn wir auch nur den leisesten Verdacht haben, dass irgendwas damit nicht koscher ist.«

»Aber das ist jetzt alles geklärt?«

»Na ja, nicht voll und ganz. Ich habe Bob wiederholt darauf angesprochen, und er meinte, er wolle mal nachhaken.«

»Das könnte es sein«, sagte Cahill. »Vielleicht denken sie, dass du mit ein bisschen Druck deine Vorbehalte vergisst.«

»Aber ich habe wirklich keine große Affäre daraus gemacht. Ich habe Bob bloß gesagt, dass wir beide Gewissheit haben müssen, ehe wir den Deal endgültig zum Abschluss bringen.«

»Aber für die könnte es eine große Affäre sein. Denk mal darüber nach. Falls das Geld nicht sauber ist, werden sie dir nie die Sicherheiten geben können, die du brauchst, also wirst du dich weigern, die Sache weiterhin zu bearbeiten, sodass sie nachher ihr Geld nicht gewaschen kriegen.«

»So habe ich das noch nicht gesehen«, sagte Logan. »Aber warum sollte Bob mich da involvieren, wenn er schon weiß, dass da etwas nicht stimmt? Dann wäre es doch klüger, es alleine durchzuziehen, und das hätte er ohne Weiteres tun können.«

»Aber indem er dich mit im Boot hat, könnte er sich selbst im Falle eines Falles von allen Vorwürfen reinwaschen.«

»Schon möglich.«

»Wart ihr mal dicke Freunde, du und Bob?«, fragte Cahill.

»Nicht so richtig. Wie ich schon gesagt habe, ich kenne ihn aus unserer Studienzeit. Penny kannte ihn auch.«

»Jetzt wird's interessant.«

»Aber für ihn läuft alles bestens, verstehst du? Er braucht kein Geld aus einem schmutzigen Geschäft.«

»Wie viel verdient ein Partner in eurer Firma?«

»Bei höchster Gewinnbeteiligung? Vielleicht dreihundert Riesen.«

»Und Bob?«

»Er wird in ungefähr drei Jahren so viel einsacken. Im Moment bringt er vermutlich über zweihunderttausend nach Hause.«

»Hm, warum dann noch schmierige Geschäfte?«

»Eben«, pflichtete Logan ihm bei.

Cahill zog die Augenbrauen in die Höhe und seufzte lang und theatralisch. »Das habe ich ironisch gemeint. Ein paar von uns Amis kennen sich damit aus, wie man so etwas dreht. Weißt du, wenn es um Geld geht, ist selbst zu viel nicht genug. Jemand, der zweihundert Riesen im Jahr macht, weiß die Annehmlichkeiten zu schätzen, die das Geld mit sich bringt. Und er weiß auch, wie viel angenehmer eine halbe oder eine ganze Million sein könnten, weil er nämlich mit Typen zu tun hat, die so viel verdienen. Je mehr man kassiert, umso mehr will man haben.«

»Das kann ich mir bei Bob nicht vorstellen. Er hat doch Rachel und die beiden Mädchen. Er würde so ein Risiko nie eingehen.«

»Aber irgendwer hat *dir* das Messer an die Kehle gehalten, und nach dem, was du mir erzählt hast, könnte es sein, dass sehr viel Geld dabei eine sehr entscheidende Rolle spielt.«

Logan stand auf und lief im Raum auf und ab, während draußen die Sonne den Himmel ins Morgenlicht tauchte. »Was soll ich also tun?«

»Geh zu Bob und erzähl ihm, was sich letzte Nacht hier abgespielt hat. Wenn er etwas davon weiß, wird er sich verraten – vielleicht nur durch eine Kleinigkeit, indem er eine Sekunde lang den Blick von dir abwendet zum Beispiel oder übertrieben eifrig zu irgendwelchen Erklärungen ansetzt, die so wirken, als hätte er sie schon im Vorfeld geprobt, weil er ahnte, was auf ihn zukommt.«

»Würdest du mich begleiten?«

»Nein. Er mag mich nicht, und deswegen wird er auf der Hut sein. Du musst allein zu ihm gehen. Und zwar noch heute.«

»Und wenn er sich nun nichts anmerken lässt und wir den Deal durchziehen müssen?«

»Dann spielst du erst einmal mit, lässt dich aber nicht darauf ein, die Sache zum finalen Abschluss zu bringen.«

»Das könnte mich meine Stellung kosten. Und meine Karriere«, wandte Logan ein.

»Wäre das so schlimm? Du bist doch sowieso nicht mit ganzem Herzen dabei, oder?«

»Schon, aber was soll ich denn sonst arbeiten?«

»Du könntest bei mir anfangen«, antwortete Cahill mit einem Augenzwinkern.

Er stand auf, um seine Jacke zu holen und sich seine Mütze über den Kopf zu ziehen. Vor dem Hintergrund des roten Morgenhimmels wirkte er auf Logan wie ein Schattenriss.

»So, ich muss jetzt wieder nach Hause«, sagte Cahill. »Ruf mich an und halte mich auf dem Laufenden.«

»Mach ich.«

Plötzlich fiel Cahill noch etwas ein. »Dies Gebäude ist doch mit Überwachungskameras ausgestattet, oder?«

»Ja … ich denke doch. Wieso?«

»Ich werde mir die Aufnahme von der Eingangshalle von gestern Abend besorgen.«

»Wie denn das? Und wozu?«

»Das sind zwar zwei Fragen, aber ich werde dir nur eine

davon beantworten. Weil es besser ist, wenn wir eine Ahnung haben, wie die Typen ausgesehen haben. Das wäre schon mehr, als wir jetzt wissen.«

»Aber warum übergeben wir das Band dann nicht einfach der Polizei?«

Cahill antwortete nicht sofort. »Was wir soeben besprochen haben, wird unsere Beziehung verändern – deine Sichtweise von mir. Ich kenn mich mit solchen Dingen aus, Logan, und wenn wir diesen Typen, wer immer sie auch sein mögen, gegenüber nur ein bisschen voraus sind, könnte das uns helfen, dich aus diesem Schlamassel rauszuziehen. Deswegen behalten wir das Band fürs Erste. Vertrau mir, okay?«

Logan nickte. Cahill ging zur Tür.

»Alex!«, rief Logan ihm nach. »Ich habe dich noch nie diese Jacke tragen sehen. Gehört sie dir? Ich meine, ist die echt noch aus Armeebeständen?«

Cahill blickte an seinem Parka hinunter und nahm beide Reversaufschläge in die Hände.

»Das olle Ding«, sagte er mit einem Lächeln. »Klar ist das 'ne alte Armeejacke. Aber ich hab sie nicht in einem Laden für abgelegte Militärklamotten gekauft.«

2

07:00 Uhr

Ellie hatte die Männer gehört, als sie spät zurückkamen. Ihr Zeitgefühl war ihr abhandengekommen, sie wusste bloß noch, dass es Nacht war, und zwar schon seit einer ganzen

Weile. Die Männer polterten laut herum, aber das Mittel der Lösung, die der Mann, der sich Drake nannte, ihr gespritzt hatte, wirkte schon längst nicht mehr, und der Schmerz in ihrem Körper wollte nicht aufhören.

Sie strengte sich an, um zu verstehen, was die Männer sagten, hörte aber alles nur gedämpft und undeutlich – bis auf ein Mal, als alle laut auflachten.

»Ich glaube nicht, dass Finch uns noch weitere Schwierigkeiten machen wird«, sagte Sergei, als er und Vasiliy sich die Mäntel auszogen.

»Und warum nicht?«, fragte Drake.

»Weil er ein Schlappschwanz ist«, sagte Vasiliy. »Ich dachte schon, er macht sich bei unserem Anblick in die Hose.«

Sergei grinste.

»Ihr habt euch doch nicht verquatscht, oder?«, erkundigte sich Drake.

»Ich weiß, dass du uns für Idioten hältst«, sagte Sergei. »Aber vertrau uns endlich mal.«

»Diesmal müssen wir sichergehen, dass er kapiert hat.«

»Das hat er ja. Also hör auf, uns was vorzujammern.«

Katrina beobachtete Drake und sah den Hass in seinen Augen aufblitzen, als Sergei schon wieder mit den Sticheleien anfing. Sie wusste, dass Drake sich das nicht ewig gefallen lassen würde und er kurz davor war, zu explodieren.

Noch unternahm Drake nichts gegen Sergei, aber er wusste, dass es bald zu einer Abrechnung zwischen ihnen kommen würde. Doch den Zeitpunkt dafür wollte er bestimmen und es vermeiden, sich von Sergei zu einer unbedachten Handlung hinreißen zu lassen. Also wartete er ab, ehe er wieder etwas sagte, damit seine Stimme ruhig und gelassen klang.

»Gut. Wenn ich dann heute zu dem Treffen in Finchs Büro gehe, wird alles glattgehen, stimmt's, Sergei?«

Sergei nickte.

»Ich muss mal pinkeln«, sagte er, drehte sich um und verschwand im Bad.

Ellie saß aufrecht auf dem Bett, als Drake in das Zimmer kam, um sie zu fragen, wie sie sich fühle. Sie sagte, sie wolle, dass der Schmerz wieder wegginge, und fragte, ob er ihr nicht noch mehr von der Medizin geben könne.

»Dafür ist es noch zu früh. Du wirst krank davon.«

»Aber ich brauche sie. Bitte.«

Sie hasste es, vor ihm so elendig zu klingen, aber sie konnte nichts dagegen unternehmen.

»Das kann ich nicht tun«, sagte er.

Er blieb vor ihr stehen, sah sie an und schien zu überlegen. »Ich muss nachher weg, aber jemand anderes wird dir dann später die Medizin geben. Hast du verstanden?«

Ellie nickte zur Bestätigung.

»Gut.«

Er wandte sich ab und öffnete die Tür. Dann zögerte er noch einmal und sah sie wieder an. Seine Augen schimmerten im fahlen Morgenlicht.

»Ich gehe heute zu einem Treffen. Dort sehe ich jemanden, der dir helfen kann. Wenn er tut, was ich sage, kann er dich vielleicht sogar hier rausholen.«

Ellie entgegnete nichts. Ihr Kopf war leer.

»Macht dich das glücklich?«

»Sollte es?«

Dem Mann schien der herausfordernde Klang ihrer Stimme zu missfallen.

»Möchtest du lieber für immer hierbleiben?«

Wieder kam die Wut in Ellie hoch. »Wo soll ich denn sonst hin?«, fragte sie.

»Ich verstehe dich nicht.«

»Meine Mom ist tot. Ihr habt sie umgebracht, und nun ist sie tot. Wo soll ich also hin? Kannst du mir das sagen?«

Er blieb einen Moment lang an der Tür stehen, kam dann aber zurück zu ihr und setzte sich neben sie auf das Bett. Seine Haut roch nach Seife und teurem Aftershave.

»Kleine«, sagte er, »möchtest du lieber tot sein? Wie deine Mom?« Seine Stimme war nicht einmal drohend. Er wusste, dass er dieses kleine Duell gewonnen hatte.

Ellie spürte, wie ihr die Tränen über die Wangen liefen, und beeilte sich, sie abzuwischen. Als er sich dicht über sie beugte, erwartete sie, dass sein Atem schlecht riechen würde, doch sie hatte sich getäuscht. Er roch nach Pfefferminzzahncreme und süßem Tee.

»Ich bin nicht dein Freund, kleine Ellie. Also versteh mich richtig.«

Sie blickte nach unten, weg von dem Licht, das sich in seinen Augen spiegelte. Er nahm ihr Kinn zwischen Daumen und Zeigefinger und hob es an, damit sie seinem Blick begegnen musste.

»Möchtest du tot sein?«

Ellie schüttelte heftig den Kopf. Die Schmerzen, die von der Bewegung verursacht wurden, nahm sie kaum wahr. Sie versprengte ihre salzigen Tränen.

»Dann sei froh«, sagte er. »Ich treffe mich mit jemandem, und dann können wir vielleicht alle nach Hause gehen.«

Ellie wollte ihm entgegenschreien, dass sie kein Zuhause mehr hätte und alles nur seine Schuld wäre. Am liebsten hätte sie ihm das Weiße aus den Augen gekratzt und gefühlt, wie seine Augäpfel unter ihren Nägeln zerplatzten.

Er musste den hasserfüllten Ausdruck in ihrem Gesicht gesehen haben.

»Ich habe keine Mutter«, sagte er. »Und keinen Vater. Sie sind auch getötet worden. Und sieh dir an, was die Erfahrung aus mir gemacht hat, kleine Ellie. Bleib du in deiner Welt und lass die Finger von meiner.«

Nachdem er das Zimmer verlassen hatte, lag Ellie weiterhin wach. Nach einer Weile hörte sie ihn in einem Auto davonfahren. Es war nicht dasselbe, das die anderen benutzten. Es hörte sich leiser, aber irgendwie kräftiger an.

Als er endgültig fort war, schlief sie ein.

3

09:30 Uhr

Logan verließ erst spät das Haus. Er hatte das Gefühl für die Zeit verloren, während er dasaß, alles noch einmal durchdachte und zu dem Schluss kam, dass er keine verdammte Ahnung hatte, was sich hinter seinem Rücken abspielte. Doch er war fest entschlossen, es herauszufinden, und Bob war der Erste, den er heute dafür auf seiner Liste hatte.

Raschen Schrittes verließ er den Fahrstuhl. Als er das Foyer durchquerte, bekam er bei der Erinnerung an den vorangegangenen Abend unwillkürlich eine Gänsehaut und nahm den Mann, der mit seinem Schlüssel an den Briefkästen neben dem Hauseingang herumhantierte, nur am Rande wahr. Der Typ hatte ein Allerweltsgesicht, war kaum größer als eins fünfundsiebzig und von durchschnittlicher

Statur. Sowie Logan an ihm vorbeigegangen war, steckte der Mann seinen Schlüssel in die Tasche und folgte ihm.

Auf dem Weg den Hügel zum Blythswood Square hinauf schaltete Logan sein Handy ein, das sofort zu piepen begann. Er hatte neue Sprachnachrichten. Er tippte den Code seiner Mobilbox ein und durfte sich drei aufgezeichnete Anrufe von Crawford anhören.

»Der Teufel soll dich holen, Bob«, murmelte er, während er das Handy wieder ausschaltete.

Eilig stürzte er in die Kanzlei und ignorierte sowohl die beiden Männer auf dem Sofa im Empfangsbereich als auch Megans zaghaften Versuch, seine Aufmerksamkeit auf sich zu ziehen. Endlich in seinem Büro schloss er die Tür hinter sich und versuchte Crawford zu erreichen. Keine Antwort. Er rief Megan an.

»Wo ist Bob?«, wollte er wissen. »Er ist nicht in seinem Büro.«

»Wenn du beim Hereinkommen nicht so an mir vorbeigefegt wärst, hättest du erfahren, dass er im Konferenzsaal ist und die zwei Herren, die vorhin an der Rezeption gewartet haben, mit euch beiden sprechen möchten. Bob fragt schon seit einer Ewigkeit nach dir.«

»Die beiden sind jetzt nicht mehr unten bei dir?«

»Nein. Sie sind gerade zu Bob in den Konferenzraum gegangen. Ich würde vorschlagen, dass du dasselbe tust.«

»Mach ich. Danke.«

Mist. Er hatte doch unter vier Augen mit Crawford sprechen wollen. Sei's drum.

Als er auf dem Weg in den Konferenzraum wieder an Megan vorbeikam, murmelte er leise: »Tut mir leid«, öffnete die Tür und setzte, als er den Raum betrat, eine selbstbewusste Miene auf. Crawfords Gesicht wirkte verkniffen und fahl.

»Guten Morgen, Bob«, begrüßte Logan ihn und bemühte dabei sein freundlichstes Lächeln. »Meine Herren, ich bin Logan Finch.«

Er schüttelte den Besuchern die Hände und nahm ihnen gegenüber neben Crawford am Tisch Platz. Die beiden Fremden sahen Crawford erwartungsvoll an.

»Logan«, begann Crawford, »dies ist der Hauptinvestor für GeneTech.«

Einer der Männer nickte. Er war ungefähr von Logans Größe, hatte markante Backenknochen und hellblaue Augen. Sein leicht gebräuntes Gesicht zeigte keinerlei Falten. Logan gefiel es bisweilen, sich Leute, die er neu kennenlernte, als Profisportler vorzustellen; seine Eselsbrücke, um sich später besser an sie erinnern zu können. Der Mann war definitiv ein Tennisprofi – und zwar europäischer, möglicherweise slawischer Herkunft.

»Und dies ist einer seiner Rechtsberater«, stellte Crawford den zweiten Mann vor.

Logan nickte dem Anwalt kurz zu. Der Tennisprofi interessierte ihn mehr. »Ich habe Ihren Namen nicht verstanden«, sagte er.

»John Drake.«

Komischer Akzent – irgendwie amerikanisch, auch wenn Logan bezweifelte, dass Englisch seine Muttersprache war.

Crawford ergriff wieder das Wort. »Logan, die beiden Herren wollten sich mit uns zusammensetzen, weil …«

»Weil wir, wenn ich ehrlich bin, ein wenig verstimmt über die Einstellung sind, die Sie unserem Geschäft gegenüber an den Tag legen«, schnitt ihm der Anwalt das Wort ab. »Wir haben mit Ihren Mandanten gesprochen, und man hat uns von geplatzten Sitzungen und nicht beantworteten Anrufen berichtet. Da dachten wir …«

»Jetzt mal langsam«, sagte Logan und hob seine Hand, um nun seinerseits sein Gegenüber zu unterbrechen. »Was meinen Sie mit: ›Wir haben mit Ihren Mandanten gesprochen‹?«

Drake blickte erst seinen Anwalt, dann wieder Logan an.

»Sie wissen natürlich«, fuhr Logan fort, »dass es höchst unangebracht, wenn nicht gar ein eklatanter Verstoß gegen die geschäftliche Ethik ist, wenn Sie sich unmittelbar mit unseren Mandanten in Verbindung setzen. Wollten Sie uns gerade das erzählen?«

Er hatte gar nicht beabsichtigt, so aggressiv zu klingen, aber wenn Cahill recht hatte und mit dem Deal etwas nicht ganz koscher war, dann könnten die beiden Verdacht schöpfen, wenn er sich allzu zuvorkommend gab. Mit einem übertrieben angewiderten Gesichtsausdruck wandte Logan sich an Crawford, doch der wich seinem Blick aus. Irgendwie wirkte er heute tatsächlich noch blasser als sonst.

»Logan«, setzte Crawford an, »ich glaube, die beiden Herren versuchen uns nur zu sagen, dass sie das Geschäft gerne unter Dach und Fach gebracht sehen möchten. Und das ist es doch, was wir alle wollen. In dem Deal steckt für jeden von uns eine Stange Geld.«

»Danke, Bob«, sagte der Anwalt. »Ja, so könnte man es in etwa ausdrücken.«

Drake sah weiterhin unverwandt Logan an, der begann, sich bei dieser Zusammenkunft wie das fünfte Rad am Wagen vorzukommen.

»Unsere Mandanten sind sehr zufrieden mit allem, warum also bringen wir die Sache nicht einfach in Schwung?«, fuhr Crawford fort.

Nun war wirklich nicht der passende Zeitpunkt, um auf

die Hintergründe der Finanzierung zu sprechen zu kommen, und Logan fühlte sich ausgeschlossen. Er stand auf und ging zum Tisch am Fenster, um sich ein Glas Wasser einzuschenken und seine Gedanken zu sammeln. Als er nach draußen schaute, sah er einen Mann auf der niedrigen Mauer sitzen, die den Park umgab. Der Kerl rauchte und versuchte einen nonchalanten Eindruck zu machen. Logan fand, dass er in erster Linie aussah, als würde er frieren. Und dass er nicht hierhergehörte. In der hintersten Ecke seines Gehirns flüsterte eine Stimme, dass es mit dem Burschen etwas auf sich hatte, was ihm zu denken geben sollte. War das nicht der Typ, den er heute früh im Foyer an den Briefkästen gesehen hatte?

»Logan?«, sagte Crawford. »Alles in Ordnung?«

Der Mann auf der Mauer starrte zu dem Gebäude hinüber, und ihre Blicke trafen sich für eine Sekunde. Dann erhob er sich behäbig und verschwand.

Logan fragte sich, wie es hatte passieren können, dass sein perfekt geordnetes Leben binnen nur zwei Tagen den Bach hinuntergegangen war. Das Foto von Penny huschte an seinem geistigen Auge vorbei. Aber wenn die Männer, die hinter Pennys Tod steckten, sich hier in diesem Raum aufhielten, wer war dann der Mann da draußen auf der Mauer gewesen? Er hatte das Gefühl, überhaupt nicht mehr zu wissen, was vorging, und das Letzte, was er sich im Augenblick wünschte, war, dass dieser Deal überhastet zum Abschluss gebracht wurde.

»Bob«, sagte er und wandte sich wieder dem Tisch zu, »der Preis stimmt, und unsere Mandanten stehen in den Startlöchern, richtig?«

Der Anwalt lächelte. Der Tennisprofi nicht.

»Aber unsere beiden Besucher hier scheinen mir ein bisschen *zu* erpicht darauf zu sein, sie wirken auf mich fast schon einschüchternd. Irgendwie macht mich das nervös.«

Crawford verlor den Rest seiner ohnehin schon blassen Gesichtsfarbe, seine Haut wirkte jetzt fast durchscheinend. Logan befürchtete schon, er würde sich an Ort und Stelle mitten auf den Tisch übergeben – was vielleicht gar keine so schlechte Verhandlungstaktik wäre.

»Das ist nicht das, was wir hören wollten.« Zum ersten Mal brachte Drake einen zusammenhängenden Satz hervor. »Ich finde Ihre Einstellung sehr bedenklich, Mr. Finch.«

»Logan hat das nicht so ge…«, hob Crawford an.

»Doch, Bob«, unterbrach ihn Logan. »Das habe ich sehr wohl.«

Der Anwalt beugte sich vor und legte seine gefalteten Hände auf die Tischplatte. »Warum rufen wir Ihre Mandanten nicht jetzt gleich an, um alles zu klären?«, schlug er vor.

Leichter Regen begann gegen die Scheiben zu prasseln.

»Hört sich für mich nach einer guten …«, versuchte Crawford sich noch einmal Gehör zu verschaffen.

Aber auch diesmal ließ Logan ihn nicht ausreden. »Nein, keine gute Idee«, sagte er. »Gar nicht gut.«

Irgendetwas war hier faul. Warum bemühte sich Crawford so sehr, diese Leute ja nicht vor den Kopf zu stoßen? Logans Verstimmung über die Situation wuchs zusehends. Er bekam immer mehr Lust, diese Typen zu provozieren. Mal sehen, wohin das führen würde.

»Ich schätze, wir können diese Sitzung damit für beendet erklären«, sagte er.

»Ist das Ihr Ernst, Mr. Finch?«, fragte Drake.

»Das ist es.«

Schweigend stand Drake auf und verließ den Raum – ein überzeugenderer Abgang, als wenn er wütend herumgeschrien oder die Tür hinter sich zugeschlagen hätte. Sein Anwalt blieb noch einen Augenblick lang in der unheilvollen Stille sitzen, bevor er seine lederne Aktenmappe ergriff und hinter ihm herschlurfte.

»Logan, was zum Kuckuck hast du dir dabei gedacht? Wirklich!«, polterte Crawford los.

Logan trat erneut ans Fenster, um sich zu beruhigen. Schließlich war Crawford derjenige, der es vermasselt hatte, den besten Deal für ihre Mandanten herauszuholen. Draußen saß der Raucher wieder auf der Mauer. Er hatte die Hände in die Taschen gesteckt und sah Drake und seinem Anwalt nach, während sich beide von dem Gebäude entfernten.

Crawford tobte noch immer.

»Das war's jetzt für dich. Dabei sollte dieser Deal dir den Weg zur Seniorpartnerschaft ebnen. Warum machst du alles kaputt?«

Logan lehnte sich gegen den Tisch am Fenster und sah ihn an.

»Ich möchte wirklich mal wissen, was dich dazu bringt, vor diesen Typen zu katzbuckeln und auf alles einzugehen, was sie dir vor die Füße werfen. Wir kennen diese beiden Typen doch nicht einmal; sie sind bei dem Geschäft noch nie vorher in Erscheinung getreten. Was ist aus dem anderen Anwalt geworden?«

Crawford wich seinem Blick aus.

»Was steckt dahinter, Bob? Sei ehrlich.«

Logan konnte sich kaum beruhigen. Er fand es immer noch schwer zu glauben, dass Crawford wirklich in einen Deal verstrickt sein sollte, der zu Pennys Ermordung geführt hatte. Er wollte es nicht wahrhaben, dass Bob ihren Tod bewusst in Kauf genommen hatte. Aber Crawford war einer der wenigen Menschen auf der Welt, die von der Beziehung zwischen ihm und Penny Kenntnis hatten, und der Einzige, der gewusst hatte, dass sie sich wieder in Schottland aufhielt.

Er fühlte einen dicken Kloß in seinem Hals aufsteigen und schmeckte Galle auf der Zunge. Hatte Crawford wirklich Penny für diese Burschen geopfert?

Aber wozu? Wäre es nicht einfacher für ihn gewesen, Logan gar nicht erst zu diesem Verkauf hinzuzuziehen und ihn alleine abzuschließen? Nein, das ergab alles keinen Sinn.

Dennoch wurde er das Gefühl nicht los, dass hier ein Zusammenhang bestehen musste. Es verlangte ihn nach frischer Luft. Während er zur Tür ging, wurde hinter ihm Crawfords Stimme immer schriller. Als er in den Empfangsbereich hinaustrat, sah er DC Irvine und hinter ihr einen breitschultrigen Beamten in Uniform an Megans Schreibtisch stehen.

»Mr. Finch«, sagte Irvine, »Sie sind genau der Mann, nach dem ich gesucht habe.«

4

11:00 Uhr

Logan hatte noch nie auf dem Rücksitz eines Streifenwagens gesessen. Es war eine merkwürdige Erfahrung. Zuerst einmal legte ihm der kräftige Beamte seine fleischige Hand auf den Kopf und schob ihn praktisch in den Wagen hinein, während er mit der freien Hand Logans Unterarm festhielt. Dann wurde die Tür leise zugedrückt, DC Irvine nahm auf dem Beifahrersitz Platz und wartete darauf, dass ihr Kollege sich ans Steuer setzte. Logan konnte nichts gegen seine Neugier tun und zog an dem Türöffner.

»Ist wie eine Kindersicherung, Mr. Finch«, sagte Irvine, ohne den Blick von der Windschutzscheibe zu wenden. »Wir dürfen doch nicht zulassen, dass unsere Fahrgäste sich so einfach aus dem Staub machen, nicht wahr?«

»Macht Sinn«, sagte Logan.

Der große Beamte klemmte sich hinters Steuer, reihte sich geschickt in den Verkehrsfluss vor dem Bürogebäude von Kennedy Boyd ein, überquerte am Ende des Platzes die West Regent Street und betätigte dann den Blinker, um links in die Bath Street abzubiegen. Als sie sich der Kreuzung näherten, sprang die Ampel auf Rot, und sie hielten hinter einer dunkelblauen Mercedes-Limousine. Logan beugte sich vor, um zwischen den Vordersitzen hindurch durch die Frontscheibe schauen zu können. Er überlegte, ob dies der Wagen von Drake und seinem Anwalt sein könnte. So ein Schlitten würde zu den beiden passen.

Da er nicht vorhatte, eine Plauderei mit den Polizeibeamten anzufangen, lehnte er sich wieder schweigend in seinem Sitz zurück, während sie in die Bath Street einbogen und dann gleich wieder nach links in die Pitt Street schwenkten, in welcher der Wagen vor dem Gebäude des Polizeipräsidiums hielt. Zu Fuß hätte der Weg von Kennedy Boyd hierher ungefähr eine halbe Minute gedauert, was sollte also der Quatsch, ihn mit dem Auto abzuholen? Er blieb sitzen, als Irvine und ihr uniformierter Begleiter ausstiegen. Die Beamtin ging zum Eingang und hielt die Glastür auf, während der Mann um den Wagen herumging, um Logan herauszulassen.

Er stieg aus und streckte sich in dem leichten Nieselregen. Unwillkürlich fasste er den Entschluss, die beiden auf die Probe zu stellen. Immerhin stand er noch nicht unter Arrest.

»Danke fürs Mitnehmen«, sagte er über das Wagendach hinweg. »Tat gut, mal ein bisschen frische Luft zu schnappen.«

Er wandte sich um und schickte sich an, die Straße zu überqueren.

»Mr. Finch!«, rief ihm Irvine hinterher.

Er ignorierte sie, bis er die andere Straßenseite erreicht hatte, dann erst drehte er sich zu ihr um. Sie stand am Bordstein im Schatten ihres massigen Kollegen.

»Was ist denn noch?«, rief Logan ihr zu.

»Wir würden Ihnen gerne ein paar Fragen stellen«, sagte sie schließlich. »Wegen Miss Grant.«

Er beobachtete sie einen Augenblick lang und wunderte sich, welche Rolle sie bei alldem spielte. Er ging nicht davon aus, dass sie die Ermittlungen leitete. Aber sie schien nicht auf den Kopf gefallen zu sein und wirkte vertrauenswürdig.

»Bitte«, sagte sie.

Na schön.

Der uniformierte Beamte führte ihn ans hintere Ende des Erdgeschosses, dann durch eine Tür und einige Stufen hinunter. Die Ausstattung veränderte sich – das funktionelle Bürogebäudeambiente wich erst einem kargen Treppenhaus und anschließend einem Kellergewölbe mit Verhörraumatmosphäre. Die Wände und der Boden waren in hässlichem Grau gestrichen, und an der Decke brannten grelle Neonröhren. Auf beiden Seiten des Korridors gingen in gleichen Abständen Stahltüren ab.

»Ich bin eigentlich nicht davon ausgegangen, dass ich verhaftet bin«, meinte Logan zu seinem Begleiter.

»Sind Sie auch nicht. Also halten Sie die Klappe.«

Logan hielt es für das Beste, sich nicht mit dem Mann anzulegen.

Vor der dritten Tür zur Rechten blieben sie stehen. Der Polizist suchte aus einem an seinem Gürtel befestigten Bund den passenden Schlüssel heraus, öffnete die Tür und schob Logan hindurch, bevor er sie mit einem hohl widerhallenden Geräusch wieder ins Schloss fallen ließ. Logan glaubte, sich entweder in einer Arrestzelle oder in einem Vernehmungszimmer zu befinden. Möglicherweise diente der Raum auch als beides. Das Innere solcher Räumlichkeiten bekamen bestimmt nicht viele Normalbürger je zu Gesicht. Am Anfang seiner Laufbahn war er ein paarmal an ähnlichen Orten gewesen, um einen der diversen jungen Schläger aufzusuchen, die er vor Gericht hatte vertreten müssen – bevor er zu der Überzeugung gelangte, dass Strafverteidigung nichts für ihn war. Zellen wie diese hatten zu den entscheidenden Faktoren für die Verlagerung seines beruflichen Schwerpunktes gehört.

Die Ausstattung des Raumes entsprach in etwa der des Korridors. In der Mitte standen ein Tisch mit Kunststoffplatte und drei zusammenklappbare Plastikstühle. Man musste sie am Morgen extra aus der Kantine geholt haben, normalerweise gab es in solchen Räumen keine Möbel – jedenfalls keine, die man hochheben und über seinem Kopf schwingen konnte.

Man wollte ihn verunsichern – so viel wurde ihm langsam klar. Irvine konnte nicht dahinterstecken, dazu war sie auf der Straße viel zu zuvorkommend gewesen. Wenn sie ihm hätte zeigen wollen, wer hier das Sagen hatte, hätte ihr breitschultriger Kollege ihn gar nicht erst bis zur Straßenmitte kommen lassen. Also musste jemand anderes dafür verantwortlich sein. Wieder klickte das Schloss, und die Tür öffnete sich.

Der Vernehmungsbeamte war noch größer als der Uniformierte. Irvine verschwand förmlich hinter seinem gewaltigen Körper. Logans Schreck musste ihm am Gesichtsausdruck abzulesen sein, denn der Mann setzte ein breites Grinsen auf. Dann wartete er, bis auch seine Kollegin ins Zimmer getreten war, und zog die Tür mit einem solchen Krachen ins Schloss, dass das Geräusch von den Wänden wider- und in Logans Ohren nachhallte. Na gut, dachte er. Ihn wollten sie also auf ihn loslassen. Keine Frage.

Irvine zog einen der Stühle unter dem Tisch hervor und setzte sich ihm gegenüber. Der Bär verschränkte die Arme vor der Brust und lehnte sich in eine der Ecken, die er vollkommen auszufüllen schien. Logan konnte den Blick kaum von den dicken Unterarmen des Mannes losreißen.

Irvine ergriff als Erste das Wort.

»Mr. Finch«, sagte sie, »dies ist Detective Superintendent Liam Moore. Er leitet die Ermittlungen im Mordfall Penelope Grant.«

In Anbetracht dessen, wie Penny auf dem Foto ausgesehen hatte, kam Logan der Ausdruck »Ermittlungen« irgendwie steril vor. Er räusperte sich, versuchte zu schlucken, doch sein Mund war vollkommen ausgetrocknet. Moore nickte ihm zu, sagte aber nichts. Auch Irvine saß schweigend da und sah ihn an. Logan kannte die Vernehmungstechnik: Man ließ dem Redefluss des Verdächtigen zunächst freien Lauf, ohne ihn durch gezielte Fragen in eine bestimmte Richtung oder zu gewünschten Aussagen zu lenken. Eigentlich stellte man ihm gar keine Fragen. In seiner Zeit als Strafverteidiger hatte er das oft genug beobachten können. Er würde sich nichts vergeben, wenn er ihr Spiel mitspielte.

»Also gut«, sagte er. »Was möchten Sie von mir hören?«

»Haben Sie Kinder, Mr. Finch?«, fragte Moore. Seine Augen glühten finster unter seinem grauen Bürstenhaarschnitt.

Logan merkte, wie sich seine Stirn in Falten legte. Schon mit der ersten Frage hatten sie ihn in Verlegenheit gebracht. Genau wie beabsichtigt.

»Also?«, hakte Moore nach.

Logan hatte lange genug mit der Antwort gezögert, um den Mann ungeduldig werden zu lassen, und merkte nun, dass sich die Stimmung im Raum verändert hatte – nicht zu seinen Gunsten.

»Äh – nein. Keine Kinder.«

»Sind Sie sich ganz sicher? Ein junger Mann wie Sie versprengt doch gerne mal seinen Samen, oder?«

»Sie müssen mich mit jemandem verwechseln. Das ist nicht mein Stil.«

»Was ist denn Ihr Stil, Mr. Finch?«, wollte Moore wissen.

Logan sah Irvine an und wurde das Gefühl nicht los, dass ihr Moores Gesprächseinstieg nicht behagte.

»Ich verstehe nicht, wohin das führen soll oder worauf Sie hinauswollen. Ich bin nicht schwul, falls es das ist, was Sie wissen möchten.«

»Also mögen Sie Frauen?«, brachte Moore es auf den Punkt.

»Ja.«

»Sie mochten Miss Grant?«

»Ja. Wir waren damals an der Uni zusammen. Aber das wissen Sie bereits.«

»Das wissen wir«, bestätigte Moore. »Aber ansonsten sind Sie nicht allzu offen uns gegenüber gewesen. Warum mussten Sie sich letztes Mal hinter Ihrem Kumpel verstecken, Mr. Finch?«

»Ich stand irgendwie unter Schock. Es hat sich so ergeben.«

»Es war die Idee von diesem Amerikaner, nicht wahr?«

»Dafür möchte ich mich entschuldigen. Es war nicht meine Absicht, den Eindruck zu erwecken, als wollte ich Ihren Fragen ausweichen. Ich habe nichts zu verbergen.«

»Das ist alles, was wir hier festzustellen versuchen«, schaltete sich Irvine ein.

Logan beschlich zunehmend ein unangenehmes Gefühl, was Moore betraf. Der Superintendent lehnte noch immer mit vor der Brust verschränkten Armen in der Ecke und versuchte ihn mit Blicken zu durchbohren. Logan spürte, dass beide irgendetwas zurückhielten, irgendetwas, wovon sie glaubten, dass es ihn verdächtig machte, etwas mit Pennys Ermordung zu tun zu haben. Er ahnte, dass sie wollten, er würde weiterreden, und wusste sich selbst keinen besseren Rat. Schließlich musste er wissen, worauf das alles hinauslief. Je mehr Informationen er von allen Seiten sammelte, desto besser.

»Sehen Sie, ich möchte Ihnen helfen. Ehrlich. Penny und ich … Nun, sie hat mir viel bedeutet. Sie tut es bis heute.«

»*Tat* es«, verbesserte Moore ihn. Er trat vor und ließ die Arme sinken.

Logan hielt seinem Blick stand.

»Sie *tut* es, Mr. Moore. Bloß weil sie …«

Mit einem Mal stieg aus seinem Innern tiefe Traurigkeit

auf. Er blinzelte und sog Luft durch die Nase ein, wobei ihm der eklige Geruch in dem Raum bewusst wurde: getrockneter Urin und getrocknetes Blut, überlagert von einem starken Desinfektionsmittel. Wieder sah er Irvine an. Sie musterte ihn eindringlich und wirkte, als wäre sie zusehends unzufriedener mit dem Verlauf der Befragung. Aber Moore war nun einmal ihr Boss.

»Weil sie *was?*«, fragte der Superintendent. »Zu Tode geprügelt wurde und an ihrem eigenen Blut und Erbrochenen erstickt ist?«

Logan stand abrupt auf, wobei er seinen Stuhl umstieß. Die Geste war heftiger, als er sie beabsichtigt hatte.

Auch Irvine schob ihren Stuhl, auf dem sie noch immer saß, zurück, und Moore eilte blitzschnell um den Tisch herum an seine Seite. Logan hätte nicht geglaubt, dass der Mann sich so flink bewegen konnte. Er trat einen Schritt nach hinten und stand plötzlich mit dem Rücken zur Wand.

»Sir!«, sagte Irvine scharf und erhob sich.

Moore blieb mit in Hüfthöhe geballten Fäusten keine drei Schritte von Logan entfernt stehen, sodass er den kaum wahrnehmbaren Duft seines Aftershaves riechen konnte. Falls man vorgehabt hatte, ihm Angst einzuflößen, war es gelungen. Er spürte das Blut in seinen Ohren rauschen und Hitze in sich aufsteigen, während das Adrenalin durch seine Venen pumpte. Er trat einen Schritt von der Mauer weg und auf Moore zu.

»Bitte gehen Sie zurück, Sir«, sagte Irvine zum Superintendenten.

Moore rührte sich nicht von der Stelle.

»Sir!«

Logan kam es vor, als würde Moore sie nicht hören. Er

warf ihr einen raschen Blick zu und entdeckte ernsthafte Besorgnis in ihren Augen. Das war alles andere als ein Spiel.

»Fragen Sie ihn nach ihr«, sagte Moore zu Irvine.

Die Beamtin sah Logan an.

»Ellie«, sagte Moore.

»Das werde ich tun, sowie Sie einen Schritt zurücktreten, Sir.«

Moore verharrte noch eine gefühlte Ewigkeit an der Stelle, dann ließ er von Logan ab, stellte dessen Stuhl wieder hin und nahm auf ihm Platz. »Recht so?«, fragte er, schien aber keine Antwort zu erwarten.

Auch Irvine setzte sich wieder und wandte sich Logan zu.

»Wissen Sie irgendwas über den Aufenthaltsort von Ellie Grant, Mr. Finch?«

Logan hatte keine Ahnung, was sie meinte. »Von wem?«

Im Nu war Moore wieder auf den Beinen und ignorierte Irvines ermahnenden Zwischenruf.

»Führen Sie uns nicht an der Nase herum, Finch!«, brüllte er. »Sonst reiße ich Ihnen den Kopf ab. In diesem Raum gibt es keine Überwachungskamera.«

»Sir«, sagte Irvine, »Sie vergessen, dass ich auch noch da bin.«

Moore drehte sich wütend zu ihr um. Es entstand eine längere Pause, ehe er sich wieder hinsetzte und dabei den Blick von Logan abwandte, als würde er es nicht ertragen können, sich im selben Raum mit ihm aufzuhalten.

Logans Herz schlug ihm höher als zur Kehle, doch nach außen hin bewahrte er die Ruhe.

»Mr. Finch«, fuhr Irvine fort, »Miss Grant hatte eine elfjährige Tochter, die vermisst wird. Wir konzentrieren unsere Ermittlungen darauf, sie ausfindig zu machen. Haben Sie mich verstanden?«

Logan nickte, allerdings nicht unbedingt als Antwort auf ihre Frage.

Penny hatte eine Tochter.

»Wir müssen wissen, ob Sie eine Ahnung haben, wo sich das Kind aufhält.«

Logan starrte Irvine an. Während sich in seinem Kopf die Gedanken überschlugen, war er sich dessen bewusst, dass sie ihn nicht aus den Augen ließ. Der Raum begann zu erzittern, und die Wände verschwammen. Er bemühte sich, den Augenkontakt mit Irvine zu halten, aber um ihn herum bebte alles, und er war froh, wenigstens die Mauer im Rücken zu haben, sonst wäre er unweigerlich zusammengeklappt.

»Geht es Ihnen gut, Mr. Finch?«, fragte sie.

»Ich glaube nicht«, sagte er.

Sie nahm ihn bei seinem linken Ellbogen und führte ihn um den Tisch herum zu Moores freiem Stuhl. Dann griff sie in ihre Jackentasche und legte ein Foto vor ihn auf den Tisch.

»Das ist sie – Ellie Grant. Wissen Sie, wo sie sein könnte?«

Er betrachtete das Bild. Wieder sah er das Mädchen mit den braunen Augen, doch jetzt wusste er, dass es *seine* braunen Augen waren.

5

13:00 Uhr

Vor ungefähr einer Stunde hatte Ellie mitbekommen, wie einer der Männer telefonierte. Im Verlauf des Gesprächs war er immer ungehaltener geworden, und nachdem es beendet war, hatte es sich angehört, als hätte er das Telefon auf den Fußboden geworfen. Danach war er vor die Hütte gegangen, und Ellie hatte ihn einsam in der Gegend herumbrüllen hören. Schließlich waren ihm zaghaftere Schritte – möglicherweise die der Frau – nach draußen gefolgt.

Sergei blieb auf dem Sofa sitzen, während Katrina hinausging, um Vasiliy nach Drakes Anruf zu beruhigen. Er hatte keine Ahnung, warum Drake die Hure überhaupt mitgebracht hatte, aber sie konnte mit Vasiliy umgehen, und wenn sie ihn zur Räson brachte, hatte sich ihre Anwesenheit vielleicht schon bezahlt gemacht.

Finch hatte das Treffen mit Drake heute Vormittag ruiniert, aber Drake wollte ihn noch nicht kaltmachen, sondern ihm eine letzte Chance geben, seinen Teil des Deals zu erfüllen – sobald Drake einen Entschluss gefasst hatte, auf welche Weise er ihm diesmal seine Nachricht zukommen lassen wollte. Sergei fand, dass Drake in seinem Bemühen, Gabriel bei Laune zu halten, zu weichherzig wurde. Wenn es nach ihm ginge – es wäre ihm ein persönliches Vergnügen, das Mädchen auf der Stelle beiseitezuschaffen – und danach auch Finch.

Sergei gefiel es nicht, für Gabriel den Laufburschen zu

spielen, wohingegen Drake das nichts auszumachen schien. Es war ein Scheißjob – egal, wie viel Geld im Spiel war. Es war nicht mehr wie in alten Zeiten, als sie alle zusammen auf der Straße aufgewachsen waren und sich auf ihre Weise durchzuschlagen gewusst hatten – damals waren *sie* es gewesen, die das Sagen hatten. Sergei hatte sich von Drake mit dem Argument breitschlagen lassen, dass sie mit dieser Methode sehr viel mehr Geld einsacken würden, aber er kochte jedes Mal vor Wut, wenn er vor diesem englischen Laffen Gabriel kuschen musste.

Schön, es war allerhand Kohle für sie drin, ja, aber ihn dürstete es nach Macht, genauer gesagt nach der Macht, Angst und Furcht einflößen zu können, der Macht über Leben und Tod, die ihnen in ihrer Heimat Russland niemand hatte streitig machen können. Kein noch so großer Haufen Geld oder Drogen würde je diesen Kick ersetzen.

Trotz allem wusste er, dass er geduldig darauf warten musste, bis seine Zeit gekommen war, sich Drake vom Hals zu schaffen. Vielleicht würde er dann nicht mehr die Drecksarbeit erledigen müssen und könnte seinen Platz ganz oben neben Gabriel einnehmen. Dann besäße er die wahre *Macht,* eine Macht, wie sie Gabriel in Paris über diesen Amerikaner hatte. Aber bis dahin musste er wohl oder übel gute Miene zum bösen Spiel machen.

Katrina kam ohne Vasiliy zurück, der sich in der Kälte noch immer beruhigte.

»Mit ihm geht alles klar«, sagte sie.

Sergei sah Katrina an. Er wusste, wie unangenehm es ihr war, mit ihm alleine zu sein.

»Mach dir keine Sorgen«, sagte er zu ihr. »Du bist nicht mein Typ.«

Dann wandte er sich ab und ging zum Zimmer des Mädchens. Hinter ihm rieb Katrina sich die Arme, als würde sie frösteln.

Ellie hörte schwere Schritte auf ihr Zimmer zukommen und drückte sich dicht an die Wand. Sie wusste, dass sie sich hier nirgendwo verbergen konnte, wollte es aber wenigstens versuchen.

Es war der kleinere der Männer, der den Raum betrat. Er kniete sich vor sie hin und starrte sie im Halbdunkel an.

»Was machst du da, Mädchen? Willst du dich vor mir verstecken?«

Ellie blieb regungslos sitzen und behielt ihn genau im Auge.

»So? Du willst jetzt nicht reden? Vielleicht erzähle ich dir einfach, wie es steht, und dann wirst du weinen, oder?«

Er fing an zu lachen, aber es blieb ihm im Hals stecken, und er musste kurz husten.

»Du musst wissen, heute ist es für ihn und dich nicht so gut gelaufen. Und wenn wir nicht kriegen, was wir wollen, wird es nur schlimmer. Er bekommt noch eine letzte Warnung.«

Ellie hatte keine Ahnung, von wem oder was die Rede war.

Noch immer in kauernder Haltung schlurfte der Mann einen Schritt vor, setzte sich auf die Bettkante und schob dann seine Hand unter die Decke, bis er ihren Fuß berührte. Unwillkürlich entrang sich ihr ein ängstliches Geräusch, und sie zog die Knie bis an die Brust. Er lachte wieder, musste noch einmal husten, und Ellie spürte seine Spucke auf ihren Armen. Jetzt merkte sie auch, wie scheußlich er roch. Ihr wurde übel, und sie hielt sich mit zwei Fingern die Nase zu.

Der Mann grinste und rutschte ihr auf dem Bett ein Stück entgegen. Er stützte sich auf beide Unterarme und beugte sich über sie, bis seine Nase fast die ihre berührte, aber Ellie brachte es nicht über sich, ihren Blick von seinem abzuwenden.

»Du magst mich wohl nicht, was, Mädchen?«

Sie nickte, und das brachte ihn wieder zum Lachen. Ein Tropfen Spucke landete unterhalb ihres rechten Auges auf der Wange, und sie zuckte vor Ekel zusammen.

»Wenn alles schiefgeht, und das wird es, da bin ich mir sicher, dann werde ich dafür sorgen, dass ich der Letzte bin, der zu dir ins Zimmer kommt. Wie würde dir das gefallen, he? Wir werden es uns im Bett hier so richtig gemütlich machen, nur du und ich.«

Er beugte sich noch einmal über sie, als wolle er sie küssen, leckte dann aber seine eigene Spucke von ihrer Wange. Am liebsten hätte Ellie ihm mitten ins Gesicht gekotzt.

»Schmeckst gut. Mehr davon später – nur du und ich. Und falls es doch klappt, können wir ja trotzdem noch ein bisschen Spaß miteinander haben, was?«

Ellie blickte in seine Augen und konnte nichts darin erkennen.

Er ließ von ihr ab, stand auf und ging aus dem Raum. Nachdem er fort war, hörte sie die Frau etwas zu ihm sagen, woraufhin er sie anschrie. Dann war alles still.

Ellie war nicht dumm. Sie wusste, dass diese Leute sie wahrscheinlich umbringen würden. Vielleicht hatten sie die Frau dabei, damit sie glaubte, dass sie es nicht tun würden, aber Ellie ahnte, dass das nur ein Trick war. Sie wusste nicht, warum sie ihr und ihrer Mom das angetan hatten und wer dieser Mann war, von dem sie redeten – der Mann, der irgendetwas tun sollte, um sie zu retten. Sie hatte keine Hoffnung mehr, jemals gerettet zu werden. Trotzdem wollte sie nicht weinen. Sie schluckte ihre Angst und ihren Kummer hinunter und verwandelte sie in Wut auf diese Leute, die ihr das angetan hatten.

Sie kroch an den Rand des Bettes und versuchte aufzustehen. In ihrem Kopf drehte sich alles, und ihre Rippen schmerzten. Sie fürchtete umzufallen und suchte am Bettgestell Halt. So blieb sie ein paar Minuten lang stehen, atmete flach und wartete darauf, dass das Schwindelgefühl nachließ.

Nach einer Weile fühlte sie sich zu einer weiteren Bewegung in der Lage, so leise wie möglich, um nicht die Aufmerksamkeit der anderen im Haus auf sich zu ziehen. Vorsichtig schlich sie um das Bett herum und legte die Hand an das Fenster – besser gesagt an die Bretter, mit denen das Fenster innen am Rahmen verrammelt war. Mit einer Hand stützte sie sich an der Wand ab und tastete mit der anderen an einem Brett bis zu dessen Ende entlang. Dann fuhr sie mit der Hand an dem Fensterrahmen hinauf und hinunter und stieß an der untersten Planke auf einen Nagel, dessen Kopf ein Stück aus dem Holz herausragte.

Sie fasste ihn zwischen Daumen und Zeigefinger und zog und wackelte mit aller Kraft daran, aber der Nagel bewegte sich nicht. Sie versuchte es erneut, doch wiederum vergeblich. Vor Angst und Enttäuschung lief ihr eine Träne über die Wange. Zornig wischte sie sie ab und schwor sich, dass sie hier nicht sterben und zumindest versuchen würde, sich zu befreien – einen Nagel, ein Brett nach dem anderen. Wenn es ihr gelang, aus der Hütte zu fliehen, während es noch dunkel war, konnte sie sich vielleicht irgendwo verstecken und warten, bis die Männer und die Frau fort waren und jemand sie fand.

Sie zog und zerrte an dem Nagel, bis ihr vor Anstrengung schlecht wurde. Ein heftiges Pochen setzte hinter ihrem verletzten Auge ein, und noch mehr Tränen liefen ihr über das Gesicht.

Sie würde heute Abend noch einen weiteren Versuch unternehmen, sagte sie sich. Sie stützte sich mit der freien Hand an der Wand ab und zog so heftig, wie ihr verletzter Körper es nur zuließ. Der Nagel bewegte sich – oder jedenfalls glaubte sie es. Nein, sie war sich ganz sicher, dass er sich bewegt hatte.

Das reichte. Fürs Erste.

6

13:39 Uhr

Logan saß allein in dem Verhörraum, spielte an einem losen Pflaster an seinem rechten Zeigefinger und starrte auf das Foto von Ellie Grant, das noch immer auf dem Tisch lag. Er wusste nicht mehr, wo er das andere Foto von ihr gelassen hatte, das, das die beiden Schlägertypen in der Eingangshalle auf den Boden hatten fallen lassen.

Ich habe eine Tochter.

Er ließ sich das Wort auf der Zunge zergehen – *Tochter* –, bis es kein Begriff, sondern nur noch eine leere Worthülse ohne jede Bedeutung war.

Das Schloss in der schweren Tür klickte, und sie schwang nach innen auf. Es war Irvine.

»Also«, sagte Logan, »wie lange wird es dauern, bis wir das Ergebnis bekommen und es genau wissen?«

Nachdem sie ausführlicher die Geschichte seiner Beziehung zu Penny durchgegangen waren, hatte er sich freiwillig bereit erklärt, sich Blut für eine DNA-Probe zur Feststellung seiner Vaterschaft abnehmen zu lassen. Das Ergebnis sollte dann mit der DNA vom Blut des Mädchens verglichen werden, das man am Tatort sichergestellt hatte. Logan brachte es noch immer nicht über sich, seine Tochter bei ihrem Namen zu nennen, auch wenn er an nichts anderes dachte als an sie.

»Für gewöhnlich dauert das ein paar Tage«, sagte Irvine.

»Kann man das in Situationen wie dieser nicht beschleunigen?«

Sie seufzte und setzte sich ihm gegenüber an den Tisch. »Ich weiß, dass das hart für Sie sein muss«, sagte sie, »aber wir sind hier, um Ihnen zu helfen.«

»Ich bin mir nicht so sicher, ob Ihr Boss die gleiche Absicht hat.«

»Er hat getan, was er für richtig hielt, um die Wahrheit ans Licht zu bringen.«

»Aber Sie finden, dass er zu weit gegangen ist?«

Sie überlegte einen Augenblick. »Jeder macht seine Arbeit auf seine Weise«, sagte sie schließlich.

»Sehr diplomatisch ausgedrückt, Detective.«

Irvine lächelte, und Logan war mit einem Mal wohler zumute.

Er hatte Irvine und Moore in verkürzter Form über die Ereignisse seit Montagmorgen ins Bild gesetzt. Ausgelassen hatte er dabei nur die Kerle im Foyer seines Apartmenthauses und seine Vermutung, dass deren Besuch etwas mit einem der Geschäfte von Kennedy Boyd zu tun gehabt haben könnte. Er merkte, dass die Beamtin nicht ganz von seiner Aufrichtigkeit überzeugt war.

»Müsste ich nicht im Team vernommen werden?«, erkundigte sich Logan. »Ich dachte, Sie dürfen gar nicht mit mir allein reden.«

»Sie gelten nicht als Verdächtiger, Logan. Sie unterstützen uns lediglich bei unseren Ermittlungen – und Sie unterstützen uns doch, so gut Sie können, nicht wahr?«

Ihm fiel auf, dass sie dazu übergegangen war, ihn mit seinem Vornamen anzureden. Sie selbst schien es noch gar nicht gemerkt zu haben.

»Das tue ich«, bestätigte er und hielt ihrem Blick stand.

»Also gut. Ich denke, Sie können nun in Ihr Büro zurückkehren. Wir melden uns bei Ihnen, sobald uns die Testergebnisse vorliegen.«

Sie begleitete ihn bis zum Eingang des Gebäudes und auch noch auf die Straße hinaus. Hier streckte sie ihm die Hand entgegen, die er schüttelte. Doch sie beließ es nicht bei einem kurzen Handschlag, sondern redete mit gesenkter Stimme auf ihn ein.

»Ich weiß, dass Sie nicht ganz ehrlich zu mir sind. Es gibt im Moment nichts, was ich dagegen unternehmen könnte, aber ich möchte Ihnen wirklich helfen. Wir haben beide das gleiche Ziel, nämlich Ellie Grant lebend zu finden.«

Logan schwieg.

»Es ist nicht Ihre Aufgabe, jetzt auf eigene Faust herumzurennen und nach ihr zu suchen.«

Er nickte, weil ihm keine vernünftige Antwort einfiel.

»Lassen Sie mich einfach meine Arbeit machen. Ich weiß, dass Sie sich dabei unwohl fühlen und es frustrierend für Sie sein muss, gerade weil Sie es gewohnt sind, die Dinge im Griff zu haben. Aber das hier ist nichts für Sie. Falls es irgendetwas gibt, was Sie mir noch sagen wollen, melden Sie sich einfach, einverstanden?«

Logan entwand seine Hand der ihren und ließ sie in der Hosentasche verschwinden. In diesem Augenblick hätte er ihr beinahe alles erzählt – von den Fotos und den Einschüchterungsversuchen und von Crawfords Geschäften. Alles. Er konnte es sich nicht erklären, warum er es nicht tat. Möglicherweise empfand er nach all den Jahren eine Verantwortung diesem Mädchen und Penny gegenüber, die sein rationales Denken außer Kraft setzte. Möglicherweise war es das in jedem Mann angelegte Machodenken, das in diesem Moment die Oberhand gewann und ihn vor dem Kummer und dem Entsetzen beschützte, die von ihm Besitz zu ergreifen drohten.

Oder es hatte etwas mit Irvine zu tun. Er kannte sie erst kurz, aber er hatte das Gefühl, dass er zu ihr eine Beziehung aufbauen, dass er ihr vertrauen konnte – nur vielleicht noch nicht sofort. Immerhin war sie Kriminalbeamtin, und es könnte gefährlich sein, sich ihr anzuvertrauen, bevor er sie richtig einschätzen konnte.

Irvine musterte eindringlich sein Gesicht; gewiss entgingen ihr nicht all die widersprüchlichen Emotionen, die sich in seinen Augen offenbarten. Schließlich griff sie in ihre Jackentasche und zog eine Visitenkarte und einen Kugelschreiber hervor, mit dem sie etwas auf die Rückseite der Karte kritzelte.

»Ich gebe Ihnen meine Mobil- und meine Privatnummer. Ich möchte, dass Sie mich anrufen, falls Ihnen etwas einfällt, was uns weiterhelfen könnte, okay? Auch wenn es sich um etwas handelt, was sich schon früher zugetragen hat und von dem Sie jetzt erst begreifen, dass es von Bedeutung sein könnte.«

Er merkte sehr wohl, dass sie ihm Brücken baute, und war wieder versucht, ihr alles zu erzählen.

»Danke«, sagte er, nahm die Karte entgegen und umschloss sie mit den Fingern. »Das werde ich.«

Ihre Gesichtsmuskeln spannten sich an und erschlafften dann wieder vor Enttäuschung, als er nicht auf ihr Angebot einging. Sie entschied sich, noch einen letzten Trumpf auszuspielen.

»Wissen Sie, ich habe einen Sohn. Eigentlich ist er noch fast ein Baby, aber er ist mein Ein und Alles. So ist es, wenn man Kinder hat. Vom allerersten Moment an, wenn sie schreiend und scheißend auf die Welt kommen, lassen sie einen nicht mehr los, die kleinen Würmer. Sie sind so verletzlich, bis sie gesäubert und eingewickelt sind und einem schließlich in den Arm gelegt werden. Dann merken sie sofort, dass sie dort gut aufgehoben sind, dass man immer für sie da sein wird, meine ich. Ich weiß also, was Sie im Moment gerade empfinden.«

Logan hatte noch nie unmittelbar mit polizeilichen Ermittlungen zu tun gehabt, aber er spürte, dass Irvine nicht so mit ihm sprach, wie sie es normalerweise mit irgendjemandem, der in einen Mordfall verwickelt war, tun würde.

»Woher wollen Sie das wissen?«, fragte er. »Ich weiß doch selbst nicht, was ich empfinde. Ich sehe das kleine Mädchen auf dem Bild und auch, dass sie meine Augen und Pennys Mund hat, und …«

Er unterbrach sich und sog tief die kalte Winterluft ein.

»Ich sehe das alles«, fuhr er fort. »Wirklich. Aber ich könnte Ihnen nicht sagen, was ich dabei empfinde – für *sie.* Ich hatte ja noch keine Möglichkeit, irgendeine Beziehung zu ihr zu entwickeln. Dieser Chance hat Penny mich beraubt. Sie war diejenige, die entschieden hat, dass ich nie erfahren sollte, dass ich eine Tochter habe. Mein Bruder hat vier Kinder, und ich liebe jedes einzelne von ihnen. Ich habe miterlebt, wie sie von Kleinkindern langsam zu voll entwickelten Menschen wurden. Wie können Sie von mir erwarten, dass ich ein elfjähriges Mädchen, dem ich noch nie zuvor begegnet bin, ansehe und sofort weiß, was ich empfinden soll, wenn man mir sagt, dass das Mädchen meine eigene Tochter ist? Was sollte Ihrer Meinung nach in mir vorgehen?«

Sie streckte den Arm aus und berührte eine Sekunde lang mit ihrer Hand die seine, bevor sie sie wieder zurückzog. Einen Moment lang standen sie verlegen einander gegenüber und wussten nicht, wie sie die Unterhaltung beenden sollten.

»Sie haben recht«, sagte Irvine schließlich. »Das kann Ihnen niemand sagen. Sie müssen es selbst für sich herausfinden. Aber Sie sollten es wenigstens *versuchen,* und die Chance dazu haben Sie nur dann, wenn Sie uns alles erzählen, was Sie wissen. Dann können wir Ihre Tochter für Sie finden. Und nur so werden Sie je die Gelegenheit bekommen, Ihre Gefühle zu begreifen, Logan.«

»Ich rufe Sie an, wenn mir etwas einfällt«, sagte er und trat einen Schritt beiseite.

»Logan.« Es klang wie eine inständige Bitte.

Er trat vom Bordstein hinunter und überquerte die Straße, lief den Anstieg hinauf und seinem Büro entgegen. Irvine schaute ihm einen Augenblick lang nach und ging dann ihrerseits zurück in ihr Dienstgebäude.

Sie war fest entschlossen, ihm zu helfen, auch wenn er sich selbst nicht helfen wollte.

Sie fand Moore in seinem Büro. Er ging einen Stapel mit Akten durch, die sich auf seinem Schreibtisch häuften, hielt aber augenblicklich inne, als sie den Raum betrat und die Tür hinter sich schloss.

»Was geht Ihnen durch den Kopf, Becky?«

»Finch, Sir. Ich glaube, er braucht unsere Hilfe.«

Moore lehnte sich in seinem Sessel zurück und verschränkte mal wieder die Arme vor der Brust.

»Soso. Und in welcher Hinsicht könnte *er unsere* Hilfe benötigen?«

Schon bereute sie, überhaupt davon angefangen zu haben. Seiner Körpersprache nach zu urteilen, hatte er für heute genug von Logan Finch.

»Nun, ich meine, dass mehr in ihm vorgeht, als er uns sagen will. Ich denke, er enthält uns Informationen vor.«

»Daran habe ich absolut keinen Zweifel, Becky. Ich weiß bloß nicht, ob uns das, was er verschweigt, helfen würde, das Mädchen zu finden. Auf mich macht er den Eindruck eines ziemlich konfusen jungen Mannes.«

»Wer wäre an seiner Stelle nicht konfus?«

Moore nickte und wandte sich seinem Computerbildschirm zu, als darauf ein Fenster mit der Meldung aufpoppte, dass er eine E-Mail erhalten hatte.

»Ich denke, es ist es wert, da dranzubleiben«, sagte sie.

Moore konzentrierte sich auf den Bildschirm und öffnete mit der Maus die Mail. Er überflog seine Nachricht, irgendeine interne Mitteilung, und wandte sich ihr dann wieder zu.

»Und wie stellen Sie sich das vor?«

Sie hatte das Gefühl, an Boden zu verlieren, wagte aber nichtsdestotrotz einen Vorstoß.

»Ich würde vorschlagen, jemanden abzustellen, um ihn zu beschatten, Sir.«

Moore seufzte. »Becky …«

»Nein, Sir, lassen Sie mich erklären …«

»Becky.« Er hob seine Stimme, um ihr zu zeigen, dass er

keinen Widerspruch duldete. »Ich habe in diesem Monat schon fast das äußerste Limit für Überstunden in dieser Abteilung erreicht. Eine Überwachung von Finch kann ich auf keinen Fall rechtfertigen.«

Sie ahnte, dass er nur auf ihren Widerspruch wartete, aber sie war sich ihrer selbst schon nicht mehr so sicher.

»Schauen Sie, Becky, ich begreife ja, dass Sie diesen Burschen als menschliches Wesen schätzen. Er scheint ganz sympathisch zu sein, obwohl er eine gewisse Sturheit an den Tag legt, mit der er sich keinen Gefallen tut. Selbst *mich* hat es beeindruckt, wie es ihm gelungen ist, mir ein bisschen die Zähne zu zeigen, aber das heißt noch lange nicht, dass ich Überstunden anordne, die im Budget einfach nicht drin sind.«

»Ich verstehe, Sir. Wirklich.«

»Na, dann ist ja gut.«

Sie wandte sich zum Gehen.

»Hören Sie, falls Sie nichts weiter haben, was keinen Aufschub duldet, fahren Sie nach Hause, und legen Sie sich ein wenig aufs Ohr. Das wird Ihnen guttun.«

Sie sah Moore an und fragte sich, was er damit bezweckte. Bei einer Mordsache gab es eigentlich nichts, das einen Aufschub duldete. Gar nichts. Moore verschränkte die Hände über seinem Kopf und streckte dann die Arme durch.

»Was Sie außerhalb Ihrer Dienststunden tun, bleibt natürlich Ihnen überlassen«, sagte er.

Nun hatte sie begriffen.

»Danke«, sagte sie. Dann fiel ihr noch etwas ein. »Was ist mit DS Sharp?«

Nachdem er sich ausgiebig gestreckt hatte, legte Moore die Arme zur Abwechslung hinter seinen Kopf. »Was soll mit ihm sein?«

»Theoretisch ist er bei diesem Fall mein Vorgesetzter. Was wird er dazu sagen, wenn ich mir ganz offiziell den Nachmittag freinehme?«

»Theoretisch gesehen«, wiederholte Moore mit einem Lächeln. »Das gefällt mir. Machen Sie sich wegen Jack mal keinen Kopf. Ich werde mich um ihn kümmern, und *theoretisch gesehen* bin ich ja sein Vorgesetzter, wie Sie wissen.«

»Richtig«, pflichtete sie ihm überflüssigerweise bei.

Moore beugte sich wieder zu seinem Bildschirm vor und gab ihr mit einer Handbewegung zu verstehen, sie könne nun gehen.

Rebecca Irvine saß auf einem grauen Plastikstuhl ganz allein in der Cafeteria im ersten Stock, trank einen dünnen Tee und überlegte krampfhaft, wo sie beginnen sollte. Sie hatte noch nie eine Person überwacht und befand sich auch irgendwie nicht in der Position, jemanden um Rat zu fragen. In der Absicht, sich eine strukturierte Vorgehensweise zurechtzulegen, hatte sie ihr Notizbuch aufgeschlagen vor sich auf den Tisch gelegt, aber ihr fiel nichts ein.

Sie warf einen Blick auf den Stapel alter Zeitschriften neben sich. Um die Wartezeiten zu überbrücken, würde sie Lesestoff brauchen. Sie zog sich eine ältere Ausgabe der *Cosmopolitan* hervor, die verlockend mit der Titelstory »Zehn Tricks, um einen Mann im Bett wild zu machen« warb. Irgendwer hatte das Heft schon vor ihr in den Händen gehabt, die zehn Punkte mit einem blauen Kugelschreiber durchgestrichen und zehn Mal »Blasen« danebengeschrieben. Sie entschied sich dafür, an der Tankstelle eine andere Lektüre zu besorgen. Sie brauchte sowieso Benzin.

7

15:30 Uhr

Auf der Fahrt nach Hause kam Rebecca Irvine zu dem Entschluss, dass der beste Ausgangsort für ihre Überwachung wohl Logans Apartment wäre. Sie vermutete, dass er in sein Büro zurückgekehrt war und dort so gut es ging weiterarbeitete, um Probleme in seinem Job zu vermeiden. Die wenigsten Anwälte der großen Kanzleien machten pünktlich um fünf Feierabend. Wenn sie sich also zu dieser Zeit vor seiner Wohnung postierte, müsste sie ihn bei seiner Heimkehr problemlos abpassen. Dann würde man weitersehen.

Ihr eigenes Haus war um diese Tageszeit leer und verlassen. Tom war bei seiner Arbeit und ihr Kleiner bis sechs im Kinderhort. Schnurstracks ging sie ins Schlafzimmer und öffnete den Kleiderschrank, wobei sie überlegte, was eine modebewusste Überwachungsbeamtin wohl in dieser Saison tragen würde. In Anbetracht des Glasgower Winters entschied sie sich für eine praktische Kombination aus Jeans, Sweatshirt und Fleeceweste unter einer *Berghaus*-Skijacke – nicht, dass sie Skifahren konnte –, dazu Mütze, Schal und Handschuhe. Sie würde eine ganze Weile im Auto hocken müssen und wollte nicht die gesamte Zeit über den Motor laufen lassen, also musste sie auf Kälte vorbereitet sein.

Der Kühlschrank war nicht sonderlich voll, also beschloss sie, sich auf dem Weg zu Logans Wohnung an der Tankstelle ein paar Softdrinks und Snacks zu kaufen. Zunächst jedoch stellte sie sich rasch unter die Dusche, um sich zu erfrischen, und schüttete danach eine Tasse mit heißem Kaffee in sich hinein – viel zu hastig, sodass er ihr bis in den Magen brannte. Derart für den vor ihr liegenden Abend gestärkt ging sie zurück zu ihrem Wagen, nachdem sie Tom eine kurze Nachricht auf dem Küchentisch hinterlassen hatte. Er würde schwer genervt sein – mehr als sonst –, und sie wollte keine Zeit mit langen Erklärungen verschwenden. Allerdings malte sie unten auf den Zettel noch einen Kussmund – und kam sich dabei wie eine Schwindlerin vor.

Auf der Fahrt zur Tankstelle spielte sie wieder die CD ihres früheren Freundes und dachte darüber nach, ob sie und Tom sich nicht doch einmal zusammensetzen und in aller Ruhe miteinander reden sollten. In letzter Zeit war sie mehr oder weniger zu der Überzeugung gelangt, dass es mit ihrer Ehe rapide bergab ging und selbst der stärkste Superkleber sie nicht mehr kitten könnte.

»Aber erst, wenn wir Ellie Grant wohlbehalten gefunden haben«, sagte sie laut zu sich selbst. An die Möglichkeit, das Kind könnte bereits tot sein, mochte sie gar nicht denken.

Mit einem Mal erinnerte sie sich daran, wie sie früher an diesem Nachmittag die Hand nach Logan ausgestreckt hatte, und sie fragte sich, was sie dazu bewogen hatte. Sie verbuchte es als eine aus Anteilnahme ihm und Ellie Grant gegenüber entsprungene Geste, obwohl sie die Erklärung selbst wenig einleuchtend fand.

Sie betankte den Wagen, ging in den Tankstellenshop und suchte die Regale nach Naschereien ab, die wenigstens eine Spur von Nährwert enthielten. Nach einigen Minuten der Qual der Wahl entschied sie sich für eine Packung *Snickers* – Erdnüsse enthielten schließlich Protein –, einen

Müslischokoriegel – »Müsli« war immerhin ein Synonym für »gesund« –, einen Beutel *Monster Munch* mit Zwiebelaroma – enthielt Getreide, und Getreide war immer gut – und eine große Flasche *Lucozade.* Himmel, dachte sie – die nächsten Tage werde ich im Zuckerschock dahinvegetieren.

Froh darüber, dass es noch zu früh am Nachmittag für den Feierabendverkehr war, bog sie in Richtung Osten auf den Clydeside Expressway. Zehn Minuten später nahm sie die Ausfahrt ins Stadtzentrum und erreichte bald die Bothwell Street, wo Logans Apartment auf dem Dach des *Pinnacle Building* thronte.

Sie hatte geplant, ganz diskret auf dem Parkplatz des *Holiday Inn City West* im Wagen zu warten, aber leider vergessen, dass das Hotel gerade abgerissen wurde. Also musste sie sich mit einer Parklücke vor der Baustelle begnügen und den Ticketautomaten mit so viel Kleingeld füttern, wie er zu schlucken bereit war. Unter keinen Umständen wollte sie sich einer Politesse gegenüber als Polizeibeamtin ausweisen müssen – die beste Methode, Aufmerksamkeit auf sich zu ziehen, wenn einem doch eigentlich daran gelegen war, möglichst *nicht* aufzufallen.

Sie ließ den Motor noch einige Minuten lang laufen, damit das Wageninnere sich noch weiter aufheizte, zog dann den Zündschlüssel und bereitete sich auf einen langen Abend vor. Immerhin hatte sie ihre Lieblings-CD dabei, mit der sie sich trösten konnte.

Nach dem zweiten Stück, ihrem persönlichen Favoriten, meldete sich ihr Mobiltelefon. Ein Blick auf das Display verriet ihr, dass der Anruf aus der Pitt Street kam.

»Irvine«, meldete sie sich und schaltete den CD-Player aus.

»Wollte nur mal sehen, wie es bei Ihnen so läuft.« Moores

gewaltige Stimme dröhnte blechern aus dem winzigen Lautsprecher. Sie hielt das Handy ein Stück von ihrem Ohr weg.

»Bis jetzt ganz gut«, sagte sie. »Ich esse gerade ein Snickers und trinke dazu Lucozade.«

»Besser geht's kaum«, sagte Moore.

»Nein, Sir. Wahrlich nicht.«

»Nur, damit Sie's wissen – ich habe mit Jack gesprochen. Er kam bald nach unserer kleinen Unterredung, um Sie zu suchen.«

»Was haben Sie ihm gesagt?«

»Ich habe gesagt, unser Gespräch mit Finch habe einiges ergeben und dass ich Sie daraufhin losgeschickt hätte, um eine Spur zu verfolgen. Was ja auch alles stimmt. Irgendwie jedenfalls.«

»Vielen Dank für die Unterstützung, Sir.«

»Wir tun hier nichts Widerrechtliches, Becky. Sie verfolgen eine Spur, die mit Finch zu tun hat und auf die wir nach seiner Vernehmung gestoßen sind.«

»Trotzdem hätte der Dienstweg …«

»Was Jack betrifft, so bin ich sein Dienstvorgesetzter, und wir beide wissen, dass er vor seiner Pensionierung keine Beförderung mehr zu erwarten hat. Machen Sie sich also deswegen keine Sorgen. Es ist alles geregelt.«

Sie wollte noch etwas Konstruktives sagen.

»Soll ich Ihnen Bericht erstatten, Sir?«, fragte sie. »Über die weiteren Entwicklungen des Abends?«

»Falls es etwas zu berichten gibt, lassen Sie es mich natürlich wissen. Aber rufen Sie mich ja nicht jede Stunde an. Schließlich machen Sie das offiziell alles in Ihrer Freizeit.«

»Ich weiß, trotzdem sollte jemand darüber Bescheid wissen, wo ich bin.«

Sie hörte, wie Moores Sessel quietschte, als er sich darin zurücklehnte.

»Da haben Sie natürlich recht.«

»Gut, dann gebe ich Ihnen nur Positionsänderungen durch.«

»Passen Sie auf sich auf.«

8

16:00 Uhr

Logan verbrachte die restliche Zeit im Büro damit, seine Mails und seine Post durchzusehen und sich den Kopf darüber zu zerbrechen, was er mit all den darin gespeicherten Informationen anfangen sollte. Zunächst musste er erfahren, was aus Bob Crawfords Transaktion geworden war und ob sich sein Verdacht bestätigt hatte. Er rief Josh Darvey an. Er war einer der Anwaltsgehilfen bei Kennedy Boyd und derjenige, dem er es am ehesten zutraute, jeden Job zu erledigen. Da er zwei Etagen über Logan auf der anderen Seite des Gebäudes saß, war es am einfachsten, mit ihm zu telefonieren.

»Josh, ich bin's. Logan Finch.«

»Hallo, Logan. Wie geht's?«

»Bestens, Josh. Hör mal, du müsstest für mich mal beim *Companies House* eine Erkundigung einholen.«

Er hörte Papiere auf Joshs Schreibtisch rascheln.

»Alles klar, Logan. Um welche Firma geht es?«

»Brinksman Scotland Limited. Brauchst du die Kennnummer und den eingetragenen Firmensitz?«

»Das sind Bobs Mandanten, stimmt's? Über die sollten wir alle Infos im System haben. Du weißt, dass du die auch selbst abrufen könntest?«

»Natürlich, Josh. Aber jetzt brauche ich eine vollständige Auflistung sämtlicher Anteilseigner des Unternehmens – vom ersten Tag an bis heute. So etwas ist im System nicht gespeichert.«

»Okay, ich erledige das. Willst du, dass ich auch sämtliche Gesellschaften und Einzelpersonen abklopfe, die jemals Anteile gehalten haben? Wäre kein Problem.«

»Hört sich gut an. Vielen Dank. Gib mir alles durch, was du in die Finger kriegst, okay?«

»Wird gemacht. Bis wann?«

»Heute noch.«

»Ich melde mich.«

Jede Kapitalgesellschaft im Vereinigten Königreich muss sich bei einem überregionalen Handelsregister, dem sogenannten *Companies House,* eintragen lassen, sodass die wesentlichen Informationen über diese Firmen online frei verfügbar sind. Wünscht man allerdings detailliertere Einsicht in die meldepflichtigen Geschäftsvorgänge eines bestimmten Unternehmens, so ist das mit Gebühren verbunden. Kennedy Boyd verfügte über ein Online-Konto und hatte somit innerhalb weniger Minuten Zugriff auf sämtliche je vorgenommenen Eintragungen, die dann binnen Sekunden heruntergeladen werden konnten – einschließlich der Angaben über die jährlichen Renditen nebst den Namen der Anteilseigner einschließlich deren Wohnsitz.

Logan hatte beschlossen, dass es an der Zeit für ein paar Nachforschungen betreffs der Angelegenheiten von Bobs Klienten war. Er wollte wissen, wer hinter dem Unternehmen steckte. Er wusste, dass er mit dem, was er herausfand, irgendwann zu Irvine gehen müsste, aber er wollte den Zeitpunkt dafür selbst bestimmen und zunächst sämtliche Informationen sammeln, die er brauchte. Die Sache war zu bedeutend, um etwas zu überstürzen.

Er schwang in seinem Drehsessel herum und schaute auf den Park hinaus. Seine Gedanken waren bei dem Mädchen – *seinem* kleinen Mädchen –, sodass es ein paar Minuten dauerte, bis ihm auffiel, dass der Unbekannte schon wieder an seinem Platz auf der Mauer saß. Er las in einer Zeitschrift und wirkte gelangweilt. Einem plötzlichen Impuls folgend klopfte Logan lautstark gegen die Fensterscheibe und winkte dem Knaben zu, als der aufblickte. Danach kehrte er an seinen Schreibtisch zurück und der Fremde zu seiner Lektüre. Logan überlegte, ob er Bob aufsuchen sollte, wollte aber erst hören, was Josh für ihn herausgefunden hatte. Sobald er genügend in der Hand hatte, konnte man eine Entscheidung treffen. Er dachte auch daran, Cahill anzurufen, war sich aber immer noch nicht der Rolle sicher, die sein Freund in alldem spielte. Stattdessen ging Logan in den Flur hinaus, holte sich aus dem Automaten einen Kaffee und setzte sich wieder an seinen Schreibtisch.

Es dauerte fast eine Stunde, bis Josh sich endlich meldete. Logan hatte sämtliche eingehenden Anrufe ignoriert, bis er Joshs Namen auf dem Display sah.

»Warum hat es so lange gedauert, Josh?«

»Tut mir leid, Logan. Ich habe mich echt dahintergeklemmt. Hör mal, kann ich zu dir rüberkommen, damit wir alles gemeinsam durchgehen? Ich habe Tonnen von Material.«

»Klar. Hast du sofort Zeit?«

»Absolut. Bin in zwei Minuten da.«

Josh Darvey war dreiundzwanzig Jahre alt, groß und hatte

lockiges braunes Haar. Er sah älter aus, als er war, was seiner Karriere in einem Beruf, in dem Erfahrung eine Menge zählte, förderlich sein dürfte. Er legte einen Stapel Ausdrucke auf Logans Schreibtisch – sehr geräuschvoll, wie um zu sagen: »Sieh mal, wie sehr ich mich für dich ins Zeug gelegt habe.«

»Also, Josh, was ist herausgekommen?«

»Bevor ich dir deine Frage beantworte, zunächst zu dem Grund, aus dem ich dich persönlich sprechen wollte. Worum geht es hier eigentlich? Steckt jemand in Schwierigkeiten oder so was? Gibt's mit der Firma ein Problem?«

Logan war einerseits gespannt, andererseits aber auch wegen Joshs Neugier verstimmt.

»Sag's mir einfach, Josh.«

»Schon gut, schon gut. Also, dieser Brinksman hat ein ganz schön verwobenes Netz gesponnen, wie man so schön sagt.« Josh feixte verschwörerisch. Logan sah ihn erwartungsvoll an. Josh verstand den Wink.

»Brinksman ist ein Firmenkonglomerat. Sämtliche Anteile an Brinksman werden von einzelnen Unternehmen einer Firmengruppe gehalten, die sich«, er blätterte in seinem Papierstapel, »ja, hier haben wir es … die sich *Alter Ego Limited* nennt. Toller Name. Die Aktien von *Alter Ego* werden wiederum allesamt von der Muttergesellschaft gehalten.«

»Okay«, sagte Logan, »das ist eigentlich nichts Besonderes. Was daran ist also so aufregend, Josh?«

»Dazu komme ich gleich. Ziemlich verstrickt, wie gesagt, also hab bitte etwas Geduld mit mir. Nun, ein paar Anteile der Muttergesellschaft gehören einem ins Gesellschaftsregister eingetragenen englischen Unternehmen, aber dessen einziger Anteilseigner ist eine Einzelperson. Merkst du, dass es jetzt kompliziert wird? Dieser Einzelgesellschafter ist ein englischer Anwalt.«

»Okay, langsam wird's tatsächlich interessant. Und was sagt uns das?«

»Siehst du, ich wusste doch, dass dich das nicht kaltlassen wird. Also dachte ich mir, wäre doch nicht schlecht zu wissen, ob dieser Bursche noch an anderen Firmen beteiligt ist oder war. Wir können zwar nicht herausfinden, wo er überall Anteile hat, aber immerhin, wo er im Aufsichtsrat sitzt.«

»Und ich schätze, genau das hast du getan, und es wurde immer spannender?« Logan hatte sich in seinem Sessel vorgebeugt.

»Korrekt. Dieser Anwalt unterhält Geschäftsbeziehungen mit fünf weiteren Einzelpersonen, die allesamt mit ihm in Aufsichtsräten anderer englischer Firmen sowie einer in Dubai sitzen.«

»Nun kommt die Sache ins Rollen«, kommentierte Logan.

Dubai gilt als ausgesprochen verschwiegen, was Einzelheiten über dort registrierte Unternehmen betrifft – was für gewöhnlich bedeutet, dass ein britischer Staatsbürger mit Aktien in Dubai etwas zu verbergen hat. Es muss sich dabei nicht notgedrungen um etwas Illegales handeln, aber interessant ist es in der Regel immer.

»Richtig«, bestätigte Josh. »Das Problem ist nur, dass wir von Dubai bis auf die Geschäftsanschrift des Unternehmens keine Informationen bekommen. Ich kenne allerdings einen Typen, der da drüben in einer Anwaltsfirma arbeitet, also habe ich ihn angerufen, und er hat mal kurz den Firmensitz abgecheckt. Die Firma teilt die Büroräume mit einer Anwaltskanzlei – der dortigen Dependance der Kanzlei, für die dieser englische Anwalt arbeitet.«

»Langsam bekomme ich Kopfschmerzen«, sagte Logan. »Aber erzähl weiter.«

»Ich bin schon fast am Ende. Unter derselben Anschrift residiert auch ein französisches Unternehmen, das sich mit irgendwelchen Warentermingeschäften befasst. Die gute Nachricht ist, dass Frankreich sich etwas freigiebiger mit Infos über französische Firmen in Dubai zeigt, also bin ich an die Namen der Anteilseigner gekommen.«

»Und für das alles hast du nur eine Stunde gebraucht? Ich bin beeindruckt.«

»Erzähl das den Seniorpartnern, wenn am Jahresende meine nächste Gehaltsverhandlung ansteht.«

Unter anderen Umständen hätte Logan über den Scherz gelacht, doch stattdessen sagte er: »Okay, nun komm mal zum Schluss.«

»Die französischen Direktoren sind auch in schottischen Aufsichtsräten vertreten, unter anderem in dem der Gesellschaft, die Brinksman übernehmen soll.«

Logan wartete darauf, dass Josh noch etwas hinzufügte.

»Das war's, Boss«, sagte sein junger Kollege.

Logan lehnte sich zurück, um alles noch einmal zu durchdenken. Irgendwie hörte es sich schon danach an, als wäre etwas daran faul, doch auch nach Joshs geraffter Zusammenfassung konnte er nicht den Finger darauflegen.

»Soll ich mal meine Schlüsse ziehen?«, fragte Josh.

»Ein Versuch könnte nicht schaden.«

»Soweit ich es beurteilen kann, aber das ist vorerst noch pure Spekulation, hängst du mit Bob in einer ziemlich krummen Sache drin.«

»Mist.«

»Betrug, oder?«

»Ja, wenn das, was du herausgefunden hast, stimmt«, sagte Logan und verspürte plötzlich den Wunsch, seinen Kollegen auf Armeslänge von sich fernzuhalten.

»Also«, fuhr Josh unbeirrt fort, »de facto haben wir hier zwei Firmen, die eigentlich nichts miteinander zu tun haben. Nun soll die eine die andere übernehmen. In Wirklichkeit aber gehören die beiden Firmen unterm Strich denselben Personen. Einfacher kann Geldwäsche gar nicht sein. Schmutziges Geld wird von Firma A, dem Käufer, den Notaren überwiesen, die das Geld dann an die Notare der Firma B, die verkaufen will, weiterleiten. Schließlich landet es auf dem Konto von Firma B, die wiederum den Leuten gehört, die auch hinter Firma A stecken.«

Logan dachte über das nach, was Josh unausgesprochen gelassen hatte – dass Firma A auch noch dafür Sorge tragen musste, dass bei den beteiligten Anwälten nicht die Alarmglocken schrillten. Und zwar, indem man einen Winkeladvokaten anheuerte und stillschweigend hoffte, dass der Anwalt der anderen Seite den Deal nicht als den Schwindel erkannte, der er eigentlich war – oder indem man ihn nicht minder üppig entlohnte.

Er war sich sehr wohl bewusst, dass es ihm als Anwalt oblag, jede Form von Geldwäscherei zu unterbinden, und dass er sich schon beim leisesten Verdacht dem NCIS, dem *National Criminal Intelligence Service,* anzuvertrauen hatte.

»Es gibt keine direkte Verbindung zwischen den beiden Firmen«, fügte Josh noch hinzu. »Aber wenn man geduldig recherchiert, kommt man bald dahinter, wie die beiden miteinander verknüpft sind. Es sieht nicht gut aus.«

»Eine üble Sache, Josh. Du hast recht.«

»Weiß Bob davon?«

»Er wird es bald erfahren.«

»Wir müssen das melden, nicht wahr?«

»Müssen wir«, sagte Logan, hatte aber nicht die Absicht, etwas dergleichen zu tun.

Nachdem Josh sein Büro verlassen hatte, blieb Logan grübelnd an seinem Schreibtisch sitzen, bis es fünf Uhr schlug. Vom Fenster aus sah er zu, wie die Sekretärinnen und Büroboten das Gebäude verließen und sich auf den Heimweg machten. Selbst wenn es nicht genug Arbeit gab, um die Anwälte weit länger als bis um fünf vor Ort zu beschäftigen, blieben sie nichtsdestotrotz, um ihren Arbeitswillen für die Firma zu dokumentieren. Schließlich wünschte sich jeder die Insignien des Erfolges: das große Haus, den Plasmafernseher und das schnelle Auto. Auch Logan verharrte seit Jahren länger im Büro in dem Bestreben, sich damit in der Kanzlei zu profilieren und zu zeigen, was er seiner Firma wert war. Bob Crawford hatte es stets ebenso gehalten.

Inzwischen fragte sich Logan, was Crawford noch alles angestellt haben mochte, um diesen Deal, den größten seiner bisherigen Laufbahn, an Land zu ziehen. Hatte Crawford wirklich Dreck am Stecken, oder war auch er nur ein Opfer? Und was wusste er über Pennys Tod und Ellies Entführung?

Die Gehsteige rund um den Platz begannen sich mit Massen von Angestellten zu füllen, die aus ihren Büros strömten. Logan suchte nach seinem Schatten und entdeckte ihn schließlich auf einer der Parkbänke. Er nippte an einer Flasche Mineralwasser und schaute zu Logans Gebäude hinüber.

Es war Zeit, Crawford anzurufen.

»Crawford«, meldete sich Bob Crawford so knapp wie immer, wenn Logan ihn anrief.

»Ich bin's, Logan. Können wir reden?«

Eine Sekunde lang herrschte Schweigen.

Dann noch eine.

Zu lange.

»Klar. Ich meine, ich bin im Moment beschäftigt, aber morgen hätte ich Luft.«

Irgendetwas stimmte nicht. Logan hörte es sofort an seiner Stimme.

»Nein«, sagte er, »es muss noch heute sein. Wir müssen uns über den Brinksman-Deal unterhalten.« Er wollte Bob spüren lassen, dass er sich nicht abwimmeln lassen würde. Er hörte Crawford seufzen.

»Dann lass mich in meinen Kalender gucken. Vielleicht kann ich heute Abend einen Termin umlegen. Aber ohne Garantie.«

»Hör zu, ich weiß, dass ich mich bei dem Treffen heute früh blöd benommen habe, und es tut mir leid. Lass uns die Sache zusammen wieder geradebiegen, okay?« Er tat sein Bestes, um überzeugend zu klingen. Crawford murmelte etwas davon, dass alles kein Problem sei, dann legte er auf.

Logan erwartete gar nicht, dass Crawford ihn noch am gleichen Abend zurückrufen würde. Wahrscheinlich hatte er ihn zu einigen überstürzten Telefongesprächen genötigt. Falls er tatsächlich in ein Scheingeschäft verwickelt war, würde er es jetzt eilig haben, den bösen Buben zu erzählen, dass Mr. Finch sich eines Besseren besonnen hatte. Crawford würde ihnen die Nachricht von seinem Gesinnungswandel auftischen – auch wenn er selbst von Logans Läuterung nicht überzeugt war.

In diesem Moment traf ihn die Erkenntnis, dass man auch ihn und nicht nur das Mädchen umbringen könnte, wie ein Schlag. Für Leute wie diese wäre das nichts weiter als eine geschäftliche Entscheidung. Logan stellte ein Hindernis für den Verkauf dar, also würden sie alles Nötige in die Wege leiten, um dieses Hindernis aus dem Weg zu räumen. Im Augenblick der Erkenntnis blieb er sonderbar gefasst – und fühlte sich mutterseelenallein. Er nahm sein Mobiltelefon und wählte die Nummer des einzigen Menschen, der ihm seinen Hals retten konnte, wenn alles aus dem Ruder lief – falls ihm zu vertrauen war.

Nach dem zweiten Läuten war Alex Cahill am Apparat.

»Alex, ich glaube, ich bin bei diesem Deal mit Bob an einem Punkt angelangt, an dem es keine Umkehr gibt.«

»Wieso das?«

»Ich habe Bob angerufen und ihm gesagt, dass ich alles wieder ins Reine bringen will und …«

»Du bist jetzt also auch davon überzeugt, dass Bob das alles eingefädelt hat?«

»Ja, so ziemlich.«

»Und wie hat er reagiert?«

»Nun, ich habe ihm natürlich nicht gerade auf den Kopf zugesagt, dass er in ein Geldwäschegeschäft verstrickt ist, bei dem über Leichen gegangen wird und bei dem die Initiatoren auch vor Kidnapping und Erpressung nicht zurückschrecken. Aber ich habe ihn wissen lassen, dass ich mich wieder gefangen hätte und den Deal zum Abschluss bringen will. Keine Ahnung, ob er mir das abgenommen hat. Irgendwie hatte ich das Gefühl, dass ich übertrieben und die Sache verpatzt habe. Ich vermute, er versucht jetzt, diese Typen davon abzuhalten, mich richtig in die Zange zu nehmen, aber ich habe natürlich keine Ahnung, ob er sie überzeugen kann. Er ist nicht gerade in bester Form.«

»Dann bist du in Gefahr, Logan. Du musst sofort zu mir kommen.«

»Vielleicht ist es schon zu spät.«

»Wieso?« Logan entging nicht die Beklommenheit in Cahills Frage.

»Seit heute Morgen folgt mir so ein Typ. Er war heute früh in unserem Gebäude.«

Sekundenlanges Schweigen. Genau wie bei Crawford. Logan begann sich zu fragen, ob vielleicht jeder, den er kannte – oder zu kennen glaubte –, in die Sache verwickelt war. Er beschloss, Cahill gegenüber nichts von Ellie zu erwähnen – vorerst jedenfalls.

»Ist er noch da, dieser Typ, der dich verfolgt?«, fragte Cahill.

Logan reckte von seinem Sessel aus den Hals, blickte in den Park hinaus, konnte den Kerl aber nirgendwo entdecken.

»Ich kann ihn nicht sehen.«

»Gut, dann komme ich jetzt zu dir, und wir verlassen gemeinsam eure Kanzlei.«

Würde es darauf hinauslaufen? Dass er von dem Mann ermordet werden würde, von dem er glaubte, er würde ihn beschützen? Ihm wurde speiübel, und er beendete das Gespräch, ohne ein weiteres Wort gesagt zu haben.

Er sah Crawford unter seinem Fenster die Stufen zur Straße hinuntereilen und dann um die Ecke verschwinden, hinter der sich der Firmenparkplatz von Kennedy Boyd befand.

»Läufst du vor mir davon, Bob?«, fragte Logan ins Leere. »Das tust du doch, verdammt nochmal.«

Er griff sich sein Jackett und verließ das Büro, um den Mann, von dem er glaubte, dass er Penny auf dem Gewissen haben könnte, zur Rede zu stellen. Vielleicht hatte er nicht seine eigenen Hände dazu benutzt, aber schuld an ihrem Mord war er allemal.

9

17:06 Uhr

Ellie hatte den ersten Nagel vollständig aus dem Brett herausgezogen. In der Dunkelheit ihres Verlieses befühlte sie ihr Werk und kam zu dem Schluss, dass das Fenster schon sehr lange mit Brettern vernagelt sein musste. Sie wusste nicht, ob das damit zu tun hatte, dass eigentlich niemand mehr die alte Hütte benutzte, oder damit, dass die bösen Männer immer wieder Menschen herbrachten, um sie hier zu ermorden.

Wie viele Menschen mochten schon vor ihr hier gestorben sein?

Sie verbannte die schreckliche Vorstellung aus ihren Gedanken und schob den Nagel ein paarmal in seinem Loch hin und her, damit sie einerseits sicher sein konnte, ihn notfalls rasch wieder an Ort und Stelle zurückstecken zu können, sodass niemand etwas merkte, andererseits wollte sie ihn aber auch ohne Mühe wieder herausziehen können.

Als sie mit ihrem Werk zufrieden war, benutzte sie den ersten Nagel, um ihn unter den zweiten am gleichen Ende des Brettes zu schieben und diesen damit zu lösen. Insgesamt fünf Bretter waren mit jeweils zwei Nägeln an jedem Ende befestigt. Sie rechnete sich aus, dass sie es nur schaffen musste, die unteren drei herauszuziehen, um sich aus dem Fenster hinausquetschen zu können.

Trotz all ihrer Bemühungen bewegte sich der zweite Nagel keinen Millimeter. Sie lutschte an ihren rau und rissig gewordenen Fingerspitzen. Von dem ständigen Ziehen und Drehen an dem scharfen Nagelkopf hatten sie zu bluten begonnen. Doch der Geschmack ihres eigenen Blutes konnte sie mittlerweile nicht mehr abschrecken.

Als sie das Brett anstarrte, kam ihr ein Gedanke. Wenn ein Nagel gelöst war, saß das Brett an diesem Ende nicht mehr so fest wie vorher. Sie schob alle zehn Finger hinter das bewusste Brett und wollte es mit aller Kraft vom Fensterrahmen losreißen. Durch die Anstrengung verstärkten sich ihre Schmerzen wieder, und sie musste sich krümmen und tief Luft holen, damit das Übelkeitsgefühl in ihrem aufgewühlten Magen nachließ. Nachdem es sich gelegt hatte, versuchte sie es noch einmal, und diesmal bewegte sich das Brett tatsächlich. Doch das Knirschen und Knarren des Holzes, das sich gegen ihre Bemühungen zur Wehr setzte, war in ihren Ohren so laut wie eine Explosion. Sie hielt inne und lauschte auf Geräusche aus dem vorderen Teil des Hauses.

Nichts.

Sie merkte, dass sie vor Schreck den Atem angehalten hatte, und sog rasch ein wenig Luft in ihre Lunge, ehe sie sich erneut ans Werk machte. Wieder bewegte sich das Brett ein Stück, und sie entdeckte, dass das Gezerre auch an den Nägeln an seinem anderen Ende nicht spurlos vorübergegangen war. Sie musste jetzt sehr vorsichtig arbeiten, war sich aber ziemlich sicher, dass sie bald das ganze Brett gelöst haben würde.

Von den Schmerzen und der Kraftanstrengung war Ellie so erschöpft, dass sie sich eine Pause gönnen wollte. Gerade als sie den ersten Nagel wieder zurücksteckte, vernahm sie durch die Wand hindurch den schon vertrauten Klingelton des Telefons. Schnell tat sie alles wieder an seinen Platz und schlüpfte in ihr Bett.

Sie spitzte die Ohren, um zu hören, was gesagt wurde.

Der Mann, der zuletzt bei ihr gewesen war, schien das Gespräch entgegengenommen zu haben. Ob er mit Drake sprach? Der Mann fing an herumzuschreien, brach dann zwar plötzlich in Lachen aus. Aber es klang nicht so, als würde er sich über irgendetwas freuen. Gleich darauf hörte sie Schritte näher kommen. Als sich die Tür öffnete, schloss sie schnell die Augen.

»Ich weiß, dass du wach bist, Mädchen«, sagte der Mann. »Ich höre doch, wie du hier herumschleichst.«

Ellie öffnete die Augen und sah ihn wortlos an.

»Bald ist das hier für uns alle vorüber, und ich kann nach Hause. Aber erst wollen wir beide, du und ich, unseren Spaß haben, so wie ich es dir gesagt habe, Mädchen. Du kannst dich schon darauf freuen.«

Ellie wollte seinem Blick standhalten, aber es gelang ihr nicht. Sie biss sich auf die Unterlippe, um nicht zu weinen.

»Aber erst trifft sich mein großer Freund mit deinem Daddy, damit er kapiert, was geschieht, wenn er uns nicht mehr hilft.«

Er kicherte leise und verließ den Raum. Betont sachte schloss er die Tür.

Ellie saß regungslos in der zunehmenden Finsternis und lauschte. Sie hörte, wie einer der Männer nach draußen ging, den Lieferwagen startete und davonfuhr. Sie hatte ihren Vater noch nie gesehen, noch nicht einmal mit ihm gesprochen, doch die unumstößliche Gewissheit, dass dieser Mann ihn töten würde, erfüllte sie mit einem so immensen Angstgefühl, dass es kaum mehr auszuhalten war.

Sergei war zurück ins Wohnzimmer gekommen, wo Vasiliy sich gerade auf seine Fahrt nach Glasgow vorbereitete.

»Vasiliy, mein alter Freund«, sagte er. »Wenn du das vermasselst und wieder irgendeinen Mist baust, dann brauchst du gar nicht erst zurückzukommen. Ich werde dich mir persönlich vorknöpfen.« Er grinste und packte die Arme seines Kameraden.

»Ich mach's schon richtig«, versetzte Vasiliy. »Diesmal kriege ich ihn rum, und wenn du es beim ersten Mal gleich mir überlassen hättest, würden wir jetzt nicht in dieser Scheiße stecken. Herumzuschleichen und Frauen und kleine Kinder zu bedrohen ist nicht unsere Art, Sergei. Wir hätten geradewegs zu diesem Anwalt gehen, ihm die Daumen abschneiden und ihm sagen sollen, dass es das nächste Mal seinen Schwanz erwischt.«

»Ich weiß doch, Vasiliy, glaub mir, ich weiß das. Aber das hier ist die neue Weltordnung, in der wir maßgeschneiderte Anzüge tragen, uns mit Leuten an einen Tisch setzen und so tun können, als wären wir ganz normale Geschäftsleute. Schwänze schneiden wir nur noch ab, wenn es sich nicht vermeiden lässt.«

»Aber ihr braucht immer noch Männer wie mich, was?« Vasiliy wusste, dass er niemals mehr als ein Muskelpaket sein würde.

»Ja, das tun wir. Also geh und mach deine Arbeit.«

Vasiliy nickte und verließ das Haus.

10

18:05 Uhr

Logan brauchte fast vierzig Minuten, um sich durch den Feierabendverkehr zu quälen, aber endlich erreichte er Pollokshields und die Straße mit den vielen Sandsteinvillen, in der auch Crawford wohnte. Auf dem Weg hierher hatte er die gesamte zusammengewürfelte Architektur der Stadt bewundern dürfen – von den viktorianischen Stadtvillen, die den Vorplatz seines Bürogebäudes und die West George Street zierten, über die modernen Büropaläste aus Glas und Stahl und die Penthäuser an der Bothwell Street bis zu den Prachtanwesen im Süden der Stadt, in Pollokshields.

Logan stammte nicht aus Glasgow und hatte verfolgen können, wie sich die Stadt während der mehr als zwölf Jahre, die er hier studiert und gearbeitet hatte, von Grund auf verändert hatte. Im Stadtzentrum entlang der Buchanan Street wimmelte es von schicken Läden in den klassischen Gebäuden; überall gab es Restaurants und Bars, die sich bis zur *Merchant City* genannten mondänen Einkaufsmeile erstreckten. In schöner Regelmäßigkeit schossen neue Glaspaläste in die Höhe – für schottische Verhältnisse reichten bereits neun oder zehn Stockwerke, um von einem Hochhaus zu sprechen. Logans modernes Apartmenthaus – »Wohnung« sagte man nicht mehr – befand sich unmittelbar neben dem jüngsten und prächtigsten dieser Bürohäuser, dem *Aurora*.

Logan hatte Alt und Neu kennengelernt, von seiner früheren Bude in der Byres Road bis hin zu seiner neuen Behausung im *Pinnacle Building,* und er mochte beides auf seine Weise.

Es gab immer noch heruntergekommene Stadtviertel mit Mietskasernen voller Sozialwohnungen, in denen Jugendbanden die Straßen unsicher machten, Drogenmissbrauch gang und gäbe war und schiere Armut die Menschen in die Kriminalität trieb, sodass man diese Gegenden am liebsten nur in Begleitung eines bewaffneten Leibwächters betreten würde. Doch als Logan durch die Straßen mit den herrschaftlichen Häusern hinter den hohen Hecken und Mauern fuhr, fragte er sich unwillkürlich, ob nicht hier die wahren Kriminellen ihrem Tun nachgingen. Für ihre Eigentümer bedeutete eine Gesetzesübertretung schließlich oftmals nur, sich einen Vorteil oder einen Karriereschub zu verschaffen, und nicht etwas, das man aus Leichtfertigkeit oder wirtschaftlicher Not heraus beging.

Crawfords Haus zählte zu den bescheideneren Anwesen in diesem Stadtteil. Mit seiner Familie bewohnte er die eine Hälfte einer lang gestreckten roten Ziegelvilla mit grauem Schieferdach. Die Zimmer auf beiden Etagen hatten hohe Decken, und der ausgebaute Dachboden besaß ein eigenes Mansardenfenster. Logan war schon mehrere Male zu Besuch gewesen und wusste, dass das Innere des Hauses ein geschmackvolles Nebeneinander von Alt und Neu darstellte – alter, versiegelter Parkettfußboden, zeitgenössische, abstrakte Kunst an den Wänden; edle, bis zur Decke reichende Vorhänge neben an die Wände montierten Plasmafernsehern. Es dürfte eine Menge Geld kosten, sich so einen Lebensstil zu leisten. Vielleicht war die Versuchung schlussendlich doch zu groß geworden.

Als Logan in die Auffahrt einbog, knirschte der Kies unter den Reifen seines Wagens. Inzwischen war es fast dunkel, und immer wieder gingen kurze Regenschauer nieder. Crawfords Frau Rachel öffnete ihm die Tür. Mit ihren fast eins fünfundsiebzig war sie ziemlich groß, trug ihr kastanienbraunes Haar kurz geschnitten und hatte große braune Augen. Logan war schon immer der Meinung gewesen, dass Bob Crawford gut daran getan hatte, sie zu heiraten.

Rachel trat beiseite, um ihn hereinzulassen, schloss die Tür und begrüßte ihn mit einem Kuss auf die Wange.

»Hallo, Logan«, sagte sie. »Was führt dich denn zu uns?«

»Ich habe was Geschäftliches mit Bob zu bereden. Tut mir leid, euch zu Hause damit zu behelligen.«

Rachels strahlendes Lächeln verblasste ein wenig, und Logan glaubte, einen Anflug von Verlegenheit über ihr Gesicht huschen zu sehen. So als ob sie wüsste, dass irgendetwas mit ihrem Mann nicht stimmte – oder zumindest den Argwohn hegte.

»Ach, daran gewöhne ich mich langsam«, sagte sie und schaltete das Lächeln wieder an.

Sie stellte sich an den Treppenabsatz und rief nach Bob. Logan hörte auf dem Holzboden der Etage über ihm Schritte hallen, dann blickte Crawford auch schon auf halbem Weg die Treppe hinunter über das Geländer. Seine Miene war ausdruckslos.

»Komm mit nach oben in mein Arbeitszimmer, Logan«, sagte er, wandte sich um und verschwand wieder die Stufen hinauf in die obere Etage.

Logan lächelte Rachel flüchtig zu, als er an ihr vorbeiging, um Bob zu folgen. Er spürte, dass sie an der Treppe stehen blieb und ihm nachsah, drehte sich aber nicht zu ihr um.

Nach dem Zwischenabsatz führten die Treppenstufen weiter nach oben. Als Logan an einem der Mädchenzimmer vorbeikam, erhaschte er einen Blick auf eine pink und weiß gemusterte Tapete und auf ein Bett voller Plüschtiere. Er fragte sich, was für ein Zimmer Ellie Grant gehabt hatte, bis die Männer sie entführt und ihre Mutter umgebracht hatten.

Crawfords Arbeitszimmer war übersichtlich; gerade groß genug für einen breiten Mahagonischreibtisch, ein paar graue Aktenschränke und einige Bücherregale. Auf dem Laptop flackerte der Bildschirmschoner: fluoreszierende, dreidimensionale Buchstaben vollführten Pirouetten. Logan glaubte, sie als »The Boss« identifizieren zu können – typisch Crawford.

Der saß in seinem abgewetzten, bei jeder Bewegung quietschenden Ledersessel hinter seinem Schreibtisch. Die einzige Lichtquelle war seine Schreibtischlampe, deren Schein die Abgezehrtheit seines Gesichts und die dunklen Ringe unter seinen Augen betonte. Logan konnte sich vorstellen, dass er selbst nicht viel besser aussah. Er setzte sich Crawford gegenüber auf einen Stuhl und betrachtete ihn eine kurze Weile lang schweigend. Er konnte sich des Eindrucks nicht erwehren, dass Crawford genau wusste, weshalb er gekommen war, und er ahnte auch sehr wohl, *woher* er die Informationen hatte.

»Hast du mit Josh Darvey gesprochen?«, fragte er ihn.

Crawford nickte bedächtig. Logan lachte. Ein herbes, bellendes Lachen.

»Hätte ich mir denken müssen. Der kleine Arschkriecher.«

»Er schreckt vor nichts zurück.« Crawford lächelte müde.

Logan spürte mit einem Mal, wie sehr ihn die Anspannung der letzten Tage und der Schmerz über Pennys Tod mitgenommen hatten, und sank in seinen Stuhl zurück.

»Es geht nicht um das Geld«, sagte Crawford. »Ich möchte, dass du das weißt. Es war nicht wegen des Geldes.«

»Aber wegen irgendwas muss es doch gewesen sein.«

Crawford behielt sein leeres Lächeln bei und nickte.

»Du glaubst, du bist der Einzige, der einen Verlust erlitten hat, nicht wahr? Du bist schon immer ein selbstgerechter Scheißer gewesen, Logan.«

»Du bist nicht in der Position, mich zu kritisieren«, sagte Logan, beugte sich vor und fühlte, wie sein Zorn wieder aufloderte. »Du bist schuld an Pennys Tod.«

Crawford rieb sich das Gesicht und fuhr sich durchs Haar. Schließlich blieb er mit über dem Kopf gefalteten Händen sitzen, legte einen Fuß auf die Tischkante und lehnte sich in seinem Sessel zurück. Logan nahm den muffigen, an ein altes Haus erinnernden Geruch des Zimmers wahr.

»Was war denn zwischen dir und ihr, Logan? Es würde mich wirklich interessieren, wieso sie dich nach allem, was sie dir angetan hat, immer noch so beschäftigt. Ist sie der Grund, weswegen du dir in all den Jahren nie eine Freundin gesucht hast?«

»Willst du, dass ich mich schäme?«

»Nein, ich würde es nur wirklich gern wissen. Ich gebe zu, sie sah gut aus. Aber eine atemberaubende Schönheit ist was anderes.«

»Ich weiß nicht, was es war. Aber irgendwas Besonderes war zwischen uns.«

Logan schwieg, und Crawford starrte an die Decke. Sie hörten das Knarren der alten Treppe und dann, wie jemand über den Flur auf das Arbeitszimmer zuging. Rachel kam herein.

»Möchtet ihr Jungs einen Drink oder so etwas? Bier? Oder Kaffee?«

Logan fand, dass ihre Stimme belegt klang. Inwieweit hatte ihr Mann sie in alles eingeweiht?

»Kaffee wäre gut, Schatz«, sagte Crawford.

Logan wollte nichts trinken, widersprach Crawford aber auch nicht.

Nachdem Rachel gegangen war, bemühte er sich, seine Gefühle zu artikulieren. Nicht für Crawford, sondern für sich selbst – um eine Rechtfertigung dafür zu haben, wie beschissen er sich fühlte.

»Vor ein paar Jahren habe ich dieses Buch gelesen; es war ein ganz normaler amerikanischer Kriminalroman – nichts allzu Literarisches oder Aufgeblasenes. Der Autor hieß Jefferson Parker. Ich erinnere mich noch so gut an den Namen, weil ich ihn damals irgendwie cool und typisch amerikanisch fand.«

Crawford sah ihn stirnrunzelnd an, fragte sich wohl, worauf er hinauswollte.

»Jedenfalls«, fuhr Logan fort, »gab es in dem Buch diese Idee, die ich absolut treffend fand. Ich habe den Schmöker immer noch irgendwo bei mir zu Hause, glaube ich. Einer der Charaktere ist so etwas wie ein schwarzes Schaf. Er ist mit einer hinreißenden Frau verheiratet, lässt aber trotzdem nichts anbrennen und gerät dabei auch in allerlei kriminelle Machenschaften. Seinem Adoptivsohn jedoch verrät er, was ihn noch immer so zu seiner Ehefrau hinzieht. Er nennt es TUT – *That Unknown Thing.* Es ist das, was er nicht über sie weiß, verstehst du? Er kann es nicht in klare Worte fassen, was er für sie empfindet. Es ist nur etwas an ihr, etwas, das …«

Er brachte den Satz nicht zu Ende. Crawford sah ihn an und beugte sich nach vorn.

»Besser kann ich es nicht erklären«, sagte Logan.

»Wir waren schon mitten im Deal, als ich Verdacht schöpfte«, erklärte Crawford völlig unvermittelt. »Andernfalls hätte ich dich oder sonst jemanden aus der Firma nie da mit hineingezogen. Aber sobald wir erst einmal beide da drinsteckten, waren mir die Hände gebunden. Ich konnte dich nicht mehr herausholen.«

Logan war sich unschlüssig, ob das eine Art Entschuldigung werden sollte. Er beschloss, zunächst nichts dazu zu sagen.

»Ich habe die Empfehlung von einem Anwalt in London bekommen, den ich dort kennengelernt habe. Du weißt ja, wie das ist – man schüttelt so vielen Menschen die Hand, tauscht so viele Visitenkarten aus, und hinterher weiß man bei der Hälfte der Leute überhaupt nicht mehr, wer das gewesen ist. Eines Tages rief er mich aus heiterem Himmel an, und ich tat so, als wüsste ich, wer er war. Er sagte, er hätte einen Mandanten, der Beratung bei einem Deal in Schottland bräuchte. Er hat mir erklärt, worum es sich dreht, und alles schien ganz normal zu sein. Als dann aber die gesamte Finanzierung umgeschmissen wurde, bin ich genauso stutzig geworden, wie du es jetzt bist. Du weißt schon – als sie sich plötzlich mit dieser französischen Beteiligungsgesellschaft zusammentaten?«

Logan nickte.

»Jedenfalls habe ich dir nicht gleich davon erzählt, aber ein paar Tage lang ausgesprochen unangenehme Fragen gestellt. Dann bekam ich eines Abends den äußerst dringenden Anruf. Ich sollte mich mit dem Käufer und seinem Rechtsbeistand in einem Restaurant treffen. Es war ein ziemlich teurer Schuppen. Überhaupt scheinen die auf einem ziemlich hohen Ross zu sitzen, was deren Geschäftsgebaren betrifft. Es war der Laden an der West Regent Street, den du auch so schätzt – der mit den privaten Räumen unten im Souterrain.«

Logan kannte das Lokal. Manchmal lud er Mandanten – und solche, die es werden wollten – dorthin ein, um sie zu beeindrucken.

»Ich komme also hin, und sie haben tatsächlich eine verschwiegene Ecke reserviert. Wir essen sehr gut, der Kaffee kommt, und dann wird die Tür geschlossen und verriegelt. Ich hatte ein paar Gläser Wein intus, also habe ich mir nichts Böses dabei gedacht. Aber dann setzt sich der Kaufinteressent, der Kerl, dem du heute früh begegnet bist, plötzlich neben mich.«

»Der Tennisprofi?«

»Was?«

»Drake«, erklärte Logan. »Er wirkte auf mich wie ein Tennisspieler.«

»Stimmt, könnte man glatt denken. Er legt also einen Umschlag vor mich hin, lehnt sich zurück und schweigt. Ich bin neugierig und immer für ein Spielchen zu haben, also reiße ich das Kuvert auf.«

Crawford machte eine Pause, um tief Luft zu holen.

»Es sind ein paar Fotos darin. Mädchen auf einem Schulhof – meine Töchter. Und ein Bild von Rachel, aufgenommen durch unser Schlafzimmerfenster, auf dem sie sich gerade auszieht. Lauter solche Sachen. Ich springe vom Tisch auf, werfe dabei meinen Stuhl um und kippe Rotwein über das weiße Tischtuch. Wie ein Blitz schießt auch dieser Kerl Drake hoch. Er war so schnell, Logan …« Crawford schüttelte den Kopf, als würde er es selbst nicht glauben können. »Er packt mich beim Kragen und drückt mich wieder auf meinen Stuhl zurück. Sein Abschaum von einem Anwalt sitzt uns die ganze Zeit gegenüber und grinst blöd daher, als hätte er den

Zirkus schon x-mal gesehen und fände ihn immer wieder verdammt lustig. Dann beugt sich dieser Drake über mich und sagt, dass er eine Menge Geld verliert, wenn ich seinen Deal nicht durchziehe. Und dass er das nicht hinnehmen wird. Ich soll schön brav mitspielen und seinen kleinen Geldwäscher geben, oder er bringt meine Familie um.«

»Warum hast du mich über die ganzen Hintergründe im Unklaren gelassen, Bob?«

»Ich konnte dir ja wohl schlecht davon erzählen, oder? Ich habe gehofft, dass es einfach vorbeigeht. Ich weiß, dass sich das saudumm anhört, aber kannst du nicht den Druck verstehen, unter dem ich stand?«

Logan fiel etwas ein, was Crawford vorhin gesagt hatte. So schnell wollte er ihn nicht vom Haken lassen.

»Du hast gesagt, es wäre nicht wegen des Geldes.«

Crawford wurde kreidebleich.

»Von welchem Geld hast du da geredet?«

Crawford sah ihn über den Schreibtisch hinweg ausdruckslos an. Logan baute sich vor ihm auf.

»Was ist das für ein Scheißgeld, Bob?«

»Es war wie Zuckerbrot und Peitsche, Logan. Was sollte ich denn tun? Entweder würden sie den Mädchen und Rachel etwas antun, oder ich brächte ihr Geschäft zum Abschluss und bekäme dafür einen braunen Umschlag zugesteckt.«

»Mit wie viel darin?«

Crawford mied seinen Blick. »Was für eine Rolle spielt das schon«, seufzte er. »Jetzt seien wir doch mal ehrlich, Logan! Was zum Kuckuck spielt das für eine Rolle?«

Unvermittelt war seine Stimme laut geworden. Aber er hat kein Recht, sich hier als das Opfer aufzuspielen, dachte Logan. Jetzt nicht mehr.

»Es spielt durchaus eine Rolle, weil Blut an dem Geld klebt!«, schrie er ihn an und spürte, wie sein eigenes Blut ihm in den Schläfen pochte. »Pennys Blut und vielleicht auch das von Ellie. Wie findest du das? Du rettest deine Mädchen und opferst dafür meine, war das der Deal?«

Crawford runzelte schon wieder die Stirn. Logans Stimme wurde immer schriller.

»Du warst der Einzige, der gewusst hat, dass Penny wieder in Glasgow ist! Du warst derjenige, der ihnen gesteckt hat, wie sie Druck auf mich ausüben können – indem sie ihr das antun – und Ellie!«

Er ging um den Schreibtisch herum, ballte die Fäuste – und spürte zum ersten Mal, wie sich bei der Erwähnung ihres Namens etwas in ihm rührte. Ellie.

Crawford erhob sich aus seinem Sessel und ging zu ihm auf Distanz.

»Ich kenne keine Ellie, Logan. Von wem redest du?«

»Du hast sie deinen Typen zum Fraß vorgeworfen. Du hast sie an diese Mörder verschachert.«

Crawford wich immer weiter vor ihm zurück, bis er mit dem Rücken gegen ein Bücherregal stieß. Schützend hielt er seine Hände vor sich und schüttelte den Kopf. Als er redete, war seine Stimme genauso schrill wie Logans.

»Was sollte ich denn tun? Ich hatte die Wahl: meine Familie oder eine alte Freundin von dir, du blöder Sack! Du hättest es genauso gemacht. Kapierst du das denn nicht? Wie sollte ich denn wissen, dass sie sie gleich umbringen würden? Welchen Sinn sollte das haben?«

»Leck mich doch!«, brüllte Logan. Tränen traten ihm in die Augen. Vor lauter Aufregung war er heiser geworden. »Du hast denen von ihr erzählt, und sie haben sie umgebracht!«

Er machte einen Schritt vor und holte mit der Faust aus. Im letzten Augenblick vollführte er eine Drehung des Körpers und rammte seine Hand stattdessen mit einem wütenden Aufschrei auf die Schreibtischplatte. Ein rasender Schmerz durchfuhr seinen Arm bis in seinen Kopf.

»Du willst mich schlagen?«, schrie Crawford. »Nur zu! Aber wenn du nicht so verdammt besessen von ihr gewesen wärst, wäre das nie passiert. Warum konntest du nicht von ihr lassen? Warum nicht? Zwölf verfluchte Jahre, Mann.«

Logan kniff die Augen zusammen. Er wollte nichts mehr sehen und hören. Doch er konnte ein Bild nicht ausblenden – Ellie, wie sie ihn auf dem Bild ansah, das ihm die zwei Neandertaler vor die Füße geworfen hatten.

»Was ist mit Ellie?«, fragte er im Flüsterton.

»Ich weiß nicht, wer das sein soll. Ich hab's dir doch schon gesagt. Himmel, Logan, es …«

Er wusste gar nicht, dass er sich derart schnell bewegen konnte – so plötzlich hatte er sich auf Crawford gestürzt und ihm mit der Faust einen Schlag gegen den Kopf versetzt. Seine Knie knickten ein, aber Logan packte ihn bei den Schultern und riss ihn wieder hoch.

»Logan!«

Als er sich umdrehte, stand Rachel mit zwei großen Kaffeebechern in der Tür. Sie hatten einander so laut angebrüllt, dass sie sie gar nicht die Treppe hatten heraufkommen hören. Es war nicht leicht, den Ausdruck in ihren Augen zu deuten.

Er ließ die Fäuste sinken und damit auch von Crawford ab. »Was hast du darüber gewusst?«, wollte er wissen.

»Alles«, sagte sie und konnte ihn nicht ansehen.

Er schnaubte wütend und wischte sich das verschwitzte Gesicht mit dem Jackenärmel ab. »Alles?«, wiederholte er.

Rachel nickte.

»Auch von Ellie? Und du als Mutter konntest dich einfach zurücklehnen und das alles zulassen? Was bist du nur für ein Mensch, Rachel?«

Diesmal sah Rachel zuerst ihn an – und dann ihren Mann.

»Ich weiß auch nicht, von wem er redet«, sagte Crawford.

Logans Blick wanderte von ihm zu dessen Frau, und schließlich dämmerte es ihm: Penny hatte Bob von ihrer Rückkehr erzählt, dabei aber ihre Tochter unerwähnt gelassen – wahrscheinlich wollte sie das Geheimnis für sich behalten, bis sie mit ihm, dem Vater ihres Kindes, gesprochen hatte. Die Verbrecher, in deren Gewalt sich Ellie befand, hatten vermutlich ebenso nichts von ihrer Existenz gewusst, bis sie in Pennys Haus eingedrungen waren.

Logan spürte eine vollkommene Leere. Er fühlte sich ausgelaugt, ihm war kotzübel, und er wollte, dass es Bob und Rachel nicht besser erging. Er wollte sie mit der Nase darauf stoßen, was sie angerichtet hatten. Er machte einen Schritt auf die Tür des Arbeitszimmers zu, und Rachel trat rasch zur Seite, um ihn vorbeizulassen. Dann blieb er mit einer Hand an der Tür stehen und warf Crawford einen hasserfüllten Blick zu.

»Penny hatte eine Tochter, Bob. Meine Tochter. Ihr Name ist Ellie, sie ist elf Jahre alt, und diese Wichser haben sie entführt. Soweit ich weiß, haben sie Penny gefoltert und getötet und dabei wohl auch noch ihren Spaß gehabt. Es kann sogar sein …«

Den letzten, furchtbaren Gedanken konnte er nicht mehr aussprechen, denn sein Körper begann zu beben und zu zittern. »Warum hast du dich nicht einfach an die Polizei gewandt, Bob? Warum nicht?«

Rachel schlug sich erschrocken die Hand vor den Mund und ließ die Becher fallen. Kaffee ergoss sich über den Boden. Crawford sah aus, als hätte jemand einen Schalter in seinem Gehirn umgelegt und sämtliche Lichter gelöscht. In diesem Zustand ließ Logan die beiden stehen, ging ins Erdgeschoss und zu seinem Wagen.

11

21:00 Uhr

Logan war keiner Gefühle mehr fähig, und wenn es nach ihm ging, sollte es auch so bleiben. Er entschied sich für das traditionelle schottische Heilmittel – sich bis zur Besinnungslosigkeit zu betrinken. Die Lösung war nicht gerade erwachsen, würde aber wenigstens den Schmerz betäuben.

Wie üblich stellte er den Wagen auf dem Firmenparkplatz ab. Das Parken war für ihn umsonst, und zu seinem Apartment waren es nur wenige Minuten zu Fuß. Einen Moment lang blieb er auf dem Blythswood Square stehen und überlegte, wo man sich am besten besaufen konnte. Er entschied sich für das *Vroni,* die enge Weinbar den Hügel hinunter an der West Nile Street – der Laden war meistens gerammelt voll und die Musik so laut, dass man keinen klaren Gedanken fassen konnte. Der ältliche Lieferwagen, der rüttelnd auf der anderen Straßenseite zum Stehen kam, fiel ihm nicht auf. Auch nicht dessen Fahrer, der ihm auf seinem Weg ins Stadtzentrum nachsah.

Logan suchte in seinen Jackentaschen nach seinem Handy. Als er es gefunden hatte, kramte er erneut in seinen

Taschen – diesmal nach DC Irvines Karte. Was konnte es jetzt noch schaden, ihr seine traurige Lebensgeschichte zu erzählen? Er schaltete das Handy ein. Es piepste nach ein paar Sekunden, um ihm mitzuteilen, dass neue Sprachnachrichten eingegangen waren. Er wählte die Nummer seiner Mobilbox und hörte drei Anrufe von Cahill ab, der jedes Mal wissen wollte, wo zum Teufel er denn stecke, und ihn aufforderte, umgehend zurückzurufen. Logans Meinung nach hörte sich Cahill panisch an, was gar nicht zu ihm passte. Er löschte die Nachrichten und beschloss, ihn zu ignorieren. Nach wie vor war er sich unsicher, ob er ihm vertrauen konnte.

Er erreichte die Ecke der West Nile Street, blieb einen Moment lang unschlüssig stehen und schaute die Straße auf und ab. Ihm wollte partout nicht einfallen, in welcher Richtung das *Vroni* lag. Dann entdeckte er schräg gegenüber ein Pub namens *The Bar Room,* in dem er noch nie gewesen war. Der Laden würde seinen Zweck erfüllen. Kurz entschlossen überquerte er die Straße. Doch bevor er hineinging, wollte er mit DC Irvine sprechen.

Der große Mann aus dem Lieferwagen drückte sich hinter ihm an der Ampel auf der gegenüberliegenden Seite herum. Logan starrte geradewegs durch ihn hindurch – ihm fiel nicht auf, dass dies der größere der beiden Männer war, denen er bereits im Foyer seines Apartmenthauses begegnet war.

DC Irvine meldete sich nach dem zweiten Rufton.

»Irvine.« Sie klang angespannt.

»Ich bin's, Logan Finch.«

Am anderen Ende der Verbindung herrschte Stille.

»Ich hatte nicht erwartet, dass Sie anrufen würden«, sagte sie schließlich. »Jedenfalls nicht so bald.«

»Können Sie sprechen?«

»Ja«, sagte sie, zögerte aber, und Logan beschlich das Gefühl, dass sie noch etwas anderes zu ihm sagen wollte. Also lauschte er ihrem Schweigen und kam erst auf den Grund seines Anrufs zu sprechen, als er meinte, lange genug gewartet zu haben.

»Tut mir leid. Ich hätte nicht anrufen sollen. Es ist bloß …«

»Ja?«

»Ich glaube, ich möchte reinen Tisch machen.«

»Gut.« Jetzt hörte Logan aus ihrer Stimme gespannte Erwartung heraus.

»Glauben Sie aber nicht, dass ich etwas weiß, was Ihnen helfen wird, sie schneller zu finden.«

»Sie meinen Ellie?«

Ihr ausgesprochener Name verursachte ihm diesmal ein Gefühl, als würde jemand mit einem Hammer seine Schädeldecke einschlagen.

»Ja.«

»Warum lassen Sie nicht mich entscheiden, was uns helfen kann und was nicht? Das ist schließlich mein Job.«

»Nein.«

»Sie sind ein anstrengender Mensch.«

»Das bekomme ich oft zu hören.«

»Wo sind Sie jetzt?«

Sie klang besorgt, und er war froh, sie doch angerufen zu haben.

»Ich bin in der Stadt. Ich gehe gleich in ein Pub und werde mich volllaufen lassen. Sozusagen als Schlummertrunk.«

Ihre Stimme war plötzlich streng. »Sind Sie in Gefahr? Lassen Sie mich Ihnen helfen, Logan. Verraten Sie mir, wo Sie stecken, dann kann ich in Kürze bei Ihnen sein.«

»Ich bin okay. Ich brauche bloß etwas zum Betäuben.«

»Alkohol ist nie eine Lösung. Das wissen Sie doch hoffentlich?«

»Natürlich, aber er wird mir helfen, mich eine Weile lang besser zu fühlen. Ich werde es drauf ankommen lassen müssen, weil mir nichts anderes mehr helfen kann.«

»Das glaube ich nicht. Sie haben doch bestimmt eine Menge Freunde, die Sie anrufen können. Was ist mit Ihrem amerikanischen Kumpel?«

»Ich weiß nicht, was ich von ihm halten soll oder von allen anderen.«

»Aber mir können Sie vertrauen, Logan.«

Er hatte das Gefühl, dass sie es ehrlich meinte, und er mochte den Klang ihrer Stimme, aber im Augenblick wollte er einfach nur allein sein.

»Ich rufe besser später noch einmal an«, sagte er.

Er beendete das Gespräch und stopfte das Handy zurück in seine Jackentasche. Es begann zu nieseln, und er wünschte sich, er hätte einen Mantel dabei. Schnell betrat er das Pub.

Auf der linken Seite befand sich ein langer Tresen, der restliche Raum war in zwei Ebenen unterteilt. Im Hintergrund gab es eine kleine Bühne, auf der ein DJ gerade seine Anlage aufbaute, wahrscheinlich um eine provisorische Tanzfläche einzurichten. Der Schuppen war bereits gut gefüllt, und Logan musste sich durch die Menge der Gäste hindurch seinen Weg zur Bar bahnen, an der er sogar noch einen freien Hocker fand. Er hievte sich auf den Sitz und wartete darauf, dass jemand Augenkontakt mit ihm aufnahm, damit er sich ein Pint *Caffreys* bestellen konnte.

Er leerte sein erstes Bier mit hastigen Schlucken und

orderte sofort den nächsten Drink, diesmal einen Malt Whisky. Besser, sich gleich eine gute Grundlage zu schaffen, dachte er. Er schaute in den Spiegel hinter der Bar und betrachtete verwundert sein heruntergekommenes Äußeres, bevor er den Whisky hinunterkippte.

Während des zweiten Biers setzte ein angenehmes Summen in den Ohren ein. Es war jetzt ungefähr halb zehn, und immer mehr Menschen drängten sich in das Pub, was für einen Donnerstagabend eher ungewöhnlich war. Dann fiel Logans Blick auf ein Plakat an der Wand, auf dem der DJ als eine Art Lokalgröße angekündigt wurde, die es zu Berühmtheit gebracht hatte – was den unerwarteten Andrang erklärte. Schließlich setzte ohrenbetäubend laute Musik ein, und schon bald tobte auf der kleinen Tanzfläche das Leben. Das schwere Dröhnen des Basses ließ den Fußboden erzittern und drang über den Hocker, auf dem er saß, bis in Logans Bauch vor. Auch kein unangenehmes Gefühl, dachte er und leerte das zweite Pint.

Als nach einer Weile das Stück – als *Lied* konnte man das ja wohl kaum bezeichnen – in vollem Gange war, löste der Bass jedes Mal kleine Explosionen in seinem Magen aus.

Boom-Boom

Boom-Boom

Himmel, war das laut!

Er blickte suchend an der Bar entlang, um jemanden zu finden, der ihm ein weiteres Bier zapfen könnte, als sein Blick wieder in den Spiegel fiel. In dem schummrigen Licht kniff Logan die Augen zusammen und erkannte ein vertrautes Gesicht. Es war der Typ von der Parkmauer. Er saß unmittelbar hinter ihm auf der Empore. Der Kerl nippte an etwas, das wie ein Glas Mineralwasser mit Eis aussah, und tat so, als würde er ihn nicht bemerken.

Boom-Boom
Boom-Boom

Das war nicht gut. Das war ganz und gar nicht gut. In einer so überfüllten Örtlichkeit wie dieser konnte man im Nu ein Messer im Rücken haben und blutend auf dem Boden zusammensinken, ehe auch nur jemand merkte, dass etwas nicht in Ordnung war. Und halb aufgeschlitzt wäre man bestimmt auch nicht in der besten Verfassung, um sich gegen einen Angreifer zur Wehr zu setzen.

Logan war nicht gerade von zierlicher Statur und trainierte regelmäßig im Fitnessstudio, aber er war in seinem ganzen Leben bisher nur drei Mal in eine Schlägerei verwickelt gewesen – das erste Mal mit sechzehn und zuletzt vor etwa zwei Jahren, als er in einem Club versehentlich einen ausgesprochen aggressiven Jugendlichen angerempelt und dessen Bier über den ganzen Boden verschüttet hatte. Er konnte von Glück sagen, dass sein Vater während seiner eigenen Jugend in einer rauen Wohngegend im Westen Schottlands keiner Rauferei aus dem Weg gegangen war und seinem Sohn so manchen weisen Ratschlag betreffs der hohen Kunst, sich mit heiler Haut aus einer prekären Situation zu retten, mit auf den Weg gegeben hatte. »Hau ihn zuerst, und schlag dann weiter auf ihn ein« – so ungefähr hatte das Motto seines Vaters gelautet. Nicht gerade subtil, aber wirkungsvoll.

Besagter Jugendlicher war mit seinem leeren Glas in der Hand Logan gegenübergetreten und hatte es ihm im Gesicht zerschmettern wollen, doch Logan hatte seinen Zug vorausgeahnt, denn der Junge war nicht besonders schnell oder sonderlich geschickt gewesen, und hatte in einem weiten Bogen mit dem Arm ausgeholt. So wie früher die wilden Schwinger unter den Boxern. Logan war ihm zuvorgekommen, hatte ihm einen Kopfstoß ins Gesicht versetzt und ihn dann mit zwei harten Hieben zurücktaumeln lassen. Es war eine instinktive Handlung gewesen, und Logan war erst bewusst geworden, dass er ihn geschlagen hatte, als es schon vorüber gewesen war. Die Gene seines alten Herrn hatten sich bemerkbar gemacht.

Die Türsteher hatten ihn sich sofort gegriffen und auf die Straße hinausbefördert, wo das Adrenalin ihm durch die Venen rauschte, ihn am ganzen Leib erzittern und auf das Pflaster kotzen ließ.

Doch falls das hier ein echter Profi war, wusste Logan, dass er keine Chance gegen ihn haben würde – weder nüchtern noch sonst wie. Sein Dad hatte ihm eingeschärft, sich nie mit einem richtigen Schläger anzulegen, weil die nicht wussten, wann es genug war, und die Sache durchzogen, bis einer am Boden lag – verletzt oder tot.

Logan zog sein Handy hervor und scrollte sich durch sein Telefonbuch, bis er auf Cahills Nummer stieß. Er starrte auf das Display und fragte sich, ob er im Begriff war, das Richtige zu tun.

Boom-Boom

Boom-Boom

Er hatte das Gefühl, der Barhocker würde im Rhythmus vom Bass vibrieren. Der verdammte DJ musste den Regler hochgezogen haben.

Logan tippte auf Cahills Namen und versuchte derweil den Burschen hinter sich unauffällig im Auge zu behalten. Es sah aus, als würde er sich auf irgendetwas weiter hinten an der Bar konzentrieren. Während er dem Rufton lauschte und der Bass …

Boom-Boom

Boom-Boom

… seine Eingeweide durcheinanderbrachte, beugte er sich vor und besah sich die Gesichter der Gäste an der Bar. Fast herrschte hier nun vollkommene Dunkelheit, nur im Hintergrund pulsierten die Scheinwerfer und verwandelten die Tanzenden in Silhouetten. Logan konnte den großen Mann nicht sehen, der ihn aus nur drei Metern Entfernung unverhohlen anstarrte.

Boom-Boom

Boom-Boom

Er lehnte sich gegen die Rückenstütze seines Barhockers, lauschte dem ihm wohlbekannten Text von Cahills Anrufbeantworter und wartete auf das Piepsignal, um dann über das Dröhnen hinweg eine Nachricht auf sein Band zu schreien.

»ALEX, ICH BIN'S! LOGAN.«

Boom-Boom

Boom-Boom

»HÖR MAL, TUT MIR LEID, DASS ICH MICH SO BESCHEUERT DIR GEGENÜBER BENOMMEN HABE.«

Boom-Boom

Boom-Boom

»KÖNNTE SEIN, DASS ICH IN SCHWIERIGKEITEN STECKE. DIESER TYP …«

Boom-Boom

Boom-Boom

»… DER MIR GEFOLGT IST – ER IST HIER.«

BOOM

BOOM

BOOM

Der verfluchte Krach steigerte sich bis zum äußersten Ende der Lautstärkenskala. Logan rief noch ins Telefon,

Cahill solle ihn zurückrufen, dann trennte er die Verbindung.

Die Menge auf der Tanzfläche hüpfte nun im Rhythmus des Basses, und das ganze Gebäude schien zu erzittern.

BOOM BOOM BOOM **BOOM** BOOM BOOM BOOM **BOOM**

Der Lärm war kaum noch zu ertragen, doch Logan kannte das Stück von MTV und beschloss, es bis zum Ende über sich ergehen zu lassen. Dann ließ der vermaledeite DJ es einfach in das nächste Stück, ein abgehacktes Hip-Hop-Getrampel, übergehen, und als der Bass erneut einsetzte, geriet selbst die Menschenmenge an der Bar in Wallung.

Als Logan im Spiegel erneut nach seinem Beschatter Ausschau hielt, sah er, dass eine junge Frau ziemlich heftig mit ihm zu flirten versuchte. Sie sah gar nicht mal so übel aus. Er ertappte sich dabei, wie er sie unwillkürlich mit DC Irvine verglich, die dabei gar nicht schlecht abschnitt.

Sein Schatten tat so, als ginge er auf die Annäherungsversuche des Mädchens ein, doch Logan wusste, dass das nur eine Täuschung war. Er war zu beschäftigt damit, immer wieder Blicke in Logans Richtung zu werfen.

Wenige Schritte von der Bar entfernt entschied der große Mann, dass es Zeit zum Handeln war. Er löste sich von dem Bartresen, als der dumpfe Bassrhythmus die Menge in Ekstase versetzte.

12

21:50 Uhr

Rebecca Irvine machte sich ernsthafte Sorgen um Logan. Sie war keine Psychologin, aber er hatte sich bei seinem Anruf verzweifelt angehört, und nun grübelte sie darüber nach, ob er sich möglicherweise mit Selbstmordgedanken trug. In den letzten paar Tagen hatte er mehr als nur einen schweren Schock einstecken müssen, doch als sie ihn heute Nachmittag verließ, hatte er noch einen recht stabilen Eindruck auf sie gemacht.

Sie wusste, dass er nicht weit entfernt sein konnte – in der Stadt, hatte er gesagt –, und überlegte, ob sie umherfahren und nach ihm suchen sollte. Das Zentrum von Glasgow war nicht besonders groß, trotzdem wusste sie, dass die Chance, ihn auf gut Glück zu finden, gleich null war. Vor allem, wenn er sich für den ganzen Abend in irgendeiner Kneipe verkrochen hatte.

Sie schraubte ihre Limonadenflasche auf, nahm ein paar große Schlucke und stellte sie dann wieder auf den Beifahrersitz. Seit fünf Stunden saß sie hier nun schon rum, und alles war umsonst gewesen. Logan war nach der Arbeit nicht nach Hause gegangen, und wie es nun aussah, müsste sie noch eine ganze Weile warten, bis er aufkreuzte. Frustriert schlug sie mit der flachen Hand auf das Lenkrad und betätigte dabei aus Versehen die Hupe. Bei dem lauten Geräusch schrak sie zusammen und blickte sich dann verschämt um, ob jemand es gehört hatte. Zum ersten Mal an diesem Abend war sie froh, dass dieses Ende der Bothwell Street abends einsam und verlassen dalag.

Sie griff nach ihrem Mobiltelefon und rief den Bereitschaftsraum in der Pitt Street an. Vielleicht erwischte sie Moore ja noch an seinem Schreibtisch.

»DS Sharp«, meldete sich eine Stimme.

Mist. Am liebsten hätte sie einfach aufgelegt.

»Ich bin es, Jack. DC Irvine«, meldete sie sich formell.

»Schön, von Ihnen zu hören, Becky«, sagte Sharp. Der Sarkasmus in seiner Stimme war nicht zu überhören. »Wie ist es Mr. Finch heute Nachmittag denn so ergangen?«

»Sie haben mit dem Boss gesprochen?«

»Das habe ich. Sogar recht ausführlich. Ich glaube, Sie haben einen ganz schönen Stein bei ihm im Brett, Becky.«

Sie hatte die Geschichten gehört, die man sich über Sharp erzählte – dass er gleichzeitig ein Frauenhasser, aber auch kein Kostverächter war –, und konnte sie nun nachvollziehen.

Verpiss dich doch.

»Es war alles abgesprochen, Jack, also brauchen Sie nicht so beleidigt zu tun.«

So viel zu der korrekten Einhaltung des Dienstweges. Sharp erwiderte nichts auf ihre Bemerkung, was sie als kleinen Triumph verbuchte.

»Geben Sie mir bitte den Chef.«

Es summte leise in der Verbindung, während Sharp sie durchstellte. Offensichtlich hatte Moore ihn heute Nachmittag in seine Schranken gewiesen – wie er es bereits in seinem Gespräch mit ihr angedeutet hatte. Genugtuung durchflutete sie. Sharp war ein Dinosaurier.

»Becky?«, meldete sich Moores Stimme. »Waren Sie etwa nicht nett zu DS Sharp?«

»Nicht unbedingt.«

Moore wirkte amüsiert. »Ich schätze, dass Sie es bei uns

weit bringen werden, DC Irvine. Freut mich, dass Sie schon so früh in Ihrer Karriere beim CID Fuß fassen.«

»Ich habe Logan bisher nicht gefunden«, sagte sie und bereute sogleich, seinen Vornamen benutzt zu haben.

»Verstehe.«

»Aber ich habe soeben einen Anruf von ihm erhalten, und ich glaube, dass er sich in Gefahr befindet, Sir.«

»Inwiefern?«, erkundigte sich Moore. Jeglicher Anflug eines unverbindlichen Plaudertons war aus seiner Stimme gewichen.

»Nun, er hat ein paar harte Tage hinter sich, und er sprach davon, sich heute Abend zu betrinken.«

»Schön und gut, aber ich verstehe nicht, warum wir uns deswegen den Kopf zerbrechen sollen.«

»Es war einfach, wie er sich anhörte. Nicht so sehr das, was er gesagt hat. Verstehen Sie?«

Kurzes Schweigen.

»Becky, Sie fangen doch nicht gerade an, sich zu persönlich in diesem Fall zu engagieren, oder? Denn ansonsten …«

Wieder dieses Bild in ihrem Kopf – wie sie nach seiner Hand gegriffen hatte, um sie zu berühren.

»Nein, Sir«, sagte sie und bemühte sich, entrüstet zu klingen. »Er ist ein Hauptzeuge, und ich mache mir Sorgen, dass er sich etwas antun könnte.«

»Nun, wenn schon Sie ihn nicht finden, wüsste ich nicht, was ich groß tun könnte. Ich habe Ihnen ja bereits erklärt, dass meine finanziellen Mittel begrenzt sind. Falls sich ein neuer Ermittlungsansatz daraus ergibt, könnte ich etwas lockermachen, aber nur auf eine bloße Vermutung hin …«

Sie merkte, dass er in seine Gewohnheit zurückfiel, von

unangenehmen Themen abzulenken – was sie als kein gutes Zeichen wertete.

»In Ordnung, Sir«, sagte sie kurz angebunden. »Sie haben recht. Überlassen Sie alles mir.«

Sie legte abrupt auf und bereute es sofort. Sharp zu verstimmen war eine Sache, Moore hingegen war ein ganz anderes Kaliber.

Sie warf noch einmal einen Blick die Bothwell Street hinunter und ließ dann den Motor an. Doch nach ein paar Sekunden schaltete sie die Zündung wieder aus, lehnte sich in ihrem Sitz zurück, nahm einen weiteren Snickers-Riegel vom Armaturenbrett und riss die Verpackung auf.

13

22:00 Uhr

Logan merkte nichts von dem großen Mann, der auf ihn zukam. Das zweite Musikstück, in das der Diskjockey übergegangen war, nahm er weniger mit den Ohren als mit dem ganzen Körper wahr. Es war langsamer als das erste und hatte einen ungleichmäßigen Stakkatorhythmus.

BOOM BOOM *boom-boom* BOOM-BOOM
BOOM BOOM *boom-boom* BOOM-BOOM

Im Spiegel beobachtete er die Bewegungen seines Schattens hinter ihm. Aalglatt schlängelte sich der Typ an dem Mädchen vorbei und ging dann an der Brüstung entlang zur Treppe, die vom oberen Rang zur Bar hinunterführte. Wenige Sekunden noch, dann stünde er unmittelbar neben ihm. Logan rutschte seitwärts von seinem Hocker und mischte sich unter die Menge. Er musste seine Schultern einsetzen, um sich in der Masse der vor Schweiß dampfenden Körper zu bewegen.

Boom Boom boom-boom Boom Boom

Boom Boom boom-boom Boom Boom

Er hatte Glück. Unbemerkt passierte er den großen Mann, der drei Plätze von seinem entfernt an der Bar auf ihn lauerte; auch von der Rempelei, die der grobschlächtige Kerl veranstaltete, um sich ebenfalls seinen Weg durch die Menschenansammlung zu bahnen, bekam er nichts mit. Logan schob sich weiter vorwärts und reckte dabei den Hals, um nach seinem Beschatter zu suchen. Als er den Mann die Stufen hinunterkommen und auf seinen verlassenen Barhocker zustreben sah, merkte er, dass es ein Fehler gewesen war, sich in den hinteren Teil des Pubs zu begeben. Nun war ihm der Weg zum Ausgang abgeschnitten – es sei denn, er riskierte den Versuch, sich ungesehen an dem Verfolger vorbeizuschleichen.

Dumm gelaufen.

Ihm blieb nichts anderes übrig, als seinen Weg weiter in den Rückteil der Kneipe fortzusetzen und sich in der Schlangengrube der Tanzfläche zu verbergen.

Boom Boom boom-boom Boom Boom

Boom Boom boom-boom Boom Boom

Der große Mann erreichte eine Sekunde nach Logans Beschatter den Barhocker und bemerkte, dass er verschwunden war. Er achtete nicht auf den anderen Mann, der sich über den Bartresen beugte, um den hinteren Teil des Lokals unter die Lupe zu nehmen. Stattdessen drehte er sich abrupt um, hätte dabei um ein Haar zwei junge Mädchen umgerissen und drängelte sich nun seinerseits nach hinten.

Der Schatten verharrte an Ort und Stelle, suchte im albtraumhaften Flackern des Lichts nach Logan, bis er dessen Kopf sich mühsam durch die Menschenmasse voranbewegen sah. Er nahm die Verfolgung auf, wobei er hinter dem großen Mann zurückblieb, dessen bulliges Auftreten und schiere Körpergröße ihm halfen, sich rascher eine Schneise zu bahnen.

Boom Boom boom-boom Boom Boom

Boom Boom boom-boom Boom Boom

Logan hatte fast den Rand der Tanzfläche erreicht, als er zu seiner Linken das Hinweisschild für die Toiletten am Ende des Pubs erblickte. Kurz entschlossen änderte er die Richtung und hoffte, sich in einer der Kabinen verstecken zu können, bis sein Verfolger die Suche aufgab. Er konnte nicht mehr allzu klar denken – dazu hatte er an diesem Tag zu viele niederschmetternde Erkenntnisse einstecken müssen, die in Verbindung mit dem Alkohol in seinem Blut eine benebelnde Wirkung hatten. Er stieß die Tür zu dem dahinterliegenden Gang auf, in dem es leidlich ruhig zuging, und betrat die Männertoilette – ohne den grunzenden Atem des großen Mannes wahrzunehmen, der ihm dicht auf den Fersen war.

Die Musik drang nur gedämpft in die Waschräume – so als würde sie unter Wasser gespielt –, aber Logan konnte trotzdem spüren, wie der Boden unter seinen Füßen vibrierte, als er an den Kabinen vorbeiging, bis er eine fand, die unbesetzt war. Die Bodenfliesen waren glitschig von Urin und Wasser, und es stank, als wäre hier lange nicht mehr sauber gemacht worden. Er hörte, wie die Eingangstür zum Männerklo erneut aufgestoßen wurde. Er blickte sich um und fand sich Angesicht zu Angesicht mit einem Mann, den er als einen der beiden Kerle wiedererkannte, die ihm gestern Abend im Foyer seines Apartmenthauses aufgelauert hatten. Er erstarrte vor Schreck.

»Geschäfte sind immer noch nicht so gut, was?«, sagte der Fremde mit seinem auffälligen Akzent und ging auf Logan zu.

Logan wich zurück, aber es gab nichts, wohin er sich flüchten konnte.

Plötzlich drang die Stimme seines Vaters schneidend durch das benebelte Durcheinander in seinem Kopf, und als der Fremde nahe genug vor ihm stand, machte Logan einen Schritt nach vorn und trat ihm mit aller Kraft in die Eier. Das hatte gesessen.

Der Mann riss die Augen weit auf und taumelte ein paar Schritte zurück, während er mit beiden Händen seinen Hodensack umklammerte.

Ermutigt durch seinen Erfolg tat Logan, was sein Vater ihm beigebracht hatte, und versetzte seinem Widersacher noch zwei heftige Faustschläge. Der erste traf den Mann mitten auf den Wangenknochen, der zweite streifte sein Kinn, als er Logans Hieb auswich.

Logan wollte ihm seinen Kopf in den Bauch rammen, doch der Fremde erkannte seine Absicht, duckte sich und stürzte ihm seinerseits mit gesenktem Kopf entgegen.

Logan tanzten Sterne vor den Augen, als seine Stirn mit der Schädeldecke des großen Mannes zusammenprallte; er rutschte auf dem feuchten Boden aus und ging zu Boden. Mit der Hand berührte er seine Stirn, und als er sie betrachtete, sah er, dass sie blutig war. Ein stechender Kopfschmerz durchfuhr ihn. Er blinzelte intensiv mit den Augen, damit er nachließ.

Der andere hatte offenbar den dickeren Schädel. Er war schneller als Logan wieder auf den Beinen, trat nach ihm und traf ihn an der Brust, wodurch Logan gegen die Wand geschleudert wurde. Er hatte das Gefühl, als wäre ihm der Brustkorb eingedrückt worden, und japste nach Luft.

Schon wieder näherte sich ihm der Fremde, doch nun troff auch von seinem Haaransatz Blut über seine Stirn. Alles war Teil eines schrecklichen, nicht enden wollenden Albtraums eines noch schrecklicheren Geistes. Logan versuchte aufzustehen, doch sein Kopf fühlte sich leer an, und seine Beine vermochten sein Gewicht nicht mehr zu tragen.

Er blickte auf und sah, wie der Mann in seinen Mantel griff und etwas ähnlich einem großen Schlachtermesser hervorzog.

Jetzt bin ich erledigt.

14

22:05 Uhr

Logan unternahm gerade einen zweiten Anlauf, sich aufzurichten, als die Tür der Herrentoilette mit einer solchen Wucht aufgestoßen wurde, dass sie gegen die Wand krachte und Bröckchen von Putz durch die Gegend flogen. Er blickte an seinem Angreifer vorbei und sah, wie der Unbekannte, der ihn beschattet hatte, mit einem großen schwarzen Gegenstand in der Hand in den Raum geglitten kam.

Wie eine plötzlich aufflammende Leuchtbombe explodierte etwas mit einem ohrenbetäubenden Knall, der von den gefliesten Wänden widerhallte.

Der erste Mann fiel vornüber, schlitterte über den nassen Boden und schlug seitwärts gegen eine der Toilettentüren, die durch den Aufprall teilweise aus ihren Angeln gerissen wurde.

Scheinbar ungerührt ging Logans Beschatter mit ausgestreckten Armen vor dem großen Mann leicht in die Knie. Logan sah, dass er mit beiden Händen eine Pistole hielt.

Der Mann auf dem Boden schaute sein Gegenüber an, dann folgte ein zweiter Flammenstoß aus der Mündung der Waffe. In dem schmalen Raum hörte sich der Schuss wie eine Detonation an.

Der Kopf des Getroffenen wurde jäh nach hinten geworfen, und dort, wo zuvor sein Hinterkopf gewesen war, spritzte nun in einem rosafarbenen Sprühnebel ein Strahl Blut. Logan wandte das Gesicht ab, als etwas davon seine Wange traf. Der große Mann ging nun vollends zu Boden, und sein Schädel schlug mit einem schmatzenden Geräusch auf den Fliesen auf. Augenblicklich bildete sich um seinen Kopf eine in dem schwachen Kunstlicht schwarz aussehende Lache.

Der Schatten bewegte sich auf Logan zu und ließ die Waffe dabei lässig in dem Halfter unter seiner Jacke verschwinden. Logan wischte sich mit dem Ärmel das Blut vom Gesicht. Sein Beschatter hielt inne und streckte die Hand nach ihm aus.

»Cahill hat mich geschickt«, sagte er. »Nichts wie weg von hier.«

Logan ließ sich von seinem Verfolger über das nasse Pflaster bis zur Straßenecke zerren, an der die West Nile Street auf die St Vincent Street traf, und von dort weiter bis zur Hausnummer 123, wo Cahills Büro lag. Unterwegs vergewisserte sich der Schatten ein paarmal, dass sie nicht verfolgt wurden, und fischte schließlich mit der freien Hand ein Mobiltelefon aus seiner Hosentasche. Er schob Logan in den Eingang eines Friseursalons, stellte sich vor ihm in den Regen, klappte sein Handy auf und wählte eine Nummer.

Jetzt erst fiel Logan auf, wie jung der Mann wirkte – höchstens Ende zwanzig. Er war etwas kleiner als er selbst – Logan schätzte ihn auf ungefähr eins achtzig –, aber unter der locker sitzenden blauen Windjacke, die er zu seiner schwarzen Hose trug, konnte man die gut entwickelten Bizepsmuskeln und seine kräftige Brust erahnen. Seine Wangen glühten rot, als er sich das Telefon ans Ohr hielt, während er die Ecke der West Nile Street nicht aus den Augen ließ.

»Alex, ich bin's«, sagte er. Während er Cahill zuhörte, schüttelte er den Kopf.

»Nein, es war ein komplettes Chaos. Ich musste deinen Typen da rausholen, und dann wollte mir noch einer zuvorkommen.«

Wieder lauschte er Cahills Erwiderung, diesmal mit einem zustimmenden Kopfnicken.

»Ja, ich habe ihn heil rausgebracht.«

Er hielt das Telefon ein Stück vom Ohr weg, und Logan hörte, wie Cahills Stimme laut wurde.

»Nein ... lass es mich dir doch erklären ...«

Offenbar hatte er Schwierigkeiten damit, den zornigen Cahill zu beruhigen.

»Alex, jetzt hältst du mal die Klappe und hörst mir zu, okay? Der Bursche hatte keine guten Absichten, und ich musste rasch eine Entscheidung treffen ...«

Noch einmal wurde ihm das Wort abgeschnitten.

»Wenn du mich mal ausreden lassen würdest ...«

Cahill wurde noch lauter, und Logans Beschatter schien die Nase endgültig voll zu haben.

»Wir kommen jetzt rauf.«

Er klappte sein Telefon zu, schnappte sich Logan und zerrte ihn auf die andere Straßenseite. Sie verfielen in einen eiligen Laufschritt, bis sie den Eingang zu Cahills Büroräumen erreicht hatten. Der Schatten wandte sich um, um Logan anzusehen. Der Regen troff ihm aus dem Haar und lief ihm in schmalen Rinnsalen über das Gesicht.

»Regnet es in diesem gottverdammten Land auch mal *nicht*?«, fragte er.

Seit Logan das Pub betreten hatte, war die Temperatur um einige Grade gesunken, beim Sprechen stieß sein Begleiter weiße Atemwolken aus.

»Eher selten«, erwiderte Logan.

Der Schatten wischte sich das Haar aus dem Gesicht und strich es sich glatt.

»Okay«, sagte er, »wenn ich dich jetzt loslasse, rennst du mir nicht gleich davon, oder?«

Logan schüttelte den Kopf. »Hab schließlich keine Lust, abgeknallt zu werden«, sagte er.

Sein Bewacher lächelte zufrieden und nickte. »Dann gehen wir mal. Die Fahrstühle sind ganz hinten in der Eingangshalle. Wir müssen an dem Sicherheitsbeamten vorbei. Wenn wir drin sind, bewegst du dich ganz ungezwungen und sagst irgendetwas zu mir, damit wir nicht auffallen. Ich werde darüber lachen, auch wenn ich es überhaupt nicht lustig finde.«

Plötzlich merkte Logan, dass der Mann einen amerikanischen Akzent hatte – vermutlich stammte er von der Ostküste, vielleicht aus Maine oder Boston, wo man die Vokale dehnte.

Sie gingen durch die Drehtür und betraten die Eingangshalle mit Marmorboden. Von außen wirkte das Gebäude noch wie ein alter Ziegelbau, aber sein Inneres war vor ungefähr sechs Jahren entkernt und vollkommen umgebaut worden. Logan war damals oft an der Baustelle vorbeigegangen. Es hatte irgendwie seltsam ausgesehen, als nur noch die Außenmauern mit ihren leeren Fensterhöhlen übriggeblieben waren, die von einem komplizierten System aus Stahlträgern gestützt werden mussten.

Den Eingangsbereich bildete eine Art Innenhof, der sich über mehrere Etagen bis in den dritten Stock hinauf erstreckte. Ihre nassen Schuhe quietschten auf dem Boden. Der Schatten versetzte Logan mit dem Ellbogen einen Stoß.

»Du bist ja eine ganz schöne Knalltüte«, sagte Logan.

Sein Begleiter lachte und klang dabei sogar echt. »Und? Bist du etwa nicht froh darüber?«

»Das kannst du laut sagen.«

Sie hatten gerade die fünf Fahrstuhltüren erreicht, als eine von ihnen ein Klingelzeichen von sich gab und sich öffnete. Eine Gruppe stark tätowierter junger Männer mit gepiercten Gesichtern stieg aus. Alle hatten sie Zigarettenschachteln und Feuerzeuge in den Händen.

»Drei Etagen sind an Callcenter vermietet«, kommentierte der Schatten, als sie gemeinsam im Lift standen. »Arbeiten die ganze Nacht.«

»Ich weiß«, sagte Logan. »Ich war schon mal mit Alex hier.«

Der Fahrstuhl schwebte leise hinauf zum dritten Stock, und sie betraten den unaufdringlich eingerichteten Empfangsbereich von CPO Security, Cahills Firma. Über dem Rezeptionstresen, gegenüber den Fahrstühlen, hing ein unübersehbares Schild mit dem Namen des Unternehmens, wobei das *O* von CPO einen Ring aus konzentrischen Kreisen bildete. Logan war bereits zum dritten Mal hier, aber erst jetzt fiel ihm auf, dass das *O* in dieser Form möglicherweise auch eine stilisierte Zielscheibe darstellen könnte.

Nachts war der Tresen unbesetzt, doch dahinter befand sich eine Glaswand, durch die man in die Büroräume blicken konnte, die in einem Halbkreis um den Empfangsbereich angeordnet waren. Irgendwo weiter hinten brannten Lichter.

»Warte hier«, sagte der Schatten und verschwand um eine Ecke.

Logan blieb wie befohlen stehen und atmete den Geruch der frischen Auslegeware in den relativ neu eingerichteten Räumen ein. Einer der Grundstücksmakler bei Kennedy Boyd hatte Cahill die Büroetage vermittelt. Zum ersten Mal war Logan zur Einweihungsfeier zu Besuch gewesen – eine eher zwanglose Zusammenkunft, zu der er als einziger Vertreter des Anwaltsstandes eingeladen worden war.

Der dunkle Teppichboden und die hell getünchten, mit angemessen konservativen Gemälden dekorierten Wände sollten den Eindruck eines respektablen Dienstleistungsunternehmens erwecken. Bisher war Logan noch nie bis ins tiefste Innere von Cahills Reich vorgedrungen – er hatte nur die Eingangslobby und die Besprechungsräume zur Rechten kennengelernt. Er strich sich das feuchte Haar zurecht und versuchte seine nasse Kleidung zurechtzuzupfen, doch es gelang ihm nicht. Ihm war kalt, er hatte Hunger, und er zitterte nach seinem Erlebnis in der Bar noch immer am ganzen Leib. Er hatte noch nie eine Pistole aus der Nähe gesehen, geschweige denn aus nächster Nähe gehört, wie mit ihr ein Schuss abgefeuert wurde.

Der Schatten kehrte zurück und reichte Logan ein weiches, weißes Badelaken und trockene Kleidung – eine schlichte, schwarze Militärhose und ein schwarzes Poloshirt mit dem CPO-Emblem auf beiden Ärmeln. Außerdem stellte er eine Flasche Mineralwasser auf den Empfangstisch, legte Logan eine Hand auf die Schulter und beugte sich vor, um ihm in die Augen zu sehen. Offenbar zufrieden mit dem, was er dort entdeckt hatte, trat er einen Schritt zurück.

»Dir geht es gut, oder?«, sagte er. »Ich habe schon jede Menge Jungs gesehen, die auf solche Situationen mit einem Schock reagiert haben. Auf das, was im Pub geschehen ist, meine ich.«

Logan nickte. Der Schatten grinste.

»Ich bin Bailey Judd«, sagte er und streckte ihm die Hand entgegen.

Logan schüttelte sie so fest, wie sein Vater es ihm beigebracht hatte, nickte, verzog jedoch keine Miene.

»Du kannst dich jetzt abtrocknen und dich im Besprechungszimmer umziehen. Du weißt, wo das ist? Alex meinte, du kennst dich aus.«

»Ja, ich weiß Bescheid. Danke.«

»Und trink das Wasser. Nach dem Alkohol solltest du reichlich Flüssigkeit zu dir nehmen.«

»Ja, mache ich.«

Judd beobachtete ihn noch einen Augenblick lang, dann wandte er sich ab und entschwand ohne ein weiteres Wort durch eine Tür.

In seinen frischen Sachen saß Logan am Tisch des Besprechungsraumes und nippte an der Mineralwasserflasche, als Judd zurückkam. Auch er hatte ähnliche Klamotten wie Logan angezogen und sich das Haar trocken gerubbelt.

»Wo steckt Alex?«, fragte Logan.

»Er wird gleich hier sein.«

»Hat er Sie hergeschickt, damit Sie ein Auge auf mich haben? Um mich von spitzen Gegenständen fernzuhalten?«

Judd rang sich ein Lächeln ab, aber auf Logan wirkte es gezwungen.

»Haben Sie das schon mal gemacht? Jemanden umgelegt, meine ich?«

Judd klappte in einem Wandregal eine Tür auf, hinter der ein kleiner Kühlschrank zum Vorschein kam. Er entnahm ihm eine Flasche kaltes Wasser, die er in einem Zug zur Hälfte leerte. Dann setzte er sich neben Logan und schraubte die Wasserflasche wieder zu.

»Der Erste war dieser Gefangene«, sagte er und hielt den Blick dabei auf die Flasche geheftet, die er zwischen seinen Fingern drehte.

Die kryptische Bemerkung machte Logan neugierig. Er wollte nachfragen, schwieg aber, weil er hoffte, dass Judd die Stille von sich aus beenden würde. Er wirkte, als würde er gerne darüber sprechen.

»Das war nach dem 11. September in Afghanistan«, sagte Judd schließlich. »Hab mich freiwillig gemeldet, nachdem ich dabei war, wie Bush die Menge am *Ground Zero* so richtig aufgeheizt hat.« Er sah Logan an. »Habt ihr das hier auch gesehen?«

»Ich glaube, die ganze Welt hat es gesehen«, sagte Logan.

Judd lächelte trocken und fuhr damit fort, die Wasserflasche zu drehen.

»Ich kam frisch vom College und habe in Boston gearbeitet, als das mit den Twin Towers passierte. Mein Großvater war in Pearl Harbor gefallen, als mein Dad noch ein kleines Kind gewesen war, und wir hatten immer diese Memorabilien von der Armee im Haus – gerahmte Medaillen und Fotografien und so. Mein Dad ist nie beim Militär gewesen – er besaß einen Autohandel –, aber seine Mom hat dafür gesorgt, dass er seinen Vater nie vergaß, und ich war wie jedes andere Kind. Ich mochte die Geschichten und die Kriegsabzeichen.« Er nahm einen weiteren Schluck Wasser. »Also habe ich mich an der Militärakademie von Fort Benning eingeschrieben und bin dann in den Krieg gezogen – vollgepumpt mit all der patriotischen Scheiße, die uns die Regierung eingebläut hat.«

»Immerhin sind Sie mit heiler Haut zurückgekommen.« Logan bemühte sich, dem Thema etwas Positives abzugewinnen.

»*Ich* schon, aber ich weiß von jeder Menge Kameraden, die nicht so viel Glück hatten wie ich und einen Arm oder ein Bein oder beides verloren haben – oder in einer Kiste nach Hause zurückgebracht worden sind.«

Logan war fasziniert von Judds Erzählung, aber es tat ihm leid, ihn an seine Vergangenheit erinnert zu haben – ganz offensichtlich bereitete sie ihm schmerzlichen Kummer.

»Und wie sind Sie dann bei Alex gelandet?«, versuchte er das Thema zu wechseln.

Judd stand auf, trat ans Fenster und schaute auf die St Vincent Street hinaus. Einen Moment lang schwieg er, und auch Logan enthielt sich jedes Kommentars.

»Kurz nachdem ich nach Hause kam, habe ich meinen Vater verloren«, sagte Judd. »Krebs.«

»Das tut mir leid«, sagte Logan.

»Ich habe mich in meinem Elend gesuhlt und eine Weile ohne Job herumgehangen. Ich wollte nicht, dass sein Tod mir so nahe ging. Das Problem war nur, dass ich nicht bemerkt habe, wie sehr es meine Mom getroffen hatte. Ich war ihr einziges Kind und alles, was ihr nach Dads Tod noch geblieben war. Sie ist ein halbes Jahr nach ihm gestorben.«

Judd ging nicht näher darauf ein, woran seine Mutter gestorben war, sondern setzte sich wieder an den Tisch und nahm einen weiteren Schluck aus der Flasche.

»Ich habe mich dem Suff und dem Selbstmitleid hingegeben, und dann hat Chris Washington angerufen, einer meiner Kumpel aus Afghanistan. Er hatte das mit meinen Eltern gehört und fragte mich, ob ich nicht mal einen Tapetenwechsel gebrauchen könnte. Er arbeitete schon hier in Schottland für Alex, und sie suchten noch jemanden mit Kampferfahrung. Was wir hier tun, hat eigentlich nichts mit dem zu tun, was heute Abend passiert ist. Was ich damit sagen will – wir sind keine Söldnertruppe oder so. Ich hatte nichts mehr, was mich noch in den Staaten hielt, und bin auf Alex' Kosten mit nicht mehr als einer Tasche voller Klamotten rübergeflogen.«

»Und haben Sie es bereut?«

Judd schraubte die Flasche zu, ehe er antwortete.

»Kein bisschen.«

Die Tür ging auf, und Cahill trat ein. Er nahm neben Logan Platz und musterte ihn, wie Judd es schon zuvor getan hatte.

»Was ist denn?«, fragte Logan. »Bin ich etwa ein seltenes Tier im Zoo?«

Cahill lehnte sich in seinem Stuhl zurück und rieb sich das Gesicht. Er wirkte um Jahre gealtert, fand Logan. Er sprach seinen Gedanken aus.

»Na und?«, versetzte Cahill. »Du siehst selbst aus wie Scheiße, Logan.«

»Ich weiß.«

Es folgte betretenes Schweigen, das Logan schließlich unterbrach.

»Danke«, sagte er.

»Keine Ursache.«

»Ich meine es ernst, Alex. Du hast mir das Leben gerettet.«

»Das war Bails, nicht ich«, sagte Cahill und nickte in Judds Richtung.

»Aber du hast ihn hinter mir hergeschickt«, sagte Logan mit Nachdruck. Seine Stimme klang brüchig.

»Du hast es in die Wege geleitet.«

Cahill nickte noch einmal und stand auf. »Kommt«, sagte er und gab Logan mit einer Kopfbewegung zu verstehen, ihm zu folgen.

Judd erhob sich, während Logan noch auf seinem Stuhl sitzen blieb und einen weiteren Schluck trank. Dann stellte er die Flasche ab, wischte mit dem Finger über einen Wassertropfen, der daran hinunterlief, und sah zu, wie sich ein weiterer bildete, den er ungehindert auf die Tischplatte fallen ließ.

Cahill und Judd ließen ihn schweigend gewähren.

»Ich habe noch ein Foto von diesen zwei Typen bekommen«, sagte Logan und sah Cahill dabei an. »Von einem kleinen Mädchen. Sie ist Pennys Tochter.«

»Ruf die Jungs schon mal zusammen«, wies Cahill Judd an. »Sie sollen drüben auf uns warten. Wir kommen gleich nach.«

Judd nickte und verließ den Raum.

»Sie ist auch meine Tochter, Alex«, sagte Logan, nachdem Judd gegangen war. »Die Polizei überprüft noch die DNA-Spuren, die sie von ihr in Pennys Haus gefunden haben, aber ich weiß es. Ich bin mir sicher. Sie wird vermisst, und ich fürchte, diese Kerle haben sie in ihrer Gewalt. Die Kleine ist das Druckmittel, das sie gegen mich in der Hand haben. Es geht gar nicht darum, mich umzubringen.«

Cahills Augen schienen sich zu verfinstern. Er atmete in kurzen, flachen Zügen.

»Ich habe dir doch die Geschichte davon erzählt, wie mir mal eins meiner Mädchen in den Ferien verloren gegangen ist – und was das in mir ausgelöst hat?«

Logan sagte, dass er sich daran erinnere.

»Das hier ist irgendwie das Gleiche, Logan. Komm, lass uns mit meinen Jungs reden.«

Dritter Tag

I

Mittwoch, 00:01 Uhr

»Weißt du, Alex, bis vorhin glaubte ich noch, dass du irgendwie in der Sache mit drinsteckst«, sagte Logan, während sie den breiten Flur entlanggingen, der tiefer in den Bürokomplex von CPO führte.

Cahill lief unbeirrt weiter.

»Das habe ich mir schon gedacht«, sagte er. »Und weiter?«

»Ich wollte dir nur sagen, dass es mir leidtut.«

»Das kannst du dir sparen. Wir sind Freunde, aber meine Geschäfte erfordern ein hohes Maß an Diskretion. Man könnte sogar Geheimhaltung dazu sagen. Ich kann deinen Argwohn verstehen. Außerdem bist du in den letzten Tagen ganz schön durch die Mangel gedreht worden, Logan. So etwas geht an niemandem spurlos vorüber.«

Logan entging nicht, dass zwei der Türen, an denen sie vorbeikamen, keine Griffe hatten, sondern durch elektronische Schließanlagen gesichert waren, in die man eine Zahlenkombination eingeben musste. Auf den Schildern neben den beiden Türen war »A1« und »A2« zu lesen. Cahill merkte, dass Logan im Vorbeigehen stutzte.

»Waffenarsenale«, erklärte er, als sei es das Selbstverständlichste auf der Welt.

Logan hielt inne, aber Cahill ging weiter und trieb ihn

mit einer Handbewegung zur Eile an. Logan musste einen Schritt zulegen, um ihn einzuholen.

»Das hier ist nicht Amerika, Alex. Das ist dir doch klar, oder?«

»Klar ist das klar. Denkst du vielleicht, ich bin blöd?«

»Du weißt, wie ich das gemeint habe.«

»War auch nur Spaß. Unsere Waffenlager befinden sich woanders.«

Sie bogen um eine Ecke und erreichten eine schwere Doppeltür aus Holz – ebenfalls mit einer Tastatur an der Wand.

»Und hier lagern dann wohl eure Nuklearsprengköpfe?«, fragte Logan.

Cahill lachte und gab einen Code ein. Ein Klicken ertönte, und Cahill stieß die Türen auf.

»Das Zimmer nennen wir unser Generalstabshauptquartier«, sagte Cahill und wandte sich zum Eintreten um.

Der Raum maß ungefähr zwanzig Quadratmeter. An einer der Wände war ein Flachbildfernseher montiert, an einer anderen war eine scheinbar normale Schultafel befestigt. Es gab keine Fenster, nur in die Decke eingelassene Halogenspots. Die dem Eingang gegenüberliegende Wand sah aus, als wären in ihre Mauer fünf oder sechs Schubladenelemente eingebaut. In der Mitte des Raumes stand ein kleiner Konferenztisch mit Laptops und verstreuten Papieren. Außer Bailey Judd saßen noch zwei weitere Männer an dem Tisch. Alle drei trugen Jeans und CPO-Polohemden und blickten auf, als Cahill eintrat.

»Das sind ein paar meiner Jungs«, sagte Cahill und zog die Tür hinter sich ins Schloss. »Bails hast du ja schon kennengelernt.«

Judd nickte und hob die Hand zum Gruß.

»Die beiden anderen sind Tom Hardy und Chris Washington.«

Hardy war ein schlaksiger, sehniger Typ, den Logan sich gut als texanischen Cowboy vorstellen konnte. Er hatte flachsblondes Haar, eine beginnende Stirnglatze und durchdringende blaue Augen. Als er sich erhob, um Logan die Hand zu schütteln – oder um es treffender auszudrücken, sie ihm zu zerquetschen –, sah der sich in seiner Einschätzung bestätigt: Der Mann maß an die eins fünfundneunzig.

»Hi«, begrüßte Tom Hardy ihn.

Logan nickte.

Washington blieb an seinem Platz sitzen und beließ es ebenfalls bei einem Kopfnicken. Er war schwarz, schien ungefähr von Logans Größe zu sein, hatte einen kahl geschorenen Schädel von beeindruckendem Umfang und trug einen Spitzbart. Logan erinnerte sich, dass Judd seinen Namen erwähnt hatte.

»Lass dich von ihm nicht beirren«, sagte Cahill. »Er mag niemanden.«

»Vor allem nicht dich«, versetzte Washington.

Cahill ging mit Logan um den Tisch herum und setzte sich den anderen gegenüber. Logan folgte seinem Beispiel. Als Cahill in ein auf dem Tisch liegendes Mobiltelefon vier Ziffern tippte, meldete sich nach zwei kurzen Klingeltönen eine Stimme über einen Lautsprecher.

»Bruce.«

»Bruce, hier spricht Alex. Wir sind jetzt für dich bereit.«

»Okay. Bin sofort da.«

Cahill schrieb etwas auf der Tastatur des Laptops vor ihm, nahm dann eine längliche Fernbedienung und richtete sie auf den Fernseher an der Wand. Logan beobachtete, wie der Bildschirm zum Leben erwachte und etwas ähnlich der Website von CPO darauf erschien, obwohl Logan sie anders in Erinnerung hatte. Schweigend wartete er ab, da er annahm, dass das, was Cahill tat, wohl seine Bedeutung haben musste.

Die Tür ging auf, und ein stämmiger, muskulöser Mann trat ein. Er hatte langes Haar und trug Jeans und ein ausgeblichenes Rolling-Stones-Shirt. Logan schätzte ihn auf Ende dreißig.

»Hallo, Bruce«, sagte Cahill. »Jetzt bist du an der Reihe.«

Er stand auf, damit Bruce sich an den Laptop setzen konnte. Er machte sich sofort an die Arbeit, und Logan konnte bewundern, wie behände seine Finger über die Tastatur glitten.

»Bruce ist unser Oberhacker, aber mit Moral«, sagte Cahill zu Logan. »Sieh dir das bloß mal an.«

Für Logan sprach sein Freund von Bruce wie ein stolzer Vater von seinem Sohn. Er sah zu, wie sich das Bild auf dem Fernsehschirm veränderte, während Bruce seiner Arbeit nachging.

»Und was soll daran moralisch sein?«, fragte Logan.

»Wir klicken uns irgendwo rein, holen uns, was wir brauchen, und verschwinden dann wieder«, antwortete Bruce mit einem starken Glasgower Akzent. »Wir forschen nicht nach irgendwelchen Geheimnissen, und es geht uns auch nicht um Geld oder sonst welche Vorteile. Wir holen uns nur die Informationen, die für unseren Job wichtig sind. Wir verlassen jedes System, in das wir eindringen, wieder vollkommen intakt, und wir verbreiten auch keine Computerviren oder so was.«

Während er sprach, hatte er in seiner Arbeit nicht innegehalten.

Logan sah interessiert zu, wie die Seite einer Überwachungsfirma auf dem Bildschirm erschien, die für ihn allerdings mehr wie die Aufnahme einer Überwachungskamera wirkte. Nach ein paar Minuten schien Bruce gefunden zu haben, wonach er suchte. Er hielt das Bild der Kamera an. Logan kamen die Räumlichkeiten bekannt vor, konnte sie aber nicht einordnen.

»Ist es das?«, fragte Cahill.

»Ja«, sagte Bruce. »Soll ich es weiterlaufen lassen?«

»Nur zu.«

Das Bild begann sich zu bewegen, und Logan erkannte das Foyer seines Apartmenthauses. Gleich darauf sah er sich, gefolgt von zwei kräftigen Männern, die Eingangshalle betreten. Alles, was sich im Anschluss daran zugetragen hatte, wiederholte sich nun noch einmal im Film, und er begann unruhig auf seinem Stuhl herumzurutschen. Er wusste natürlich noch, dass er betrunken gewesen war – wenn auch nicht so übel, wie es auf dem Bildschirm den Eindruck machte, wo er gerade auf die Fahrstuhltüren zutorkelte. Bruce ließ das Band laufen, bis Logans beide Verfolger deutlicher zu erkennen waren.

»Das ist die beste Aufnahme, die wir von ihnen haben«, sagte Bruce und sah Judd fragend an.

»War es einer von denen?«, wollte Cahill wissen.

Judd saß mit auf den Tisch gestützten Ellbogen da und betrachtete die Aufnahme eingehend.

»Lass noch ein bisschen weiterlaufen«, sagte er zu Bruce.

Nach ungefähr einer Minute sagte Judd: »Ich bin mir nicht ganz sicher. Ich habe sein Gesicht nicht richtig gesehen, aber die Bewegungen ähneln sich; für so einen schweren Burschen war er ganz schön flink unterwegs.«

Logan war so fasziniert von den Abläufen auf dem Bildschirm, dass er sich während Judds Kommentar kaum davon losreißen konnte. Plötzlich bemerkte er, dass es im Raum still geworden war.

»Und was meinst *du* dazu?«, wollte Cahill wissen.

»Er war's. Keine Frage.«

Cahill streckte die Arme und atmete geräuschvoll aus. »Dann haben wir ein Problem.«

»Bin ich fertig?«, erkundigte sich Bruce.

»Ja, Bruce. Du kannst gehen. Vielen Dank.«

»Was machen wir jetzt?«, fragte Judd, nachdem Bruce den Raum verlassen hatte. Cahill schob seinen Stuhl zurück und verschränkte die Arme hinter dem Kopf.

»Und du bist dir ganz sicher, dass Bob dir das alles mit seinem Deal eingebrockt hat?«, fragte er Logan.

»Ja. Ich war bei ihm, und er hat alles gestanden.«

»Okay, dann muss ich unverzüglich mit ihm reden. Wir dürfen keine Zeit verlieren. Der Bursche da ist nicht ohne Grund heute Abend auf dich losgegangen. Meiner Einschätzung nach sind sie zu dem Schluss gekommen, dass du zu störrisch bist, um bei ihrem Spiel mitzumachen, und dass die naheliegendste Lösung wäre, dich aus dem Verkehr zu ziehen. Für das Mädchen bedeutet das …«

»Ellie«, korrigierte Logan ihn mit Nachdruck.

Cahill sah ihn an. »Für Ellie bedeutet das, dass sie für die Typen kaum noch von Nutzen ist oder es schon sehr bald nicht mehr sein wird. Also müssen wir sie jetzt da rausholen.«

Logan saß ein paar Augenblicke lang schweigend da und versuchte alles zu durchdenken.

»Ich weiß nicht, ob das richtig ist, Alex«, sagte er schließlich. »Wenn die mich aus dem Verkehr ziehen – mich umbringen –, wird das nur dazu führen, dass die

Polizei sich noch intensiver mit meinem Leben beschäftigt, einschließlich dem Fall, an dem ich zuletzt gearbeitet habe. Sie können doch nicht wollen, dass jemand seine Nase so kurz vor Abschluss des Geschäfts noch in die Sache hineinsteckt.«

Judd ergriff das Wort.

»Der Typ wollte mit einem Messer auf dich losgehen, Mann. Es war doch längst schon alles entschieden.«

»Nicht unbedingt. Er hat das Messer erst gezückt, nachdem ich mich zur Wehr gesetzt hatte. Vielleicht wollte er mir auch nur zeigen, dass ich gegen ihn keine Chance habe. Vielleicht sollte das der letzte Versuch sein, mich doch noch auf ihre Seite zu ziehen.«

»Darauf würde ich nicht wetten«, sagte Judd.

Cahill stand am Tisch, die Fäuste auf die Platte gestützt. »Das spielt alles keine Rolle mehr. So oder so – wir haben keine Zeit zu verlieren. Wir müssen uns mit diesen Leuten in Verbindung setzen, und Bob ist für diese Aufgabe unser bester Verbindungsmann.«

»Wozu sollen wir denn mit denen reden?«, fragte Logan.

»Weil die schon recht bald rausfinden werden, dass ihr Mann nicht mehr in ihr Versteck zurückkehren wird. Ich weiß nicht, was die daraus schlussfolgern werden, also müssen wir denen klarmachen, dass der Deal immer noch läuft und das, was heute Abend passiert ist, ein Ausrutscher war.«

»Schöner Ausrutscher«, sagte Logan. »Er ist durch einen Kopfschuss getötet worden, Alex. Wie willst du denen das als einen *Ausrutscher* verkaufen?«

»Das meinte ich nicht. Im Moment wissen die noch gar nichts darüber, was mit ihm passiert ist; nichts Genaues jedenfalls. Also werden wir sie kontaktieren und sie darüber informieren, dass ihr Mann während einer Rangelei mit dir ums Leben gekommen ist und du diesen Mist jetzt zu einem Ende bringen willst – dass du kooperierst.«

»Und was soll uns das bringen?«

»Es muss sichergestellt sein, dass sowohl dir als auch Ellie kein Haar gekrümmt wird, ehe du dich auf ihre Bedingungen einlässt.«

»Und wie wollen wir das erreichen?«

»Du verlangst eine Unterredung mit deren Boss, damit du ihn davon überzeugen kannst.«

Logan musste unwillkürlich lachen. »Diese Kerle jagen mir eine Heidenangst ein, und jetzt soll ich zu denen gehen und ihren Boss überzeugen, dass mit *mir* nicht zu spaßen ist? Das nimmt man mir doch nie im Leben ab.«

»Genau. Er wird davon ausgehen, dass du die Hosen voll hast. Soll er dir ruhig zeigen, wer am längeren Hebel sitzt.«

»Das dürfte kein Problem sein.«

Logan erntete von den Anwesenden ein anerkennendes Lächeln.

»Du musst ihn so lange hinhalten, dass Ellie am Leben bleibt, bis wir sie finden.«

»Ihr wollt uns beobachten und ihm dann folgen?«

»Korrekt.«

»Und wie wollt ihr Ellie da rausholen?«

Cahill sah ihn schweigend an und überließ es ihm, von selbst darauf zu kommen. Logan warf den vier ernst blickenden Männern am Tisch einen Blick zu und wandte sich dann wieder an Cahill.

»Wir sind hier in Schottland«, sagte er. »Da kann man nicht einfach mit einer Pistole in der Gegend herumlaufen und Leute abknallen.«

»So? Meinst du?«

Logan sah Judd vielsagend an, der als Erwiderung nur mit den Achseln zuckte.

»Alles klar«, sagte Cahill. »Dann werden wir zunächst mal diesen verdammten Bob aus dem Bett holen und ein Wörtchen mit ihm reden.«

2

00:30 Uhr

Rebecca Irvine schaltete das Radio aus und rieb sich die Augen, als ein schwarzes Taxi am Eingang von Logans Apartmenthaus vorbeifuhr. Es war das einzige Auto, das sie während der letzten halben Stunde gesehen hatte. In diesem Moment meldete sich ihr Mobiltelefon. Es war Liam Moore. Er klang todernst, und als er seine erste Frage stellte, war sie augenblicklich wieder hellwach.

»Hat Finch Ihnen gesagt, wo er hinwollte, als er Sie heute Abend angerufen hat?«

Sie rief sich das Gespräch ins Gedächtnis, konnte sich aber nicht erinnern, dass er einen bestimmten Ort erwähnt hatte. Moores Tonfall machte sie nervös; er wirkte, als wolle er sie auf eine schlechte Nachricht vorbereiten. Sie fühlte sich persönlich betroffen, konnte das Gefühl aber nicht so recht zuordnen.

»Nicht dass ich wüsste. Wieso?«

»Es hat vorhin in einem Pub in der Stadt einen Zwischenfall gegeben.«

Sie war mit dem Polizeijargon vertraut – ein »Zwischenfall« konnte so gut wie alles bedeuten: von einer Prügelei bis zu einem Mord. Moores Tonfall ließ eher Letzteres vermuten. Sie wollte fragen, ob Logan das Opfer gewesen sei, formulierte ihre Frage dann aber neutraler.

»Was ist passiert?«

»Im *Bar Room* an der West Nile Street ist ein Mann erschossen worden. Der Laden war rappelvoll und die Musik so laut, dass niemand etwas gehört hat.«

»Gibt es Aufnahmen einer Überwachungskamera?«

»Nur vom Eingang. Vom Innenbereich nicht.«

Sie hatte das Gefühl, dass Moore sie absichtlich auf die Folter spannte. Wahrscheinlich wollte er ihr auf den Zahn fühlen, ob sie nicht doch schon zu persönlich in den Fall involviert war.

»War er's?«

»Nein, die Beschreibung stimmt nicht überein. Das Opfer hatte keine Ausweispapiere bei sich, bloß einen Haufen Scheine in einer silbernen Geldklammer. Und ein ziemlich langes Messer.«

»Hört sich an, als hätte er sich mit dem Falschen auf eine Schlägerei eingelassen.«

»Mit Messern kann ich leben, Becky. Vor allem in dieser Stadt. Aber mit Schusswaffen haben wir nicht allzu oft zu tun, und der Mann hatte eine Kugel im Kopf, so als wäre er hingerichtet worden. Ich möchte, dass Sie zum Pub fahren und sich umsehen, ob der Vorfall irgendwas mit Finch zu tun haben könnte. Der Knabe scheint das Unglück geradezu anzuziehen und hinterlässt dabei eine ganz hübsche Blutspur.«

»Selbstverständlich, Sir.«

»Vergessen Sie aber nicht, dass es nicht Ihr Fall ist, Becky. Er ist den diensthabenden Beamten übertragen worden, die sich bereits am Tatort befinden. Sie werden ausdrücklich nur als Beobachterin dabei sein – es sei denn, wir stellen einen Zusammenhang mit dem Mord an Penelope Grant fest. Ich habe den ermittelnden Beamten Weisung erteilt, auf Sie zu warten.«

»Wer macht heute die Nachtschicht?«

»Ewen Cameron ist der Detective Sergeant vom Dienst. Sandy Alexander ist mit ihm vor Ort.«

Es freute Rebecca, das zu hören. Sie war mit Sandy Alexander gemeinsam im Polizeidienst aufgestiegen, nachdem sie zusammen in Tulliallan ihre Grundausbildung absolviert hatten. Cameron gehörte wie Jack Sharp zur alten Schule, war aber kein Chauvi und behandelte weibliche Kriminalbeamte mit dem gebührenden Respekt.

»Ich bin in ein paar Minuten da«, sagte sie. »Ist ja gleich um die Ecke.«

»Gut. Informieren Sie mich, sobald Sie sich ein Bild gemacht haben. Und Becky …«

»Ja?«

»Ich setze in diesem Fall mehr Vertrauen in Sie, als ich es eigentlich dürfte. Ich möchte, dass Sie sich das vor Augen halten und mir keinen Anlass geben, es zu bereuen, verstanden?«

»Ich weiß das zu schätzen, Sir.«

Sie legte den Gurt an, startete den Wagen und fuhr mit hoher Geschwindigkeit die menschenleere Bothwell Street hinunter. Sie bog scharf links und dann noch einmal rechts ab, dann befand sie sich bereits in der West Nile Street. Den Tatort erkannte sie sofort, denn vor der Tür hatte sich eine Menschenmenge gebildet, die die halbe Straße versperrte. Der Auflauf verlangte den vier uniformierten Beamten, die sich bemühten, den Eingang zu überwachen und gleichzeitig die überwiegend betrunkenen Gaffer daran zu hindern, eine Massenschlägerei anzuzetteln, einiges ab.

Eilig parkte sie ihren Wagen quer im absoluten Halteverbot, doch als sie gerade aussteigen wollte, kam ihr auch schon eine der Beamtinnen, eine groß gewachsene Frau Mitte zwanzig, entgegen, um sie anzuweisen, den Wagen doch bitte zu entfernen. Rebecca zückte ihren Dienstausweis und bat ihre uniformierte Kollegin, sie durch die Menschenmenge in das Pub zu führen.

Drinnen stank es fürchterlich nach Alkohol, und die hölzerne Eingangstür klebte von verschüttetem Bier. Sie entdeckte zwei weitere Streifenpolizisten und auch das Team der Spurensicherung, das sich hinter der Bar auf einer kleinen Tanzfläche auf seine Arbeit vorbereitete.

Sandy Alexander nickte ihr von einer Empore über der Bar zu, wo er gerade einen Zeugen befragte, einen gut betucht aussehenden älteren Mann in schwarzem Anzug – wahrscheinlich der Besitzer des Pubs. Rebecca erwiderte den Gruß und ging dann zu der Tanzfläche, um nach DS Cameron zu suchen. Er war ein kleiner, drahtiger Mann mit dichtem grauem Haar und einem altmodischen Schnurrbart. Sie sah ihn aus einem Gang kommen, über dem »Toiletten« stand. Cameron redete auf den Leiter der Spurensicherung ein, den Rebecca an seinem weißen Schutzanzug erkannte. Sie wartete das Ende der Unterredung ab, bevor sie Cameron begrüßte.

»Ich habe soeben mit dem Superintendenten gesprochen«, sagte Cameron, »aber zu diesem Zeitpunkt kann ich Ihnen auch nicht mehr erzählen als ihm.«

»Verstehe. Kann ich die Leiche mal sehen?«

Cameron nickte, wandte sich wieder dem Flur Richtung Toiletten zu und gab ihr ein Zeichen. Der Gang war schmal, und sie musste dem älteren Beamten folgen, statt neben ihm zu gehen. Die Tür zum Männerklo war in geöffneter Position festgeklemmt worden. Davor stand ein Streifenpolizist, der sich Notizen machte. Schon im Näherkommen konnte sie den großen getrockneten Blutfleck auf dem gefliesten Boden sehen. Cameron hielt vor der Tür inne, damit die Leute von der Spurensicherung genug Platz hatten, um mit ihrer Arbeit zu beginnen.

»Sie können sich's von hier aus ansehen«, sagte er. »Es sind schon genug Leute darüber hinweggetrampelt, bevor wir eintrafen. Je weniger Personen hier ein und aus gehen, desto besser ist vor Gericht die Beweislage.«

Sie nickte und blickte durch die geöffnete Tür. In der Blutlache lag ein großer Mann, daneben ein gezacktes Messer. Sie erkannte sofort, dass es sich bei dem Opfer nicht um Logan handelte, und spürte die Verspannung in ihrem Nacken und ihren Schultern weichen, die sie bis dahin kaum wahrgenommen hatte.

»Jemand, den Sie kennen?«, fragte Cameron und schien auf ihre Reaktion gespannt. »Von Ihrem Fall, meine ich.«

Sie verneinte die Frage, und beide gingen wieder in den vorderen Teil des Pubs, wo Sandy Alexander die Befragung des Zeugen mittlerweile abgeschlossen hatte.

»Der Besitzer weiß nichts«, sagte er. »Aber die Türsteher haben zwei Männer gemeinsam herauskommen und in Richtung St Vincent Street verschwinden sehen – und zwar kurz bevor man die Leiche entdeckt hat. Wir bekommen nachher die Videoaufzeichnung, vielleicht sind die beiden ja darauf zu erkennen.«

»Gut«, sagte Cameron.

»Konnten die Türsteher die beiden beschreiben?«, fragte Rebecca.

»Nein, nicht wirklich. Beides Durchschnittstypen, keine Auffälligkeiten.«

»Wie alt?«

»Zwischen fünfundzwanzig und vierzig. Genauer konnten die Zeugen sich nicht festlegen.«

»Das trifft ja fast auf jeden zu«, kommentierte Cameron.

Sandy Alexander bestätigte die Einschätzung mit einem Kopfnicken. Er wollte nun mit den Bedienungen von der Bar sprechen: Zwei junge Männer und eine junge Frau saßen bereits auf der Empore und tranken Kaffee.

»Hört sich das nach jemandem an, der mit Ihrem Fall zu tun hat?«, wollte Cameron wissen.

»Schon möglich«, sagte sie und dachte daran, dass die Altersbeschreibung auf jeden Fall auf Finch zutraf, obwohl sie nicht erwartet hatte, dass er sich in Begleitung befand. Falls er einer der beiden Männer gewesen sein sollte, würde das dem Fall eine neue Wendung geben.

»Danke, Jungs«, sagte sie. »Ich muss jetzt los und überlasse euch alles Weitere.«

Sie stieg wieder in ihren Wagen und fuhr langsam an der Menschenmenge vorbei, die immer größer wurde. Die meisten Zuschauer aus der Bar waren Männer und Frauen um die zwanzig; einige der weiblichen Schaulustigen trugen ziemlich kurze Röcke und knappe Oberteile. Sie schienen immun gegen die winterliche Kälte zu sein, was Rebecca einer Mischung aus dem die Sinne betäubenden Alkohol und dem Adrenalinstoß infolge der unmittelbaren Anwesenheit am Schauplatz eines Mordes zuschrieb.

Sie folgte der Straße bis zur Kreuzung mit der St Vincent Street, blickte hier kurz nach links und bog dann nach rechts in die Einbahnstraße ein. Langsam fuhr sie weiter und hielt die Augen offen, ohne recht zu wissen, wonach sie suchte. In Hausnummer 123 sah sie Lichter brennen, dachte sich aber nichts weiter dabei, da sie wusste, dass die Mieter des Gebäudes neben Anwaltskanzleien auch mehrere Callcenter waren, für deren Angestellte es nicht ungewöhnlich war, um diese Zeit noch zu arbeiten.

Sie setzte ihren Weg in westlicher Richtung fort und erreichte schließlich wieder ihren Beobachtungsposten gegenüber Logans Apartmenthaus am Rande des Stadtzentrums. Sie rief Moore an und erstattete ihm Bericht. Er war sich mit ihr darüber einig, dass ihre Feststellungen alles oder nichts bedeuten konnten, und beendete rasch das Gespräch. Rebecca machte es sich wieder auf dem Fahrersitz gemütlich, um ihre nächtliche Wache fortzusetzen, doch es fiel ihr schwer, sich zu konzentrieren – zu sehr kreisten ihre Gedanken um die Vorstellung blutiger Fußböden mit Leichen. Sie schloss die Augen, um einen klaren Kopf zu bekommen, doch sah wieder nur den Toten in dem Pub vor sich. Nur handelte es sich diesmal um keine unbekannte männliche Leiche, sondern um Logan. Seine toten Augen starrten sie an.

3

00:53 Uhr

Logan saß mit Cahill auf dem Rücksitz des silberfarbenen BMW X5, Judd hinter dem Steuer. Sie fuhren langsam die steile Rampe hinauf, die aus der Tiefgarage in eine Seitenstraße hinter dem Gebäude führte, die wiederum in die Renfield Street mündete.

»Fahr quer durch die Stadt«, wies Cahill Judd an. »Unter der Woche dürften hauptsächlich Fußpatrouillen unterwegs sein. Die Bullenwagen haben alle auf der Autobahn zu tun.«

»Ich dachte, bei euch heißt das ›Freeway‹«, bemerkte Logan.

»Ich bin schon fast eingebürgerter Schotte«, sagte Cahill. »Außerdem hasst es Samantha, wenn ich den Ami raushängen lasse.« Bei dem Wort ›Ami‹ hob er die Hände und malte Anführungszeichen in die Luft.

»Du stehst ganz schön unter ihrem Pantoffel«, rief Judd nach hinten.

»Ich weiß«, sagte Cahill.

Obwohl die Straßen leer waren, hielt sich Judd gewissenhaft an das Tempolimit, was ihm angesichts der Vierlitermaschine unter der Motorhaube allerhand Zurückhaltung abverlangte. Sie überquerten den Fluss in südlicher Richtung und fuhren an einem McDonald's mit Drive-in-Schalter vorbei, ehe sie bei Shawlands Cross an einer roten Ampel halten mussten.

»Ihr seid ja ganz still dahinten«, sagte Judd.

»Müssen über vieles nachdenken«, antwortete Logan.

»Kann ich mir vorstellen.«

Logan betätigte einen Knopf an der Tür, und sein Fenster glitt nach unten. Kühle Luft strömte in den Wagen. Er schloss die Augen und sog sie tief ein. Als er wieder ausatmete, entschwand eine weiße Wolke durch das Fenster, das er anschließend wieder hochsurren ließ.

»Wird kalt in den nächsten Tagen«, sagte er an Cahill gewandt.

»Im Wetterbericht war von Schnee die Rede.«

»Macht es das für uns leichter oder schwerer?«

Cahill sah ihn an. »Kommt darauf an, wo die sich verkrochen haben und wie die Umgebung dort aussieht. Aber wenn der Schnee liegen bleibt, wird es für uns schwieriger, weil man beim Gehen Geräusche macht. Außerdem weiß man nie, was sich unter der Schneedecke befindet. Man könnte auf einen Ast treten oder in ein Loch und auf die Fresse fallen.«

»Aber ihr Jungs seid doch Profis? Du warst Soldat, oder?«

Cahill seufzte und schaute aus dem Fenster, als die Ampel auf Grün sprang und sie die Kreuzung überquerten.

»Das waren wir alle«, sagte er schließlich.

Logan beobachtete Judd im Innenspiegel. Er blickte abwechselnd auf die Straße und nach hinten.

»Weiß Samantha eigentlich, was du in Wirklichkeit beruflich machst?«, fragte Logan.

»Natürlich.«

»Und?«

Cahill zerrte an seinem Sicherheitsgurt, der zu straff an seinem Körper saß, und drehte dann seinen Oberkörper zu Logan.

»Aber das hier ist nicht, was wir *wirklich* machen«, sagte er. »Wir sind keine Killer, verstehst du?«

Logan nickte.

»CPO steht für *Close Protection Operative* – Personenschutz. Wir sind Bodyguards und haben ein paar bedeutende Leute als Klienten – Staatsoberhäupter, Politiker und Firmenchefs, die Grund haben, sich beschützen zu lassen.«

»Auch Filmstars?«

»Manchmal.«

»Die Bezahlung muss dann ja ganz gut sein.«

»Menschen aller Gesellschaftsschichten bezahlen gerne, wenn sie dafür *das Beste* bekommen, und es gibt wohl nichts Wertvolleres als das eigene Leben.«

»Und ihr seid die Besten?«

»Absolut.«

Als Logan aus dem Fenster sah, bemerkte er, dass sie in die Straße einbogen, in der Bob Crawford wohnte. Er hatte gar nicht realisiert, wie schnell die Zeit vergangen war. Judd verlangsamte die Fahrt und hielt zwei Häuser vor ihrem Ziel.

»Gehen wir alle rein?«, fragte Logan.

»Nein«, sagte Cahill. »Bails, du bleibst hier und lässt den Motor laufen.«

»Damit wir im Notfall schnell die Flucht ergreifen können?«, erkundigte sich Logan.

»Quatsch. Weil es arschkalt draußen ist und ich anschließend wieder in ein warmes Auto steigen möchte. Hast du etwa geglaubt, dass wir uns gleich hier mit ihm ›unterhalten‹ wollen?« Wieder malte er Anführungszeichen in die Luft.

»Lass das sein«, sagte Judd und wandte sich zu ihnen um. »Wenn du das machst, siehst du aus wie ein Trottel.«

Cahill stellte sich vor Logan und betätigte den Klingelknopf an Crawfords Haus. Beide vernahmen das laute Schellen der altmodischen Glocke im Flur – sie war eine hundert Jahre alte Antiquität. Cahill musste noch drei Mal lange auf den Knopf drücken, bis im Haus endlich ein Licht anging.

Bob Crawford öffnete die Tür mit eingehängter Sicherheitskette und schaute halb verschlafen durch den Spalt. Seine Augen waren rot gerändert, und er seufzte, als er Cahill vor sich sah.

»Wir müssen miteinander reden«, sagte Cahill.

»Nein, müssen wir nicht«, sagte Crawford. »Verschwindet.«

Er wollte die Tür wieder schließen, aber Cahill war schneller und stellte seinen Fuß zwischen Tür und Rahmen, woraufhin Crawford nur umso heftiger drückte. Logans Meinung nach machte er einen geistig verwirrten Eindruck, als er sich so sinnlos gegen ihren Besuch wehrte und schließlich auch noch seine Schulter zu Hilfe nahm. Es war zwecklos.

Cahill öffnete den Reißverschluss seiner Jacke und zog mit einem Griff eine Pistole hervor, die er durch den Türschlitz auf Crawfords Stirn richtete. Crawfords Augen weiteten sich, und er wich zurück, wobei eine seiner Hände an seine Stirn fuhr, auf der eine Ader bläulich anschwoll. Cahill trat einen Schritt zurück und versetzte der Tür zwei Tritte, von denen der erste den Schrauben galt, mit denen die Kette befestigt war, und der zweite die gesamte Apparatur aus der Wand fliegen ließ, wodurch sich die Tür krachend öffnete.

Cahill steckte die Waffe zurück und betrat den Hausflur. Logan folgte ihm in dichtem Abstand, drückte die Tür zu und sah, wie Crawford die Treppe hinaufstürzte und nach seiner Frau rief.

»Blöder Sack!«, fluchte Cahill und setzte Crawford nach, indem er drei Stufen gleichzeitig nahm. Auf dem ersten Absatz hatte er ihn eingeholt und zu Boden gebracht, indem er ihm kurzerhand ein Bein stellte. Crawfords Kinn machte unsanft mit dem Teppich Bekanntschaft. Als er wieder aufblickte, sah er seine zwei Töchter in ihren Nachthemden vor sich stehen. Die jüngere der beiden begann zu weinen.

Logan eilte ebenfalls die Treppe hinauf und wies Crawford an, die Kinder zurück ins Bett zu schicken und sie zu beruhigen.

»Wir sind nicht hier, um jemandem etwas anzutun, Bob«,

sagte er. »Aber wir brauchen deine ungeteilte Aufmerksamkeit, also sorge für Ruhe.« Es überraschte ihn selbst, wie geistesgegenwärtig er auf die Situation reagierte.

Rachel Crawford kam aus dem Schlafzimmer und band sich gerade einen Morgenmantel über ihrem Seidenpyjama zu.

»Was zum Teufel tust du hier, Logan? Und wer ist dieser Mann?«

»Wir brauchen von Bob ein paar Informationen«, sagte Logan. »Um das Leben meiner Tochter zu retten.«

Rachel Crawford wurde kreidebleich.

»Reicht dir das, Rachel?«, fragte Logan und sah sie scharf an.

Sie nickte bedächtig, zog sich mit ihren beiden Töchtern in das Schlafzimmer zurück und schloss leise hinter sich die Tür.

»Gehen wir nach unten, Bob«, sagte Logan.

4

02:10 Uhr

Logan schaltete die Kaffeemaschine ein und setzte sich neben Cahill an den Frühstückstresen. Die Küche gehörte zu dem neueren Anbau im hinteren Teil von Crawfords Haus. Ihr Glasdach verlief schräg Richtung Boden und ging in eine überdachte Terrasse über.

»Schicke Bude«, bemerkte Cahill. »Muss eine schöne Stange Geld gekostet haben.«

Logan sah ihn von der Seite an. »Lass uns das tun, wofür wir hergekommen sind«, sagte er. »Wir müssen nicht darauf eingehen, warum er bei der Sache mitgemischt und was ihm das eingebracht hat. Das habe ich schon hinter mir. Außerdem – was bringt es uns? Oder Ellie?«

»Du hast ja recht.«

Crawford kam in den Küchenbereich, ging wortlos an ihnen vorbei und holte sich aus dem Kühlschrank eine Flasche Wasser. Er lehnte sich gegen die Schranktür und nahm einen langen Schluck.

»Kaffee wäre nicht schlecht«, sagte Cahill. »Kann sein, dass wir eine lange Nacht vor uns haben, Bob.«

Crawford senkte die Flasche und starrte ihn hasserfüllt an.

»Wie kommen Sie dazu, mir mitten in der Nacht eine Knarre vors Gesicht zu halten und meine Tür einzutreten? Wer zum Kuckuck sind Sie überhaupt?«

Cahill erhob sich und zog seine Jacke aus, wobei er das Pistolenhalfter an seinem Gürtel entblößte. Er hängte die Jacke über seinen Stuhl und setzte sich wieder.

»Komm mir ja nicht dumm, Bob. Du denkst vielleicht, die Typen, mit denen du zu tun hast, wären gefährlich, aber ich hab noch nicht mal angefangen. Gieß den Kaffee ein, setz dich auf deinen Arsch, und tu, was ich dir sage.«

Logan sah an Crawfords Gesichtsausdruck, dass er etwas darauf erwidern wollte, aber Cahill gab ihm mit einem Blick zu verstehen, besser den Mund zu halten. Crawford ging zur anderen Seite der Küche, öffnete eine Schublade und kam mit drei weißen Espressotassen zurück, die er mit dem Inhalt der zischenden Kaffeemaschine halb füllte. Zwei der Tassen stellte er auf den Frühstückstresen und lehnte sich dann wieder an den Kühlschrank, um an der dritten zu nippen.

»Wir brauchen eine Telefonnummer«, sagte Cahill.

»Ich habe keine Ahnung, wie ich mit denen Verbindung aufnehmen kann«, sagte Crawford.

»Blödsinn!«, fauchte Cahill.

»Hören Sie, lassen Sie es mich bitte erklären, ja? Es läuft alles über einen Anwalt, den in London. Er ist meine Kontaktperson. Er hat mir gesagt, es wäre besser für mich, wenn er sozusagen der Puffer zwischen denen und mir wäre. Und mir war das auch nur recht.«

»Wir brauchen trotzdem eine Telefonnummer«, schaltete sich Logan ein. »Und zwar heute Nacht noch.«

Crawfords Blick huschte hektisch zwischen ihm und Cahill hin und her.

»Wozu?«

»Weil Logan das Geschäft zum Abschluss bringen und sein kleines Mädchen zurückhaben möchte, bevor sie ihm ein Haar krümmen, du Klugscheißer«, sagte Cahill.

Crawford seufzte. »Kapiert. Ich bin ja nicht total bescheuert. Ich wollte nur sagen, dass die sich von euch nicht einschüchtern lassen werden. Dazu gehört schon etwas mehr.«

»Bob«, sagte Logan und ließ Crawford nicht aus den Augen. »Der Deal muss über die Bühne gebracht werden. Hast du nicht gehört, was Cahill eben gerade gesagt hat?«

Crawford rümpfte die Nase. Die Espressotasse hielt auf halbem Wege zu seinem Mund inne. Er sah Cahill an, der ihm zunickte, dann wieder Logan.

»Ich glaube euch kein Wort«, sagte er endlich.

»Von mir aus«, sagte Logan. »Trotzdem ist es wahr. Natürlich können wir diese Typen nicht einfach bei den Hörnern packen, denn wer immer sie auch sind, sie meinen es todernst. Ich möchte nur …« Er unterbrach sich, schluckte, suchte nach dem treffenden Wort. »Ich möchte sie nur wiederhaben.«

Es fiel ihm immer noch nicht leicht, Ellie als seine Tochter zu bezeichnen oder ihren Namen auszusprechen, ohne dass es sich seltsam anfühlte.

Crawford starrte in seine Tasse und ließ die dunkle Flüssigkeit darin kreisen. »Der Anwalt hat mir erzählt, sie kämen aus Russland«, sagte er an Cahill gewandt.

Logan nahm an, dass diese Information wichtig war, denn Crawford hatte dabei seine Stimme zu einem Flüstern gesenkt.

»Kommt jetzt etwa irgend so eine russische Mafiascheiße?«, fluchte Cahill und setzte seine Tasse lautstark auf der Granitplatte ab.

Crawford zuckte zusammen. »Nicht *irgend so eine Scheiße«,* sagte er. »Sie haben Penny ermordet, oder habt ihr das etwa schon vergessen? Diese Leute machen keine Witze und sind auch keine Amateure. Für sie steht eine Menge Geld auf dem Spiel, sie schrecken auch nicht vor Gewalt zurück – gegen niemanden.«

»Das hat dir dieser Anwalt doch bloß erzählt, damit du Schiss kriegst. Die große, böse russische Mafia. Und du hast sofort nach dem Köder geschnappt und dabei gleich den ganzen Haken verschluckt. Hier geht's nicht zu wie im *Paten,* okay? Es gibt kein landesweites Netzwerk von russischen Gangstern, das unter der Schirmherrschaft eines einzigen Mannes operiert. Die gesamte russische Mafia war doch bloß eine billige Erfindung der Medien als markante Bezeichnung, damit sie keine ernsthafte journalistische Arbeit leisten müssen.«

»Wie meinst du das?«, fragte Logan.

»In Wirklichkeit ist es so: In Russland gibt es Hunderte,

meinetwegen sogar Tausende von organisierten Banden, aber nur wenige davon haben tatsächlich Einfluss. Die größten davon kommen aus Moskau und haben vielleicht ein paar tausend Mitglieder. Sie handeln mit Drogen, sind in Waffenschiebereien verwickelt und erpressen Schutzgelder von ausländischen Unternehmen in Russland. Als sich nach dem Niedergang der alten Sowjetunion die Grenzen öffneten, haben sie sich in den folgenden Jahren über die ganze Welt ausgebreitet und sogar in den Vereinigten Staaten zaghaft Fuß gefasst. Wenn es sich bei den Burschen, mit denen du zu tun hast, wirklich um Russen handeln sollte, sind das mit großer Wahrscheinlichkeit nur kleine Nummern in einem großen Getriebe. Vielleicht wollen sie bloß etwas Kohle aus Drogengeschäften oder aus organisierter Prostitution waschen.«

»Na und?«, meinte Crawford. Seine Stimme wurde lauter. »Trotzdem sind sie bereit, über Leichen zu gehen. Worauf wollen Sie hinaus?«

»Ich will darauf hinaus, dass wir uns keinen Kopf wegen irgendwelcher weltweit operierender russischer Halunken machen müssen, die uns an den Kragen wollen. Egal, was auch passieren wird, wir brauchen uns nicht für den Rest unseres Lebens an jeder Ecke ängstlich umzugucken.«

»Warum sollten wir uns überhaupt Sorgen machen, wenn der Deal nun doch zustande kommt?«, fragte Crawford, aber der bittere Sarkasmus in seiner Stimme war nicht zu überhören.

»Sei nicht kindisch, Bob. Wenn du tust, was sie von dir verlangen, bedeutet das noch lange nicht, dass sich die Typen einfach wieder verziehen und dich mit dem Blutgeld glücklich werden lassen, das du irgendwo sicher auf einer Bank deponiert hast.«

Crawford setzte an, um etwas zu sagen, wurde aber mit einer Handbewegung zum Schweigen gebracht.

»Bob«, sagte Cahill, »gib uns einfach die Scheißnummer von diesem Anwalt, und überlass uns den Rest.«

Logan ahnte, was sich in Crawfords Kopf abspielen musste, während er seine Möglichkeiten abwog.

»Aber wenn sie mich nun hier anrufen und wissen wollen, was los ist?«

»Dann sagst du ihnen die Wahrheit«, beantwortete Logan Crawfords Frage. »Dass ich bei dir war, um mich nach der Telefonnummer zu erkundigen, weil ich alles wiedergutmachen will, bevor es zu spät ist. Das wird man dir abnehmen.«

Crawford blickte noch einmal intensiv in seine Tasse, schluckte den restlichen Inhalt hinunter und ging in einen der vorderen Räume des Hauses. Nach ein paar Minuten kam er mit seinem Mobiltelefon zurück und tippte schon eifrig auf den Tasten herum. Schließlich fand er, wonach er gesucht hatte, und las ihnen die Nummer laut vor. Cahill kritzelte sie auf die Rückseite eines Briefumschlags, den er von einer magnetischen Pinnwand genommen hatte. Danach drängte er zum Aufbruch, und Logan folgte ihm. Crawford begleitete sie gar nicht erst bis zur Tür, sondern blieb in der Küche. An dem Durchgang zum Anbau wandte Cahill sich noch einmal um.

»Wie heißt der Anwalt, Bob?«

Crawford warf einen Blick auf das Handydisplay. »Gabriel. Gabriel Weiss.«

Cahill nickte zufrieden. »Falls sie sich melden, informierst du uns, Bob. Okay? Sonst bekommst du es noch einmal mit mir zu tun.«

***

Als sie wieder im Wagen saßen, erkundigte sich Judd bereits, wie es gelaufen sei, ehe sie die Türen hinter sich geschlossen hatten.

»Wir haben die Nummer. Jetzt kommt alles auf Logan an«, sagte Cahill.

Er wandte sich Logan zu, der blass und verhärmt wirkte, als die Innenbeleuchtung erlosch und nur noch die verschwommene gelbe Straßenbeleuchtung das Wageninnere erhellte.

»Wie fühlst du dich?«, fragte er ihn.

»Zum Kotzen.«

»Gut. Wir wollen, dass du aussiehst, als hättest du Angst. Das macht dich glaubwürdiger. Wir fahren jetzt zurück ins Büro und erledigen von dort unseren Anruf.«

Logan starrte stur geradeaus, als ein Fuchs aus der Hecke der gegenüberliegenden Straßenseite heraustrat. Judd schaltete die Scheinwerfer ein, und der Fuchs verharrte gebannt von dem bläulichweißen Xenonlicht auf der Stelle. Logan sah, wie sich kleinste Lichtpartikel des Scheinwerferstrahls in den Augen des Tieres reflektierten, während es verängstigt das riesige metallene Biest vor sich anstarrte. Schließlich drückte sich der Fuchs flach auf den Boden, huschte dann blitzschnell in den Vorgarten eines der Häuser und war verschwunden.

5

03:30 Uhr

Ellie war eine Weile in eine Art Halbschlaf verfallen. Sie war noch immer ein wenig benommen von der letzten Dosis Schmerzmittel, die ihr die Frau gegen sieben Uhr mit ihrem Abendessen gespritzt hatte.

Das Geräusch der Vordertür der Hütte, die zuschlug, riss sie aus ihrem Dämmerzustand und ließ sie hellwach werden. Einer der Männer brüllte etwas. Es schien der Anführer zu sein – und er war wütend. Ellie lauschte eine Weile lang seinem Geschrei und hörte dann die wesentlich besonnenere Stimme der Frau, die ihn zu besänftigen versuchte. Doch sie schien keinen Erfolg zu haben, denn die männliche Stimme wurde immer lauter, bis Ellie glaubte zu hören, wie der Mann nach etwas trat und es umstieß. Wieder fühlte sie Todesangst in sich aufsteigen und kniff die Augen zusammen, aus denen salzige Tränen rannen.

Als sich anschließend alles etwas zu beruhigen schien, riskierte sie es, sich aufzurichten und zum Fenster hinüberzuschauen. Sie wollte sichergehen, dass niemand merken würde, was sie mit den Brettern angestellt hatte, vor allem jetzt, da es ihr gelungen war, das unterste vollkommen und den ersten Nagel aus dem darüber zu lösen. Jetzt, da ihr Plan sich so gut anließ, durfte sie einfach nicht ertappt werden.

Trotzdem hatte sie Angst, dass ihr nicht genügend Zeit bleiben würde, um ihr Werk zu vollenden und von hier zu verschwinden, ehe die Männer beschlossen, ihr etwas anzutun. Nach alldem, was der andere Mann vorhin zu ihr gesagt hatte, und nach der wutentbrannten Rückkehr des

Anführers in die Hütte war sie sich sicher, dass dieser Zeitpunkt immer näher rückte.

Ellie legte sich auf ihr Bett und zog an einer Haarsträhne, die sich in ihren Mund verirrt hatte. Sie hatte dichtes, braunes Haar – ganz wie ihre Mom. Früher war es sehr lang gewesen und hatte ihr bis zur Hälfte ihres Rückens gereicht, doch für den Umzug nach Schottland hatte sie es sich kürzer schneiden lassen. Sie hatte zu weinen begonnen, als sie das Resultat der Bemühungen des Friseurs im Spiegel erblickte, und nicht zu jammern aufgehört, bis sie eine Stunde später wieder zu Hause gewesen waren. Nun aber war sie froh über ihre neue Frisur, denn langes Haar wäre jetzt bloß hinderlich. Außerdem wäre es von all dem Blut, das sie verloren hatte, wahrscheinlich auch ganz klebrig und starr. Mit ihrem neuen Haarschnitt wirkte sie erwachsener – das hatte ihre Mom ihr jedenfalls versichert, und ihrer Mom glaubte sie aufs Wort.

»So was passiert«, sagte Sergei zu Drake. »So was passiert, wenn man für jemand anderen arbeitet. Siehst du jetzt endlich ein, warum ich gesagt habe, dass es von Anfang an ein Fehler gewesen ist?«

Drake stand am Fenster und schaute hinaus. Vor ihm spiegelte sich das Mondlicht auf der dunklen Oberfläche des Sees. Hinter ihm fuhr Sergei mit seiner Tirade fort.

»Sieh dir doch mal an, was jetzt daraus geworden ist! Vas ist tot, und zwar nur, weil dieser Scheißkerl von Gabriel unser Geld hier in diesem Scheißloch von einem Land waschen will. Weißt du noch, was er gesagt hat? Dass es so viel leichter wäre, weil Schottland so klein ist und die schmierigen Anwälte ja *sooo* wild auf unser Geld wären, dass sie sich überschlagen würden, um uns zu helfen.«

Drake wandte sich zu Sergei um und hielt ihm den Zeigefinger an die Lippen, damit er endlich den Mund hielt. »Wir müssen Gabriel sagen, was passiert ist.«

»Toller Einfall. Einfach super. Warum schlitzen wir uns nicht gleich gegenseitig die Kehlen auf, dann haben wir's hinter uns.«

»Halt's Maul, Sergei, und hör verdammt nochmal auf, hier herumzuheulen wie ein Klageweib.«

Drake zog sein Handy aus der Gesäßtasche seiner Hose und wählte Gabriels Nummer. Während er ins Telefon hineinhorchte, gab er Katrina mit dem Kopf ein Zeichen hinauszugehen. Sie stand vom Sofa auf und verzog sich in ihr Zimmer.

Gabriels Stimme klang überraschend wach, als er sich meldete.

»Schlafen Sie gar nicht um diese Nachtzeit?«, fragte Drake.

»Ich bin nicht in der Stimmung dazu, Mr. Drake. Und? Läuft alles wieder so, wie wir es geplant haben?«

»Nein. Die Sache hat heute Abend sogar noch eine Wendung zum Negativen genommen.«

»Inwiefern?«

»Vas ist tot.«

Gabriel sagte nichts. Drake wusste, dass es für gewöhnlich von Unheil kündete, wenn er schwieg.

»Ich weiß nicht genau, was passiert ist«, fuhr Drake fort. »Er wollte Finch, diesen Anwalt, aufsuchen, um sicherzustellen, dass er auch spurt. Und jetzt ist er tot. Mehr Informationen habe ich nicht.«

»Dann läuft der Deal Gefahr, kurz vor dem Ziel zu platzen, Mr. Drake. Sie haben mir versichert, dass alles durchgezogen wird und Sie dafür sorgen würden, dass Finch kein

Problem mehr darstellt. Nun ist Vas tot, und es sieht immer mehr danach aus, dass ich das Waschen meines Geldes vergessen kann.«

»Ich weiß, dass die Situation nicht gerade ideal ist …«, setzte Drake an.

Gabriel schnitt ihm mit einem verächtlichen Lachen das Wort ab. »Sie ist sogar beschissen weit davon entfernt, ideal zu sein, Mr. Drake.«

Es war das erste Mal, dass Drake Gabriel fluchen hörte, und er wertete das als kein gutes Zeichen. Normalerweise ließ sich der Mann durch nichts aus der Ruhe bringen. Drake schwieg und wartete, ob Gabriel noch etwas sagen würde.

»Hören Sie gut zu«, fuhr der schließlich fort. »So gern ich das Mädchen auch tot sehen und den Schlamassel hinter mir lassen würde – ich muss diese fünfundzwanzig Millionen sauber bekommen. Sie werden mir das Geld besorgen. Habe ich mich klar ausgedrückt?«

»Ja«, sagte Drake. Es war jetzt nicht der richtige Zeitpunkt, um mit Gabriel zu diskutieren.

»Was werden Sie also unternehmen?«

Drake sah Sergei an. Am liebsten würde er mich jetzt abknallen, dachte er. Wahrscheinlich überlegt er gerade, wie Gabriel wohl reagieren würde, wenn er es jetzt während des Telefongesprächs tat. Gabriel hat kein Gewissen, aber Ordnung ist ihm wichtig, und er hält an der Hierarchie der Organisation fest. Sergei ist sich dessen bewusst, sonst hätte er schon längst gehandelt.

Sergei setzte sich auf das Sofa und behielt Drake fest im Auge.

Alberne kleine Machtspiele, dachte Drake. Er wandte sich wieder dem Fenster zu und überlegte, wie es wohl aussehen würde, wenn Sergei bewegungslos im tiefen Wasser versank, wo die Fische sich über sein Fleisch hermachen würden, bis nur noch das Knochengerüst von ihm übrig war.

»Darüber muss ich nachdenken«, sagte er zu Gabriel.

»Tun Sie das. Und während Sie nachdenken, schicke ich Ihnen Unterstützung, damit nicht noch mehr Fehler begangen werden.«

Dann war die Leitung tot, und Drake beendete die Verbindung seinerseits durch einen Druck auf die rote Taste seines Handys.

»Er schickt uns jemanden zur Verstärkung, nicht wahr?«, fragte Sergei.

Drake nickte.

»Wir werden hier nicht lebend rauskommen«, orakelte Sergei.

»Mach nicht aus allem so ein Drama, Sergei«, fuhr Drake ihn an. »Wir arbeiten jetzt schon eine ganze Weile mit Gabriel zusammen, er vertraut uns. In den letzten zwei Jahren haben wir mehr Geld für ihn verdient als sonst jemand. Das wird er nicht aufs Spiel setzen, nur weil Vas sich in die Scheiße geritten hat.«

»Was sollen wir also jetzt tun?«

Drake dachte kurz darüber nach und ging dann an Sergei vorbei zu Ellies Zimmer. »Wir zeigen Finch, wie ernst wir es meinen«, sagte er und gab Sergei ein Zeichen, ihm zu folgen.

Ellie war kurz davor einzudösen, als sie Schritte auf ihre Tür zukommen hörte – diesmal von mehr als nur zwei Füßen. Als sich die Tür öffnete, erkannte sie die Stiefel des Anführers. Er kniete sich neben ihrem Bett hin und sah noch immer wütend aus. Er machte ihr Angst. Eine scheinbare Ewigkeit lang blieb er schweigend neben dem Bett hocken und starrte sie an. Der andere Mann, vor dem sie sich noch stärker fürchtete, blieb hinter dem Anführer in der Tür stehen und musterte sie auf eine Weise, die ihr Übelkeit verursachte.

»Warum bist du so böse?«, fragte sie Drake.

Er schien nicht damit gerechnet zu haben, von ihr angesprochen zu werden, und wirkte im ersten Augenblick verunsichert. Sein Mund öffnete und schloss sich, ohne dass ein Wort herausgekommen war. Für Ellie wirkte er wie ein Fisch, und sie musste das Verlangen unterdrücken, ihn auszulachen. Stattdessen rückte sie näher an die Wand und aus dem Lichtschein heraus, der durch die geöffnete Tür in das Zimmer fiel. Sie verkroch sich im Schatten, den die Tür warf.

»Einer von meinen Männern wollte heute Abend deinen Daddy besuchen und ist nicht zurückgekehrt. Ich habe eine Meldung in den Nachrichten gehört und denke jetzt, dass ihm etwas Böses zugestoßen sein könnte und er vielleicht *nie wieder* zu uns zurückkommt. Das ist es, was mich so wütend macht.«

»Vielleicht ist er nur irgendwo aufgehalten worden?«

»Nein. Dann hätte er mich angerufen. Er wüsste, dass ich das von ihm erwarte.«

Ellie spürte in ihrem Magen ein Flattern und gleichzeitig ein warmes Gefühl, das ihr vom Brustbereich ins Gesicht stieg. Sie zog sich die Bettdecke vor den Mund, denn sie fürchtete sich davor, was der Mann mit ihr anstellen könnte, würde er sie lächeln sehen.

Dad hat einen der bösen Männer gekriegt.

Drake sah sie eindringlich an, und diesmal hielt Ellie seinem Blick stand.

»Du bist ein starkes Mädchen«, sagte er.

Er streckte den Arm aus und berührte die Verletzung in ihrem Gesicht mit seiner Hand. Zuerst missdeutete sie die Geste als Zuneigung, doch dann drückte er seinen Handballen plötzlich so stark auf die Haut, dass der Schmerz mit aller Macht wieder hervorbrach. Reflexartig schob sie seine Hand weg und war über ihre eigene Kraft erstaunt. Als er sich aufrichtete, sah sie, wie er die Hände zu Fäusten ballte und dann wieder öffnete. Sie zog die Knie eng an ihren Körper und schlang die Arme darum, um sich so klein wie nur möglich zu machen.

Die Frau kam ins Zimmer und sagte etwas in einer fremden Sprache, woraufhin sie der Mann an der Tür anschrie. Die Frau verschwand wieder, und Drake kniete sich erneut vor Ellie hin, um ihr die Hand entgegenzustrecken.

»Komm mit«, sagte er.

»Warum?«, fragte sie ängstlich. Seine Stimme klang noch immer wütend.

»Wenn du noch weiterfragst, lasse ich dich mit Sergei allein.«

Ellie sah, wie der Mann, der anscheinend Sergei hieß, sie angrinste. Sie warf die Decke beiseite und stieg aus dem Bett, wobei sie nach Drakes Hand griff. Er führte sie an Sergei vorbei und den Flur entlang bis zur Vordertür. Die Frau saß im Wohnzimmer, beobachtete alles, sagte aber kein Wort.

Drake öffnete die Tür und zog Ellie in die kalte Nachtluft hinaus. Ihr Atem gefror sofort zu einer weißen Wolke vor ihrem Mund. Sergei folgte ihnen.

Drake ging mit Ellie um die Hütte herum und eine leichte Schräge hinunter bis zu einer Stelle, an der ein noch steilerer Abhang zum See führte. Sie hörte das Wasser leise gegen die Steine am Ufer plätschern.

»Da runter«, befahl Drake.

Ellie begann zu zittern. Sie trug nur ihren dünnen Baumwollpyjama als Schutz gegen die Kälte.

»Ich will nicht«, protestierte sie und fühlte sich den Tränen nahe.

»Mach schon«, sagte Drake und gab ihr einen Schubs.

Ellie rutschte auf dem feuchten Gras des Abhangs aus. Beinahe wäre sie hingefallen, aber es gelang ihr, sich auf den Beinen zu halten, also stolperte sie zum Wasser hinunter, wobei sie sich den Zeh an einem Stein stieß.

Sie sah sich nach einer Fluchtmöglichkeit oder einem Versteck um, konnte aber nichts entdecken. Außerdem wären die Männer sowieso zu schnell für sie gewesen.

»Warum tust du das?«, schrie sie Drake ins Gesicht.

Drake kam auf sie zu, eine Hand hatte er hinter seinem Rücken verborgen. Als er seinen Arm wieder vor seinen Körper nahm, sah sie, dass er etwas in der Hand verborgen hielt, konnte aber nicht erkennen, was es war. Hinter Drake mühte sich nun auch Sergei den Abhang herunter, während die Frau vor dem Haus stand und alles mitverfolgte.

»Was habe ich denn falsch gemacht?«, flehte Ellie und bebte am ganzen Körper.

Ein paar Schritte von ihr entfernt blieb Drake stehen und hob die Hand. Als sie erkannte, dass der Gegenstand darin eine Pistole war, fing sie laut an zu schreien und hielt sich die Hände vor das Gesicht, um sich vor den Kugeln zu schützen.

Die Frau rief etwas, aber Drake achtete nicht auf sie. Sergei stellte sich neben ihn und sah zu, wie Ellie schrie und weinte.

Drake legte die Waffe auf sie an.

»Bitte nicht!«, schrie Ellie. Sie sank auf die Knie, und Tränen strömten ihr über die Wangen.

»Du kannst deinem Daddy erzählen, dass alles seine Schuld war«, sagte Drake, »wenn du ihn später im Himmel wiedersiehst.«

6

03:50 Uhr

»Warum muss ich es denn ganz allein machen?«, wollte Logan von Cahill wissen, als sie wieder an dem Tisch in dem fensterlosen Raum saßen.

»Wäre ich in der Nähe, würdest du dich hilfesuchend nach mir umschauen, sowie es mulmig wird. Falls die Typen wirklich so gefährlich sind, wie es den Anschein hat, werden sie deine Reaktion bemerken, und wir dürfen kein Risiko eingehen. Es muss alles so aussehen, als hättest du ihren Freund erledigt und deswegen jetzt eine Scheißangst.«

»Schön, und wie erkläre ich, wie ich an die Nummer gekommen bin?«

»Du sagst, du hättest sie von Bob«, sagte Cahill, den die Frage zu verwirren schien. »Deinem früheren Kumpel und jetzigen Boss. Daran ist doch nichts Verdächtiges, oder?«

»Wohl nicht.«

»Wir werden in dem Besprechungszimmer warten, in das Bails dich gestern Abend geschickt hat, als ihr hier ankamt.«

Logan nickte.

»Wenn alles erledigt ist, kommst du mich holen.«

»Und du bist sicher, dass das Treffen drüben im Rouken Glen Park stattfinden soll?«

»Ja. In aller Öffentlichkeit. Das verringert die Chance, dass eine Kugel in deiner Fresse landet.«

»Da fühle ich mich schon gleich wieder besser«, sagte Logan und lächelte müde über seinen eigenen Sarkasmus.

»Du schaffst das schon«, tröstete Cahill ihn. »Eine andere Möglichkeit bleibt dir sowieso nicht.«

***

Logan saß am Tisch und starrte auf sein Mobiltelefon, das auf der blanken Platte lag. Er fühlte sich wie vor seinen Auftritten vor Gericht, damals, als er noch ein unerfahrener Strafverteidiger gewesen und ihm vor Angst bisweilen der Magen in die Kniekehlen gesunken war. Er versuchte tief und langsam durchzuatmen, doch es half nichts. Kurz entschlossen nahm er das Handy und wählte die Nummer auf dem Briefumschlag.

Am anderen Ende klingelte es fünf oder sechs Mal, dann hörte Logan, wie die Mobilbox ansprang. Er drückte die Taste, um den Anruf zu beenden, und wählte erneut. Wieder die Mobilbox. Ihm wurde speiübel, aber er schluckte die Übelkeit hinunter und tippte die Nummer ein drittes Mal ein. Beim ersten Läuten meldete sich jemand.

»Was ist denn?«

»Hier spricht … hier spricht Logan Finch.«

Stille. Nicht einmal Atemgeräusche.

»Hallo?«, sagte Logan, damit der andere am Ende der Verbindung antwortete.

»Woher haben Sie meine Nummer?«

Logans Gefühl nach näselte der Mann ein wenig wie jemand aus dem Norden, versuchte seine Herkunft aber hinter einem aufgesetzten, kultiviert klingenden Londoner Akzent zu verbergen.

»Von Crawford.«

Keine Antwort.

»Hören Sie, ich muss mit denen sprechen.«

»Mit wem?«

»Mit den Männern, die das Mädchen haben. Ich muss ihnen sagen, dass alles nach Wunsch laufen wird.«

»Ich weiß nicht, wovon Sie reden.«

Die Leitung war tot. Er hatte aufgelegt. Logan empfand mehr Wut als Angst und knallte das Handy auf die Tischplatte, wobei ein kleines Stück der Beschichtung herausbrach.

Nachdem er ein paarmal tief Luft geholt hatte, griff er sich erneut das Telefon und wählte noch einmal. Diesmal meldete sich sein Gesprächspartner beim dritten Läuten.

»Hallo?«

»Ich bin's nochmal.«

»Ich habe Ihnen doch eben schon gesagt, dass ich keine …«

»Sie sind Gabriel Weiss, nicht wahr?«, unterbrach ihn Logan.

Keine Antwort. Immerhin legte er nicht auf. Logan wertete das als Aufforderung weiterzusprechen.

»Hören Sie, ich habe letztes Mal einen Fehler gemacht, okay? Ich war konfus und habe ein paar Dinge gesagt, die ich nicht hätte sagen sollen. Das mit dem Mädchen zum Beispiel, aber es ist mitten in der Nacht, und ich habe in letzter Zeit sehr schwer gearbeitet und …«

Er ließ den Satz unvollendet. Er war todmüde und konnte keinen klaren Gedanken mehr fassen. Trotzdem merkte er, dass der Fremde noch immer nicht aufgelegt hatte. Er hörte ihm zu.

»Alles, was ich sagen wollte, ist, dass der Deal durchgezogen wird. Aber heute Abend hat es ein Problem gegeben, das ich klären muss. Ich möchte bloß mit Ihnen verhandeln, verstehen Sie?«

»Reden Sie weiter.«

Versau es jetzt nicht, Logan.

»Ich brauche eine Nummer, die ich anrufen kann. Um mit jemandem zu sprechen.«

»Dann würden Sie sich nicht an die Spielregeln halten. Sie wissen doch, dass Sie meine Mandanten während eines Deals nicht unmittelbar kontaktieren dürfen?«

»Natürlich, aber vielleicht könnten *Sie* mit ihnen sprechen, und wenn sie damit, was sie hören, zufrieden sind, könnten Ihre Mandanten mich ja zurückrufen. Ich kann Ihnen meine Telefonnummer sagen.«

»Ich muss Ihnen mitteilen, dass mir die Umstände des Problems von heute Abend bekannt sind und meine Mandanten das, was geschehen ist, als einen Vertragsbruch ansehen könnten. Möglicherweise hat sich die ganze Sache auch schon erledigt. Was genau erwarten Sie also von mir?«

Mist. Logan versuchte gleichzeitig scharf nachzudenken und weiterzureden – kein leichtes Unterfangen angesichts der vorgerückten Stunde und seiner Müdigkeit.

»Ich verstehe«, sagte er. »Aber das, was sich heute Abend zugetragen hat, war ein Irrtum. Es war nicht geplant. Ich wusste nichts von der Verabredung und fühlte mich überrumpelt.«

Schweigen. Auch Logan wartete ab.

»Geben Sie mir Ihre Nummer«, sagte Gabriel Weiss.

Er nannte sie ihm, und Weiss legte auf.

Logan sank in seinem Stuhl zurück und riss sich das schweißnasse Polohemd vom Leib. Er dachte daran, wie gründlich sein Leben in den letzten paar Tagen den Bach hinuntergegangen war, und fragte sich, ob Crawford sich wohl auch so gefühlt hatte, als ihm klar geworden war, in welch scheußlichem Dilemma er steckte. Fast empfand er einen Anflug von Mitleid mit ihm.

Dennoch war er sich sicher, dass er an Crawfords Stelle unter den gegebenen Umständen anders gehandelt hätte. Er selbst hätte unverzüglich Cahill angerufen, der alles Weitere in die Hand genommen und damit möglicherweise eine Kettenreaktion ausgelöst hätte. Er konnte nicht entscheiden, ob es ein Segen oder ein Fluch war, Cahill auf seiner Seite zu haben.

Das auf der Tischplatte vibrierende Telefon riss ihn aus seinen Gedanken.

»Finch am Apparat.«

»Ich weiß. Wir sind uns schon einmal begegnet.«

Der Anrufer war nicht der Anwalt, mit dem er gerade erst gesprochen hatte. Logan versuchte die Stimme einzuordnen, aber vergeblich.

»In Ihrem Büro. Das Treffen lief nicht besonders gut.«

Der Tennisprofi. Drake.

»Ich weiß, und ich entschuldige mich dafür. Mir war die Bedeutung dieses Deals zu dem Zeitpunkt nicht bewusst.«

»Was Sie nicht sagen.«

Logan hatte kein gutes Gefühl bei dem Gespräch. Er fragte sich, was Weiss damit gemeint haben könnte, als er sagte, die Sache sei womöglich schon erledigt, und mochte gar nicht daran denken, was das unter Umständen für Ellie bedeutete.

»Es ging mir einzig und allein darum, das Geschäft zum

Abschluss zu bringen, Mr. Finch«, sagte Drake, »aber Sie schienen meine Motivation nicht zu teilen. Und dann das heute Abend.«

Es beunruhigte Logan, dass Drake in der Vergangenheitsform sprach.

»Hören Sie, das war nicht so gemeint.« Er wurde panisch. »Es war ein Unfall.«

»Trotzdem musste jemand dafür bezahlen. Auge um Auge.«

Himmel, bloß das nicht.

Logan fühlte, wie sein Herzschlag sich verlangsamte, und schloss die Augen, als der Raum sich um ihn herum zu drehen begann.

»Ich bräuchte jetzt also einen Beweis dafür, dass Ihnen unsere Interessen wirklich am Herzen liegen.«

Was für ein eiskalter Schweinehund. Logan öffnete den Mund, wusste aber nicht, was er antworten sollte.

»Dad?«

Eine Mädchenstimme.

Logan sprang von seinem Stuhl und warf ihn dabei um. Seine Beine trugen ihn kaum mehr, und alles um ihn herum schwankte so heftig, dass er glaubte, er würde zu Boden sinken. In seinem Hals steckte ein Kloß, der ihm das Atmen erschwerte.

»Bist du das, Dad?«

Erneut machte er den Mund auf, brachte aber keinen Ton hervor. In seinen Gedanken sah er, wie das Bild des Mädchens zum Leben erwachte und ihre Lippen unhörbar das Wort »Daddy« formten, die Lippen, die sich zu einem breiten Grinsen verzogen und dabei Zahnlücken offenbarten. Strähnen ihres langen, dunklen Haares wehten ihr in die Augen, und sie schob sie mit der Hand beiseite, während sich das Gänseblümchenkettchen an ihrer anderen Hand im Wind bewegte. Dann kniff sie die Augen gegen das Sonnenlicht zusammen und flüsterte: »Daddy? Bist du das?« Aus ihrem Mund hörte er Pennys Stimme widerhallen – wie ein akustischer Brückenschlag über so viele Jahre.

»Da ist niemand dran«, sagte das Mädchen. Es hörte sich an, als hätte sie das Gesicht vom Hörer abgewandt.

»Ellie«, sagte Logan. Er brachte kaum mehr als ein Flüstern zustande. »Ellie, bist du das?«

Dann hörte er, wie sie zu weinen anfing, ein Geräusch, das ihm das Herz im Leib zerriss. Unbewusst knüllte er das Hemd, das ihm am Körper klebte, mit der Faust zusammen.

»Dad?«, sagte das Mädchen noch einmal. Seine Stimme wurde immer wieder von heftigen Schluchzern erstickt.

Logan wollte seine Tochter bei sich haben. Er wollte es stärker als alles, was er sich in seinem Leben bisher gewünscht hatte. Er wollte sie fest in seine Arme schließen und ihr sagen, alles wäre gut und dass er nie zulassen würde, dass jemand ihr etwas antäte. Die Tiefe seiner Empfindungen für dieses Mädchen, das er jetzt erst kennengelernt hatte, brachte ihn fast um den Verstand.

Mein Blut.

Mein Fleisch.

»Er ist mit mir nach draußen gegangen … und er … hat eine Pistole auf mich gerichtet, und ich dachte, er würde mich … erschießen«, stammelte sie. Vor lauter Tränen rang sie nach Luft. »Hilf mir, Dad. Hilf mir …«

Dann war sie nicht mehr zu hören.

Dafür meldete sich Drake.

»Nächstes Mal drücke ich den Abzug, Mr. Finch. Haben Sie mich verstanden?«

Logan wollte Atem holen, aber er röchelte nur, sodass kaum Luft in seine Lunge gepumpt wurde. Er nickte als Antwort auf die Frage und sagte dann leise: »Ja.« Er spürte, wie ein dünnes Schweißrinnsal ihm am linken Auge hinunterlief, und wischte es weg.

»Wir werden uns treffen und den Deal zu einem Ende bringen«, sagte Drake.

Wut kochte in Logan hoch, und er hatte alle Mühe, sich zusammenzureißen. Es war nicht, wie er erwartet hatte, die Angst, die ihm die Kehle zuschnürte, sondern vielmehr die Wut auf diesen Mörder, diesen Kinderquäler.

Ganz ruhig.

»Ich kann Ihnen sämtliche noch nötigen Unterlagen zukommen lassen, von mir aus kann ich sie auch persönlich vorbeibringen. Ich möchte, dass Sie mir glauben, dass ich das für Sie tun werde. Anschließend geht es nur noch um den Geldtransfer, nicht wahr?«

Keine Antwort.

»Hören Sie.« Logan merkte, wie brüchig seine Stimme wurde, und hoffte, dass seine Emotionen vielleicht etwas Gutes hatten. »Ich muss sie wiederbekommen. Helfen Sie mir, dass ich sie wiederbekomme, und dann hören wir nie wieder voneinander.«

»In Ihrem Büro«, sagte Drake.

»Nein. Nicht dort. Die Polizei behandelt mich als einen Verdächtigen in dem Mordfall und überwacht es möglicherweise.« Er hoffte, dass sich seine Erklärung überzeugend angehört hatte.

»Das wäre dann wohl nicht sonderlich klug. Wo dann?«

»Irgendwo in der Öffentlichkeit. Ich möchte nicht, dass es zu weiteren Missverständnissen kommt – so wie vorhin.«

»Einverstanden.«

»Es gibt da einen Park – er nennt sich Rouken Glen. In ihm befindet sich ein Ententeich, und dahinter kann man über eine kleine Brücke über einen Fluss gehen. Treffen Sie mich nachher um neun Uhr früh auf dieser Brücke.«

»Gut. Aber lassen Sie sich eins gesagt sein, Mr. Finch. Keine weiteren Abweichungen von unserer Absprache, bis die Transaktion abgeschlossen ist, verstehen Sie? Wir haben eine Menge Geld in das Geschäft investiert und werden nicht zulassen, dass Sie es uns ruinieren. Falls es wieder ein Problem geben sollte, ist Schluss. Und zwar für alle. Ist das klar?«

»Ja.«

»Ich werde das Mädchen nicht alleinlassen, während wir uns treffen. Falls ich die Leute, die auf Ihre Tochter aufpassen, nicht anrufe und bestätige, dass alles so ist, wie Sie es mir versprochen haben, sehen Sie sie nie wieder – ganz gleich, in was für eine prekäre Lage das mich bringt.«

»Ich sagte es doch schon. Ich tue alles.«

Das Gespräch war beendet.

7

04:00 Uhr

Logan ging in den Raum zurück, in dem Cahill, Judd, Hardy und Washington auf ihn warteten. Erschöpft ließ er sich auf den erstbesten Stuhl fallen. Cahill beugte sich mit gespannter Miene vor.

»Haben sie angebissen?«, fragte er.

Logan nickte. »Neun Uhr im Park bei der Brücke, wie du es wolltest.«

Sichtlich angetan von der Nachricht schlug Cahill mit der flachen Hand auf den Tisch. »Gut gemacht!«

Logan konnte seinen Enthusiasmus keineswegs teilen; außerdem betrachtete er das Telefonat mit Drake keineswegs als persönlichen Erfolg – dazu hallte Ellies unterdrücktes Schluchzen noch zu sehr in seinem Ohr nach. Cahill bemerkte seine gedrückte Stimmung.

»Es ist doch alles in Ordnung, oder?«, fragte er.

Logan fühlte das Gewicht der Ereignisse auf seinen Schultern lasten. Es wurde ihm alles zu viel. Er hatte nichts mit Religion oder Vorsehung oder Aberglauben im Sinn, hatte nie um Hilfe gebeten oder um Beistand bei irgendwelchen überirdischen Mächten ersucht, aber in diesem Augenblick hätte er nur zu gerne einer solchen Schicksalsmacht die Schuld an alldem gegeben, was passiert war, und in einem Gebet Trost gesucht. Vielleicht war das der Grund, warum sich viele Menschen zum Glauben hingezogen fühlten – an einem bestimmten Punkt seines Lebens brauchte wohl jeder etwas, woran er sich festhalten konnte.

»Ich habe mit Ellie gesprochen«, sagte er.

Cahill schwieg, und auch keiner der anderen Anwesenden erwiderte etwas.

»Wenigstens ist sie am Leben. Aber sie haben sie mit einer Pistole bedroht, quälen sie, indem sie sie in akute Todesangst versetzen. Wie kann jemand einem Kind nur so etwas antun?«

»Ich habe schon einige schreckliche Dinge in meinem Leben gesehen«, sagte Hardy. »Es ist nicht zu glauben, zu was für Gemeinheiten die Menschen fähig sind, um einander wehzutun. Aber daran ist wohl leider nichts zu ändern.«

Logan sah ihn über den Tisch hinweg an. Jetzt erst fiel ihm auf, was der Krieg Hardy angetan haben musste. Er dürfte etwa im gleichen Alter wie Cahill sein, wirkte aber älter. Sein Gesicht war von tiefen Falten zerfurcht.

»Niemand hier hat so viel vom Krieg mitbekommen wie ich«, erklärte Hardy, als hätte er Logans Gedanken gelesen. »Und glaubt mir, ich habe zu viel gesehen. Du kannst dich damit trösten, Logan, dass sie mit dir gesprochen hat. Das bedeutet, dass wir noch eine Chance haben, sie lebend da rauszuholen, und das ist schon mehr als in den meisten ähnlichen Fällen.«

»Ob du's glaubst oder nicht«, fügte Washington hinzu, »sie hat noch richtig Glück gehabt.«

Logan glaubte ihm aufs Wort, aber das machte es nicht leichter für ihn, mit der Situation fertigzuwerden.

»Die beiden haben recht«, bestätigte Cahill. »Solange sie am Leben ist, sind wir noch im Rennen, und das ist das Einzige …« Er machte eine Pause, bis Logan ihn ansah. »Und das ist das Einzige, was zählt. Sobald wir sie unversehrt gerettet haben, können wir uns um ihr Trauma kümmern. Um unser aller Trauma. Aber vorerst müssen wir uns darauf konzentrieren, sie da rauszuholen, und alle anderen Gedanken aus unseren Köpfen verbannen.«

»Für euch Jungs ist das einfacher«, sagte Logan. »Ich meine, das ist schließlich euer Job. Ihr kennt euch aus damit. Aber ich? Ich bin doch bloß ein Zivilist.«

Cahill sah Hardy an, damit der Kriegsveteran etwas erwiderte. Logan entging nicht die Bedeutung dieser Geste: Aufgrund seiner Erfahrung war Hardy derjenige unter ihnen, dessen Wort am meisten zählte.

»Es ist nie leicht«, sagte Hardy. »Aber es ist ein Job, und als nichts anderes sehen wir es.«

»Toller Job«, bemerkte Logan.

»Hör mal, ich weiß, dass das für dich ganz schön harter Tobak ist«, sagte Hardy mit Nachdruck. »Aber du musst einfach verdrängen, was das für Unannehmlichkeiten für dich mit sich bringt, und anfangen, dich einzig und allein auf das Mädchen zu konzentrieren. Das hier ist ein Geschäft wie jedes andere auch, mit dem du dich in deinem Büro beschäftigst. Nur, dass keiner zu dir sagt: ›He, Junge, wenn dir das alles zu viel wird, dann geh doch nach Hause, und denk nicht mehr drüber nach.‹ Du hast keine andere Wahl, und uns geht es genauso. Bloß bist du diesmal in unserer kleinen Welt gelandet, und auf dem Spiel steht mehr als bloß Geld und Erfolg. Es geht buchstäblich um Leben und Tod.«

Cahill hob seine Hand, und Hardy lehnte sich in seinem Stuhl zurück.

»Wir alle haben schon Menschen sterben sehen …«, sagte Cahill.

»Manche von uns mehr als andere«, unterbrach Hardy.

Cahill seufzte und setzte noch einmal an. »Tom, du solltest mit Logan nicht so scharf ins Gericht gehen. Ich wollte eigentlich niemandem von euch etwas davon erzählen, weil es die Sache nur umso schwieriger macht, aber die kleine Ellie, um die es hier geht, ist Logans Tochter.«

Einen Moment herrschte überraschte Stille, dann ergriff Hardy das Wort.

»Das hättest du uns vorher sagen müssen, Alex. Zumindest mir.«

»Der Umstand ändert nichts an dem, was wir zu tun haben«, sagte Cahill. »Aber er könnte uns im entscheidenden

Augenblick nervöser machen als nötig. Trotzdem gebe ich dir recht, Tom. Ich hätte es dir sagen sollen.«

»Wunderbar«, sagte Washington. »Aber können wir nun, da das geklärt ist und jeder sich ausgeheult hat, endlich in die Gänge kommen und etwas unternehmen?«

Je länger die Nacht dauerte, desto mehr Einblick gewann Logan in die Gruppendynamik dieser Leute. Im Augenblick würde er sein Leben wohl am ehesten in Washingtons Hände legen – jedenfalls eher als in die von Cahill. Hardy hingegen sollte vielleicht um seines eigenen Seelenheils willen nicht mehr viel länger Teil der Truppe sein, während Judd ganz offensichtlich erst noch lernen musste, wie alles ablief.

»Also, Logan«, sagte Cahill, »gibt es noch etwas, was du uns von deinen Anrufen erzählen solltest?«

»Meint ihr vielleicht, es war zu einfach?«, fragte Logan. »Ich meine, warum zum Beispiel ist er gleich auf den ersten Treffpunkt eingegangen, den ich ihm vorgeschlagen habe?«

»Das weiß ich nicht. Aber es gibt zwei mögliche Gründe. Entweder er vertraut dir, und es ist ihm deshalb egal, wo ihr euch trefft. Oder er ist bereits entschlossen, dich aus dem Weg zu räumen, und weiß nun, wo du dich zu einem bestimmten Zeitpunkt aufhalten wirst.«

»Kein allzu tröstlicher Gedanke, Alex.«

Cahill zuckte die Achseln. »Es war nie die Rede davon, dass du getröstet werden möchtest.«

»Und wie lautet nun euer Plan?«

»Darüber haben wir uns gerade unterhalten«, sagte Judd, um auch endlich etwas zum Gespräch beizutragen. »Wir gehen ihn mit dir gemeinsam durch.«

Logan rutschte auf seinem Stuhl nach vorne und presste die Hände zwischen den Knien zusammen, damit sie nicht zitterten.

»Du siehst nicht gut aus«, bemerkte Cahill.

»Ich komme schon klar.«

»Okay«, fuhr Judd fort, »wir müssen dich die ganze Zeit über beobachten können, Logan, aber es würde verdächtig aussehen, wenn jeder von uns allein für sich im Park herumhängen würde.«

»Es wäre auffällig«, sagte Cahill und warf einen kurzen Blick in die Runde.

»Genau, wir aber müssen uns unauffällig benehmen«, sagte Judd. »Deshalb habe ich Carrie angerufen. Sie hat einen Hund, den ich mit ihr um den Teich herum spazieren führen werde, damit wir wie ein ganz normales Paar aussehen.«

»Wer ist Carrie?«, erkundigte sich Logan.

»Die Empfangsdame«, sagte Cahill.

»Sie ist eine von euch? Ich meine, sie gehört zu CPO mit dazu?«

»Du hast es erfasst.«

Natürlich, dachte Logan. Warum auch nicht? Eine hübsche schottische Brünette, die sich nebenher heimlich als Agentin eines international operierenden Sicherheitsdienstes betätigt. Auf eine sonderbare Weise schien das zu all dem zu passen, was er in den letzten Stunden in diesem Zimmer erfahren hatte.

»Wir haben noch fünf Stunden, bis wir bereit sein müssen«, drängte Cahill. »Also sollten wir uns jetzt ranhalten. Holst du Carrie ab, Bails?«

»Ja. Ich habe ihr gesagt, dass ich gegen halb acht auf sie warten werde, damit wir rechtzeitig da sind und den Park auskundschaften können.«

»Gut.«

»Was passiert, sobald sie den Park wieder verlassen?«, fragte Logan. »Die anderen, meine ich?«

»Das übernehmen Tom und ich«, sagte Washington. »Wir werden sie vom Park aus in unserem unauffälligsten Wagen, einer alten Schrottkiste, verfolgen. Hoffentlich werden sie uns zum Versteck des Mädchens führen.«

Logan fiel auf, dass auch jetzt noch immer niemand Ellie bei ihrem Namen nannte, doch aus der Perspektive der Männer konnte er das nachvollziehen: Sie behandelten sie weiterhin ohne nennenswerte Emotionalität als ein Objekt, als etwas, das zurückerobert werden musste. Logan begriff, dass sie auf diese Weise eher einen kühlen Kopf behalten würden, sollte etwas schiefgehen.

»Und was ist mit mir?«, fragte er.

»Du kommst mit mir und Bails«, sagte Cahill. »Wir werden Tom und Chris vor dem Park erwarten und dir draußen Deckung geben, während Bails und Carrie sich in deiner Nähe aufhalten.«

»Deckung wovor?«

Cahill warf einen Blick in die Runde seiner Männer, ehe er wieder Logan ansah. »Für den Fall, dass sie wirklich entschlossen sind, dich auszuschalten, und es hinter sich bringen wollen, ehe du den Treffpunkt erreichst. Vielleicht auch schon, bevor du aus deinem Wagen gestiegen bist.«

»Hört sich ja ganz schön gefährlich an.«

»Darauf kannst du Gift nehmen. Sobald wir hier alles erledigt haben, treffen wir uns mit Bails und Carrie in unserem anderen Gebäude und bereiten uns auf die Operation vor. Dann fahren wir Tom und Chris nach, die uns unterwegs über Funk auf dem Laufenden halten.«

»Und was dann?«

»Nun, sowie wir ihr Versteck ausgemacht haben, sammeln wir uns und tun, was zu tun ist.«

»Wir schnappen uns das Mädchen und erledigen jeden, der sich uns in den Weg stellt«, erklärte Washington ohne Umschweife. Logan lernte seine direkte Art immer besser kennen.

»Korrekt«, pflichtete Cahill ihm bei.

Angesichts der Emotionen, die in ihm aufwallten, fand sich Logan in einer Art Zwiespalt wieder. Einerseits hatte er das Gefühl, Angst haben zu müssen; andererseits aber hatte ihn bereits das Jagdfieber gepackt, denn diese Männer hatten genau das gesagt, was er hatte hören wollen.

»Bekomme ich auch eine Waffe?« Erwartungsvoll sah er Cahill an. Doch sowie Logan die Frage ausgesprochen hatte, bereute er sie auch schon. In der Erregung des Augenblicks war sie ihm unwillkürlich herausgerutscht. Am liebsten hätte er sie sofort wieder zurückgenommen, wollte aber vor Cahills Männern nicht als Weichling dastehen.

Cahill schien die Frage zu verblüffen. Er strich sich das Haar aus der Stirn und kratzte sich sein mit Bartstoppeln übersätes Gesicht.

»Hört sich für mich nach keiner schlechten Idee an«, sagte Judd.

»Aber nur, wenn er am Schießstand noch etwas übt, bevor wir losgehen«, fügte Washington hinzu.

Cahill sah sie an wie ein Lehrer, der seine unartigen Schüler tadelt. Judd warf Washington einen Blick zu, den dieser mit einem Achselzucken quittierte.

»Ich habe nichts dagegen«, sagte Hardy zu Cahill. »Wenn er uns begleitet, ist es doch sinnvoll, wenn er auch bewaffnet ist und weiß, wie man mit so einem Ding umgeht. Einen von uns würdest du doch auch nie unbewaffnet losschicken, warum dann also Logan?«

»Wir haben nicht mehr viel Zeit«, wandte Cahill ein.

»Natürlich«, sagte Hardy, »aber in der Zeit, die uns noch bleibt, werden wir unser Bestes tun – wie immer.«

»Okay«, gab sich Cahill geschlagen, »es gefällt mir nicht, aber es macht Sinn.«

Logan merkte, wie ihm das Blut aus dem Gesicht wich, und hoffte, dass man es ihm nicht zu sehr ansah. In seiner Karriere – während der er zugegebenermaßen noch nie in eine lebensbedrohliche Situation wie diese geraten war – hatte er es bisher stets so gehalten, dass er tief Luft holte und den Tiger beim Schwanz packte, wenn riskante Entscheidungen zu treffen waren. Er hielt sich selbst nicht gerade für ausgesprochen mutig, aber er war bereit dazu, das zu tun, was vonnöten war.

»Gut«, sagte er mit dünner Stimme.

Cahill fuhr damit fort, seinen Schlachtplan zu erklären. »Tom und Chris, ihr beide zieht jetzt los, um euch auf euren Teil vorzubereiten. Bails, du solltest noch ein Auge zutun, ehe du Carrie abholst. Du, Logan, geh nach Hause, und schlüpf in deine eigenen Klamotten. Anschließend kommst du wieder her, damit Chris und ich dich mit dem Handwerkszeug unserer Branche vertraut machen können. Und danach gibt's bei mir noch einen Happen zu essen. Alles bereit?«

Judd, Hardy und Washington verließen entschlossen dreinblickend den Raum. Sie wirkten alles andere als angespannt. Logan hingegen hatte das Gefühl, als würde soeben ein Bleigewicht in seiner Magengrube versinken.

»Keine Müdigkeit vorschützen«, sagte Cahill.

8

04:31 Uhr

Logan ging zu Fuß zurück zu seinem Apartment. Er war froh, ein wenig frische Luft schnappen und ein bisschen Abstand von diesem Wahnsinn gewinnen zu können. Es war ihm ein Rätsel, wie um alles in der Welt Cahill mit seiner Firma mitten in der Stadt so unbemerkt agieren konnte. Wahrscheinlich war schon etwas an dem Spruch dran, dass man am wenigsten auffällt, wenn man sich in aller Öffentlichkeit ganz ungeniert gebärdet. Als er das Foyer seines Hauses betrat, versuchte er die Erinnerung an den Schrecken, den die beiden Halunken ihm hier eingejagt hatten, zu verdrängen, doch stattdessen stand ihm wieder das Bild vor Augen, wie der Kopf des großen Mannes nach hinten weggesackt und blutüberströmt auf dem Toilettenboden des Pubs zu liegen gekommen war. Den Anblick würde er nie vergessen.

In seinem Apartment versorgte Logan seine Katze Stella mit Futter, zog sich rasch aus, warf seine Kleider dabei auf den Boden und wollte sämtliche Gedanken aus seinem Kopf verbannen, indem er unter der Dusche abwechselnd heißes und kaltes Wasser über seinen Körper laufen ließ. Nach ein paar Minuten kribbelte seine Haut und zeigte rote Flecken.

Er trocknete sich im Wohnzimmer ab und fand die Jeans, die er früher am Morgen – *gestern* Morgen, wie er sich im Stillen korrigierte – getragen hatte. Darunter zog er eine weiße Boxershorts aus Stretchbaumwolle und wühlte dann weiter in seinem Kleiderschrank nach einem Outfit, das den Gegebenheiten des anbrechenden Tages angemessen war – ein schlichtes grünes T-Shirt und eine Fleecejacke ähnlicher Farbe mit Reißverschluss, die er vor einigen Monaten in der *Gap*-Filiale in den *Buchanan Galleries* gekauft hatte. Ein Paar etwas klobige blaue Freizeittreter rundeten sein Erscheinungsbild ab – nicht gerade das, was man bei einer Bergwanderung tragen würde, aber doch robuster als herkömmliche *Nike*-Laufschuhe.

Kaffee, ging es ihm durch den Kopf, wäre jetzt genau das, was er bräuchte, bevor er in die Räume von CPO zurückkehren musste, also schaltete er die Maschine ein und wartete darauf, dass der Kaffee durchlief. Als er sich auf einen der Küchenhocker setzte, spürte er etwas in seiner Jeanstasche. Er griff hinein, zog den Gegenstand heraus und hielt das Foto von dem Mädchen mit *seinen* Augen in der Hand. Er hatte ganz und gar vergessen, wo es abgeblieben war, und der Anblick traf ihn wie ein Schlag gegen die Brust, bei dem einem die Luft wegbleibt. Er legte das Bild vor sich auf den Frühstückstresen.

Er hatte das Gefühl, leises Wellenplätschern am Strand und sich unterhaltende und lachende Menschen zu hören. Das Haar des Mädchens flatterte in der leichten Meeresbrise, und es musste blinzeln, weil es direkt in das grelle Sonnenlicht blickte. Er wollte mit dem Mädchen dort sein, es bei den Händen nehmen und es im Kreis schwingen, um sein fröhliches Kreischen und Kichern zu hören.

Die Macht seiner Emotionen war wie ein Feuer, das seine Gedanken versengte. Er hatte nie ernsthaft erwogen, Kinder zu haben; das war ihm als etwas erschienen, was man getrost anderen Leuten überlassen konnte – Cahill etwa oder Crawford. Für ihn, hatte er gedacht, käme das nicht infrage. Doch nun, da er ihr Bild anstarrte – das Bild *seiner*

Tochter – und zum ersten Mal ihre Stimme gehört hatte, überflutete ihn eine Woge widersprüchlichster Gefühle – Liebe und Angst und alles, was dazwischen lag. Waren das die Emotionen, die man empfand, wenn man bei der Geburt seines Kindes dabei war? Genau so kam ihm die Situation jetzt vor – als wäre Ellie soeben vor seinen Augen auf die Welt gekommen, ein voll ausgewachsenes Baby von elf Jahren.

Logan legte die Handflächen auf das Foto, um es glattzustreichen. Anschließend steckte er es mit etwas mehr Sorgfalt zurück in seine Gesäßtasche und kippte eilig einen Becher Kaffee hinunter.

An seinem Schreibtisch zog er seinen Laptop aus der Schutzhülle und ließ ihn hochfahren. Von seiner Wohnung aus konnte er sich in den Computer von Kennedy Boyd einloggen – es hatte die Techniker der Firma vor einem Jahr gut vier Stunden gekostet, den externen Zugang für ihn einzurichten, aber es war eine großartige Möglichkeit, von zu Hause aus in Ruhe und Frieden seine Arbeit zu erledigen, ohne alle zwei Minuten von Telefonanrufen oder eingegangenen E-Mails gestört zu werden.

Er wartete, bis das Firmenlogo erschien, klickte dann mit der Maus auf das Desktopsymbol und gab seinen Benutzernamen und sein Passwort ein. Nach einigen Sekunden erschien das Vertragsdokument, das er benötigte. Erleichtert stellte er fest, dass Crawford nach der ersten Fassung bereits alle Änderungen eingefügt hatte, sodass er selbst nicht mehr zu viel Mühe damit hätte, es in eine glaubwürdige Form zu bringen. In einer halben Stunde überarbeitete er das Papier, druckte schließlich zwei Kopien aus und steckte sie in eine abgenutzte schwarze Tasche mit Schulterriemen. Dann verließ er das Haus.

9

04:39 Uhr

Rebecca Irvine versuchte sich wach zu halten, indem sie einen Song von Madonna auf volle Lautstärke drehte und sich für ihre eigene Dummheit verfluchte, sich nicht irgendwelche Muntermacherpillen besorgt zu haben. Es war ihr aber auch nicht in den Sinn gekommen, die ganze Nacht auf Finch warten zu müssen. Sie verbuchte es als lehrreiche Erfahrung.

Vor einer Stunde war sie drauf und dran gewesen, nach Hause zu fahren, auch wenn der Misserfolg der nächtlichen Beschattungsaktion ihr peinlich gewesen wäre. Dann aber hatten der Rest aus der *Lucozade*-Flasche und der letzte Happen des Schokoriegels ihre Lebensgeister wieder geweckt.

Nun drohte sie, den Kampf gegen die Müdigkeit erneut zu verlieren. Ihr Kopf sackte immer wieder nach vorne, wenn ein kurzer Dämmerschlaf sie übermannte. Sie brauchte dringend frische Luft. Sie ging ein Stück die Straße entlang, und als sie sich wieder umdrehte, sah sie Logan aus Richtung Stadtzentrum auf sie zugelaufen kommen. In der Hoffnung, nicht von ihm entdeckt zu werden, rührte sie sich nicht von der Stelle und beobachtete ihn. Es war stockdunkel und zudem noch kalt, also dürfte ihm daran gelegen sein, endlich seine Wohnung zu erreichen.

Als Erstes fiel ihr auf, dass er nicht betrunken war – ganz im Gegenteil: Seine Schritte wirkten zielgerichtet. Dann bemerkte sie, dass er nicht mehr seinen Anzug trug, sondern eine Art Freizeitkleidung, auf der ein Logo aufgedruckt war, das sie nicht erkennen konnte.

Nachdem Logan das Foyer des Hauses betreten hatte, ging sie zurück zu ihrem Wagen und griff nach dem Mobiltelefon, um Moore zu verständigen, doch dann fiel ihr ein, dass er sich um diese frühe Morgenstunde ganz bestimmt nicht in seinem Büro aufhalten würde. Sie war auf sich allein gestellt.

»Okay, Becky«, sagte sie leise zu sich. »Deswegen bist du ja hier, also entspann dich und warte, was passiert.«

Es dauerte nur ungefähr vierzig Minuten, bis Logan wieder erschien. Sie registrierte, dass er sich erneut umgezogen hatte und diesmal eine Art Sporttasche über der Schulter trug. Es sah aus, als wolle er sich irgendwohin zu Fuß auf den Weg machen, was sie augenblicklich vor ein Problem stellte. Sollte sie ihm ebenfalls zu Fuß folgen? Auf der menschenleeren Straße wäre das zu auffällig. Oder sollte sie in ihrem Auto an ihm vorbeifahren, dann parken und beobachten, welche Richtung er einschlug? Die zweite Alternative erschien ihr als die geringfügig erfolgversprechendere.

Logan ging bis zum Ende des Häuserblocks und wandte sich dann Richtung Hügel. Rebeccas erster Gedanke war, dass er zu seinem Büro wollte. Sie wartete, bis er außer Sicht war, ließ den Motor des Wagens an und wendete, um Logan auf seinem Weg den kleinen Berg hinauf zu überholen. Da er ihren Wagen nicht kannte, wähnte sie sich auf der sicheren Seite.

Auf halber Strecke des Hügels passierte sie ihn und wandte das Gesicht ab, als sie unmittelbar auf seiner Höhe war. An der Kreuzung oberhalb des Hügels fuhr sie geradeaus weiter und bis zur nächsten Einmündung, dem Blythswood Square. Hier kam sie am Vordereingang des Gebäudes von Kennedy Boyd vorbei und fuhr dann am

Polizeipräsidium an der Pitt Street noch einmal um den Block, um schließlich vor dem *Malmaison Hotel* zu halten. Als Logan wieder in Sicht kam und weiter auf sie zusteuerte, statt Kennedy Boyd zu betreten, merkte sie, dass sie einen Fehler gemacht hatte.

Er will zu der Tiefgarage hinter dem Haus, um seinen Wagen zu holen. Hast ja richtig clever mitgedacht, Becky.

Ihr blieb keine andere Wahl, als bewegungslos im Wagen zu verharren und zu hoffen, dass er nicht zu ihr hinüberblicken würde. Die Garageneinfahrt befand sich nur wenige Meter von ihrem Auto entfernt, aber er strebte geradewegs darauf zu und dann die Rampe hinunter und schien sie keines Blickes zu würdigen.

Sie ließ den Motor wieder an, um ihm folgen zu können, wenn er aus der Ausfahrt kam, was er eine Minute später auch schon tat.

Sie folgte ihm mit, wie sie annahm, diskretem Abstand ins Stadtzentrum, bis er vor der Hausnummer 123 an der St Vincent Street hielt. Sie beobachtete, wie er aus seinem Wagen stieg, die Tasche nahm und das Haus betrat, nachdem er einen Moment lang auf den Nachtportier hatte warten müssen, damit er eingelassen wurde. Aha, dachte sie, also ist er hier bekannt.

Logan *musste* einfach in dem Pub gewesen sein. Garantiert war er einer der Männer gewesen, die der Türsteher nach der Schießerei in diese Richtung hatte verschwinden sehen. Aber wer war sein Begleiter gewesen? Der Amerikaner, dem sie bei Kennedy Boyd begegnet war? Nein, wohl eher nicht. Der kam schon wegen seines Alters nicht in Betracht. Er hatte sich zwar gut gehalten, war aber bestimmt schon jenseits der vierzig.

Meine Güte, das wurde ja immer komplizierter.

Sie schaltete den Motor aus und blieb noch einen Augenblick lang im Wagen sitzen. Dann stieg sie einem Impuls folgend aus und lief über die Straße zu dem Gebäude. Die Türen waren verschlossen, also klopfte sie gegen die Scheibe, um die Person am Empfangstisch auf sich aufmerksam zu machen, und presste ihren Dienstausweis gegen das Glas. Bei dem Sicherheitsbeamten handelte es sich um eine Frau unbestimmbaren Alters und mit einer erschreckend rötlichen Gesichtsfarbe. Sie schloss die Tür auf und trat beiseite, um Rebecca hereinzulassen. Sie wollte sich hier nicht lange aufhalten, Logan konnte jederzeit zurückkommen, also fragte sie die Sicherheitsbeamtin, ob sie wüsste, zu wem der nächtliche Besucher gewollt hatte.

»Er war vorhin schon mit einem von den Leuten von CPO hier«, sagte die Frau und ließ sich zu keiner näheren Erklärung hinreißen, so als müsse jeder wissen, um wen oder was es sich bei CPO handelte.

»Was ist CPO?«, erkundigte sich Rebecca ein wenig gereizt.

»So 'ne Art privater Wachdienst. Wird von einem Haufen Amerikanern oben im dritten Stock betrieben. Der Chef, glaube ich, ist der Typ, der verdammt wie Robert Redford aussieht.«

Sie bedankte sich bei der Frau und verließ das Gebäude mit der Überzeugung, dass Logan bei dem Amerikaner war, dem sie in Logans Anwaltsbüro begegnet war.

Im Wagen zog sie ihr Notizbuch hervor und schrieb sich auf, was sie in Erfahrung gebracht hatte – obwohl sie ihr neues Wissen einer Erkenntnis, was es mit Logan Finch auf sich hatte, keinen Schritt näher brachte. Sie zeichnete kleine Kästchen um die Namen von Personen und Örtlichkeiten und verband diese mit Linien, um Zusammenhänge sichtbar zu machen, doch am Ende sah sie keine neuen Zusammenhänge vor sich, sondern nur ein wahlloses Chaos an Strichen. Sie klappte das Notizbuch wieder zu und legte es auf den Beifahrersitz.

Vor ihr auf der Straße rührte sich etwas, und sie blickte durch die Frontscheibe. Ein silberfarbener BMW X5 bog aus einer Seitenstraße neben dem Gebäude und hielt an der nächsten Ampel. Er war ungefähr drei oder vier Wagenlängen von ihr entfernt, sodass sie erkennen konnte, dass drei Männer darin saßen, doch die Distanz war zu groß, als dass sie Logan als einen der Insassen hätte identifizieren können.

Wieder musste sie eine Entscheidung fällen – sollte sie in der Hoffnung, dass Logan in dem Wagen saß, dem BMW folgen oder hierbleiben? Sie erwog das Für und Wider beider Möglichkeiten. Logan war nach Hause gegangen, hatte sich umgezogen, etwas in einer Tasche mitgenommen und war dann hierhergefahren. Warum? Weil er von hier aus noch woandershin wollte. Das war die offensichtliche Antwort. Und da sein Wagen nach wie vor vor dem Haus parkte, standen die Chancen gut, dass er in dem BMW saß.

Als die Ampel auf Grün sprang, bog der Wagen nach links ab und entfernte sich von ihr den Hügel hinauf. Um ihn nicht aus den Augen zu verlieren, musste sie die für sie nun rote Ampel überfahren. An der nächsten Kreuzung ging es wieder nach links und in südlicher Richtung über den River Clyde hinweg, bis sie schließlich in einem Industriegebiet voller Lagerhäuser und Großmärkte landeten, hinter dem sich die Scotland Street erstreckte, eine lange, schnurgerade Straße, auf der sie ihr Tempo verlangsamte, um den BMW nicht allzu offensichtlich zu verfolgen. Nachdem er an einer Schule vorbeigefahren war, blitzten die Bremslichter des Wagens kurz auf, bevor er vor einem alten Lagerhaus hielt. Nirgendwo an dem Gebäude war ein Firmenschild zu entdecken, und von außen wirkte es unbenutzt.

Sie hielt am Straßenrand und beobachtete, wie das offenbar durch eine Fernbedienung betriebene Tor des Lagerhauses sich öffnete und der BMW auf das Gelände fuhr. Als sie den Wagen von der Seite sah, konnte sie den Beifahrer im Profil erkennen. Es war tatsächlich Logan. Das Tor schloss sich langsam wieder, während der erste morgendliche Verkehr über die Autobahnbrücke am Ende der Straße rollte.

10

05:25 Uhr

Logan stieg mit Cahill und Washington aus dem Wagen und beobachtete, wie Cahill den Schließmechanismus eines weiteren Tores, einer recht stabil wirkenden Eisentür, betätigte, indem er einen fünfstelligen Code eingab. Die Leuchtanzeige der Tastatur wechselte von Rot zu Grün, und er steckte einen Schlüssel in das Schloss, um es manuell zu öffnen. Logan hatte im Inneren des Gebäudes eine unaufgeräumte, riesige Halle erwartet, fand sich aber in einem breiten Gang mit in den Betonboden eingelassenen Halogenspots und frisch getünchten grauen Wänden wieder, durch den er Washington und Cahill folgte, bis Letzterer vor einer weiteren Tür stehen blieb, um auch hier einen – scheinbar anderen – Zahlencode einzutippen, woraufhin ein leises Summen ertönte und sich die Tür nach innen öffnete.

Dahinter befand sich eine Art kleiner Lagerraum mit Holzregalen. Cahill schob die hintere Regalwand beiseite, die den Weg in einen großen, quadratischen Raum freigab, in dem es nach Metall und etwas Chemischem roch.

»Du hast also nicht gescherzt?«, fragte Logan.

Cahill sah ihn stirnrunzelnd an. »Wann?«

»Als du sagtest, ihr hättet ein Waffenarsenal.«

»Keineswegs«, sagte Cahill. »Warum sollte man über so etwas Scherze machen?«

Logan hatte keine Erwiderung parat. Er folgte Cahill und Washington in den Raum hinter der vorgetäuschten Regalwand, der sich tatsächlich als Lagerraum entpuppte. Jeder Zentimeter Wandfläche hing voller Waffen aller erdenklichen Arten – Pistolen, Gewehre, Messer. Auch ein paar solide wirkende Holzschränke und Kommoden standen im Zimmer.

»Donnerwetter«, entfuhr es ihm. »Wie habt ihr das hier reinbekommen? Ich meine, ohne erwischt zu werden.«

»Wir waren eben sehr vorsichtig«, erklärte Washington, ohne eine Miene zu verziehen.

»Scheint so«, sagte Logan. »Aber ist das nicht illegal?«

Cahill zog eine Augenbraue in die Höhe. »Wie kann man bloß so naiv sein, Logan? Die Regierung erlässt die Gesetze und sieht zu, dass im Land alles seinen geordneten Gang geht, aber zuweilen braucht selbst sie dabei die Unterstützung von Leuten wie uns. Glaubst du nicht, dass auch die Regierenden manchmal zu illegalen Maßnahmen greifen, wenn es angebracht oder notwendig erscheint? Und sich freuen, wenn jemand ihnen dabei hilft?«

»So habe ich das noch nie betrachtet. Aber gibt es dafür nicht den MI6 oder den Geheimdienst oder so was?«

»Natürlich. Aber auch die greifen auf private Subunternehmer wie uns zurück.«

Cahill ging zu einer Reihe von Handfeuerwaffen, die an langen Nägeln an einer der Wände befestigt waren. Er suchte eine der kleineren unter den vielen Waffen, eine ziemlich gedrungen wirkende schwarze Pistole, heraus und entnahm sie ihrer Halterung. Ihr Lauf war kaum länger als ihr Griff. Im Vergleich zu einigen anderen der Knarren wirkte sie auf Logan fast wie ein Spielzeug.

Cahill ließ seine Finger über die Waffe gleiten, schob einen kleinen Sicherungsbolzen nach oben und spannte den Hammer. Dann drehte er die Pistole auf die Seite und schob den Schlitten nach hinten, wodurch das im Lauf befindliche Patronenlager sichtbar wurde. Um sich zu vergewissern, dass das Patronenlager auch wirklich leer war, hielt er die Waffe schräg nach oben. Nachdem er die Waffe inspiziert und alles wieder in seinen ursprünglichen Zustand gebracht hatte, reichte er sie Logan, indem er sie ihm am Lauf hinhielt.

Logan zögerte einen Augenblick, bevor seine Finger sich um den Griff schlossen. Er spürte die kalte, dunkle Kraft, die von dem Ding ausging, und atmete seinen öligen Geruch ein. Wenn er die Waffe so in der Hand hielt, wirkte sie nicht allzu groß, hatte dafür aber ein überraschendes Gewicht.

»Wie fühlt sie sich an?«, fragte Cahill.

Logan ließ die rechte Hand, mit der er die Pistole hielt, sinken und hob sie dann wieder in Hüfthöhe.

»Nicht *zu* schwer, aber doch massiv«, sagte er. »Irgendwie gerade richtig.«

Cahill lächelte.

»Habe ich was Falsches gesagt?«, fragte Logan.

»Es hätte mich beunruhigt, wenn du etwas anderes gesagt hättest.«

Er ging zu einem schmalen, bis zur Decke reichenden Schrank, suchte etwas darin und kam mit einer kleinen Schachtel zurück, in der, wie Logan vermutete, wohl die Munition für die Waffe war. Dann nahm Cahill ein dunkles Halfter von einem Haken an der Wand und warf es sich über die Schulter.

»Hier entlang«, sagte er zu Logan und verließ den Raum.

In dem Gang wandten sie sich nach rechts. Cahill öffnete eine weitere Sicherheitstür, hinter der sich wiederum eine verschiebbare Regalwand verbarg. Der Raum dahinter war länger und schmaler als der, aus dem sie kamen. An den Wänden neben der Tür hingen weitere Waffen. Ansonsten bestand der Raum aus zwei jeweils etwa fünfundzwanzig Meter langen Schießständen, an deren Ende Zielscheiben in Form eines menschlichen Oberkörpers mitsamt Kopf befestigt waren. Sie hingen an Deckenschienen, sodass sie sich je nach Bedarf näher an den Schützen heranholen ließen. Für Logan sah das alles aus, als wäre es für einen Film aufgebaut worden, damit große Kinder sich hier mit Plastikwaffen austoben konnten. Er fand es schwer zu glauben, dass so etwas unbemerkt in der Nähe des Herzens der Großstadt Glasgow betrieben werden konnte.

»Das ist ja der helle Wahnsinn, Alex.«

»Ich weiß. Toll, nicht wahr?« Cahill strahlte vor Begeisterung und ging zum linken der beiden geschlossenen Schützenstände.

Hier legte er die Schachtel mit der Munition und das Halfter auf ein Stützbrett und winkte Logan zu, ihm zu folgen. Washington trat an eine der Wände und nahm eine große Pistole aus ihrer Halterung.

»Also, ich will's nicht zu kompliziert machen«, sagte Cahill. »Wenn ich ehrlich bin, möchte ich auch nicht, dass du in Verlegenheit kommst, die Waffe zu benutzen. Wenn du auf jemanden schießen musst, dann um ihn zu töten. Dieser Scheiß aus den Filmen, wenn dem Bösen nur ins Bein geschossen wird, ist doch Bockmist, und das weißt du auch. Wenn man so ein Ding benutzt, dann richtig.«

»Verstanden.«

Cahill nahm Logan die kleine Pistole ab, zeigte ihm den Sicherungsmechanismus und löste dann mit einem Druck auf einen Knopf das Magazin, das unten aus dem Griff glitt. Er schob es wieder zurück, bis es einrastete.

»So, jetzt du«, sagte er und gab Logan die Pistole zurück.

Logan wiederholte sorgfältig die Handgriffe und ließ das Magazin in seine linke Hand fallen. Cahill nahm eine der zäpfchenförmigen Kugeln mit leicht abgeflachter Bleispitze aus der Pappschachtel und gab sie ihm.

»Du legst die Kugel oben in das Magazin auf diese kleine Metallfläche da«, dozierte er. »Du musst einen Federdruck überwinden, also drückst du sie fest rein, bis sie unter der Magazinlippe einrastet.«

Logan folgte der Anweisung.

»Gut. Ist ganz einfach, wenn man weiß, wie es geht, nicht wahr? So, jetzt leg noch weitere fünf Schuss nach.«

Logan füllte das Magazin und sah Cahill erwartungsvoll an.

»Waffe gesichert?«

Logan warf einen Blick auf die Pistole, sah, dass der Sicherungshebel an der richtigen Position saß, und nickte.

»Okay«, sagte Cahill, »jetzt legst du den Halftergürtel um

wie einen ganz normalen Lederriemen. Das Halfter muss rechts sitzen. Du bist doch Rechtshänder?«

Logan nickte, legte sich den Gürtel um und schob die Pistole dann in das schmale Halfter. Durch das einseitig zusätzliche Gewicht hatte er das Gefühl, nicht ganz gerade zu stehen.

Washington ging an ihnen vorbei und stellte sich in den Schießstand rechts von ihnen.

»Siehst du, ist doch alles halb so schwer«, sagte Cahill. »Nun zieh die Waffe, und richte sie auf das Ziel.« Er zeigte auf den Kugelfang am Ende der Schießbahn.

Logan war sich unsicher, was genau er tun sollte. Cahill sah ihn von der Seite her an.

»Worauf wartest du noch?«, fragte er.

Logan griff mit der rechten Hand ins Halfter und zog die Waffe mühelos heraus. Dann streckte er den rechten Arm und zielte.

»Nein«, korrigierte Cahill ihn. »Nicht so. Das ist eine Neun-Millimeter-Pistole. Der Rückstoß ist ziemlich stark, also musst du sie schon korrekt halten. Leg deine linke Hand unter den Griff, damit du einen stabilen Anschlag hast. Jetzt spreiz die Beine ein bisschen, und bleib in den Knien ganz locker.«

Logan gehorchte.

»Und, wie fühlt sich das an?«

»Gut. Liegt sicher in der Hand, meine ich.«

»Okay, der Abzug hat noch einen zweiten Druckpunkt. Den Widerstand musst du sanft überwinden, indem du den Druck ganz allmählich verstärkst, okay?«

Logan nickte.

»Die Waffe ist ein Selbstlader. Sie lädt von selbst wieder durch, wenn du einen Schuss abgefeuert hast.«

Logan nickte noch einmal. Vor lauter Anspannung legte er unbewusst seine Stirn in Falten.

»Handfeuerwaffen sind nicht so einfach zu bedienen«, fuhr Cahill fort. »Um richtig zu zielen, musst du Korn und Kimme miteinander in Übereinstimmung bringen, bis du dein Ziel genau im Visier hast.« Er tippte mit dem Zeigefinger auf die kleine Erhöhung am Ende des Laufes. »Es wird dir vielleicht ein wenig komisch vorkommen, weil du dich ganz automatisch lieber auf deinen unverstellten Blick verlassen willst, aber du gewöhnst dich schon daran.«

Logan probierte es aus, zielte mit der Waffe die Schießbahn hinunter und nickte.

»Wenn du angelegt hast, *ziehst* du den Abzug ganz sachte. Macht man es zu ruckartig, führt das meistens dazu, dass man die Waffe zur Seite hin verreißt und man sein Ziel verfehlt.«

Cahill nahm zwei Paar Ohrenschützer von einem Haken an der Wand und hielt Logan eins davon hin.

»Die Wände sind zwar schallisoliert«, sagte er, »aber du wirst sie trotzdem brauchen.«

»Sollte ich mich nicht lieber an den Knall gewöhnen? Falls ich … na, du weißt schon … tatsächlich gezwungen sein sollte, die Waffe zu benutzen?«

»Nicht nötig. Das Geräusch einer Waffe, die in einem abgeschlossenen Raum wie diesem Schießstand abgefeuert wird, unterscheidet sich extrem von dem im Freien. Hier wird der Knall durch die Enge des Raums verstärkt, er wirkt sehr laut und hallt wider, sodass es besser ist, wenn du einen Gehörschutz trägst. Draußen wird er dir wesentlich weniger laut vorkommen, das Geräusch wird augenblicklich verhallen. Stell es dir in etwa so vor, als würdest du einen dicken Ast zerbrechen. Es hat nichts mit einer Explosion gemein. Ein Pistolenschuss hat absolut keine Resonanz.«

Logan griff nach dem Paar Ohrenschützer und stülpte es sich über den Kopf. Sofort vernahm er alle Geräusche nur noch gedämpft.

»Sichere die Waffe und versuch mal, wie es klappt«, sagte Cahill mit lauter Stimme, bevor er selbst seinen Gehörschutz aufsetzte.

Logan überprüfte, ob die Waffe gesichert war, und schob sie zurück in das Halfter. Cahill tippte ihm auf die Schulter und rief ihm zu loszulegen.

Logan zog die Pistole aus dem Halfter und nahm die Haltung ein, die Cahill ihm beschrieben hatte. Als er an dem Abzug zog, blockierte der. Fragend sah er Cahill an, der kurz seinen Gehörschutz von seinen Ohren nahm.

»Entsichern«, sagte er.

Logan nickte, kam sich ziemlich dumm vor und wiederholte den Vorgang. Er hatte das Gefühl, die Waffe für seine Verhältnisse schnell genug gezogen und entsichert zu haben, und feuerte den ersten Schuss auf die Zielscheibe.

Peng

Es war *wirklich* laut, selbst mit dem Gehörschutz.

»Weiter!«, rief Cahill.

Peng

Peng

Peng

Peng

Peng

Klick

»Wieder sichern!«, rief Cahill. Auf einen Knopfdruck hin kam die Zielscheibe klappernd an der Deckenschiene auf sie zugefahren. Es roch nach Schwefel, als hätte jemand ein Streichholz entzündet.

»Hätte schlechter sein können, Logan«, sagte Cahill.

Logan hatte den Umriss des Oberkörpers mit nur zweien seiner sechs Schüsse getroffen. Einer davon war ziemlich weit unten eingedrungen und hätte im Ernstfall wahrscheinlich den Beinansatz des Opfers getroffen. Der andere Einschuss saß ungefähr in Hüfthöhe.

»Nicht übel«, lobte Cahill.

Logan hingegen fand, dass es beschissen gelaufen war, und hielt mit seiner Meinung nicht hinter dem Berg.

»Sei nicht so streng mit dir«, sagte Cahill. »Du musst eine Handfeuerwaffe mehrere Male zur Übung abfeuern, ehe du auch nur daran denken kannst, einigermaßen genau zu treffen. Es ist schon beeindruckend, dass überhaupt mehr als nur eine Kugel gesessen hat. Konzentriere dich beim nächsten Mal auf deine Technik, okay?«

Cahill lud die Waffe nach, diesmal mit zwölf Schuss. Dann ließ er die Zielscheibe zurück an die hintere Wand fahren.

Im Verhältnis brachte Logan mit vier Treffern ein ähnliches Resultat zustande. Als er es mit einem vollen Magazin zum dritten Mal versuchte, lief es schon besser. Nur die Hälfte der Kugeln ging daneben.

Auch diese Zielscheibe holte Cahill heran und ersetzte sie durch eine neue, die er wiederum an der Deckenschiene zurücksurren ließ.

»Nun werde ich Chris im Schießstand nebenan sagen, dass er dein Feuer erwidern soll. Dann merkst du, wie es ist, mitten in einer Schießerei zu stecken. Dir kann nichts passieren, aber ich werde dir nicht sagen, *wann* er schießt, damit du völlig unvorbereitet bist.«

Logan merkte, wie sich Schweißtropfen auf seiner Stirn bildeten und sein Pulsschlag sich beschleunigte. Er nickte wortlos, und Cahill schlüpfte nach nebenan, um sich mit Washington zu bereden. Logan wartete ab, unsicher, was von ihm erwartet wurde.

Peng

Peng

Washingtons Kugeln pfiffen an Logans Schießstand vorbei. Einen winzigen Augenblick lang wusste er gar nicht, wie ihm geschah, aber dann zog auch er seine Waffe. Als er in Positur gegangen war, schoss Washington noch drei Mal. Beim letzten Knall feuerte Logan seinerseits fünf Schüsse ab. Dann senkte er die Waffe, woraufhin Washington erneut eine Salve losließ. Logan spürte, wie ihm das Herz gegen die Rippen schlug, und erwiderte das Feuer, bis sein Magazin leer war.

Cahill trat neben ihn und ließ die zweite Zielscheibe näher kommen. Acht Treffer, von denen allerdings nicht alle im Oberkörper der Zielscheibe eingeschlagen hatten.

»Das reicht«, sagte Cahill.

»Bist du dir sicher?«, widersprach Logan. »Ich meine, ich kann doch noch gar nicht zielen.«

»Wenn es nicht reichen würde, würde ich dich mit dem Ding nicht auf die Straße lassen. Wenn es richtig losgeht, wird sowieso alles ganz anders sein. Vergiss nicht, Deckung zu suchen, dich in Sicherheit zu bringen und zu warten, bis jemand dir zu Hilfe kommt. Dies hier ist nicht der Wilde Westen, und du bist kein beschissener Billy the Kid. Kapiert?«

Logan nickte. So ernst hatte er Cahill noch nie erlebt.

»Trotzdem«, fügte Cahill sogleich hinzu, »bin ich der beschissene Wyatt Earp, und wenn du in der Scheiße sitzt, werde ich in Null Komma nichts an deiner Seite sein.«

11

05:55 Uhr

Washington brachte auf der Schießbahn alles wieder an seinen Platz und verriegelte die Türen, während Logan und Cahill schon zum Wagen vorausgingen. Cahill öffnete die Heckklappe und wies Logan an, seine neue Waffe und das Halfter in das Reserveradfach unter den Kofferraumboden zu legen.

Zum ersten Mal bemerkte Logan, wie kalt es eigentlich war, und schätzte sich glücklich, wieder in den BMW steigen zu können, in dem die Standheizung während ihrer Abwesenheit eine angenehme Wärme erzeugt hatte. Plötzlich hatte er das siedend heiße Gefühl, etwas vergessen zu haben. Er wollte gerade die Tür öffnen, um zurück in das Lagerhaus zu gehen, als ihm einfiel, was er versäumt hatte zu tun.

»Wir müssen noch mal zurück in dein Büro, um meine Tasche zu holen«, sagte er zu Cahill. »Ich habe sie mit dem Vertrag darin liegen lassen.«

Cahill nickte wortlos.

»Du hast eine interessante Truppe«, bemerkte Logan.

Cahill lächelte zufrieden. »Ja, in diesem Metier braucht man eine Mischung aus jugendlichem Ehrgeiz und Erfahrung. Ich bin zufrieden mit meinen Jungs.«

»Was ist mit Tom? Er wirkt auf mich irgendwie verbissen.«

Cahill hantierte an der Regulierung für die Heizung herum. Logan beschlich das Gefühl, dass er Zeit schinden wollte, um nicht über Hardy sprechen zu müssen.

»Ich kenne Tom am längsten von allen«, sagte er schließlich. »Wir waren zusammen eine Zeit lang bei der *Delta Force,* einer Spezialeinheit für die Befreiung von Geiseln. Wir haben ziemlich viel gemeinsam durchgemacht.«

»So etwas Ähnliches hatte ich mir schon gedacht.«

Cahill rutschte nervös auf seinem Sitz hin und her und sah zum Seitenfenster hinaus. Logan ahnte, dass er nicht mehr über Hardy aus ihm herausbekommen würde, und beschloss, es später noch einmal bei Washington zu versuchen, falls sich eine Chance dazu ergäbe.

»Chris scheint mir ein tüchtiger Kerl zu sein«, sagte er. »Ich meine, er redet nicht lange.«

Cahill drehte sich zu ihm um. »Er ist auch der Einzige, den ich richtig anheuern musste. Die anderen Jungs kannte ich entweder schon persönlich, oder sie sind auf Empfehlung mit an Bord gekommen.«

»Bails hat mir erzählt, dass Chris ihn zu euch gebracht hat. Ich nehme an, du hast Chris zu diesem Zeitpunkt schon voll und ganz vertraut.«

»Hundertprozentig. Er war ungefähr neun Monate bei mir, als er mir sagte, dass Bails gut zu uns passen würde. Ich wusste, dass ich seinem Urteil vertrauen konnte. Diese ganze …« Er rang mit den Händen. »Diese ganze Geschichte mit Ellie ist auch für uns eine Herausforderung. Ich meine, wir sind normalerweise nicht dafür da, dass wir uns in Kriegsgebiete wie den Irak oder so was begeben. Unser Brot-und-Butter-Geschäft sind Firmen- und Regierungskontrakte.«

»Mehr Butter als Brot, wie es aussieht«, bemerkte Logan.

»Ich berechne pro Tag mehr als eine schottische Anwaltsfirma. Das stimmt schon.«

»Und wie besorgst du dir deine Leute für die Jobs? Du

wirst ja wohl kaum zu einer regulären Arbeitsvermittlung gehen oder eine Annonce in die Zeitung setzen.«

»Du wirst überrascht sein, aber genau das haben wir getan, um Chris zu bekommen. Man bedient sich bloß einer verschlüsselten Sprache, sodass die Leute, die mit der Materie vertraut sind, sich ausmalen können, um was für einen Job es sich handelt. Das macht es auch einfacher, gleich diejenigen auszusieben, die sowieso nicht zu uns passen.«

»Was hat Chris gemacht, bevor er zu euch gekommen ist?«

»Er ist nicht lange vor Bails nach seinem Einsatz in Afghanistan aus der Armee entlassen worden. Sie waren beide in der gleichen Einheit, obwohl ihre Aufgabengebiete verschieden waren. Überlappungen gab es natürlich.«

»Das hat mir Bails erzählt.«

»Als er aus der Armee kam, hatte er niemanden, also ging er nach Vegas, um dort bei einem Kasino als Wachmann zu arbeiten. Da hat er seine Frau kennengelernt. Sie ist Engländerin und hat in Vegas mit ein paar Freundinnen Ferien gemacht. Chris hat seinen Kasinojob hingeschmissen und ist ihr nach Großbritannien gefolgt, wo er einen Posten als Leiter des Sicherheitsdienstes einer Privatbank bekam. Aber ich glaube, das war nicht so wirklich sein Ding. Es wurde zu viel Gewicht auf Datensicherheit bei Internetgeschäften gelegt. Chris ist eher der Typ, der gerne zupackt.«

»Das überrascht mich nicht.«

»Jedenfalls sah er in der Bank keine große Zukunft für sich, also hat er auf meine Anzeige reagiert. Seine Bank hat er als Kunden mit zu CPO gebracht, sie bezahlen richtig gut.«

»Wohnt er denn jetzt hier in der Gegend? Für seine Frau muss es doch eine ganz schöne Umstellung gewesen sein.«

»Das war es auch, aber damals befanden sich beide noch

in der frühen Phase ihrer Ehe, und sie war froh und glücklich, ihm überallhin zu folgen. Sie ist Buchhalterin und hatte kein Problem, hier einen Job zu finden. Bevor das Kind kam, meine ich.«

»Ich hätte ihn mir nie als braven Familienvater vorgestellt«, sagte Logan.

»Warum? Ich habe doch auch Familie.«

»Ich weiß, aber es ist etwas anderes, wenn man der Boss ist. Ich stelle es mir schwierig vor, so einen Beruf mit einem normalen Familienleben in Einklang zu bringen. Mir scheint der Job mehr etwas für Einzelgänger zu sein.«

»Was mich betrifft, ist genau das Gegenteil der Fall. Ich möchte im Falle eines Falles keine Desperados um mich haben, deren eigene Gesundheit sie einen Dreck interessiert. Wenn zu Hause jemand auf einen wartet, hat man etwas, wofür es sich lohnt, auf sich aufzupassen.«

»Und wie sieht es mit Bails aus?«

»Er ist jung, aber sehr umsichtig. Außerdem ist es gut, eine gesunde Mischung in der Gruppe zu haben, das hält uns alle frisch und munter.«

»Sogar Tom Hardy?«

Cahill warf einen Blick nach rechts, als Washington aus dem Gebäude kam und das Haupttor schloss.

»Das mit Tom ist eine lange Geschichte«, sagte er. »Sein Leben war nie leicht.«

Da wenig Aussicht zu bestehen schien, dass Cahill noch näher auf Hardys Lebensgeschichte einging, schwieg Logan. Nur das Brummen des hubraumstarken Wagens und das leise Geräusch der Klimaanlage waren zu hören.

Washington rutschte auf den Rücksitz und zog die Tür hinter sich zu.

»Auf geht's!«, rief er.

Cahill lenkte den Wagen in die Tiefgarage des CPO-Gebäudes und sah im Rückspiegel Rebecca Irvines Wagen hinter ihnen vorbeifahren. Ihm entging auch nicht, dass ihre Bremslichter aufleuchteten, als sie aus seinem Blickfeld verschwand. Er hatte sie schon beobachtet, als sie vorhin von hier aufgebrochen waren, war sich aber noch unschlüssig, was er ihretwegen unternehmen sollte. Vorerst noch.

Sie holperten über die Bodenwelle der steilen Garageneinfahrt und steuerten eine der für CPO reservierten Parkbuchten an.

»Chris«, sagte Cahill, »du gehst los und machst dich fertig. Wir treffen uns dann wieder hier. Ich fahre mit Logan zu mir, damit er sich noch ein bisschen entspannen kann.«

»Okay«, sagte Washington, stieg aus und ging zu den Fahrstühlen.

»Halt, ich gehe kurz noch mit Chris hoch. Ich brauche noch meine Tasche«, sagte Logan. Er stieg aus und beeilte sich, Washington einzuholen, ehe der in den Lift stieg.

»Was ist das für eine Geschichte mit Alex und Tom?«, fragte er, nachdem sich die Fahrstuhltür hinter ihnen geschlossen hatte.

»Ach, hat der Boss sich mal wieder zugeknöpft gegeben?« Washington grinste.

»Ja«, sagte Logan. Es war ihm fast ein wenig peinlich, angesichts dieses offenbar heiklen Themas so mit der Tür ins Haus gefallen zu sein.

»Wir sollten es Tom und dem Boss überlassen, dir die Geschichte zu erzählen«, sagte Washington. »Aber so viel kann ich dir verraten: Tom blickt zu Alex auf, obwohl er schon ein paar Jahre mehr auf dem Buckel hat. Ich kenne nicht alle Einzelheiten, aber Tom hatte eine heftige Jugend, und die Armee war für ihn so etwas wie ein Zufluchtsort.

Die beiden waren dort ziemlich enge Kumpel, und nach allem, was ich gehört habe, hat Tom Alex mal den Arsch gerettet und heute immer noch Narben davon.«

Der Fahrstuhl hielt im dritten Stock, und sie betraten den Empfangsbereich von CPO.

»Ich muss mich jetzt vorbereiten«, sagte Washington. »Quetsch den Boss wegen Tom besser nicht zu sehr aus, ja? Wenn er die Zeit für gekommen hält, wird er dich in die ganze Geschichte einweihen.«

»Hat er hier in Schottland Familie? Tom, meine ich.«

»Nein. Seine Frau ist in Texas geblieben, als er mit Alex herkam. Und so, wie er über sie redet, gehe ich auch nicht davon aus, dass die beiden je wieder zusammenfinden werden. Allerdings hat er einen Sohn, der aufs College geht, mit ihm hält er Verbindung.«

Logan streckte Washington die Hand entgegen, die dieser kräftig schüttelte.

»Ich bin dir dankbar für das, was du für mich tust«, sagte Logan.

»Das hier ist mehr als einfach nur ein Job«, sagte Washington. »Und Alex ist für uns auch mehr als einfach nur ein Boss. Wir alle sind Soldaten, und für einen Soldaten zählen nur der Kamerad und der Nebenmann an seiner Seite. Wenn man in der Wüste oder sonst irgendwo in feindliches Feuer gerät, denkt man nicht an Gott und das Vaterland oder an einen der übrigen vorgeschobenen Gründe, aus denen man dort ist. Es geht einzig darum, lebend wieder rauszukommen, alles andere tritt in den Hintergrund. Alles.«

Logan nickte. Er merkte, dass Washington aus tiefstem Herzen gesprochen hatte.

»Du bist jetzt einer von uns«, fuhr Washington fort. »Wir passen aufeinander auf.«

Er sah Logan ernst an, fast feierlich.

»Das bedeutet aber auch, dass du genauso auf uns aufpassen musst. Verstanden?«

Logan nickte noch einmal.

»Gut. Dann ziehen wir es durch.«

12

06:08 Uhr

Ellie hatte zunächst nicht wieder einschlafen können, nachdem sie erst ins Freie gescheucht worden war, dann um ihr Leben gefürchtet hatte und schließlich kurz, viel zu kurz, mit ihrem Dad hatte reden dürfen. Alles zusammen hatte sie stark mitgenommen. Sowie sie zurück in ihrem Zimmer war, hatte sie ihre Fluchtvorbereitungen fortgesetzt, indem sie sogleich versuchte weitere Nägel aus den Brettern zu ziehen. Doch weil ihre Hände unkontrollierbar zitterten, hatte sie sich wieder hinsetzen müssen, um sich von dem Erlebten zu erholen. Sie schloss die Augen, aber das brachte nur die beinahe physisch nachvollziehbare Erinnerung daran zurück, wie ihr vor Angst die Luft im Hals stecken geblieben war, ihr Herz einen Schlag ausgesetzt und dann wild zu schlagen angefangen hatte. Sie legte sich flach aufs Bett. Nach einer Weile atmete sie wieder gleichmäßiger und fühlte sich in der Lage, es erneut mit den Nägeln aufzunehmen. Fast immun gegen die Furcht, entdeckt zu werden, machte sie sich mit neuer Energie an die Arbeit. Der Anblick der auf ihren Kopf gerichteten Waffe hatte sie in der Erkenntnis bestärkt, dass sie hier verschwinden musste.

Als Ellie bis auf einen sämtliche Nägel aus dem zweiten Brett herausgezogen hatte, waren die Kuppen ihres Daumens und ihres Zeigefingers rissig und blutig. Sie legte sich wieder auf das Bett und lutschte an ihren geschundenen Fingern, damit der Schmerz nachließ und sie zu bluten aufhörten. Darüber schlief sie ein und träumte von ihrer Mutter und davon, wie sie sie als Baby in den Schlaf gesungen hatte. Aber der Schlaf währte nur kurz, und sie erwachte davon, wie der Schmerz in ihren Fingerspitzen pochte. Sie wischte sich die Tränen ab, die der Traum in ihre Augen getrieben hatte.

Sie fand es sonderbar, dass die Erinnerung an ihre Mutter trotz der Erlebnisse der letzten Tage und trotz all ihrer Versuche, von hier zu fliehen, zunehmend blasser zu werden begann. Das erschreckte sie zutiefst, und sie wünschte sich verzweifelt ein Foto oder sonst etwas von ihr, woran sie sich festhalten konnte.

Aber da gab es ja etwas. Sie griff unter das Kissen und zog das Bild von ihrem Dad hervor. In ihrem Zimmer war es noch dunkel, und obwohl sich ihre Augen an die Finsternis gewöhnt hatten, konnte sie kaum etwas auf dem Foto erkennen.

Sie hielt sich das Bild vor die Nase, um seinen Geruch zu inhalieren, konnte aber nichts außer dem widerlichen Gestank ihres eigenen Schweißes und Blutes riechen. Sie stellte sich vor, dass er nach Meer duftete, nach salziger Luft und einer klaren, frischen Brise. Obwohl sie ihn nie gesehen hatte, klammerte sie sich nun an sein Bild als ihren einzigen Hoffnungsschimmer an diesem schrecklichen Ort und versuchte sich den Klang seiner Stimme, die sie durch das Telefon gehört hatte, ins Gedächtnis zu rufen. Wieder spürte sie Tränen in sich aufsteigen, und ihr Kinn begann zu zittern.

Aus dem vorderen Teil der Hütte drang Lärm an ihr Ohr, dann näherten sich Schritte. Sie setzte sich aufrecht hin und behielt das Foto in der Hand. Sie war fest entschlossen, es nicht zu verstecken. Mit ihm fühlte sie sich stärker, als die Tür aufging und Drake, gefolgt von dem anderen Mann, hereinkam.

Drake knipste das Licht an. Gegen den grellen Schein hielt sie sich einen Moment lang die Hand vor ihre Augen. Sie merkte, wie jemand sich neben sie aufs Bett setzte, bevor sie Drakes Stimme hörte.

»Du bist ein richtiger Glückspilz, Ellie«, sagte er. »Dein Daddy möchte mir etwas geben, was ich brauche, also werden wir dich vielleicht schon bald hier rauslassen können.«

Er lächelte, aber durch das Lächeln hindurch sah sie in die schwarze Tiefe seiner Augen. Sie glaubte nicht daran, dass sie sie gehen lassen würden. Nach allem, was vor der Hütte passiert war, hatte sie daran keinen Zweifel.

»Du freust dich ja gar nicht«, sagte Drake.

Ellie zuckte mit den Achseln und schwieg.

»Ich verstehe. Es war eine schwere Zeit für dich.«

Er stand auf und schaute zum Fenster hinüber. Ellies Herz drohte stehen zu bleiben, bevor es wie verrückt in ihrer Brust zu hämmern begann.

Bitte, sieh es nicht.

Bitte, sieh es nicht.

Bitte, sieh es nicht.

Er blickte sie wieder an, und sie tat ihr Bestes, um sich ihre Gedanken nicht anmerken zu lassen. Dann beugte sich Drake dicht über sie.

»Ich treffe mich jetzt mit deinem Daddy und komme dann wieder her. Ein paar von meinen Männern werden meinen Platz hier einnehmen für den Fall, dass dein Daddy anschließend auf die Schwachsinnsidee verfallen sollte, nach dir zu suchen. Wenn ich nicht dabei bin, wenn meine Männer zurückkommen, heißt das für dich nichts Gutes. Verstanden?«

Ellie gab sich alle Mühe, sich zusammenzureißen, konnte aber nicht mehr an sich halten. Der Damm der in ihr aufgestauten Emotionen brach zusammen, und sie begann hemmungslos zu weinen. Heiße Tränen strömten ihr übers Gesicht.

»Alles klar?«, fragte Drake noch einmal.

Ellie brachte kein Wort hervor und nickte nur.

»Ich bin mir nicht so sicher, ob es eine gute Idee ist, dass du dich auf den von ihm vorgeschlagenen Treffpunkt eingelassen hast«, sagte Sergei zu Drake, als sie sich wieder im Wohnbereich der Hütte befanden. »Was ist, wenn er sich mit der Polizei in Verbindung gesetzt hat und uns eine Falle stellt?«

»Das wird er nicht.«

»Wie kannst du dir da so sicher sein?«

»Ich habe es seiner Stimme angehört, Sergei. Er will das Mädchen wiederhaben und jetzt nichts mehr unternehmen, womit er das aufs Spiel setzt. Er ist doch bloß ein Weichei von einem Anwalt.«

»So weich nun auch wieder nicht«, wandte Sergei ein. »Oder hast du das mit Vas schon wieder vergessen?«

Drake war der ewigen Streitereien mit Sergei überdrüssig. Immerhin hatte er einen seiner ältesten Freunde verloren.

»Sergei, ich weiß, dass du es darauf anlegst, mich wütend zu machen, aber es würde die Sache um ein Vielfaches erleichtern, wenn du endlich anfängst, die Dinge so zu akzeptieren, wie sie sind.«

»Vorausgesetzt, Gabriel lässt uns nach diesem Schlamassel überhaupt noch Zeit für irgendetwas, alter Freund.«

Drake ignorierte seinen Sarkasmus. »Lass uns das jetzt endlich hinter uns bringen, okay? Dann sehen wir ja, wie es weitergeht. Ich werde Gabriel anrufen und ihn darüber unterrichten, was wir vorhaben. Vielleicht bessert das ja seine Laune.«

»Dann mach ich mal den Wagen fertig«, sagte Sergei.

Nachdem Sergei die Hütte verlassen hatte, ging Drake zu Katrinas Zimmer und fand sie nachdenklich auf dem Bettrand sitzend.

»Versprich mir, dass alles gutgeht, Yuri«, sagte sie.

»Natürlich. Es wird alles gut gehen.«

Sie lächelte, war sich aber nicht sicher, ob er sich nicht nur über sie lustig machen wollte. Sie hatten schon eine Menge miteinander durchgemacht, und sie kannte ihn gut genug, um keine weiteren aufmunternden Worte von ihm zu erwarten.

Drake kam nun ganz ins Zimmer und setzte sich neben sie aufs Bett. Zaghaft legte er seinen Arm um ihre Taille und zog sie näher an sich heran; dann legte er den Kopf auf ihre Schulter. Katrina, die solches Zartgefühl nicht von ihm gewohnt war, wurde unruhig.

»Hast du Angst vor diesem Mann?«, fragte sie. »Nach dem, was Vasiliy zugestoßen ist?«

»Nein.«

»Wirst du ihn töten?« Sie machte eine Pause, ehe sie die Frage stellte, die ihr eigentlich auf dem Herzen lag. »Und das Mädchen?«

Drake erhob sich, machte aber keine Anstalten, das Zimmer zu verlassen.

»Ich weiß es nicht«, sagte er schließlich.

»Was von beidem weißt du nicht?« Katrina sah ihn eindringlich an.

Er erwiderte ihren Blick, schwieg aber. Es gelang ihr nicht, in seinen Augen zu lesen, also ließ sie ihn wortlos hinausgehen.

Ellie hatte angestrengt auf alles gelauscht, was sich in der Hütte abspielte, bis sie hörte, wie die beiden Männer, immer noch streitend, nach draußen zum Wagen gingen. Sie war sich sicher, jetzt mit der Frau allein im Haus zu sein. Sowie sie die Männer in sicherer Entfernung wähnte, machte sie sich daran, auch noch den letzten Nagel aus dem zweiten Brett zu ziehen. Die Frau hatte vorne im Haus das Radio eingeschaltet, und Ellie lauschte ihren Schritten und der Melodie, die sie vor sich hin sang. Sie fragte sich, wie eine Frau es fertigbrachte, ihr gemeinsam mit diesen beiden Männern so etwas anzutun. Sie begriff es einfach nicht.

Der letzte Nagel erwies sich als weitaus hartnäckiger als die vorigen. Ellie befürchtete schon, dass sich die Nägel in dem nächsten Brett nun alle so schwer lösen lassen würden. Hoffentlich nicht, betete sie. Sie war überzeugt davon, aus dem Fenster klettern zu können, wenn sie drei der fünf Bretter entfernt hätte. Dann bräuchte sie nur das Fenster nach oben zu schieben, sich hindurchzuquetschen, sich auf den Boden fallen zu lassen und davonzulaufen. Der Gedanke an die Freiheit gab ihr trotz aller Schmerzen die Kraft, weiterzuarbeiten, obwohl die Wirkung der Medikamente bereits wieder nachließ.

Während sie sich abmühte, stellte sie das Foto ihres Vaters auf das Fensterbrett und warf von Zeit zu Zeit einen Blick darauf. Sie überlegte, wie er heute wohl aussah.

Ihre Mom hatte eigentlich immer gern von ihm erzählt,

nachdem Ellie sie zum ersten Mal gefragt hatte, wieso die anderen Mädchen im Kindergarten eine Mommy *und* einen Daddy hatten und sie nicht. Ihre Mom hatte ihr erklärt, dass sie Schottland, wo ihr Dad lebte, hatte verlassen müssen, dass sie jedoch bald zu ihm zurückzukehren hoffe, damit sie alle wieder zusammen sein könnten. Doch die Rückkehr hatte sich immer wieder verzögert, und je mehr Zeit verstrich, desto schwieriger schien sie zu werden. Ellie spürte die Traurigkeit ihrer Mom, sooft sie sie nach ihrem Dad fragte, hatte aber nicht das Gefühl, dass ihre Mom böse auf ihn war – eher dass sie ihn ebenso vermisste wie sie selbst.

Über die Jahre zogen sie hierhin und dorthin und sprachen häufig über ihn, auch dann noch, als ihre Mom mit fremden Männern essen ging und andere Dinge mit ihnen machte. Trotzdem spürte sie, dass ihre Mom ihren Dad nie ganz vergessen hatte. Mit den anderen Männern hielt sie es nie lange aus. Ellie erklärte sich das so, dass ihre Mom sich mit diesen Männern nur vorübergehend die Zeit vertrieb, sich ablenkte, denn sie redete ja auch schließlich niemals davon, dass sie einen neuen Dad bekommen würde – so als wäre das eine Möglichkeit, die ihr nie in den Sinn kommen würde.

An dem Tag, an dem ihre Mom ihr eröffnete, dass sie sich endlich entschlossen hätte, nach Schottland zurückzukehren und Ellies Dad zu besuchen, war Ellie das Vorhaben ganz selbstverständlich vorgekommen, als wäre es nur eine Frage der Zeit gewesen. Ihre Mom hingegen wirkte so, als wäre sie sehr plötzlich und ohne langes Überlegen zu diesem Entschluss gekommen. Doch sie freute sich darauf – genauso wie Ellie –, und das war das Einzige, was zählte.

Endlich hatte sie den Nagel gelockert. Vorsichtig nahm

sie das Brett vom Fenster und stellte es neben das erste auf den Boden. Sie bückte sich und schaute durch den Schlitz. Gerne hätte sie das Fenster einen Spalt breit geöffnet und die frische Luft von draußen geatmet, hatte aber Angst, es zu tun, bevor sie mit ihrer Fluchtvorbereitung fertig war. Obwohl die Scheibe verzogen war und mehrere Sprünge hatte, konnte Ellie in dem heller werdenden Licht des Wintermorgens Bäume und den Abhang zum See erkennen, an den die Männer sie vorhin hingeschleppt hatten.

Sie drückte das Gesicht gegen die Scheibe und versuchte so viel wie möglich von ihrer Umgebung wahrzunehmen. Rechts war nichts Besonderes zu erkennen, doch zur Linken konnte sie einen kleinen Wald ausmachen und eine Straße, die durch ihn hindurch zu einer Weide dahinter führte. Am Ende dieser Weide glaubte sie ein paar Hütten zu sehen und hinter diesen ein etwas größeres Gebäude aus Holz.

Sie klemmte die ersten beiden Bretter wieder vor das Fenster und steckte die Nägel zurück, damit nichts herunterfiel. Dann machte sie sich an das dritte Brett.

Nur noch dies eine.

13

06:54 Uhr

Auf der Fahrt in den nördlich von Glasgow gelegenen, beschaulichen Vorort Bearsden, in dem Cahill wohnte, hatte Logan versucht, ein wenig Schlaf zu finden. Aber seine Gedanken kreisten um die verschiedensten Dinge, und so beschied er sich schließlich damit, aus dem Seitenfenster zu starren und die Stadt an sich vorüberziehen zu lassen.

Sie bogen von der Hauptstraße in eine kleine, mit Häusern aus den 20er- und 30er-Jahren gesäumte Seitenstraße. Cahills eingeschossige Villa wirkte von der Straße recht bescheiden, aber Logan wusste, dass sie im hinteren Teil geräumig ausgebaut worden war und auf der Rückseite über einen ausgedehnten Garten verfügte.

Cahill bremste abrupt ab und steuerte den Wagen in die Einfahrt. Der unauffällige Ford Mondeo, der ihnen die ganze Zeit gefolgt war, fuhr am Haus vorbei, doch Cahill entging wieder nicht, dass die Bremslichter rot aufleuchteten und der Wagen seine Fahrt verlangsamte. Logan wollte gerade aussteigen, als Cahill rasch die Zündung ausschaltete.

»Wir haben da ein kleines Problem«, sagte er. »Diese Frau, diese Polizistin, sie folgt uns schon, seit wir zu dem Schießstand in der Scotland Street gefahren sind.« Logan drehte sich auf seinem Sitz, um instinktiv durch die Heckscheibe zu schauen.

»Nein«, sagte Cahill und schüttelte den Kopf. »Sie ist schon vorbeigefahren. Hat wahrscheinlich ein Stück weiter die Straße entlang gehalten.«

»Wie hast du das gemerkt?«, fragte Logan und sah Cahill an.

Cahill grinste. »Sie hat extra eine rote Ampel überfahren, als wir aus dem Büro kamen. Das war mehr als offensichtlich. Und vorher hat sie den Fehler gemacht, mit ausgeschalteten Scheinwerfern vor dem Gebäude in ihrem Wagen zu hocken und sie sofort wieder anzuschalten, als wir um die Ecke kamen. Das hat meine Aufmerksamkeit auf sie gelenkt. Außerdem hat sie scharf beschleunigt und ist dann, wie schon gesagt, bei Rot über die Ampel. Reichlich amateurhaft, aber bei den Bullen kriegt man so etwas eben nicht beigebracht. Für mich gehört so was zum Alltag.«

»Und was unternehmen wir jetzt ihretwegen?«

»Im Zweifelsfall könnten wir sie einfach ignorieren und sie ihrem Treiben überlassen. Aber in Hinblick darauf, was wir vorhaben, wäre das wohl nicht wirklich praktisch.«

Das leuchtete Logan ein. Mit einem Mal wurde ihm bewusst, wie absurd es war, sich überhaupt auf eine solche generalstabsmäßige Operation eingelassen zu haben – und sie nicht einmal jetzt, angesichts der veränderten Situation, infrage zu stellen.

»Oder«, sagte Cahill, »wir machen mit ihr einen kleinen ziellosen Ausflug aufs Land und hängen sie unterwegs ab.«

»Oder wir weihen sie ein«, dachte Logan den Gedanken laut zu Ende.

»Richtig.«

Logans erster Impuls war, die letztere Möglichkeit zu favorisieren. Er konnte sich nicht ganz erklären, warum oder wie es dazu gekommen war, aber er hatte Vertrauen zu DC Irvine, und für gewöhnlich täuschten ihn seine Gefühle nicht.

»Letzteres wäre allerdings auch die riskanteste Alternative«, sagte Cahill, der Logans Gedanken an seiner Miene abgelesen hatte. »Aber wenn du meinst, dass sie die Sache nicht verpatzt, wäre ich bereit, meine Instinkte zu ignorieren und sie hinzuzuziehen. Möglicherweise könnte sie uns sogar von Nutzen sein.«

»Weil sie vielleicht eine erfahrene Schützin ist?«

»Quatsch, Logan. Ich meine doch nicht, dass sie bei der Operation dabei ist. Das kommt überhaupt nicht infrage. Aber es wäre nützlich, eine Polizeibeamtin auf unserer Seite zu haben, weil wir eine Erklärung abgeben werden müssen, wie wir Ellie gefunden haben. Wie *du* sie gefunden hast.«

Für Logan hörte sich das so an, als hätte Cahill bereits einen Plan.

»Und *wie* finde ich sie?«, wollte er wissen.

»Es ist immer am besten, es nicht zu kompliziert zu machen. Je verzwickter eine Geschichte ist, desto weniger glaubwürdig wirkt sie, und umso leichter verwickelt man sich in Widersprüche.«

So weit konnte Logan der Logik folgen.

»Wir werden es geradezu lächerlich einfach halten«, sagte Cahill. »Sie taucht einfach vor deiner Wohnung auf, und damit hat sich die Sache.«

Logan runzelte die Stirn. »Du hast recht«, sagte er zu Cahill. *»Lächerlich* ist dafür genau der richtige Ausdruck. Wie soll das denn funktionieren?«

»Je einfacher, desto besser, wie ich schon sagte. Nehmen wir doch mal an, dass Penny mit der Absicht mit ihr nach Glasgow gekommen ist, dich aufzusuchen, okay? Also weiß Ellie nicht nur, wer du bist, sondern möglicherweise auch, wo du wohnst. Selbst wenn sie die Adresse nicht hat, wäre es für ein Mädchen ihres Alters doch einigermaßen einfach, sie im Telefonbuch nachzuschlagen. Konntest du mir bis hierher folgen?«

»Schon, aber wie erklären wir, wo sie sich aufgehalten hat, seit Penny …« Er brachte es nicht über sich weiterzusprechen.

»Das ist ja das Geniale«, sagte Cahill. »Wir tun es eben nicht.«

»Was?« Logan begriff überhaupt nichts mehr. »Soll sie etwa in ihrem Pyjama unentdeckt ein paar Tage lang durch die Straßen gewandert sein?«

»Wer weiß?«, sagte Cahill und warf die Hände in die Höhe. »Wir können es jedenfalls nicht erklären, weil du erst ins Spiel kommst, als sie vor deiner Tür auftaucht. Sie hat ihre eigene warme Kleidung an und ist vermutlich geschlagen worden. Mehr weißt du nicht.«

Jetzt dämmerte es Logan. »Falls mir also irgendwer verfängliche Fragen stellt, wie ein kleines Mädchen da draußen überlebt haben soll, sage ich einfach: ›Ich weiß es nicht.‹?«

»Eben.«

»Und wo bekommen wir Kleidung für sie her?«

Cahill lächelte wissend. Es dauerte einen Moment, bis Logan es bemerkte. Sein Freund ließ ihn zappeln.

»Von DC Irvine?«

»Sie ist mit dem Fall betraut, also wird niemand es verdächtig finden, wenn sie noch einmal zu dem Haus zurückfährt«, sagte Cahill.

»Dann hätten wir auch dafür eine Lösung, wie wir sie loswerden. Aber wie bewegen wir sie dazu mitzuspielen?«

»Daran arbeite ich noch«, sagte Cahill, öffnete die Fahrertür und stieg aus.

***

Logan saß schweigend in Cahills geräumigem Arbeitszimmer im hinteren Teil des Hauses. Das Zimmer hatte ein breites Fenster, von dem man in den Garten hinausblickte. In der Mitte stand ein Schreibtisch aus Metall, davor thronten zwei Sofas. Cahill saß Logan gegenüber auf einem davon und wippte mit dem Fuß auf dem Eichenparkett. Samantha Cahill kam gerade mit zwei großen Kaffeebechern aus der Küche. Sie reichte einen ihrem Mann und ließ sich dann mit dem zweiten neben Logan nieder,

der mit beiden Händen ein Glas Wasser hielt. Er saß vornübergebeugt da, die Ellbogen auf die Knie gestützt. Die erst jüngst verlegten Bodendielen rochen noch immer nach frisch gesägtem Holz.

»Das wird schon werden, Logan«, versicherte ihm Samantha. »So etwas macht Alex jeden Tag.«

Logan sah sie an und musste erneut darüber staunen, wie jung Cahills Frau mit ihren einundvierzig Jahren aussah. Mit Samanthas Mutter, die er einige Male getroffen hatte, verhielt es sich ebenso; ihre Gene mussten für ihre Jugendlichkeit verantwortlich sein. Samantha war klein, allerhöchstens eins sechzig, trug ihr dunkles Haar schulterlang und hatte umwerfend blaue Augen. Außerdem duftete sie immer exquisit. Er lächelte ihr zu.

»Das hat er mir auch schon erzählt«, sagte er. »Aber wie lebst du mit dieser ständigen Gefahr?«

Samantha sah ihren Ehemann an und zuckte mit den Achseln. »Nun, ganz so gefährlich wie diesmal ist es ja nicht immer. Er ist viel unterwegs, aber meistens spielt er nur den Babysitter für irgendwelche Politiker oder Filmstars. Es hat normalerweise nichts … mit Gewalt zu tun.«

»Auch das hat er mir erzählt, allerdings erst nach fünf Jahren. Aber wie es aussieht, wurde ich von vielen Menschen angeflunkert, also fange ich langsam an, mich daran zu gewöhnen.«

Samantha seufzte. »Logan, er hat nie einen Hehl …«

Er unterbrach sie mit einer Handbewegung. »Ich weiß, Samantha. Ich habe bloß ein paar schreckliche Tage hinter mir, also kannst du es mir vielleicht nachsehen, wenn ich den Druck an jemandem auslasse.«

»Ich werd's versuchen.«

Einige Minuten lang saßen sie schweigend da, bis Cahill aufstand und erklärte, er wolle ein kleines Frühstück auftreiben.

»›Auftreiben‹. Das hast du schön gesagt.« Logan musste lachen.

»Ja und?«

»Wie im Wilden Westen.«

Auch Samantha lachte. Ihr Mann zeigte beiden den Stinkefinger und ging dann in die Küche. Logan leerte sein Wasserglas und lehnte sich auf der Couch zurück.

»Es muss ein höchst sonderbares Gefühl für dich sein, zu erfahren, dass du eine Tochter hast, die inzwischen elf Jahre alt ist«, sagte Samantha. »Weiß Gott, es ist schwierig genug, aus Kindern schlau zu werden, wenn man sie seit der Geburt um sich hat, aber das muss wirklich der Hammer sein.«

Logan nickte und betrachtete das Foto der beiden Töchter der Cahills, das auf dem Schreibtisch stand. Es zeigte sie an einem sonnigen Badestrand, und er fragte sich, ob das Bild wohl aus dem Urlaub stammte, in dem Jodie, die ältere der beiden, am Meer verloren gegangen war. Er fragte Samantha danach. Als sie das Bild ansah, bemerkte Logan, wie sich ihr Gesichtsausdruck veränderte. Sie schien die schmerzliche Erinnerung an diesen Tag noch immer nicht ganz verwunden zu haben.

»Nein, das wurde in einem anderen Jahr aufgenommen«, sagte sie. »Ich hoffe, dass dieser Tag für dich so endet wie jener Tag damals für uns – mit Ellie in deinen Armen.«

»Ja, aber selbst dann – wie soll ich eine Beziehung zu ihr aufbauen? Wir werden füreinander Fremde sein.«

»Ich kenne dich doch, Logan. Das schaffst du schon.«

»Immer vorausgesetzt, dass die Typen sie nicht umbringen.«

Samantha legte ihre Hände über die seinen und drückte sie fest. »Das wird Alex zu verhindern wissen, Logan. Gemeinsam mit dir. Du bekommst sie wieder.«

Logan wusste, dass sie sich bemühte, Optimismus zu verbreiten, doch er konnte ihn nicht teilen. An der ganzen Geschichte war bis jetzt nichts gut ausgegangen. Penny war tot, ebenso einer der Entführer, und er befürchtete, dass die beiden nicht die Einzigen sein würden, sobald der Staub sich erst einmal gelegt hatte.

Er stand auf, ging zum Schreibtisch, nahm das Foto in die Hand und betrachtete es noch eingehender. Er versuchte sich vorzustellen, wie es sein musste, eine Tochter zu haben. Dann stellte er das Bild wieder zurück und griff in seine Hosentasche, um das Bild von Ellie hervorzuholen. Samantha sah ihn stirnrunzelnd an; sie hatte keine Ahnung, was er in seiner Hand hielt. Er setzte sich wieder neben sie und gab ihr das zerknitterte Foto.

Sie musterte es einen Augenblick lang und sah ihn dann an. »Ist sie das?«, fragte sie.

Logan nickte. »Als sie gekommen sind, um mich einzuschüchtern, ist das Bild auf den Boden gefallen. Zu diesem Zeitpunkt wusste ich noch nicht, wen es darstellte, also habe ich es zunächst achtlos weggesteckt.«

Er nahm das Foto wieder an sich, legte es auf seinen Oberschenkel und wollte es glattstreichen. Samantha erkannte sehr wohl den Symbolgehalt seiner vergeblichen Bemühungen.

»Sie hat deine Augen«, sagte sie. »Kein Zweifel, sie ist deine Tochter.«

»Ich weiß. Ich hoffe, dass es das für uns leichter macht … später, wenn ich sie bei mir habe. Gesund und munter.«

»Geh es langsam an, Logan. Wir werden dir dabei helfen.«

Er steckte das Bild zurück in die Hosentasche. Sie merkte, wie behutsam er dabei vorging, so als könnte es zerbrechen, wenn er zu grob damit umging. Wieder ließ er sich auf die Couch fallen und rieb sich die Augen, unter denen sich dunkle Schatten abzeichneten.

»Sei nicht so niedergeschlagen«, tröstete sie ihn. »Wenn alles vorüber ist, fängt ein neues Leben für dich an. Vor allem werden wir dir dann dringend eine Frau besorgen müssen.« Sie versetzte ihm einen zärtlichen Knuff mit dem Ellbogen, bevor sie aufstand und ebenfalls in die Küche ging. Logan blieb auf dem Sofa sitzen, dachte über Ellie nach, dachte auch an Rebecca Irvine und fragte sich, welchen Verlauf sein Leben nehmen würde, wenn dieser Tag vorbei wäre.

Immer vorausgesetzt, dass er das Ende dieses Tages erleben durfte.

14

08:03 Uhr

Rebecca Irvine drehte ihr Mobiltelefon zwischen ihren Fingern. Sie überlegte, ob sie sich jetzt bei Moore melden, möglicherweise sogar um Verstärkung ersuchen sollte. Sie war sich sicher, ihre Bitte gut begründen zu können, vor allem, indem sie Logan und diesen Amerikaner mit den Ereignissen im Pub in Verbindung brachte.

Plötzlich klopfte jemand gegen die Seitenscheibe der Beifahrertür. Sie erschrak und ließ das Handy auf den Wagenboden fallen. Als sie aufblickte, erkannte sie erst den Amerikaner und dann Logan, der hinter ihm stand. Als sie Logan ansah, lächelte er verlegen und zuckte mit den Schultern. Der Amerikaner machte eine Geste, sie möge die Zentralverriegelung aufheben. Als sie sie entriegelt hatte, öffnete er die Tür und setzte sich neben sie, während Logan hinter ihm auf die Rückbank schlüpfte.

»Detective«, sagte Cahill und nickte ihr zu.

Sie merkte, wie ihr das Blut in die Wangen schoss. Sie hasste es, von ihm überrumpelt worden zu sein.

»Ich nehme an, Sie wollen mir jetzt erzählen, dass Sie schon von Anfang an gewusst haben, dass ich Ihnen gefolgt bin?«, fragte sie.

»Klar«, sagte er. »Und wenn Sie sich wieder einmal jemandem an die Fersen heften wollen, gebe ich Ihnen gerne ein paar nützliche Tipps.«

Rebecca war sich unsicher, ob er das ernst meinte, also erwiderte sie zunächst nichts. Sie schaute in den Rückspiegel und bemerkte, dass Logan ihrem Blick rasch auswich.

»Ich nehme nicht an, dass ich Sie überreden könnte, nach Hause zu fahren und uns uns selbst zu überlassen?«, fragte sein Begleiter.

»Da haben Sie recht«, sagte sie. »Das wird Ihnen nicht gelingen.«

»Schön, aber dann kann ich Sie vielleicht dazu überreden, uns zu behilflich zu sein.« Er ließ sich die Worte auf der Zunge zergehen und schien den verdutzten Ausdruck auf ihrem Gesicht zu genießen.

»Ich bin Polizeibeamtin«, erklärte sie nach einer Pause. »Und ich untersuche den Mord an einer Frau und das Verschwinden Ihrer Tochter. Nach allem, was ich weiß, hängen Sie beide da irgendwie mit drin, und ich bin ganz und gar nicht bereit, für Sie meine Karriere zu riskieren.«

Logan glaubte ihr die augenscheinliche Entrüstung nicht. Ihre Stimme klang nicht überzeugend. Cahill hatte darauf bestanden, dass er derjenige sein sollte, der sie überredete, aber hier trafen zwei zu verschiedene Persönlichkeiten aufeinander, und Cahill übertrieb es, indem er Katz und Maus mit ihr spielen wollte. Schließlich war es *seine* Tochter, deren Leben hier am seidenen Faden hing, also beschloss Logan, ohne Umschweife auf den Punkt zu kommen.

»Wir wissen, wer sie hat«, erklärte er und würgte damit Cahill ab, der gerade noch etwas sagen wollte. »Ellie, meine ich.«

Sowohl Cahill als auch Irvine drehten sich augenblicklich zu ihm um.

»Und wir wollen sie da rausholen«, beendete Logan seinen Satz.

DC Irvine sah ihn eindringlich an, schien nach Anzeichen dafür zu suchen, dass er sie auf den Arm nehmen wollte, aber er hielt ihrem forschenden Blick stand, was sie so zu verwirren schien, dass sie sich wieder Cahill zuwandte.

»Das stimmt«, sagte Cahill. »Er mag zwar ein verdammter Trottel sein, aber wo er recht hat, hat er recht.« Er sah Logan an. »So, jetzt, wo du mir die Schau gestohlen hast, kannst du auch gleich weiterreden, Kumpel.«

Logan rutschte in die Mitte der Rückbank, stützte die Ellbogen auf die Vordersitze und beugte sich vor. Sein Gesicht war nur eine Handbreit von dem Irvines entfernt, und sie konnte nicht umhin, dessen Abgezehrtheit zu bemerken. Heute Morgen wirkte er um ein Vielfaches älter als bei ihrer ersten Begegnung.

Logan hingegen fiel jetzt erst auf, wie jung DC Irvine dafür war, dass sie es bereits bis zum Detective gebracht hatte.

Das musste wohl bedeuten, dass sie nicht nur ehrgeizig, sondern auch gut war. Die Kriminalpolizei war schließlich immer noch eine von Männern dominierte Truppe.

»Wie viel kann ich Ihnen erzählen?«, fragte er sie.

Schweigend verfolgte Cahill das Gespräch zwischen Logan und der Beamtin. Als er sie beobachtete, spürte er etwas zwischen ihnen, etwas, das, was Irvine betraf, über polizeiliche Routinearbeit hinausging. Cahill war von Natur aus argwöhnisch und hätte die Beamtin so wenig wie nur möglich wissen lassen, doch er hielt sich zurück und überließ Logan die Situation.

»Haben Sie jemanden umgebracht?«, wollte Irvine von Logan wissen und vermied es, ihn dabei anzusehen.

»Nein.«

»Und er?«, fragte sie mit einem raschen Seitenblick auf Cahill. »Keine Lügen. Dafür ist die Angelegenheit zu ernst.«

»Vermutlich«, sagte Logan. »Schließlich ist er ja Soldat gewesen.«

Sie holte tief Luft und sah zu Boden, ehe sie ihren Blick wieder auf Logan richtete. »Hat er in den letzten vierundzwanzig Stunden jemanden umgebracht?«

Selbst unter diesen Umständen machte es Logan nichts aus, DC Irvines Fragen zu beantworten. Seltsam, wenn man bedachte, wo sie sich befanden und was ihm heute noch bevorstand.

»Nein«, sagte er. »Aber gestern Abend hat einer seiner Männer ein Mitglied der Bande erschossen, die Ellie in ihrer Gewalt hat.«

Irvine reagierte nicht.

»Als der Bursche mich gerade mit einem Messer abstechen wollte.«

Sie sah Cahill an, der ebenfalls keine Gemütsregung zeigte, und dachte dann an den grobschlächtigen Kerl, den sie auf dem Toilettenfußboden hatte liegen sehen, sein Kopf in einer Blutlache.

Sie ahnte, dass Logan die Wahrheit sagte, doch darüber hinaus empfand sie nichts als Ratlosigkeit, war hin- und hergerissen zwischen ihrem logischen Verstandesdenken, das sie ermahnte, ihre Pflichten als Polizeibeamtin nicht zu verletzen, und der Stimme ihres Herzens, die wollte, dass sie das Leben eines kleinen Mädchens rettete – koste es, was es wolle.

Als sie sich wieder Logan zuwandte, war sie fast erschrocken über die Intensität, die in seinen Augen lag. »In einer Bar an der West Nile Street?«

»Ja.«

»Und was soll ich Ihrer Ansicht nach nun mit dieser Information anfangen?«

»Das überlasse ich Ihnen.«

Sie öffnete die Fahrertür und stieg aus, entfernte sich ein paar Schritte weit von dem Wagen und drehte sich dann wieder um.

»Was denkst du?«, fragte Logan Cahill.

»Ich denke, sie hat angebissen.«

»Das glaube ich auch.«

Sie sahen zu, wie DC Irvine vor dem Wagen auf und ab lief und eine weiße Atemwolke in die Luft blies.

»Falls alles reibungslos über die Bühne geht – wäre sie nicht was für dich?«, fragte Cahill.

Diesmal war es Logan, der Hitze in seinem Gesicht aufsteigen fühlte.

»Aber vorher gibt es noch eine Menge zu tun«, sagte er. »Überhaupt – hast du nicht den Ehering an ihrem Finger gesehen?«

»Natürlich habe ich das«, sagte Cahill gedehnt. »Aber sie ist die ganze Nacht unterwegs und hinter uns her gewesen. Auch dir dürfte aufgefallen sein, dass sie keinen Partner bei sich hat, also hat sie uns in ihrer Freizeit verfolgt. Das tut doch kein Mensch aus bloßer Hingabe an seinen Job.«

Auch Logan war all das bereits durch den Kopf gegangen. Er spürte, wie seine Wangen immer heftiger glühten, während er die Logik hinter Cahills Worten erkannte.

»Vielleicht ist sie noch nicht so weit, es zuzugeben«, fuhr Cahill fort, »aber sie ist persönlich in den Fall involviert, und das hat mit Ellie *und* mit dir zu tun. Ich verstehe was von Körpersprache und merke doch, was zwischen euch vorgeht.«

Logan konnte sich nur schwer vorstellen, eine Beziehung zu führen, wenn er sich gleichzeitig um Ellie kümmern sollte, um ihr dabei zu helfen, das Erlebte zu verarbeiten.

»Hör zu«, sagte Cahill. »Wir bringen das jetzt hinter uns, aber dann musst du wieder anfangen zu leben. Penny ist nicht mehr da, und du wirst jede nur denkbare emotionale Unterstützung benötigen, damit Ellie sich nach dem, was sie durchgemacht hat, wieder fängt.«

»Bei dir hört sich das an, als wäre es ein Kinderspiel«, sagte Logan. »Positives Denken ist wahrlich eine deiner Stärken. Das war übrigens als Kompliment gemeint.«

»Positiv denken, gewissenhaft vorausplanen und tun, was zu tun ist. Auf viel mehr kommt es eigentlich nicht an.«

DC Irvine kam zum Wagen zurück, stieg ein und schloss hinter sich die Tür.

»Es gibt da ein Problem«, sagte sie.

»Was für eins?«, fragte Cahill.

»Einer der Türsteher des Pubs hat zwei Männer gesehen, die gemeinsam die Bar verlassen haben, kurz nachdem«, sie suchte nach dem passenden Ausdruck, »kurz nachdem es passiert ist. Er kann sich erinnern, dass sie in Richtung St Vincent Street verschwunden sind.«

»Und?«, fragte Logan.

Cahill lehnte sich in seinem Sitz zurück. Er ahnte sogleich, worauf Irvine hinauswollte.

»Das Zentrum von Glasgow wird sieben Tage in der Woche vierundzwanzig Stunden lang durch Videokameras überwacht«, sagte sie. »Es wird also auch eine Aufnahme davon geben, auf der Sie und Ihr Freund«, sie zeigte mit dem Finger auf Cahill, »sein Bürogebäude betreten. Übrigens hat selbst das Pub am Eingang eine Kamera, also ist es durchaus möglich, dass Sie beide schon dort gefilmt wurden.«

Logan sah seine Felle davonschwimmen. »Jetzt kriegen sie uns am Arsch«, sagte er. »Sie werden mich und Bails schnappen, ohne dass wir es verhindern können.«

»Stopp«, fuhr Cahill dazwischen. »Sämtliche Überwachungsaufnahmen sind heutzutage digital, und das meiste davon ist auf gesicherten Extranet-Sites zugänglich.«

»Was soll das heißen?«, fragte Logan verstimmt.

»Du hast doch gesehen, was Bruce vorhin getan hat, oder? Er kann sich zu allem Zugang verschaffen, was im Netz kursiert – einschließlich der Videoaufzeichnungen der Bar und der Kameras im Stadtzentrum.«

»Sie können doch nicht einfach in ein polizeiliches Überwachungssystem eindringen und Dateien löschen«, sagte Irvine.

»Doch, das können wir. Und wir können es auch so aussehen lassen, als läge der Fehler bei Ihnen. Es ist ganz einfach.«

»Aber das ist illegal.«

»Natürlich ist es das. Und? Das Leben eines kleinen

Mädchens – Logans Tochter – könnte davon abhängen, dass es uns gelingt, uns Ihre Kollegen vom Hals zu halten, und ich bin bereit, dafür absolut alles zu tun, was nötig ist. Haben Sie ein Problem damit, Detective?«

Rebecca Irvine wusste, dass das Mädchen unter Umständen nie – oder zumindest nicht lebend – gefunden werden würde, wenn sie jetzt streng nach Vorschrift handelte und Liam Moore hinzuzog. Falls sie sich allerdings darauf einließ, was Cahill von ihr verlangte, wäre es möglich, dass sie selbst hinter Gittern landete.

»Hier sind gestandene Männer und Frauen gefragt«, drängte Cahill sie. »Sie müssen schon über Ihren eigenen Schatten springen, Detective.«

Logan legte die Hand auf ihre Rückenlehne.

»Es geht um meine Tochter«, sagte er. »Sie wird von irgendwelchen Verbrechern festgehalten, eben den Leuten, die bereits ihre Mutter ermordet haben. Und ich weiß, dass einer von ihnen gestern in der Absicht in die Bar gekommen ist, auch mich zu töten. Alex ist meine einzige Chance, Ellie zurückzubekommen, und das ist Ihnen wie auch uns bewusst. Lassen Sie uns das durchziehen. Helfen Sie uns dabei.«

»Na schön«, sagte sie. »Was kann ich tun?«

»Zunächst«, sagte Cahill, »müssen wir uns die Aufzeichnungen besorgen. Wenn Sie meinem Hacker ein paar Zugangsdetails verraten, wird uns das helfen, das Problem schneller zu lösen.«

»Was für Zugangsdetails?«

»Na ja, was schon? Alles, was wir brauchen, um uns da einzuklinken. Passwörter und so.«

»Um Himmels willen!« Erst jetzt ging ihr auf, worauf sie sich da eingelassen hatte.

»Koste es, was es wolle«, betonte Cahill noch einmal.

»Ich hab ja schon verstanden«, lenkte sie ein. Die beiden hatten sie überzeugt. »Holen Sie ihn ans Telefon, und ich sage ihm, was ich kann.«

»Kommen Sie mit ins Haus, und lassen Sie uns von dort telefonieren«, sagte Cahill und wollte aus dem Wagen steigen.

»Aber ich möchte weder seinen Namen erfahren noch wo er sich aufhält oder sonst was«, sagte sie. »Je weniger ich weiß, desto besser ist es für uns alle.«

»Sie tun das Richtige«, versicherte ihr Cahill.

Sie warf einen Blick auf Logan. Er nickte und öffnete die Tür.

Rebecca schauderte. Sie war sich nicht sicher, ob die Gänsehaut von der Kälte herrührte oder von der Furcht vor dem, was nun vor ihr lag.

15

08:58 Uhr

Nach einem kurzen, leicht surreal anmutenden Telefongespräch mit Bruce fasste Cahill für Rebecca Irvine kurz zusammen, was geplant war und wie sie das Treffen mit den Unbekannten an diesem Morgen nutzen wollten, um herauszufinden, wo Ellie versteckt gehalten wurde. Anschließend setzte er ihr in knappen Worten auseinander, wie sie planten, Ellies Wiederauftauchen zu erklären.

»Könnten Sie noch einmal zu dem Haus von Penny fahren und Ellie ein paar Sachen zum Anziehen holen?«

»Ich denke, das sollte kein Problem sein. Ich bin schon wiederholt dort gewesen und eine der leitenden Beamtinnen in dem Fall, also wird sich niemand etwas dabei denken, wenn ich noch einmal dort auftauche.«

»Haben Sie …« Logan rang um die passenden Worte, um seine Frage zu formulieren. »Haben Sie irgendein Gefühl dafür gewonnen, wie sie ist?«

»Ich weiß es nicht. Wahrscheinlich wie alle anderen Mädchen«, antwortete sie nach kurzem Zögern. »Sie hat ihren eigenen Stil, was Kleidung betrifft. So viel habe ich mitbekommen. Hat was von einem kleinen Wildfang und scheint sich damit wohlzufühlen.«

Logan lächelte. Cahill hatte recht mit seiner Meinung über DC Irvine. Sie schien sich persönlich in dem Fall zu engagieren und konnte ihnen letzten Endes bestimmt von Nutzen sein.

»Logan ist kein Profi wie Sie«, sagte Rebecca zu Cahill, um das Thema zu wechseln. »Sie können ihn nicht ganz allein zu diesem Treffen mit den Männern in den Park schicken.«

»Aber ich muss es tun«, wandte Logan ein. »Sie müssen davon überzeugt sein, dass ich allein und außer mir vor Sorge bin, damit sie keinen Verdacht schöpfen.«

»Wenn die Typen glauben, alles im Griff zu haben, gibt uns das möglicherweise eine bessere Chance, ihnen zu folgen«, fügte Cahill hinzu. »Das sind Kriminelle, keine Soldaten oder so. Leute wie sie denken, dass alle Welt sich vor ihnen fürchtet, und dann werden sie unvorsichtig. Deshalb werden sie am Ende meistens auch geschnappt.«

»Aber was ist, wenn Ellie … nun schon tot ist?«, fragte sie mit einem Blick auf Logan. »Und sie ihn auch umbringen wollen? Haben Sie diese Möglichkeit auch bedacht?«

»Sie ist nicht tot«, erklärte Logan mit Bestimmtheit.

»Trotzdem müssen wir damit rechnen. Es tut mir leid, aber …«

»Ich habe mit ihr gesprochen«, sagte Logan. »Gestern Abend erst. Sie lebt.«

»Gut, das zu hören«, sagte Rebecca leise.

»Wir werden uns so nahe wie möglich bei Logan aufhalten, ohne entdeckt zu werden«, versicherte ihr Cahill. »Außerdem wird er bewaffnet sein.«

»Ich habe geübt«, beeilte sich Logan hinzuzufügen, als er sah, dass die Beamtin Einwände erheben wollte.

»Um Gottes willen«, sagte sie kopfschüttelnd. »Das geht mir wirklich zu weit. Können Sie ihm nicht einfach einen Sender oder etwas Ähnliches in die Aktentasche stecken und die Männer damit verfolgen? Wäre das nicht ungefährlicher?«

»Keine gute Idee«, sagte Cahill. »Die Kerle sind nicht dumm und würden einen Piepser sofort finden. Nein, wir haben das alles schon gründlich durchdacht. Der Plan mag zwar nicht perfekt sein, aber das kann man von Operationen wie dieser eigentlich nie behaupten. Man macht aus den gegebenen Umständen das Beste, was man kann.«

»Vermutlich«, räumte Rebecca ein. »Und was geschieht, wenn Sie herausfinden, wo Ellie ist? Sie werden sie Ihnen ja wohl nicht mir nichts, dir nichts übergeben, wenn Sie nur höflich darum bitten.«

»Das ist der Teil, über den Sie nicht Bescheid zu wissen brauchen«, sagte Cahill.

»Aber ich muss …«

»Nein, tun Sie eben nicht. Und ich werde das auch nicht weiter mit Ihnen diskutieren.« Er stand auf, um zu gehen, und streckte ihr zum Abschied die Hand entgegen, um allen weiteren Einwänden vorzubeugen. »Es ist zu Ihrem eigenen Besten«, versicherte er ihr.

Sie war nicht geneigt, ihm beizupflichten, beließ es aber dabei.

***

Rebecca Irvine folgte dem Wagen mit Logan und Cahill, als sie sich auf den Rückweg in die Stadt machten. Der Verkehr war wie immer am Morgen chaotisch, wurde aber zusehends fließender, nachdem sie das Stadtzentrum hinter sich gelassen hatten und in südlicher Richtung auf die Autobahn fuhren. Sie hielt Abstand, als sie nach einer Weile die Autobahn verließen, nach links abbogen, den Eingang des Botanischen Gartens im Rouken Glen Park passierten und dann wieder nach rechts in eine Straße einbogen, die am Park entlangführte. Nach ungefähr halber Strecke bremste Cahills BMW ab und fuhr nach links in eine auf beiden Seiten von Bäumen und großen, teuren Häusern gesäumte Allee. Schließlich bog er noch einmal ab und hielt hinter einem schäbigen Kombi mit zwei Personen darin.

Rebecca parkte ihren Wagen ebenfalls und wartete. Sie wusste nicht, was sie tun sollte, bis Cahill ausstieg und sie heranwinkte. Sie ging zum Kombi und quetschte sich neben Cahill und Logan auf die Rückbank, auf der gerade Platz genug für drei war.

Die beiden Männer auf den Vordersitzen reckten die Hälse, um einen Blick auf sie zu werfen.

»Das sind Chris Washington und Tom Hardy«, stellte Cahill die beiden vor. »Jungs, dies ist Detective Irvine von der Strathclyde Police. Macht euch miteinander bekannt.«

Hardy nickte, Washington hob die Hand zum Gruß, und Rebecca grüßte zurück. Es beruhigte sie, dass die Männer ebenfalls einen professionellen Eindruck machten. Sie trugen dünne, blaue Jacken über schwarzen T-Shirts und blickten ausgesprochen ernst.

Beim Einsteigen war Logan eine Segeltuchplane aufgefallen, die den Inhalt des Laderaums bedeckte. Er fragte, was sich darunter verbarg.

»Allerhand Zeug«, sagte Washington. »Du weißt schon – Schusswesten, Helme, Knarren und Flashbangs.«

»Flashbangs?«

»Nie was von Tom Clancy gelesen?«, fragte Cahill.

»Nicht wirklich.«

Cahill verdrehte die Augen.

»Blendgranaten, wenn man so will. Ein besserer Begriff fällt mir gerade nicht ein«, erklärte Washington. »Sie verursachen eine Menge Lärm und flackerndes Licht, um den Gegner vorübergehend zu blenden und zu verwirren, damit wir ihn plattmachen können. *Flash! Bang!*« Er ließ seine Hände zucken, indem er sie in rascher Folge zu Fäusten ballte und sogleich wieder öffnete.

»Sie sind wirklich scheißgrell und scheißlaut«, fügte Hardy hinzu – eine überflüssige Bemerkung, wie Logan fand.

»Nicht dass du das miterleben würdest«, sagte Cahill. »Wir erledigen die Drecksarbeit, während du im Auto wartest.«

»Ist mir nur recht. Trotzdem hätte ich jetzt gerne die Waffe bei mir.«

Cahill griff hinter den Rücksitz und holte die kompakte Neun-Millimeter-Pistole hervor, mit der Logan seine Übungsschüsse abgefeuert hatte. Diesmal steckte sie in einem schwarzen Vinylhalfter ohne Gürtel.

»Zieh deinen Gürtel aus der Hose, und befestige das hier daran«, sagte Cahill. »Und dann hör mir gut zu.«

Logan nickte. Er kam sich vor wie ein Schuljunge, dem etwas erklärt werden musste.

»Unter keinen Umständen lässt du dich von denen auf irgendeine Weise durchsuchen«, ermahnte ihn Cahill. »Wenn sie Anstalten dazu machen, sagst du ihnen einfach, dass du eine Waffe hast, sie aber nur zu deinem eigenen Schutz trägst, und du nicht vorhast, sie in eine Schießerei zu verwickeln.«

Wiederum nickte Logan.

»Sei trotzdem auf der Hut«, fuhr Cahill fort. »Wenn alles schiefläuft, schießt du zuerst und rennst dann, als wäre der beschissene Teufel hinter dir her. So wie Tam O'Shanter. Verstanden?«

Beeindruckt davon, dass Cahill während seiner Zeit in Schottland offenbar etwas von der hiesigen Kunst der Balladenerzählung aufgeschnappt hatte, brachte es Logan nicht übers Herz, ihn darüber aufzuklären, dass es die Hexe und nicht der Teufel gewesen war, die Tam verfolgt und die arme Meg beim Schwanz gepackt hatte.

»In diesem Fall seid ihr sofort zur Stelle?«, fragte er.

»Nein. Sollte das passieren, wird es viel zu schnell gehen, und dann bist du auf dich allein gestellt. Bails und Carrie werden sich so nahe wie möglich bei dir aufhalten, aber deinen Arsch musst du schon selbst retten.« Er zog ein winziges Mikrofon aus der Tasche und befestigte es am Kragen von Logans Polohemd. Dann steckte er einen kleinen Stöpsel in sein Ohr.

»So kann ich dich hören«, sagte er. »Du selbst kannst leider keinen solchen Ohrstöpsel tragen, den würden sie sofort sehen, und alles würde auffliegen.«

Logan presste die Lippen aufeinander und nickte noch einmal.

***

Sie warteten ungefähr eine halbe Stunde lang in dem warmen Wagen und redeten wenig. Lediglich das Autoradio unterbrach die Stille. Schließlich erklärte Cahill, es wäre nun Zeit. DC Irvine stieg aus, damit Logan hinter ihr den Wagen verlassen konnte. Er hatte vollkommen verdrängt, wie kalt es war. Selbst aus ihren Nasenlöchern entstiegen kleine Dampfwolken, die sich in der Luft über ihren Köpfen miteinander vermischten und sich dann auflösten. Irvine zog den Reißverschluss von Logans Fleecejacke hoch, während der sich seine Aktentasche mit dem Vertrag darin über die Schulter hing.

»Seien Sie vorsichtig«, ermahnte sie ihn.

»Das kann ich nicht«, sagte er. »Meine Sicherheit steht erst an zweiter Stelle. Wenn ich vor die Wahl gestellt werde, entweder vorsichtig zu sein oder *sie* zurückzubekommen, werde ich alle Vorsicht über Bord werfen.«

Sie ließ die Arme sinken und stand ein wenig verlegen da.

»Dann gehen Sie jetzt wohl besser«, sagte sie.

Logan entfernte sich von dem Wagen und lief in Richtung Park. Überdeutlich spürte er das Gewicht der Waffe, die unter dem Fleece an seinem Gürtel hing. Er sah gerade noch, wie Irvine zurück zu Cahill in den Wagen stieg und sich die Hände mit ihrem Atem wärmte.

An der Straße blieb er dem Tor gegenüber auf dem Fußweg stehen und wartete auf eine Lücke im morgendlichen Berufsverkehr. Offenbar waren ausschließlich gut betuchte Berufstätige in teuren Autos deutscher Marken unterwegs.

»Mein Gott, nichts als BMWs, Merzis und Porsches«, sagte er leise in seinen Kragen, damit Cahill es hören konnte, und musste dabei grinsen. »Wir haben uns ganz schön weit von Kansas entfernt, mein Freund.«

Bei der ersten Gelegenheit überquerte er eilig die Straße und betrat den Park. Hier umrundete er entgegen dem Uhrzeigersinn den Teich, um zu dem Weg zu gelangen, der zu der Brücke in der nördlichen rechten Ecke des Parks führte. Ein leichter, aber beharrlicher Nieselregen hatte eingesetzt, der seinen Blick trübte und alles um ihn herum verschwommen erscheinen ließ. Eine junge Mutter mit einem Kinderwagen und ein junges Pärchen kamen ihm entgegen; Letzteres hielt sich bei den Händen und wirkte verfroren. Auf der Teichmitte glitt in gebieterischer Manier ein einzelner Schwan. Er hatte den Schnabel hochgereckt und für die übrigen Wasservögel nur verächtliche Blicke übrig.

Ihm gegenüber, auf der anderen Seite des Teiches, sah Logan zu seiner Erleichterung Judd und Carrie einem Labrador folgen. Obwohl er wusste, dass die beiden nur so taten, als wären sie ein Paar, wurde ihm augenblicklich schwer ums Herz, da er bei ihrem Anblick an Penny und die gemeinsamen Jahre denken musste, die ihnen entgangen waren. Sie hatten nie solche Momente der Gemeinsamkeit erleben dürfen, hatten Ellie nicht zusammen größer werden sehen. Noch einmal meldete sich Logan bei Cahill. Diesmal allerdings, ohne den Kopf dabei zu senken, damit niemand, der ihn eventuell beobachtete, Verdacht schöpfen würde.

»Ich sehe sie«, sagte er. »Bails und Carrie. In ein paar Sekunden erreiche ich den Weg, der zur Brücke führt. Noch kann ich niemanden entdecken, der zu den Kerlen gehören könnte. Ich werde mich jetzt still verhalten, bis ich den Treffpunkt erreiche.«

Er kam an die Weggabelung, die zu der Brücke führte, und warf einen letzten raschen Blick auf seine beiden Schutzengel. Gerade umrundeten sie das hintere Ende des Teiches und hatten einen Schritt zugelegt.

Er bog nach rechts ab und wurde der zwei Männer gewahr, die an dem linken Brückengeländer lehnten und aufs Wasser blickten. Es waren Drake und der kleinere der beiden Typen aus dem Hausflur. Als dieser ihn kommen sah, löste er sich von dem Geländer und ging ihm entgegen. Obwohl in seinem Kopf alles schrie, sich umzudrehen und davonzurennen, wurden die Warnrufe von Ellies Stimme übertönt, die ihn weitergehen ließ.

Als er sich der Brücke näherte, wurde das Plätschern des Wassers, das über die Steine in dem kleinen Fluss rauschte, immer lauter, und die Regentropfen wurden vom Wind durch die Luft getrieben, bis sie die Umgebung in ein Aquarell der Wirklichkeit verwandelten, in dem alle Ränder weichgezeichnet wirkten und die Farben ineinanderzuverlaufen schienen. Der klein gewachsene Mann kam immer näher auf ihn zu, während Drake sich nicht von der Stelle rührte.

Logan vermutete, dass man ihn durchsuchen wollte. Er blieb stehen, schob sich die Tasche auf den Rücken und zog seine Fleecejacke hoch, um das darunter verborgene Halfter an seiner Hüfte zu entblößen. Dann hielt er die linke Handfläche in die Höhe. Der Mann blieb stehen und tiefe Falten bildeten sich auf seiner Stirn. Er ballte die rechte Hand zur Faust und öffnete sie wieder, wobei er aus seiner Nase weiße Wölkchen stieß wie ein erregter Stier aus seinen Nüstern.

Jetzt trat auch Drake einen Schritt vor, während seine rechte Hand unter dem langen Wollmantel verschwand, den er trug.

In der feuchten Luft spürte Logan etwas ähnlich dem Knistern einer elektrischen Ladung. Er hatte das Gefühl, als würde seine Lunge sich mit Wasser füllen statt mit Atemluft.

In diesem Moment erreichte auch das junge Pärchen den Pfad zur Brücke. Als das Mädchen sah, dass Drake eine Pistole unter seinem Mantel hervorzog, schrie es laut auf, und die beiden drehten sich um und rannten, bis sie nicht mehr zu sehen waren.

Logan nahm die Tasche von der Schulter. Drakes Komplize trat vor, um sie entgegenzunehmen, und zog sich dann zu ihm auf die Brücke zurück. Logan sah, wie Drake seine Waffe wieder zurücksteckte, den Vertrag aus der Tasche nahm und dann in den immerhin sechzig Seiten herumblätterte.

»Es ist alles da!«, rief Logan. »Aber nach dem, was gerade passiert ist, haben wir nicht mehr viel Zeit. Die jungen Leute werden die Polizei rufen, die gleich hier sein wird.«

Er merkte, dass er vor Aufregung in den breiten Ayrshire-Akzent seiner Jugend zurückgefallen war – ›glaich hiar sein‹.

Drake blätterte zu den letzten Seiten des Dokuments vor, zückte einen Kugelschreiber und unterschrieb es an der Stelle, die Logan mit einem kleinen gelben Aufkleber, auf dem eine Hand mit einem Stift zu sehen war, markiert hatte. Dann stopfte er Logans Ausfertigung der Papiere zurück in die Tasche, kam auf Logan zu, hielt aber zwei Meter vor ihm inne. Sein Komplize beobachtete alles von der Brücke.

»Wo haben Sie die Knarre her?«, wollte Drake wissen.

Logan war auf diese Frage nicht vorbereitet und versuchte Drakes Blick standzuhalten, während er in Gedanken panisch nach möglichen Antworten suchte.

»Sie sind zäher, als ich Sie eingeschätzt hätte, Mr. Finch. Das Kompliment möchte ich Ihnen zumindest machen.«

Logan vermutete, dass Drake sein Schweigen als Trotz gedeutet hatte. Nun, schließlich musste er nach jedem Strohhalm greifen.

»Es geht nicht darum, wer hier der Zähere ist«, sagte er. »Sie haben jetzt gewonnen. Der Vertrag steht, Sie bekommen Ihr Geld, und ich kann nur hoffen, dass nie jemand davon erfährt. In diesem Fall wäre ich sowohl meine Anstellung als auch meine Freiheit los.«

»Das ist nicht mein Problem.«

»Ist mir bewusst.« Logan wurde zunehmend wütend auf diesen eiskalten Schweinehund. »Ihnen geht's ja nur um Ihr Geld.«

Drake nickte bestätigend.

»Und mir geht's um das Mädchen.«

Drake warf ihm die Tasche vor die Füße und wich dann rückwärts wieder zurück. Logan seinerseits trat Schritt für Schritt näher auf ihn zu.

»Ich will das Mädchen«, zischte er und merkte, dass Drakes Begleiter auf seine Bemerkung hin rasch näher kam. Er hoffte, dass Judd und Carrie ihre Stellung hielten und sich jetzt nicht blicken ließen. Er wollte es darauf ankommen lassen.

Der kleine Mann war an Drake vorbeigegangen und würde gleich vor ihm stehen. Seine Hand bewegte sich hinter seinem Rücken. Logan beschleunigte seinen Schritt, zog die Pistole aus dem Halfter und drückte sie seinem Widersacher an die Stirn.

Drake blieb stehen, zog ebenfalls seine Waffe und richtete sie auf Logans Brust. In der Ferne glaubte Logan, Sirenen zu hören.

Jetzt nur nicht die Nerven verlieren.

»Ich will das Mädchen«, wiederholte er und presste die Mündung noch stärker gegen den Kopf des Mannes, um seiner Drohung Nachdruck zu verleihen – und um das Flattern in seinem Magen zu beruhigen.

»Nachdem das Geld überwiesen und außer Landes geschafft worden ist«, sagte Drake. »Dann erst weiß ich, dass Sie mich nicht verarscht haben.«

»Sie wollen sie doch nur umbringen«, meinte Logan. Seine Stimme wurde brüchig, als er sich erinnerte, wie er Ellie weinen gehört hatte.

»Sie haben keine Wahl«, sagte Drake.

In diesem Moment wollte Logan nichts anderes, als es einfach nur *tun;* gleich hier, an Ort und Stelle – den Abzug ziehen und die Welt von diesem kleinen Widerling befreien. Und es dann mit Drake aufnehmen. Doch stattdessen versetzte er dem Mann mit der Pistole einen Hieb gegen den Kopf und trat einen Schritt nach hinten.

»Wenn ihr etwas zustößt, werde ich nicht ruhen, bis ich euch gefunden habe. Wo auch immer ihr euch verkriecht.«

Die beiden Kerle grinsten ihn an. Vermutlich wiegten sie sich in der Gewissheit, dass der Anwalt ihnen niemals auf die Spur käme, dieser Wichtigtuer mit seiner Knarre, der vorgab, stark zu sein, mit dem aber bei der ersten Gelegenheit die Nerven durchgingen.

Logan bückte sich, um die Tasche aufzuheben, und die beiden Männer wandten sich von ihm ab und gingen davon. Er hing sich die Tasche über die Schulter und sah ihnen nach. Wobei man dieses großspurige Stolzieren wahrlich nicht als »gehen« bezeichnen konnte. Logan beugte sich zu seinem Mikrofon hinunter.

»Alex, sag Tom und Chris, sie sollen die beiden am Nordausgang des Parks abpassen. Ein kleiner Kerl und einer mittlerer Größe.«

Er hielt einen Herzschlag lang inne, sah, wie sie sich immer weiter von ihm entfernten, und fühlte, wie die Wut in ihm hochkochte. Erneut meldete er sich bei Cahill.

»Nur damit du es weißt. Ich werde jetzt etwas Krach machen, Alex«, sagte er. »Aber keine Sorge: Die Übergabe hat geklappt.«

Er nahm die Pistole, richtete sie auf den Schlamm zu seinen Füßen und gab sechs Schüsse ab. Aus der Mündung entwich Feuer und Rauch, beides wirbelte in dem Regenschleier umher. Schlamm und Kiesel spritzten auf und befleckten seine Jeans mit dem Blut der Erde.

Beide Männer wandten sich jäh um, und für einen Augenblick glaubte Logan, Furcht in ihren Gesichtern zu erblicken, aber sie waren schon viel zu weit entfernt, als dass er sich hätte sicher sein können. Drake zückte seine Waffe und zielte auf ihn. Reglos blieb Logan stehen und starrte die beiden an, bis die Regentropfen in seinen Augen sie immer unschärfer erscheinen ließen. Dann schob er seine Pistole zurück in das Halfter, wandte sich ab und ging zurück zum Teich.

16

09:20 Uhr

Judd und Carrie erwarteten Logan an der Wegkreuzung, um ihn zu der nächsten Parkbank zu geleiten, auf die er sich schwer fallen ließ. Er presste seine Hände fest zusammen, damit sie aufhörten zu zittern. Als er erregte Stimmen hörte und aufblickte, sah er Cahill mit Rebecca Irvine im Schlepptau auf ihn zugerannt kommen. Ansonsten schien sich niemand mehr in dem verlassenen Park aufzuhalten. Es war ein merkwürdiger Augenblick in einer noch merkwürdigeren Woche.

Carrie stellte sich zwischen die Parkbank und die Polizistin und blockierte der Beamtin damit den Weg. In den Augen der Frau erblickte Rebecca etwas, was sie innehalten und drei Meter von ihr entfernt stehen bleiben ließ. Logan gab ihr zu verstehen, alles sei okay, und forderte sie auf, zum Parkeingang zurückzukehren, während die Polizeisirenen lauter wurden.

»Boss«, sagte Judd zu Cahill, »wir müssen von hier verschwinden. Sofort.«

Rebecca schob sich an Carrie vorbei und setzte sich neben Logan auf die Ecke der Bank. Ihre Wangen glühten noch vom Rennen, und sie bekam nur mit Mühe Luft. Sie senkte den Blick, und als sie ihre Ellbogen auf die Knie stützte, sackten ihre Schultern nach vorne.

»Alles ist okay«, sagte Logan.

Sie legte den Kopf auf die Seite und sah ihn aus den Augenwinkeln an.

»Weit gefehlt, Logan. Sie merken wohl gar nicht mehr,

wie tief Sie in der Scheiße sitzen, wenn Sie hier draußen mit einer Knarre herumlaufen.« Sie seufzte. »Hör sich mich mal einer an. Ich weiß ja selbst nicht mehr, was ich sage.«

Sie schaute in die Runde der ernsten Gesichter um sich herum und warf dann einen Blick auf Logans Pistole, die wieder sicher in ihrem Halfter steckte. Ihr und Logans Blick trafen sich.

»Boss«, wiederholte Judd, und seine Stimme wurde fast so schrill wie die sich nähernden Sirenen. »Wir müssen verdammt nochmal weg von hier.«

Cahill nickte und gab Logan ein Zeichen, sich zu erheben. »Los, Jungs, Mädchen, verschwinden wir von hier.«

Rebecca stellte sich vor ihn hin. »Sie werden alle von denen erschießen, wenn Sie sie finden, stimmt's?«

»Ich habe Ihnen bereits gesagt, dass ich mit Ihnen nicht diskutieren werde.«

»Aber das ist kein Spiel«, sagte Rebecca. Ihre Stimme wurde lauter. »Das Leben eines kleinen Mädchens ist in höchster Gefahr, und Sie gefährden sein Leben durch Ihr Verhalten nur noch zusätzlich. Ich kann es gar nicht glauben, dass ich mir das schon so lange mit angesehen habe. Wahrscheinlich werde ich dafür gefeuert, aber jetzt muss ich die Situation irgendwie zu einem Ende bringen. Lassen Sie mich mit meinem Vorgesetzten telefonieren.«

»Das wird dem Mädchen garantiert seinen Kopf kosten«, sagte Cahill. »Außerdem weiß ich besser als jeder Bulle, wie man in solchen Situationen vorgeht, also lassen Sie Ihren Anruf schön bleiben, und kommen Sie mit.«

»Wir machen jetzt die Fliege«, sagte Judd zu Logan, packte ihn bei den Schultern und zog ihn hoch. »Los, Bewegung!«

»Logan!«

Judd versetzte Logan einen Stoß in den Rücken und sah die Beamtin an. »Ist nicht persönlich gemeint, Lady, aber das hier geht weit über Ihren Horizont hinaus, und außerdem steht Ihnen das Wasser bis zum Hals.«

»Das Gefühl habe ich langsam auch.«

Logan ging vor ihr in die Hocke.

»Alex hat recht«, sagte er. »Er und seine Leute sind keine Anfänger, und sie wissen, wie man so etwas durchzieht. Das ist ihr Beruf, und ich glaube Alex aufs Wort, wenn er behauptet, dass sie ihr Geschäft besser verstehen als irgendwer sonst. Außerdem glaube ich, dass sie die einzige Hoffnung sind, die meiner Kleinen noch bleibt, und sie vor nichts zurückschrecken werden, bis sie in Sicherheit ist.«

Als Rebecca ihm in die Augen sah, schwanden ihre Zweifel.

»Wir müssen endlich aus dem Park raus!«, brüllte Judd jetzt. Er wandte sich ab, rannte auf den Ausgang zu und überließ es den anderen, ihm zu folgen oder nicht. Rebecca stand wie erstarrt da und fuhr sich mit der Hand durch ihr nasses Haar. Im Osten riss die niedrige Wolkendecke auf, und in den Regen mischte sich dünnes Sonnenlicht. Sie wünschte sich einen Regenbogen, doch ihre Hoffnung wurde enttäuscht.

Logan schien darauf zu warten, dass sie etwas sagte – *irgendetwas.*

»Verschwinden Sie«, sagte sie dann. »Aber dass Sie mir die Kleine ja heil zurückbringen.«

»Sehen wir uns wieder?«, fragte Logan.

Sie nickte, lief dann auch den Weg entlang und überquerte die Brücke. Sie hoffte inständig, aus dem Park verschwunden zu sein, wenn ihre Kollegen eintrafen.

Am Ausgang des Parks holte Logan Judd ein, als Cahills Wagen gerade mit kreischenden Bremsen am Bordstein hielt. Judd riss die Beifahrertür auf, schubste Logan in den BMW und schlug die Tür hinter ihm zu, dann sprintete er den Hügel hinauf auf einen roten Audi zu, der ihm in voller Fahrt rückwärts entgegenkam. Am Steuer saß Carrie.

Cahill folgte ihr auf die A77, auf der er die rechte Abzweigung nahm, die sie aus der Stadt fort und nach Newton Mearns führen würde. Er ging davon aus, dass das Sirenengeheul von einem Sondereinsatzkommando stammte, das wegen der Meldung über die Schüsse im Rouken Glen Park alarmiert worden war. Kerzengerade saß Logan auf seinem Sitz und legte den Sicherheitsgurt an.

»Sind wir ihnen auf den Fersen?«, fragte er.

Cahill schüttelte den Kopf. »Bis jetzt habe ich nichts gehört.«

Logan spürte, wie ihm die Galle hochkam, und schluckte ein paarmal.

Cahill tippte eine Kurzwahlnummer in das am Armaturenbrett befestigte Autotelefon, und ein Wählgeräusch drang aus den über der Windschutzscheibe montierten Lautsprechern. Es klingelte fünf Mal, bis sich Washingtons Stimme auf seiner Mobilbox meldete.

»Scheiße!«, fluchte Cahill, beendete die Verbindung und versuchte es auf die gleiche Weise bei Hardy.

Wieder der laute Rufton. Logan musste sich alle Mühe geben, um sein Frühstück bei sich zu behalten.

»Boss?«, meldete sich Hardys Stimme.

»Ja, am Apparat. Wie ist die Lage?«

»Wir haben sie. Sie fahren nach Norden.«

»Verstanden«, sagte Cahill. »Wir hängen uns an euch dran, so schnell wir können.«

»Verstanden.«

Das Freizeichen ertönte, bis Cahill es mit einem Tastendruck zum Schweigen brachte.

Logan schloss die Augen und schlug vor Begeisterung mit der Faust auf das Armaturenbrett.

Judd rief Cahill über dessen Mobiltelefon an. »Wir haben sie!«, schrie er in den Apparat. »Wir müssen zurück auf den Motorway und dann nichts wie hinter diesen Wichsern her, Bails.«

»Verstanden, Boss.«

Cahill sah Logan an und lächelte. »Die Jagd ist eröffnet.«

»Werden wir Ellie zurückkriegen?«

»Das kann ich dir noch nicht versprechen.«

»Scheiße«, sagte Logan. »Los, versprich es mir.«

Cahill warf ihm wieder einen Blick zu.

»Wir kriegen sie.«

17

10:02 Uhr

Die morgendliche Rushhour war vorüber, und auf der Stadtautobahn waren längst nicht mehr so viele Fahrzeuge in Richtung City unterwegs wie noch am Morgen. Sie kamen gut voran. Alle schwiegen, bis sie das äußere Tor passiert hatten und im Hof des Lagerhauses an der Scotland Street hielten. Cahill war als Erster aus dem Wagen gestiegen und gab den anderen ein Zeichen, sich um ihn zu sammeln.

»Jetzt ist es so weit«, stellte er kurz und bündig fest. »Wir machen es wie immer. Es spielt keine Rolle, dass ich persönlich Anteil am Ausgang nehme. Ich erwarte strikte Professionalität.«

Ein Kopfnicken ging durch die Runde.

»Okay. Ihr kennt die Vorgehensweise – kein Zaudern, keine Rücksichtnahme. Allerdings müsst ihr euch vor Augen führen, dass dies keine Operation wie unsere früheren Jobs ist; nichts ist in irgendeiner Weise offiziell abgesegnet. Das bedeutet, dass wir uns ernsthaft auf einen Ausflug in den Knast gefasst machen müssen, wenn man die Spur zu uns zurückverfolgen kann. Möchte jemand jetzt noch aussteigen? Ich werde nur ein Mal fragen.«

Nichts.

»Dann auf gutes Gelingen.«

Logan räusperte sich. Auch er wollte etwas sagen, wusste aber nicht so recht, was.

»Hört mal, Jungs. Ich wollte nur ... nun, ich wollte mich nur bei euch bedanken. Ihr wisst schon. Ich würde es nie wagen, euch zu bitten, das für mich zu tun, und es beeindruckt mich zutiefst, dass ihr so hinter Alex steht. Ich habe keine Ahnung, wie es ist, sich auf so eine Sache einzulassen, und mir sind ja schon die Knie weich geworden, als ich im Park aus blinder Wut die Pistole abgefeuert habe, also ...«

»Du hast alles richtig gemacht«, unterbrach ihn Judd. »Richtig gut, klar? Und jetzt kannst du den Rest getrost uns überlassen. Wir holen deine Tochter da schon raus.«

»Danke«, sagte Logan. »Das ist alles, was ich dazu sagen kann. Vielen Dank.«

In der Halle liefen sie mit raschen Schritten zu dem größeren der beiden Waffenlager, und jeder machte sich daran, sich so rasch wie möglich auszurüsten. Der Tod war das Geschäft der Männer, da blieb keine Zeit, um viel Aufhebens zu machen.

Carrie war die Erste, die in ihrem Kampfanzug steckte und ihr Pistolenhalfter umgeschnallt hatte. Anschließend packte sie die Ausrüstung, die sie mitnehmen wollten, in zwei schwere Leinentaschen – darunter kleine schwarze Automatikgewehre, weitere *Flashbangs* und etwas, das für Logan nach langen Seilstücken aussah. Als er sich nach deren Sinn und Zweck erkundigte, erklärte ihm Carrie, es würde sich um formbaren Plastiksprengstoff handeln.

Cahill warf ihm eine schwarze Kampfhose zu, die er anzog, nachdem er, leicht peinlich berührt, seine Jeans abgestreift hatte. Dann stand er verlegen neben Cahill und Judd, die ihre Waffen überprüften, sie sich umschnallten und Carrie beim Einpacken halfen. Als Logan sich bückte, um seine Jeans vom Boden aufzuheben, fühlte er Ellies Foto in einer der Gesäßtaschen. Er zog es heraus und warf einen raschen Blick darauf, bevor er es dann schnell in einer der Seitentaschen seiner Kampfhose verschwinden ließ.

Er begann zu begreifen, wieso manche Leute von Waffen so fasziniert waren. Die Macht, die sie verströmten, war offenkundig, selbst wenn sie nur tote Metallgebilde waren, die unbenutzt in einer Segeltuchtasche schlummerten. Sie besaßen eine Art innere schwarze Schönheit, die berauschend sein konnte.

Er hörte etwas piepsen, als jemand draußen vor der Tür den Sicherheitscode eingab. Zwei Männer des CPO-Teams, die er bisher nicht gesehen hatte, betraten den Raum, um das Gepäck zum Wagen zu tragen. Als er ihnen folgte, bemerkte er, dass man bereits weitere Ausrüstungsgegenstände eingeladen hatte – schusssichere Westen und Helme mit Schutzbrillen. Er hatte nicht geahnt, dass ihr Unterfangen eine so umfangreiche Vorarbeit erforderte, was das Ganze für ihn nur umso eindrucksvoller machte.

Carrie wies die beiden Träger an, wie sie die Sachen zu verstauen hatten, und schlug die Heckklappe des BMW X5 zu, als alles eingeladen war.

»Aufgesessen«, befahl Cahill.

Judd setzte sich mit Cahill daneben ans Steuer, und Logan kletterte, nachdem er Carrie den Vortritt gelassen hatte, auf den Rücksitz. Judd ließ den Motor aufheulen und brauste auf die Straße hinaus, während Cahill noch einmal versuchte Hardy zu erreichen. Nach dem zweiten Rufzeichen tönte dessen Stimme aus den Lautsprechern.

»Wir sind hinter ihnen her, Boss. Wir haben Sichtkontakt zu dem Objekt. Over.«

»Verstanden«, sagte Cahill. »Gebt uns Anweisungen.«

18

10:17 Uhr

Bald würde sie es geschafft haben. Dessen war sie sich nun sicher.

Ellie meinte, eine Luftveränderung im Raum zu spüren, als sie den zweiten Nagel aus dem dritten Brett zog. Alles fühlte sich leichter an, weniger drückend. Sie wusste, dass ihr Gefühl wahrscheinlich an dem Zugwind lag, der durch den lose sitzenden Fensterrahmen eindrang, aber es genügte, um sie in freudige Erregung zu versetzen. Sie spürte eine Gänsehaut auf Armen und Beinen, und sie tat ihr gut.

Zwei Nägel noch, dann würde sie endlich raus aus diesem Loch und weg von diesen Leuten sein. Alles andere verdrängte sie aus ihren Gedanken, einschließlich der Aussicht, mit nichts als einem dünnen Schlafanzug bekleidet um diese Jahreszeit und bei der Kälte im Freien herumlaufen zu müssen. In ihrer Vorstellung sah sie sich das kurze Stück zu einer der anderen Hütten rennen, die sie durch den Fensterspalt hindurch entdeckt hatte, und dort sofort bei einer freundlichen Familie, die sogleich die Polizei benachrichtigte, Aufnahme finden. Dann wäre alles ausgestanden.

Ein Lächeln umspielte ihre Mundwinkel. Es verschwand augenblicklich, als ein stechender Schmerz sich von ihrem geschwollenen Gesicht bis in den ganzen Kopf ausbreitete. Sie musste sich aufs Bett setzen und ihren Kopf gesenkt halten, bis er nachließ. Dann atmete sie tief durch.

Sie hatte keine Ahnung, wie ernsthaft die Verletzungen in ihrem Gesicht waren. Anfangs, als sie den ungewohnten Schmerz und die Schwellung zum ersten Mal spürte, hatte sie geglaubt, schwer entstellt zu sein. Doch nun, zwei Tage später, schien die Schwellung ihren Höhepunkt erreicht zu haben und, wie sie zu spüren meinte, sogar ein bisschen zurückgegangen zu sein. Heute früh war es ihr so vorgekommen, als würde sie mit dem Auge auf der betroffenen Seite ihres Gesichts eine Spur besser sehen können, obwohl ihr Gesicht immer noch schrecklich wehtat.

Sie hörte, wie sich die Frau im vorderen Teil des Hauses bewegte, und manchmal glaubte sie auch, Musik zu vernehmen. Die Frau kam selten in ihr Zimmer, und wenn sie es tat, dann nur in Begleitung von einem der Männer. Und auch dann vermied sie stets jeden Augenkontakt mit ihr.

»Du musst das jetzt fertig kriegen«, sagte Ellie leise zu sich selbst. »Und zwar heute noch.«

Sie stand auf, um zu schauen, ob der Schmerz oder die Übelkeit sich wieder einstellen würde. Einen Moment lang fühlte sich ihr Kopf ganz leicht an, und sie schwankte unsicher auf ihren Beinen.

»Weitermachen«, ermahnte sie sich selber. »Reiß dich zusammen.«

Wieder trat sie ans Fenster und zerrte an dem Ende des Brettes, an dem sie bereits die beiden Nägel entfernt hatte. Es ließ sich sofort vom Fensterrahmen lösen, und sie bog es ein wenig, damit auch die Nägel auf der gegenüberliegenden Seite sich lockerten und es ihr leichter fallen würde, sie herauszuziehen. Zwischendurch lutschte sie immer wieder an ihren wunden Fingerkuppen und spürte den metallischen Geschmack ihres Blutes im Mund. Sie hoffte, ihn nie wieder schmecken zu müssen.

Sie nahm den Kopf des unteren Nagels zwischen ihre Fingernägel und zog. Er löste sich sofort. Da sie nicht damit gerechnet hatte, hatte sie viel mehr Kraft angewandt als nötig. Sie verlor das Gleichgewicht, stolperte rücklings gegen die Wand und verursachte einen ziemlichen Lärm. Mit geschlossenen Augen hielt sie die Luft an. Durch die Wand hindurch nahm sie Musik wahr und hoffte, dass sie ihr Missgeschick übertönt hatte.

Doch dann hörte sie erst eilige Schritte und dann, wie die Tür aufgeschlossen wurde. Sie warf einen raschen Blick auf das Fenster und sah, dass das lose Ende des dritten Brettes auf dem darunter angebrachten aufstand. Zum Glück hatte sie die untersten beiden Bretter an Ort und Stelle belassen, doch jedem, der das Fenster genauer betrachtete, würde auffallen, dass das dritte Brett nicht mehr fest angenagelt war.

Der Türknauf bewegte sich. Ellie stieß sich von der

Wand ab und stellte sich in der Hoffnung, das Ergebnis ihrer mühevollen Arbeit zu verbergen, zwischen Tür und Fenster.

Die Frau blieb mit der Hand am Knauf im Türrahmen stehen. Sie sah erst Ellie an und musterte dann die kleine Kammer.

»Was tust du?«

Verzweifelt suchte Ellie nach einer Ausrede. »Ich wollte doch bloß …«

»Ja? Was wolltest du tun?« Die Frau machte einen Schritt auf Ellie zu.

»Ich wollte nur etwas Sport machen, mich bewegen«, log Ellie.

Die Frau blieb stehen und musterte sie eindringlich.

»Aber mir ist schwindlig geworden, und ich bin hingefallen. Bitte tun Sie mir nichts.«

Sie wusste nicht, ob die Frau ihr die Lüge abnahm, und wurde panisch, als die Fremde noch einen Schritt näher trat und sie am Arm packte. Doch dann schienen ihre Züge sich zu entspannen, sie führte sie zum Bett und hieß sie sich hinsetzen.

»Dann machst du eben keinen Sport, du dummes Gör. Du bist verletzt und brauchst Ruhe.«

Ellie senkte beschämt den Kopf und nickte.

Die Frau blieb vor ihr stehen. Als Ellie aufblickte, hatte die Frau das Gesicht dem Fenster zugewandt.

Bitte nicht.

Bitte nicht.

Bitte nicht.

Auf der Stirn der Frau bildeten sich Falten.

Neinneinneinnein.

Dann hörte Ellie vorn in der Hütte das Telefon läuten.

Die Frau blickte zu ihr hinunter und verengte die Augen zu Schlitzen.

»Keinen Sport mehr, du dummes Ding.«

Ellie nickte. Als die Frau gegangen war, ließ sie sich auf ihren Rücken aufs Bett fallen. Sie versuchte die Tränen zurückzuhalten, aber vergeblich. Sie liefen ihr über die Wangen und ins Haar.

19

10:38 Uhr

»Wir befinden uns immer noch auf der A82, der Loch Lomond Road. Over«, sagte Hardys Stimme über die Lautsprecher.

»Verstanden«, bestätigte Cahill. »Mit welcher Geschwindigkeit?«

»Gleichmäßig knapp unter sechzig Meilen. Wir halten uns strikt an die Begrenzungen.«

»Gut. Wir versuchen zu dem Objekt aufzuschließen, bleiben aber mit dem Tempo ebenfalls im Rahmen. Wir wollen nicht irgendwelchen Verkehrspolizisten erklären müssen, warum wir es so eilig haben.«

»Verstanden. Wo seid ihr jetzt?«

»Wir nähern uns gerade der Erskine Bridge. Ich würde schätzen, dass wir ungefähr dreißig Minuten hinter euch sind. Wie ist der Verkehr?«

»Gut. Ist genug los, dass wir ihnen nicht auffallen dürften.«

»Okay. Ich melde mich wieder in zehn Minuten.«

Cahill beendete das Gespräch und wandte sich an Logan. »Gibt es entlang des Sees irgendwelche versteckten Ecken? Teile, die unzugänglich sind?«

»Die wird es bestimmt geben. Aber ich kenne mich hier nicht allzu gut aus.«

Cahill wirkte angespannt.

»Meinst du wirklich, dass sie Ellie so nahe bei der Stadt festhalten?«, fragte Logan. »Noch dazu an einem See, wo es viele Spaziergänger gibt?«

»Warum nicht?«

»Macht ja auch irgendwie Sinn«, schaltete sich Carrie ein. »Es ist nicht weit von der Stadt entfernt, falls sie schnell einen Ortswechsel vornehmen müssen, außerdem in der Nähe des Flughafens. Ich kann mir vorstellen, dass sie die Gegend bewusst gewählt haben.«

»Ich hätte mich nicht dafür entschieden«, sagte Judd. »Und ich glaube, sie haben es auch nicht getan. Meiner Meinung nach hätten die sich lieber einen abgelegeneren Ort gesucht, an dem sie sich leichter unbemerkt bewegen können.«

»Zu dieser Jahreszeit könnte das auf viele Orte zutreffen«, bemerkte Logan.

Judd bremste ab, um die Ausfahrt zur Brücke zu nehmen. Es hatte zu schneien angefangen.

»Zum Glück hat der Wagen Vierradantrieb«, sagte Judd.

Als sie über die Brücke fuhren, warf Logan einen Blick hinunter auf den Fluss und fragte sich, wie weit Ellie wohl von hier entfernt sein mochte. Obwohl der Schnee erst in spärlichen Flocken fiel, sah Logan doch von Norden her dunklere Wolken heranziehen. Der Horizont war bereits von der sich nähernden Schlechtwetterfront verschluckt worden.

»Da braut sich ganz schön was zusammen«, sagte Carrie, indem sie Logans Blick folgte.

Als das Telefon läutete, drückte Cahill die entsprechende Taste, um den Anruf entgegenzunehmen.

»Okay, wir haben soeben die Richtung geändert«, ertönte wieder Hardys Stimme. »Wir sind bei Tarbet abgebogen und fahren jetzt in westlicher Richtung auf der … äh ….«

»A83«, half Washington ihm aus.

»Wohin führt die?«, fragte Judd.

Cahill hatte einen aufgeschlagenen Straßenatlas auf dem Schoß liegen. Mit dem Zeigefinger fuhr er die A82 bis zur Abzweigung der A83 bei Tarbet nach und folgte der Straße dann nach Westen.

»Zum östlichen Ufer des Loch Fyne, um dessen nördliche Spitze herum und dann an der Westseite wieder zurück.«

»Verstanden«, sagte Hardy. »Langsam sieht es danach aus, als könnten wir uns auf eine längere Reise gefasst machen. Kennt jemand die Strecke? Wir tun es nämlich nicht.«

Cahill warf seinen schottischen Rücksitzpassagieren einen erwartungsvollen Blick zu.

»Sie könnten nach Oban wollen«, schlug Logan vor. »Es ist vielleicht nicht der kürzeste Weg, aber er führt unweigerlich dorthin.«

»Aber wenn diese Strecke ein größerer Umweg ist«, sagte Cahill und folgte mit dem Finger der Straße, »wird Oban vermutlich nicht ihr Ziel sein. Ich denke nicht, dass sie sich ein Versteck gesucht haben, das so weit von Glasgow entfernt liegt.«

»Aber wohin wollen sie dann?«, fragte Logan.

»Wahrscheinlich an das Ufer von einem der Seen«, sagte Cahill, der immer noch in die Straßenkarte vertieft war.

»Das wäre naheliegend, denn unterwegs dürften sich ein paar verschwiegene Winkel finden. Sie fahren an Loch Fyne und Loch Awe vorbei, bevor sie Oban erreichen.«

»Wir bleiben in Verbindung«, meldete sich Hardy noch einmal.

Cahill legte das Autotelefon zurück auf seine Halterung.

Sie hielten sich ziemlich genau an ein Tempo von achtundsechzig Meilen, womit sie hofften, bei einer eventuellen Geschwindigkeitskontrolle ungeschoren davonzukommen. Cahill wollte so dicht wie möglich zu Hardy und Washington aufschließen, um rasch gemeinsam handeln zu können, sowie sie ihr Ziel erreicht hatten. Auf keinen Fall wollte er, dass die beiden Verfolger dem Gegner plötzlich allein und ohne Verstärkung gegenüberstanden. Aber manchmal konnte auch Cahill die Realität nicht beeinflussen.

Nachdem sie Tarbet passiert hatten und sich auf dem Weg zur nördlichen Spitze des Loch Fyne befanden, verdichtete sich der Schneefall. Cahill hoffte, dass das Wetter auch das verfolgte Fahrzeug zu einer langsameren Fahrweise zwingen und es ihnen selbst damit ermöglichen würde, den Abstand zu ihm zu verringern. Der große BMW schluckte zwar eine Menge Sprit, dafür konnte er bei winterlichen Straßenverhältnissen seine wahre Stärke zeigen.

Loch Fyne war an seinem nördlichsten Ende so schmal, dass sie, während sie an seiner Ostseite entlangfuhren, auf der anderen Seite im Westen die Straße sehen konnten, die um die Spitze herumführte. Abgesehen davon wirkte es, als würden sie es bald mit heftigerem Niederschlag zu tun kriegen: Die Wolkendecke verdunkelte sich von Meile zu Meile.

»Hübsche Landschaft hier«, bemerkte Judd.

»Heute nicht«, widersprach Logan.

Das Autotelefon klingelte ein weiteres Mal.

»Wir biegen jetzt in Richtung Norden ab, zu einem Kaff namens Lochgilphead«, berichtete Hardy. »Ganz schöne Rutschpartie bei dem Wetter. Wir kommen nicht über fünfzig hinaus.«

Judd behielt mit dem BMW sein Fahrtempo bei.

»Verstanden«, sagte Cahill. »Wir kommen euch kontinuierlich näher, also sollten wir nicht allzu weit zurückliegen, wenn ihr uns braucht.«

»Gut. Ich sehe jetzt Hinweisschilder Richtung A816 und Oban.«

Cahill konzentrierte sich wieder auf seinen Straßenatlas und fand, wonach er gesucht hatte.

»Oban ist zu weit weg und auch zu groß«, sagte er. »Ich denke, sie werden vorher irgendwo anhalten. Wenn ihr einen Blick auf die Karte werft, seht ihr, dass gleich südlich von Loch Awe eine kleinere Straße von der A816 abzweigt, die am See entlangführt. Auf die würde ich wetten.«

»Verstanden. Kann ich nachvollziehen.«

»Was macht der Verkehr?«

»Inzwischen tut sich nicht mehr viel. Wir halten so viel Abstand wie möglich, aber bei dem Wetter müssen wir es darauf ankommen lassen, in Sichtweite zu bleiben.«

»Tut euer Bestes.«

»Du weißt, das werden wir.«

Wieder das Freizeichen.

Logan begann das Geräusch zu hassen.

Hardy meldete sich, um zu bestätigen, dass sie bei Loch Awe abgebogen waren – genau wie Cahill es vorhergesagt hatte. Logan schätzte, dass sie sich inzwischen weniger als zehn Meilen hinter den Entführern befanden. Er hoffte, dass sie noch dichter zu ihnen aufschließen würden, und spürte, wie sein Pulsschlag sich beschleunigte, während er zusah, wie der Kilometerzähler quälend langsam die zurückgelegten Meilen addierte. Im Wagen war es zunehmend stiller geworden, und auch die Kontaktaufnahme zwischen Hardy, Washington und ihnen fand jetzt, während sie hintereinander herfuhren, in immer unregelmäßigeren Intervallen statt.

Schließlich rief Cahill Hardy an. Er hatte entschieden, dass nun der Zeitpunkt dafür gekommen war, um ständig in Kontakt zu bleiben.

»Die Verbindung bleibt ab jetzt durchgehend bestehen«, wies er Hardy an. »Und schaltet eure Handfunksprechgeräte ein, sobald ihr euch dem Ziel nähert. Wir dürften dann innerhalb von zehn Minuten in eurer Reichweite sein.«

»Verstanden. Wird gemacht. Die Straße ist bei diesem Wetter eine einzige Katastrophe. Lauter enge Kurven und Biegungen. Wenn sie vor uns anhielten, würden wir es erst merken, wenn wir ihnen schon hintendrauf gefahren sind.«

»Wir tun, was wir können«, versicherte Cahill ihm.

***

Washington hielt im ältlichen Kombi das Lenkrad fest umklammert, weil die Hinterräder des Wagens in jeder Kurve wegrutschten. Die Straße führte auf und ab und verengte sich schließlich zu einem schmalen Weg mit Bäumen an beiden Seiten. Als bald darauf auch noch der Asphaltbelag aufhörte, war es mit der Bodenhaftung auf dem unbefestigten und mit Schnee bedeckten Untergrund endgültig vorbei.

Sie kämpften sich einen kleinen, stark ansteigenden Hügel hinauf, um hinter dessen Kuppe nicht minder steil in eine Senke hinunterzufahren, die in einer scharfen Linkskurve mündete, sodass sie vor sich eine geschlossene Reihe von Bäumen sahen. Weiter vorne glaubte Hardy, durch den weißen Schleier hindurch das Aufleuchten von Bremslichtern erkannt zu haben.

Washington trat mit voller Wucht auf das Bremspedal, doch nichts passierte. Der Wagen rutschte weiter geradeaus, ohne seine Geschwindigkeit zu verringern, und die Baumreihe kam bedrohlich näher. Hardy sah Washington an, als würde er ihm klarmachen wollen, dass er es doch bitte etwas langsamer angehen lassen sollte.

Washington versuchte es mit einer Stotterbremsung, um damit die Wirkung eines Antiblockiersystems zu erzeugen. Tatsächlich griffen die Reifen ansatzweise, und er konnte die Kurve ansteuern, was jedoch nur dazu führte, dass sich der Wagen um neunzig Grad drehte und dann seitwärts den Hügel hinunterzurutschen begann.

»Scheiße!«, entfuhr es Hardy.

Washington trat unaufhörlich weiter auf das Bremspedal, aber ohne Erfolg. Sie waren nur noch eine Wagenlänge von der Baumreihe entfernt, als er den Fuß von der Bremse nahm und das Lenkrad zur anderen Seite herumriss, um die Rutschbewegung abzufangen. Der Kombi richtete sich wieder aus, und als es gerade danach aussah, dass sie im nächsten Moment über die Böschung hinwegsausen und in die Bäume krachen würden, lenkte Washington wieder scharf nach links. Da von Bodenhaftung keine Rede mehr sein konnte, vollführten sie im Zeitlupentempo eine halbe Pirouette, mit der der Wagen sicher um die Biegung glitt.

»Wir sind okay«, teilte Hardy denjenigen mit, die ihnen folgten und es hören wollten.

Ein kurzes Stück ging es geradeaus – bis zur nächsten, etwas flacher verlaufenden Kurve nach rechts, die sie allerdings ohne Probleme meisterten, um dann gleich wieder einer Steigung ins Auge blicken zu müssen, die in drei Teilabschnitten steil bergauf führte.

»Das schaffen wir nie im Leben«, sagte Washington mit einem Seitenblick auf Hardy und trat das Gaspedal durch.

Nachdem die Reifen eine Sekunde durchgedreht hatten, fassten sie plötzlich doch und katapultierten den Wagen auf die erste Ebene. Washington wiederholte sein Fahrmanöver, und sie erreichten das zweite Plateau. Dann beugte er sich dicht über das Lenkrad, als könne er sein in die Jahre gekommenes Gefährt damit dazu bewegen, auch das letzte Stück in ähnlich souveräner Manier zu bewältigen.

Hardy lehnte sich in seinem Sitz zurück, während er sich mit einer Hand am Polster festhielt und sich mit der anderen am Armaturenbrett abstützte. Wenn wir das jetzt nicht schaffen, können wir das Mädchen vergessen, dachte er.

Auf halbem Weg die Schräge hinauf drehten die Vorderräder wieder durch, und der Wagen schlitterte von einer Seite zur anderen, während die Reifen sich vergeblich um Halt auf der Mischung aus Schotter und Graupel bemühten.

»Komm schon, du alte Karre!«, schrie Hardy und schlug mit der flachen Hand auf den Deckel des Handschuhfachs.

Washington sah, dass es bis zum entscheidenden Punkt nur noch wenige Meter waren, merkte aber gleichzeitig, dass das Profil der Vorderräder nicht mehr mitmachte und der Wagen rapide an Schwung verlor. Auf der linken Seite des Fahrweges entdeckte er eine durch überhängende Bäume geschützte Ausweichbucht, auf der noch kein Schnee lag. Er steuerte sie an, gab Gas und hoffte das Beste. Unter

Aufbietung seiner letzten Kräfte machte der Kombi noch einmal einen Satz nach vorn, seine Vorderräder krallten sich in den nackten Kiesboden und zogen den Wagen das kurze Stück zur Kuppe hinauf und darüber hinweg.

Hardy sah Washington an, dann brachen beide in Gelächter aus, und Washington versetzte dem Lenkrad einen anerkennenden Knuff.

»Was zum Teufel ist denn bei euch los?«, ertönte Cahills entrüstete Stimme plötzlich aus dem Handy.

»Tut uns leid, Boss«, antwortete Washington, »aber die Piste hier hat's echt in sich. Achtet auf einen scharfen Linksknick ungefähr sechs Meilen nach Verlassen der Hauptstraße. Bald danach kommt eine Steigung, die wir in drei Anläufen nehmen mussten. Mit eurem Wagen müsstet ihr es eigentlich ganz gut packen, aber seid trotzdem darauf vorbereitet.«

»Verstanden«, sagte Cahill. »Habt ihr noch Blickkontakt zum Objekt?«

»Oh … eher nicht, Boss«, sagte Hardy. »Aber es gibt hier keine Abzweigungen, also fahren wir einfach immer geradeaus weiter.«

»Seid vorsichtig, hört ihr?«

»Verstanden.«

20

12:15 Uhr

Nachdem sie den Park verlassen hatte, war Rebecca Irvine zu sich nach Hause gefahren, um sich ihrer durchnässten Kleidung zu entledigen und sich frisch zu machen, bevor sie zur May Terrace fuhr. Sie war froh, allein zu sein, und rief Liam Moore an, um ihm zu sagen, dass sie Logan die ganze Nacht über nicht angetroffen hatte und sich den Tag freinehmen würde, um den versäumten Schlaf nachzuholen. Er war einverstanden, wirkte aber ansonsten recht wortkarg und war derjenige, der das Gespräch beendete.

Es behagte ihr ganz und gar nicht, ihren Vorgesetzten anzulügen, doch sie hatte ihre Entscheidung getroffen und musste sich nun bis zum bitteren Ende daran halten – egal, was für Konsequenzen das auch immer nach sich ziehen würde.

Nach einer schnellen Dusche tat sie ihr Bestes, um die Abgespanntheit in ihrem Gesicht mit ein wenig Make-up zu übertünchen. Sie hatte eine Ewigkeit nicht geschlafen – wie lange genau, konnte sie schon gar nicht mehr sagen –, und es gelang ihr nur, sich so weit herzurichten, dass sie aussah, als hätte sie eine lange Nacht in der Stadt hinter sich.

»Na klasse«, sagte sie laut zu sich selbst.

Das Haus in der May Terrace wurde noch immer rund um die Uhr überwacht, also brauchte sie nicht erst ins Büro zu fahren und sich die Schlüssel aushändigen zu lassen. Dieser Schritt hätte sie ohnehin in reichlichen Erklärungsnotstand gebracht.

Vor der Tür stand der schon bekannte uniformierte Beamte, der sie ohne Fragen zu stellen einließ. Kurz darauf befand sie sich erneut in Ellies Schlafzimmer im oberen Stockwerk.

Es herrschte eine unheimliche Stille. Sie fiel ihr stärker auf als noch bei ihrem letzten Besuch. Vielleicht, weil sie nun wusste, dass Ellie nicht bloß als vermisst galt, sondern von den gleichen Männern festgehalten wurde, die ihre Mutter mit brutaler Gewalt ermordet hatten. Rebecca versuchte das Gefühl abzuschütteln, dass dieses Zimmer auch nach dem heutigen Tag noch für lange Zeit unbewohnt bleiben würde.

Sie öffnete den Kleiderschrank, doch statt wie abgesprochen Sachen für Ellie herauszusuchen, griff sie wieder nach dem Tagebuch. Sie gab sich Mühe, es waagerecht zu halten, damit die Gänseblümchenkette diesmal nicht herausfallen und noch größeren Schaden nehmen konnte. Sie war der Lösung des Rätsels, was es mit dem Hinweis auf das Jahr 2003 auf sich hatte, zwar noch immer keinen Schritt näher gekommen, war sich aber sicher, dass diese Erkenntnis in irgendeiner Weise nützlich sein könnte. Möglicherweise handelte es sich um etwas, das Logan helfen würde, eine Beziehung zu seiner Tochter aufzubauen. Sie legte das Tagebuch aufs Bett und begann darüber nachzudenken, welche Kleidungsstücke sie einpacken sollte.

Damit die ganze Geschichte an Glaubwürdigkeit gewann – sofern das überhaupt möglich war –, musste es sich um Sachen handeln, nach denen Ellie in aller Eile gegriffen haben könnte. Ein adrettes, aufeinander abgestimmtes Outfit kam also nicht infrage. Sie durchwühlte die Regale und entschied sich schließlich für ein Paar alter Jeans, ein T-Shirt und eine Joggingjacke mit Kapuze. Dann raffte sie noch etwas Unterwäsche, einige Socken und das erstbeste Paar Schuhe zusammen und schloss die Schranktür. Die herausgesuchte Kleidung stapelte sie auf das Bett.

Plötzlich fiel ihr ein, dass sie das Bündel nicht ungesehen an dem vor der Tür postierten Beamten vorbeitragen konnte.

»Mist.«

Sie verwünschte sich für ihre eigene Dummheit, nicht schon vorher daran gedacht zu haben. Sie war so sehr in Eile gewesen herzufahren, dass sie keinen Gedanken an die praktische Durchführung ihres Vorhabens verschwendet hatte.

Sie trat ans Fenster und schaute auf die Straße hinaus, als ob von dort eine Inspiration zu erwarten war. Doch sie wusste selbst nicht, was sie dort zu entdecken hoffte. Um diese Tageszeit lag die Straße verlassen da, weil sämtliche Bewohner bei der Arbeit waren. Ihr Wagen war das einzige Auto weit und breit.

Aber im Laderaum lag ja noch ihr Köfferchen mit den Materialien für die Beweissicherung. Das war die einzige Lösung. Sie würde die Kleidungsstücke und das Tagebuch als Beweismittel deklarieren, alles eintüten und dann in aller Öffentlichkeit aus dem Haus tragen.

Sie ging nach unten und erklärte dem Beamten, dass sie noch Beweise sichern müsse und gleich zurückkäme. Der Mann nickte wortlos.

Aus dem Kofferraum holte sie zwei Plastikbeutel, die dazugehörigen Anhängeschilder sowie ein Paar Latexhandschuhe und ging dann wie selbstverständlich zurück ins Haus. Sie schrieb etwas auf die Anhänger, was einer Überprüfung durch den Beamten standhalten würde – falls er denn überhaupt danach fragte –, und steckte die Kleider und das Tagebuch in separate Beutel. Sie fand, dass alles sehr überzeugend wirkte.

Ungehindert verließ sie das Haus und nahm sich sogar die Zeit, sich bei dem Polizisten für seine Unterstützung zu bedanken. Dann fuhr sie in gemäßigtem Tempo quer durch die Stadt. Ihr Gewissen plagte sie, und sie wollte keine Aufmerksamkeit auf sich ziehen. Ohne Zwischenfälle erreichte sie ihr Haus, wo sie als Erstes ins Bad laufen und sich übergeben musste. Als ihr Magen nichts mehr hergab, setzte sie sich auf den Badezimmerteppich und wischte sich die Tränen aus den Augen, die ihr beim Würgen aufgestiegen waren.

Wieder einigermaßen erholt erhob sie sich und ging ins Schlafzimmer, um sich umzuziehen. Die Sachen, die sie die ganze Nacht getragen hatte, warf sie in einem Haufen auf den Boden und sich selbst auf das Bett.

Da bin ich also, dachte sie, stecke in einer kriselnden Ehe fest, habe ein kleines Kind, das seine Mutter braucht, und soeben eine Straftat begangen, indem ich die mögliche Tötung von Verdächtigen in einem Fall von Mord und Kindesentführung billigend in Kauf nehme.

Was um alles in der Welt habe ich mir nur dabei gedacht?

Sie fand keine Antwort auf ihre Frage. Sie wusste ja nicht einmal, was inzwischen passierte. Sie hatte ihre Karriere, ihre gesamte Zukunft in die Hände von Männern gelegt, die sie bis vor wenigen Tagen nicht einmal gekannt hatte.

Plötzlich kam ihr in den Sinn, dass sie überhaupt keine Ahnung hatte, wie Logan herausgefunden haben wollte, wer Ellies Entführer waren, und dass er eigentlich auch keine Möglichkeit gehabt haben konnte, mit ihnen Kontakt aufzunehmen, um das Zusammentreffen heute Morgen zu vereinbaren. Durch den Adrenalinrausch der vergangenen Nacht hatte ihr professionelles, auf die Aufdeckung von Hintergründen ausgerichtetes Denken total ausgesetzt. Die Überzuckerung durch den an der Tankstelle gekauften Mist und der Mangel an Schlaf hatten wohl dazu beigetragen.

Sie bemühte sich, sich einzureden, dass sie sich überrumpeln und gegen ihren Willen in die Sache hatte hineinziehen lassen, als sie mit den bewaffneten Leuten im Auto gesessen hatte.

Das ist Blödsinn, Becky, und das weißt du auch.

Gut, vielleicht versuchte sie einfach nur viel zu sehr, ihren wahren Beweggrund zu verdrängen – ihre emotionale Reaktion auf die Lage, in der Logan sich befand, und darauf, was diesem kleinen Mädchen, das sie nicht einmal kannte, möglicherweise bevorstand. Sie konnte es sich nicht erklären, wieso sie binnen so kurzer Zeit alles rationale Denken über Bord geworfen hatte. Waren ihr Logan und das, was ihm widerfahren war, zu sehr unter die Haut gegangen? Konnte es sein, dass sie seiner Tochter ein Stück nähergekommen war, weil sie ihr Zimmer gesehen und in ihrem Tagebuch gelesen hatte? Zu nahe, um noch professionelle Distanz wahren zu können?

Sie setzte sich auf und nahm das gerahmte Foto vom Nachttisch. Es zeigte sie und Tom an ihrem Hochzeitstag breit lächelnd im strahlenden Sonnenschein. Sie versuchte sich zu erinnern, wie sie sich an jenem Tag gefühlt hatte, aber es gelang ihr nicht.

Wie war es dazu gekommen, dass sich so viel zwischen ihr und Tom verändert hatte? Es kam ihr keine andere Erklärung in den Sinn als das Klischee, dass zwei Menschen in der Ehe einander immer mehr ans Herz und dann unweigerlich doch wieder auseinander wachsen. Ihrem Sohn würde das wohl kaum ein Trost sein, sollte sie es ihm eines Tages erklären müssen. Sie stellte sich das Gespräch vor.

Alles ist okay, mein Sohn, würde sie sagen. *Dein Dad hat mich mit seinen Angewohnheiten schon die ganze Zeit genervt, und dann bin ich diesem verletzlichen, betörenden Mann begegnet, und wir sind irgendwie zusammen in eine Mordgeschichte mit Kidnapping verwickelt worden. Es war wie in einem beschissenen Hollywoodfilm.*

Ja, darauf würde es hinauslaufen.

Sie ging wieder ins Erdgeschoss, setzte sich auf das Sofa und betrachtete die beiden Plastikbeutel auf dem Fußboden. Ihr kam ein Gedanke.

Sie holte ihr Notizbuch aus der Handtasche und blätterte, bis sie Logans Handynummer fand, die sie von der am Tatort entdeckten Visitenkarte abgeschrieben hatte. Sie wählte die Nummer und lauschte auf das Freizeichen.

21

12:35 Uhr

Judd verließ die A816 unterhalb Loch Awe. Cahill wies ihn an zu halten, sobald sie außer Sichtweite der Hauptstraße waren. Judd bremste und steuerte den Wagen in ein kleines Waldstück abseits des Weges. Abgefallene Äste knackten unter den breiten Reifen. Sie hielten hinter einer Baumreihe, die ihnen etwas Deckung bot, falls jemand vorbeikam.

»Wir bereiten jetzt schon alles vor, damit es zu keinen Verzögerungen kommt, wenn wir das Ziel erreichen«, sagte Cahill. Er verließ den Wagen und hielt den Kopf gesenkt, um sich vor dem Wind und dem Schneetreiben zu schützen.

Logans Handy vibrierte in seiner Hosentasche. Er sah, dass es keine der in seinem Adressbuch gespeicherten Nummern war, nahm das Gespräch aber entgegen.

»Hier spricht Becky Irvine.«

Ihre Stimme klang merkwürdig.

»Hallo«, sagte er, weil ihm sonst nichts einfiel. Er war froh über ihren Anruf.

»Ich weiß selbst nicht genau, warum ich Sie anrufe«, sagte sie. »Es ist bloß, weil …«

Schweigen.

»Was?«

Cahill sah ihn fragend an, und Logan hauchte lautlos »Irvine«.

»Weil ich nicht begreife, wie sich alles abgespielt hat«, meldete sich Rebecca Irvine wieder. »Woher wissen Sie, wo Ellie sich befindet, und wie ist es zu dem Treffen heute früh im Park gekommen?«

»Ich bin in nichts Illegales verstrickt«, sagte Logan. Zu spät bemerkte er, wie dumm sich das anhörte. »Jedenfalls nicht absichtlich.«

Irvine lachte. »Das ist alles so verrückt«, sagte sie.

»Ich weiß. Hören Sie, ich werde Ihnen später alles erklären. Sowie wir Ellie in Sicherheit gebracht haben.«

»Schon gut.« Sie machte eine kurze Pause. »Ich habe ihre Sachen geholt. Wenn sie Ellie zu mir bringen, gebe ich sie Ihnen.« Sie nannte ihm ihre Adresse und verfiel dann wieder in Schweigen. Cahill gab Logan Zeichen, sich zu beeilen.

»Hören Sie, Rebecca, ich muss jetzt los.«

»Ich weiß. Passen Sie auf sich auf.«

Er verabschiedete sich von ihr und beendete das Gespräch.

»Worum ging's?«, wollte Cahill wissen.

»Sie hat nur angerufen, um mir zu sagen, dass sie die Kleider für Ellie hat und wir später bei ihr vorbeifahren sollen, um sie abzuholen. Das war alles.«

»Ich habe dich vor ihr gewarnt.«

Logan wusste nicht, was er darauf erwidern sollte.

Sie kauerten sich unter der geöffneten Heckklappe des BMW zusammen, während Judd und Cahill die Ausrüstung sortierten und für jeden einen kleinen Stapel zurechtlegten. Logan fand, dass sein Anteil im Vergleich zu dem der anderen recht klein wirkte: eine schusssichere Weste, ein Helm mit Augenschutz, ein Gürtel mit Halfter für seine Pistole und ein Ohrstöpsel mit Mikrofon. Die anderen Mitglieder des Teams bekamen die gleiche Zuteilung, zusätzlich aber noch gepolsterte Knie- und Ellbogenschützer, kurze Automatikgewehre, die Flashbang-Granaten, eine weitere Schusswaffe für den Fall der Fälle und warme Handschuhe.

Als Cahill fertig war, probierte er mit Judd die Handfunkgeräte aus. Vor Ort schien alles einwandfrei zu funktionieren, doch von Hardy und Washington erhielten sie keine Rückmeldung. Logan erkundigte sich, ob etwas nicht stimme.

»Alles okay«, sagte Cahill. »Wenn wir allerdings mehr Zeit gehabt hätten und das Terrain kennen würden, hätten wir einen Kommandoposten mit einem professionellen Sammelrufsystem einrichten können, damit wir alle auf gleicher Frequenz sind und jeder von uns mithören kann, was über die Headsets läuft.« Er tippte auf den Stöpsel in seinem Ohr. »Mit dieser Apparatur dürfen wir uns nicht zu weit voneinander entfernen, die Dinger haben nur eine winzige Reichweite.«

Logan sah zu, wie Cahill und Judd noch einmal die Waffen überprüften, während Carrie ihm in seine Weste half und seinen Helm justierte. Sie drehte an seinem Mikro herum, bis es an der richtigen Stelle saß, bevor alle vier noch einmal ihre Verbindung untereinander überprüften. Logan stand frierend in dem beißenden Wind und rieb sich die Arme, während sich die drei Profis weiterhin mit ihrer Ausrüstung beschäftigten. Es kam ihm alles irgendwie unwirklich vor, ganz anders als im Pub, als Judd plötzlich wie aus dem Nichts erschienen war, um ihm seinen Hals zu retten. Die Szenerie hier hatte etwas von einem Filmset. Er blickte zwischen den Baumwipfeln hindurch zum dunklen Himmel und sah dicke Schneeflocken herabrieseln.

Ungefähr acht Meilen weiter verlangsamte Washington die Fahrt des alten Kombi auf Schritttempo, als sie sich einer Lichtung näherten. Er sah Hardy an, der ihm zunickte, hier nicht mehr weiterzufahren. Washington lenkte den Wagen zwischen die Bäume, wo die beiden ihn so gut wie möglich unter überhängenden Ästen verbargen. Sie wollten es nicht riskieren, von den Männern, die sie verfolgten, vorzeitig entdeckt zu werden. Dann bereiteten auch sie sich und ihre Ausrüstung auf einen langen Marsch durch den Schnee vor.

Als sie nach etwa drei Minuten bereit zum Aufbruch waren, wollte Hardy über Funk Kontakt mit Cahill aufnehmen, bekam aber keine Antwort.

»Sie müssen noch zu weit weg sein«, sagte Washington.

Hardy ging zurück zum Wagen, um das Autotelefon zu

benutzen, und teilte Cahill mit, dass sie die Verfolgung nun zu Fuß fortsetzen und nicht mehr erreichbar sein würden, bis Cahill in Reichweite ihrer Funksprechgeräte wäre. Dann klatschten er und Washington sich zum Zeichen ab, dass sie die Sache nun gemeinsam in Angriff nehmen würden, und machten sich auf den Weg. Hardy, der erfahrenere Soldat, übernahm die Vorhut, Washington folgte mit drei Schritten Abstand. Bedächtig stapften sie zwischen den Bäumen hindurch, hielten sich parallel, aber in einiger Distanz zur Straße, um sich notfalls rasch verbergen zu können, falls die Entführer noch einmal zurückkamen, um sich zu vergewissern, dass ihnen auch niemand gefolgt war.

Nach einer halben Meile hob Hardy die Hand und deutete durch die Bäume hindurch auf ein großes Holzhaus zu ihrer Rechten. Es sah nicht danach aus, als ob sich hier jemand aufhielt, nirgendwo brannten Lichter. Sie gingen in Richtung des Hauses und erreichten eine Freifläche, an deren entferntem Ende eine Reihe kleiner Blockhütten stand. Auch ungefähr zweihundert Meter weiter zwischen den Bäumen erblickten sie ähnliche Hütten. Hardy gab Washington ein Zeichen, ihm in die Deckung des größeren Gebäudes zu folgen, wo sie von den Behausungen aus niemand sehen konnte.

»Das müssen wir überprüfen. Wahrscheinlich halten sie sich hier irgendwo versteckt«, sagte Hardy.

Washington nahm seine Schutzbrille ab und nickte. Sie schlichen zu der Vorderfront des Hauses, wo Hardy sich flach in den Schnee legte und um die Ecke spähte. Der Himmel war dunkel und wolkenverhangen, und der Schneefall schränkte die Sicht noch zusätzlich ein, zumindest auf mittlere und längere Distanz. Hardys Blick wanderte an den Hütten entlang, die er von seinem Beobachtungsposten aus sehen konnte. Dann zog er sich zurück und erhob sich.

»Keine Autos zu sehen. Die Hütten vorn am Seeufer stehen definitiv leer, zu denen im Wald kann ich nichts sagen. Außerdem ist nicht zu erkennen, wie weit die Reihe der Hütten reicht. Wer weiß? Vielleicht erstrecken die sich über mehrere Meilen, und die Burschen hocken ganz hinten in der letzten.«

Washington verzog das Gesicht. »Was, wenn wir uns zum Seeufer runterschleichen und die Hütten dort als Deckung benutzen? Dann könnten wir uns ungesehen denen im Wald nähern.«

Hardy dachte einen kurzen Moment lang nach. »Gute Idee. So machen wir's.«

Wieder schlichen sie sich an der Hauswand entlang, Hardy vorneweg. Als sie zu einem Fenster kamen, duckten sie sich daran vorbei, aber auf der anderen Hüttenseite wagte es Washington, sich aufzurichten und einen Blick hineinzuwerfen. Für ihn sah das Innere aus wie ein Empfangsbereich mit rundem Tresen und einigen Sesseln, doch alles wirkte so, als sei es schon lange nicht mehr benutzt worden. Er sah genauer hin und entdeckte auf dem Tresen eine Preistafel: *Saison 2002–2003*. Er tippte Hardy auf die Schulter und erzählte ihm, was er gesehen hatte.

»Schon 'ne ganze Weile dicht«, kommentierte Hardy. »Das bedeutet, dass uns wenigstens keine Zivilisten in die Quere kommen. Die erste gute Nachricht heute.«

Er winkte Washington, ihm weiter zu folgen, hielt aber am Ende der Hauswand noch einmal inne und legte sich wieder flach auf den Bauch, um sich einen Überblick zu verschaffen. Nach einigen Metern begann ein flacher Abhang, der zum Wasser hinunterführte. Bis zum See und überall am Ufer standen verstreut Bäume.

Das war gut und schlecht zugleich.

Sie mussten eine freie Ebene von ungefähr zwanzig Schritt Breite überwinden, dann würden ihnen das abschüssige Gelände und die Bäume Deckung geben, sodass sie sich von hinten an die Hütten am Ufer heranpirschen konnten.

Hardy lehnte sich mit dem Rücken gegen die Holzwand des großen Hauses. »Auf der Erde ranrobben oder sprinten?«, fragte er seinen Kameraden.

»Sprinten.«

»Okay. Aber lass uns erst zu den anderen Hütten zurückgehen und einen Blick hineinwerfen, damit wir sehen, wie sie aufgeteilt sind.«

Als sie vor der ersten der Waldhütten standen, rüttelte Washington an der Tür, aber sie war verschlossen. Hardy entdeckte eine zerbrochene Fensterscheibe, griff hindurch und löste den Riegel. Sie kletterten hinein und fanden sich in einem geräumigen Schlafzimmer wieder, von dem eine Tür in einen Flur führte. Washington schritt den Flur ab: Er war über sechs Meter lang. Zwei weitere Türen gingen in zwei kleinere Schlafzimmer ab. Wohnbereich und Kochnische bildeten eine Einheit, in die der Flur mündete. Von hier aus führte ein weiterer Gang, knapp halb so lang wie der erste, zur Eingangstür. Von ihm gingen links das Badezimmer und rechts eine kleine Besenkammer ab.

Sie verließen die Hütte, liefen zum Hauptgebäude zurück und dann zum See hinunter.

Cahill versuchte ein letztes Mal die anderen beiden über Funk zu erreichen, nachdem sie alles, was sie nicht unbedingt brauchten, zurück in den Wagen gepackt hatten. Er wandte sich an Logan und schüttelte den Kopf – keine Verbindung.

Judd war der Erste, der das sonore Brummen des Range Rovers hörte. Rasch trat er hinter den X5, sodass man ihn von der Straße aus nicht sehen konnte. Er kniete sich neben einen der großen Reifen und gab den anderen ein Zeichen, sich ebenfalls zu ducken. Logan ließ sich instinktiv an Ort und Stelle auf den Boden fallen und sah, dass Cahill und Carrie sich behände, doch ohne Hast zu Judd gesellten. Er kam sich dumm und überängstlich vor, aber zumindest war er von der Straße aus nun nicht mehr zu erkennen.

Der Range Rover raste in halsbrecherischem Tempo an ihnen vorbei in Richtung Norden. Im Nu kam Judd hinter dem BMW hervorgeschossen und blickte dem Wagen nach.

»Sah mir nach vier Personen aus«, sagte er zu Cahill. »Zwei vorne, zwei hinten. Alles Männer.«

»Mist!«, fluchte Cahill. »Ob das ihre Nachhut war?«

»Höchstwahrscheinlich. Wer sonst sollte bei diesem Wetter in dieser gottverlassenen Gegend herumfahren – und das auch noch in einer Kiste, die fünfzigtausend Pfund kostet?«

»Scheiße. Wir müssen hinterher. Carrie, versuch doch nochmal Hardy und Washington zu erreichen.«

Logan beschlich das Gefühl, dass sich ihr Plan in Wohlgefallen aufzulösen begann, als er über sein Headset Carries Stimme vergeblich nach den beiden rufen hörte.

»So kann's gehen«, sagte Cahill. »Läuft nie ganz so, wie man es sich vorstellt. Dann muss man sich anpassen.«

Judd setzte mit dem BMW zurück auf den Fahrweg, der

Wagen machte einen Satz nach vorn, und seine schweren Reifen wühlten sich sicher durch den tiefen Schnee.

22

12:45 Uhr

Ellie döste auf ihrem Bett, als sie ein Auto vorfahren hörte. Sie war wie gelähmt, hin- und hergerissen zwischen dem Verlangen, ans Fenster zu stürzen, sämtliche Bretter herunterzunehmen und hinauszuspringen, und dem zwanghaften Wunsch, auszuharren und zu erfahren, was nun geschehen würde. Als die Insassen des Wagens sich der Hütte näherten, konnte sie Drakes Stimme und die des anderen Mannes hören, vor dem sie solche Angst hatte.

Sie schwang ihre Beine aus dem Bett und schaute zum Fenster hinüber. Den letzten Nagel im dritten Brett hatte sie bereits zur Hälfte herausgezogen, bevor sie sich hingelegt hatte, um sich auszuruhen. Sie war einfach zu müde gewesen, um weiterzuarbeiten. Doch zuvor hatte sie sämtliche Nägel wieder zurückgesteckt, sodass nun alles ordentlich aussah. Nur ihre wunden Fingerkuppen wiesen auf ihre Bemühungen hin.

Mit hinter dem Rücken verschränkten Händen stand sie im Zimmer, als sich Schritte näherten und der Schlüssel herumgedreht wurde. Drake betrat den Raum. Er war allein und schloss die Tür hinter sich. Er schien verwundert zu sein, sie so dastehen zu sehen. Durch die Wand hindurch hörte sie den anderen Mann mit der Frau reden.

»Willst du dich nicht hinsetzen?«, fragte Drake.

Sie schüttelte den Kopf. Falls es sich vermeiden ließ, wollte sie nie wieder auf diesem Bett sitzen. Sie hoffte, er würde sagen, was er zu sagen hatte, und dann wieder gehen. Anschließend würde sie von hier verschwinden.

Drake zuckte mit den Schultern und setzte sich hinter ihr auf das Bett. Es war ihr unbehaglich, ihn in ihrem Rücken zu wissen, also drehte sie sich zu ihm um.

»Dein Daddy hat diesmal getan, was von ihm verlangt wurde«, erklärte Drake, hörte sich aber nicht zufrieden an. »Das bedeutet, dass das hier bald vorüber sein sollte.«

»Wie bald?«

Er sah sie einen Augenblick lang an, als suche er nach einer Erklärung dafür, woher sie ihre Tapferkeit nahm. Dann schüttelte er seufzend den Kopf.

»Wenn ich heute mein Geld bekomme, ist es geschafft.« Plötzlich lächelte er. »Dann wird auch das hier für dich zu Ende sein.«

Sie wollte in seinen Augen lesen, aber sie waren unergründlich. Dann erhob er sich und verließ das Zimmer ohne ein weiteres Wort.

Ellie bewegte sich nicht von der Stelle. Sie hörte, wie er sich vor der Tür leise mit dem anderen Mann besprach, verstand aber nicht, was sie sagten. Ein Telefon läutete, und die Männer verschwanden im vorderen Teil der Hütte.

Mit ausdruckslosem Gesicht starrte Ellie das Fenster an.

»Hallo, Gabriel«, sagte Drake gerade, als Sergei hinter ihm ins Wohnzimmer trat. »Alles erledigt. Das Geld sollte morgen auf dem Konto sein.«

»Gut«, sagte Gabriel. »Dann kannst du Sergei sagen, dass er mit dem Mädchen jetzt machen kann, was er will. Ich möchte, dass Finch weiß, was passiert, wenn er mir auf der

Nase herumtanzt. Warte, bis Sergei mit ihr fertig ist, und anschließend schmeißt ihr die Kleine in den See.«

Drake beobachtete, wie Sergei sich zu Katrina auf das Sofa setzte. Während er Drake nicht aus den Augen ließ, breitete sich auf seinem Gesicht ein Lächeln aus. Hatte Sergei sich schon vorher mit Gabriel darauf geeinigt, dass er an dem Mädchen seine abartigen Begierden befriedigen würde?

»Ist das ein Problem für Sie, Mr. Drake?«, erkundigte sich Gabriel.

»Nein.«

»Gut. Die anderen werden in Kürze bei euch sein, um hinter euch aufzuräumen.«

Drake war sich der Drohung, die Gabriels Worte beinhalteten, bewusst – tu, was ich dir sage, oder du wirst mit dem Mädchen zusammen »entsorgt« werden. Er hatte keinerlei Skrupel, sich des Mädchens zu entledigen, und machte auch kein Hehl daraus. Trotzdem war er kein Kinderschänder, und Sergeis perverse Neigungen waren ihm zuwider.

»Ich sagte doch schon, dass es kein Problem ist, Mr. Gabriel.«

»Ich weiß, dass Sergei … schwierig sein kann. Aber manchmal ist er auch nützlich. Ich hoffe, Sie werden jetzt nicht zimperlich?«

Drake hatte das Gefühl, dass Gabriel ihn verhöhnte. Vielleicht hatte er *wirklich* schon mit Sergei gesprochen, und die anderen kamen nun mit dem Befehl, ihn beiseitezuschaffen, damit Sergei seinen Platz einnehmen konnte.

»Es ist kein Problem«, wiederholte er. »Sie können mir alles überlassen.«

Er legte auf, bevor Gabriel noch etwas sagen konnte. Es

würde zweifellos noch Konsequenzen nach sich ziehen, dass er das Gespräch so schnell beendet hatte.

»Was gibt's, *Boss?«,* fragte Sergei.

Drake ignorierte ihn und steckte das Handy in seine Hosentasche. Nun galt es zu überlegen, wie er sich seinen alten Freund und anschließend das Mädchen vom Hals schaffen sollte. Es würde heute keinen Putsch geben.

»Also«, sagte Sergei, »kann ich nun endlich meinen Spaß haben? Darf ich mit ihr spielen?«

»Was ist bloß aus dir geworden, Sergei? Was ist aus uns geworden?«

»Du wirst zu weich, Yuri«, sagte Sergei und erhob sich. »Du hast vergessen, wo du herkommst und wer deine wahren Freunde sind.«

»Nein, Sergei«, erwiderte Drake. »Du hast vergessen, was es bedeutet, ein Mensch zu sein.«

Sergei lachte und wollte sich an ihm vorbeischieben.

»Wo willst du hin?«

»An die frische Luft. Hier drin stinkt's.«

Als er nach draußen verschwunden war, setzte sich Drake neben Katrina. »Gabriel hat gesagt, wir sollen die Kleine Sergei überlassen und sie umbringen, wenn er mit ihr fertig ist.«

Katrina ergriff seine Hand. »Das können wir nicht tun, Yuri.«

»Ich weiß.«

»Was hast du vor?«

»Ich werde das fette Schwein kaltmachen und das Mädchen dann unter Drogen setzen, bevor ich es erschieße. Es braucht nicht noch mehr Leid zu ertragen.«

»Yuri …«

»Es muss sein«, schnitt er ihr sämtliche Widerworte

ab. »Ich kann daran nichts ändern. Außerdem hat Gabriel recht. Wir müssen denen klarmachen, was geschieht, wenn sich einer von ihnen uns in den Weg stellt.«

»Lass mich mitkommen, wenn du ihr die Drogen gibst. Vielleicht ist sie dann ruhiger und macht keine Schwierigkeiten.«

Drake nickte. Aber zuvor musste er sich um Sergei kümmern.

23

12:50 Uhr

Logan war von dem sicheren Fahrverhalten des X5 auf den verschneiten Wegen überrascht. Er hatte den Wagentyp immer für einen Möchtegerngeländewagen gehalten, eine große Familienkutsche, mit der Yuppie-Mütter ihre Sprösslinge zu ihren Privatschulen kutschierten. Doch mit Judd am Steuer zeigte das Auto, was wirklich in ihm steckte.

»Nicht so schnell, Bails«, ermahnte Cahill seinen Fahrer. »Achte auf den Range Rover.«

Doch Judd reagierte nicht. Sein Blick war auf die Straße vor ihnen geheftet, während er das Lenkrad fest umklammerte.

Cahill sprach in sein Mikrofon.

»Hardy, hörst du mich?«

Nichts.

»Washington, hörst du mich?«

Nichts.

Er wiederholte den Versuch.

Schweigen.

Logan legte die rechte Hand auf den Griff der Pistole in dem Halfter an seiner Hüfte und rutschte in der klobigen schusssicheren Weste unruhig auf seinem Sitz hin und her. Er spürte, wie sich unter seinem Helm Schweißtropfen bildeten; ihm war heiß, und seine Kopfhaut juckte.

»Hardy, Washington, hört ihr mich?«

Wenn doch nur endlich jemand antworten würde.

Nachdem Hardy und Washington den Abhang zum See bewältigt hatten, ging Hardy voraus, während sie sich langsam am Ufer entlang von einem Baum zum nächsten bewegten und dabei einander Deckung gaben. Es hatte keinen Sinn, so kurz vor dem Ziel noch unnötige Risiken einzugehen.

Im Vorbeischleichen warfen sie Blicke zu den Hütten hoch und fanden bestätigt, was sie anfangs schon vermutet hatten: Sie standen allesamt leer. Die meisten von ihnen waren zudem in reparaturbedürftigem Zustand: Die Fensterscheiben waren zerbrochen, das Holz der Wände faulte.

Sie erreichten die letzte der Uferhütten und sahen ein Stück weiter bergan die Baumreihe, hinter welcher der Wald begann. Inzwischen hatte Washington die Vorhut übernommen, und Hardy deckte ihn aus dem Schutz einer dünnen Birke. Das Wasser plätscherte beruhigend über das steinige Ufer des Sees, während vom Himmel immer mehr Schnee fiel, der auf der Erde liegen blieb und den Untergrund glitschig machte. Obwohl sie feste Stiefel mit robusten Gummisohlen trugen, kamen sie nur langsam voran.

Washington gab Hardy ein Zeichen, sich als Erster vom Seeufer zu entfernen und über die leichte Anhöhe zu laufen, die zum Wald hinaufführte. Hardy nickte und sprintete an Washington vorbei bis in den Schutz einer Kiefer auf halber Strecke des Anstiegs. Washington folgte ihm rasch, lief an Hardy vorbei und warf sich oben angekommen flach in den Schnee. Von hier aus winkte er Hardy zu, es ihm gleichzutun.

Ein paar Sekunden lang lagen beide nebeneinander am Boden und schnappten nach Luft. Dann tippte Hardy mit dem Finger auf den Ohrstöpsel seines Funkgeräts. Washington nickte zustimmend.

»Cahill, hörst du mich?«, flüsterte Hardy ins Mikrofon.

Nichts als Rauschen im Äther.

Hardy schüttelte den Kopf und schob sich ein paar Zentimeter weiter hoch, um in den Wald hineinsehen zu können. Washington verharrte in Position und hielt sein Gewehr dicht an sein heftig pochendes Herz, das Blut und Adrenalin durch seine heißen Adern pumpte.

***

Judd steuerte den BMW mit sicherer Hand durch die scharfe Linkskurve und dann den steilen Hügel hinauf, der dem alten Kombi zuvor eine solche Kraftanstrengung abverlangt hatte. Mit Vierradantrieb war die Steigung ein Kinderspiel.

Cahill bemühte sich weiterhin vergeblich, mit Hardy und Washington Kontakt aufzunehmen.

»Himmel!«, sagte er wütend. »Wie weit entfernt von denen können wir denn noch sein?«

»Wir werden sie schon einholen, Alex«, beschwichtigte ihn Carrie.

Judd fuhr nun langsamer und suchte den Wegesrand auf beiden Seiten ab. Logan beugte sich vor, konnte in dem Schneegestöber aber kaum den Straßenverlauf erkennen. Es sah aus, als würden die Bäume weiter vorn von der Straße zurückweichen. Plötzlich tippte Judd Cahill auf den Arm und deutete in den Wald. Logan wusste nicht, worauf er hinauswollte, bis Judd einen Schlenker machte und ein Gebüsch niederwalzte, hinter dem der Kombi zum Vorschein kam.

Judd hielt den Wagen an, ließ den Motor aber weiterlaufen.

»Hardy, hört ihr mich?«, fragte Cahill.

Logan konnte nur ein fernes Echo und ein Knistern in seinem Headset wahrnehmen.

Cahill probierte es erneut.

Nichts.

Hardy richtete sich auf und blickte an der Reihe Hütten entlang. Zwischen den Bäumen, in gut dreißig Meter Entfernung, erkannte er etwas, das aussah wie die Motorhaube des Wagens, dem sie gefolgt waren. Sie lugte hinter einer der Hütten hervor und war von dem großen Haus aus nicht zu erkennen gewesen. Wenige Sekunden später gab es keinen Zweifel mehr. Ein kleiner, dicker Mann erschien, lief neben der Hütte auf und ab und versuchte sich mit seinem Atem die Hände zu wärmen. Hardy beobachtete die Szene, bis der Mann wieder in der Hütte verschwunden war, und nickte Washington dann zu.

»Da drüben steht der Wagen«, sagte er. »Neben einer Hütte mit verbarrikadierten Fenstern.«

Washington versuchte flacher zu atmen, damit sein Herz nicht so wild schlug. Hardy zeigte in die Richtung, aus der sie gekommen waren.

Sie gingen zum Ufer zurück, liefen von Baum zu Baum

und maßen mit ihren Schritten dreißig Meter bis zu der Hütte ab.

Als sie meinten, ungefähr auf der richtigen Höhe zu sein, legten sie sich wieder flach auf den Boden und krochen die Böschung hinauf. Es schien ihnen, als kämen sie quälend langsam voran, doch in Wirklichkeit dauerte die Aktion nicht einmal eine halbe Minute. Nachdem sie ihre Gewehre überprüft hatten, rückten sie dicht zusammen und schauten vorsichtig über den Böschungsrand hinweg.

Bis zum Wagen waren es jetzt nur noch etwa zehn Meter. Er parkte nicht unmittelbar neben der Hütte, sondern ein paar Schritte davon entfernt. Nichts rührte sich. Die beiden Fenster des Holzhauses, die sie sehen konnten, waren mit Brettern verrammelt. Ihren Beobachtungen nach zu schließen, mussten sie zu den beiden kleineren Schlafzimmern gehören. Hardy zählte die Hütten und hielt Washington die Finger seiner einen Hand und den ausgestreckten Zeigefinger seiner anderen hin: sechs Hütten. Washington warf einen Blick auf die Häuser und nickte. Cahill brauchte einen Anhaltspunkt, um zu wissen, welche Hütte ihr Zielobjekt war.

Sergei saß in einem Sessel neben dem Fenster und rieb sich die Hände, während er zusah, wie Katrina Beruhigungsmittel in eine Spritze füllte.

»Was hast du damit vor?«, fragte er. »Und wo ist Yuri?«

Sie sah ihn über die Schulter hinweg an, sagte aber nichts. Sergei stand auf, stellte sich neben sie und packte ihre Hand, mit der sie die Spritze hielt.

»Was du damit vorhast, habe ich …«

Drake betrat das Wohnzimmer, hob den Arm und schoss Sergei mitten ins Gesicht. Katrina schrie auf, als das Blut ihr ins Gesicht und ins Haar spritzte. Sergei sackte zu Boden. Aus seinem Mund und aus dem hässlichen Loch in seiner Wange lief Blut. Er tastete nach der Wunde, so als wolle er die Kugel herausholen, und gab ein gurgelndes Geräusch von sich, als er sich an seinem eigenen Blut verschluckte.

Drake stellte sich neben ihn, schob Katrina beiseite und richtete die Waffe auf Sergeis Stirn. Schützend hielt Sergei die Hände davor.

Drake schoss zwei Mal; die zweite Kugel riss Sergei die obere Hälfte von einem seiner Finger ab, bevor sie in seinen Schädel eindrang.

Drake starrte Sergeis entstelltes Gesicht an und empfand nichts als Verachtung.

Ellie wartete, bis sie den Mann, der nach draußen gegangen war, wieder hereinkommen hörte, und machte sich dann wieder so leise wie möglich ans Werk. Sie hatte sich in zwei Bettlaken gehüllt, um sich vor der Kälte zu schützen – ein Laken hatte sie um die Taille gewickelt, das andere diagonal um ihren Oberkörper.

Zeit, von hier zu verschwinden.

Sie hatte gerade die beiden unteren Bretter problemlos entfernt und auf dem Bett abgelegt, als der erste Schuss die Wände erschütterte. Ellie musste einen Aufschrei unterdrücken, versuchte aber dennoch sich darauf zu konzentrieren, den letzten Nagel aus dem dritten Brett zu ziehen. Ihre Hände zitterten wie verrückt, aber sie ließ sich nicht beirren, bis sich der Nagel endlich zu rühren begann.

Dann folgten zwei weitere Schüsse, bei denen sie erneut zusammenzuckte.

Jetzt werden sie mich umbringen.

Unkontrollierbare Panik stieg in ihr auf. Sie bemühte sich, tief durchzuatmen, um nicht in letzter Minute einen Fehler zu machen, aber ihre Hände zitterten immer noch, als das Brett sich löste, sodass sie es um ein Haar fallen gelassen hätte.

Sie wollte noch ein Mal tief Luft holen, aber ihre Kehle fühlte sich an wie zugeschnürt. Eine Träne lief ihr über die Wange. Sie drückte ihr Gesicht an die freie Fensterfläche, spürte die kalte Luft und sah den Schnee fallen.

Jetzt.

Cahill wies Judd und Carrie an, ein paar Äste zu sammeln, um damit beide Autos zu tarnen, und versuchte dann noch einmal Funkkontakt aufzunehmen.

»Hier spricht Cahill. Hardy, hörst du mich?«

Ein Knistern, dann meldete sich Hardys Stimme. »Ich höre dich, Boss. Wir haben sie.«

Logan durchfuhr es wie ein elektrischer Schock.

»Ich will mehr wissen«, sagte Cahill.

»Wir haben ihr Versteck ausfindig gemacht. Der Wagen steht vor einer Hütte, aber drinnen rührt sich nichts.«

Judd und Carrie eilten herbei.

»Wie finden wir euch?«, fragte Cahill.

»Siehst du das Holzgebäude?«

»Ja, sehe ich.«

»Dahinter führt ein Abhang zum Wasser hinunter. Bewegt euch am Ufer entlang, an den Hütten dort vorbei, bis ihr an ein Wäldchen kommt. Es ist die sechste Hütte nach der ersten Baumreihe. Verstanden?«

»Verstanden. Wir sind jetzt bei eurem Wagen und werden gleich da sein. Passt aber auf, denn …«

Er wollte sie gerade vor dem Range Rover warnen, der

sich ihrer Position näherte, als er den ersten Knall hörte. Das Geräusch kam von weiter her, aber es war zweifellos ein Schuss gewesen. Logan wollte etwas fragen, aber Cahill hob die Hand, um ihn zum Schweigen zu bringen.

»Es ist ein Schuss gefallen«, gab Hardy durch.

»Verstanden«, sagte Cahill. »Ist etwas zu sehen?«

Hardy reagierte nicht.

Logan stand kurz vor einem Nervenzusammenbruch.

Hardy meldete sich wieder. Seine Stimme klang erregt. »Bewegung hinter einem Fenster der Hütte.«

Logan verkrampfte sich vor Anspannung.

Noch zwei Schüsse.

»Es ist das Mädchen«, sagte Hardy. »Es öffnet das Fenster.«

Cahill zögerte nicht eine Sekunde. »Schnappt euch die Kleine!«, schrie er ins Mikrofon, und seine Stimme drang schneidend laut in Logans Ohr. »Schnappt sie euch!«

Im Nu war Washington auf den Beinen und stürzte zum Haus. Hardy stemmte sich auf die Ellbogen, richtete sein Gewehr noch immer auf die Hütte und bewegte die Mündung für alle Fälle an der Hüttenwand entlang.

Washington winkte dem Mädchen zu, das nun in dem halb geöffneten Fenster erschien. Das Kind sah ihn mit großen Augen an.

Schnapp sie dir.

In diesem Moment schnitten die Scheinwerfer eines Autos durch die Bäume. Augenblicklich ließ sich Washington fallen, und sein Gesicht traf schmerzhaft auf den harten Boden unter dem Schnee. Er biss sich auf die Unterlippe und schmeckte Blut im Mund.

Logans Tochter schaute ihn noch immer erschrocken an.

In ihren Augen sah er Tränen. Sie war keine drei Meter von ihm entfernt.

Und doch so weit.

Er schaute nach links und sah zwischen den Bäumen einen Range Rover rasch näher kommen. Er gab dem Mädchen ein Zeichen, sich von dem Fenster zu entfernen und es wieder zu schließen. Dann vergrub er sein Gesicht im Schnee und hoffte, nicht gesehen zu werden, als der Range Rover von der Straße abbog und sein Scheinwerferstrahl über ihn hinwegglitt.

Hardy verharrte noch eine Sekunde lang auf seiner Position, bevor er sich die Schräge, auf der er lag, hinunterrutschen ließ. Das Letzte, was er sah, war das Gesicht des Mädchens, das sich verzerrte, als es das Fenster wieder nach unten schob und hinter der Scheibe verschwand. Das Herz hämmerte ihm in der Brust.

24

12:55 Uhr

Washington lag bewegungslos da, wagte nicht einmal, aufzuschauen, um zu sehen, wo der Range Rover abgeblieben war, hörte nur, wie dessen Motordrehzahl sich verringerte, als der Wagen ausrollte, und das knirschende Geräusch frischen Neuschnees, der unter dem Gewicht des Fahrzeugs zusammengedrückt wurde. Es schneite immer noch in dichten Flocken, die er auf seinem Hals und auf seinem Gesicht spürte, ehe sie auf seiner warmen Haut schmolzen.

Der Motor verharrte noch einen Moment lang im Leerlauf, bis die Zündung abgedreht wurde. Washington vernahm die Stimmen von Männern, ihr Gelächter, glaubte, vier Stimmen voneinander unterscheiden zu können, die allesamt sehr englisch klangen. Nach der Richtung zu urteilen, aus der die Stimmen kamen, hatte der Range Rover neben oder hinter dem anderen Auto gehalten. Die Schüsse schienen seinen Insassen entgangen zu sein.

Die Männer liefen Richtung Hütte und näherten sich damit der Stelle, an der Washington lag. Plötzlich hörte er das Knarren verrosteter Türscharniere. Dann wurde die Tür mit Wucht geschlossen, und die Stimmen waren durch die Holzwand hindurch nur noch gedämpft zu hören. Washington blieb an Ort und Stelle liegen und wartete darauf, dass Hardy ihm signalisierte, dass die Luft rein war.

Alles schien sich schier endlos hinzuziehen.

»Okay, Kumpel«, vernahm er endlich Hardys Stimme in seinem Ohr. »Komm jetzt ganz langsam zu mir zurückgekrochen. Du solltest außer Gefahr sein, aber halte dich trotzdem dicht am Boden.«

Washington riskierte einen Blick zur Hütte. Das Mädchen hatte ein paar Bretter innen vor das Fenster gehängt. Schlau von der Kleinen, dachte er. Sie weiß, dass wir da sind, will sich aber nicht verraten, bevor alles sicher ist.

Auf dem Bauch rutschend bewegte er sich rückwärts durch den Schnee und ließ die Hütte dabei nicht aus den Augen. Als er hinter der Kuppe der Steigung verschwunden war, ging er in die Knie, kroch rasch neben Hardy und atmete erleichtert aus. Hardy klopfte ihm anerkennend auf die Schulter und funkte dann ihren Boss an.

Cahill wusste aus Erfahrung, dass er sich besser still verhielt, wenn seine Männer Feindberührung hatten, und wartete nun darauf, dass sie sich zum gegebenen Zeitpunkt von selbst meldeten.

In solchen Situationen konnte es vorkommen, dass man ihre Stimmen nie wieder hörte.

Logan begriff nicht, wieso niemand etwas sagte, war aber genauso ruhig und wartete ab, bis Cahill das Schweigen brach. Seine Anspannung war so stark, dass er zusammenzuckte, als er schließlich Hardys Stimme im Ohr vernahm.

»Cahill, hörst du mich?«

»Ja, Tom. Wie ist die Lage?«

»Wir haben sie nicht rausholen können.«

Logans Muskeln wollten sich beim besten Willen nicht entspannen. Sein Herz schlug wild, während ihm das Blut in den Kopf schoss.

Wir haben sie nicht gekriegt.

»Verstanden«, sagte Cahill. »Ist euch der Range Rover in die Quere gekommen?«

»Ja. Chris hatte schon den halben Weg zur Hütte hinter sich gebracht, als er beinahe entdeckt worden wäre und flach auf den Boden in Deckung gehen musste. Aber wir sind beide okay, niemand hat uns gesehen. Sind immer noch bereit zuzugreifen.«

Cahill wandte sich an Logan, Carrie und Judd. »Egal«, erklärte er. »Unser Plan war, sie gewaltsam zu überrumpeln, daran ändert sich nichts. Es war bloß ein kleiner, aufregender Zwischenfall vor Ort, nichts weiter.«

Logan hätte über diesen Euphemismus fast gelacht, aber es kam nur ein heiseres Bellen heraus.

»Habt ihr eine Vorstellung davon, wie es im Inneren der Hütte aussieht?«, wollte Cahill von Hardy wissen.

»Ja. Wir haben in eine der Hütten geschaut, als wir an ihr vorbeigekommen sind. Zwei Fenster, wahrscheinlich die von kleinen Schlafzimmern, gehen in unsere Richtung. Es gibt nur einen Eingang, der sich von uns aus gesehen rechts befindet. Wenn man hereinkommt, ist da ein kleiner Flur, der in den Wohnbereich führt, von dem ein weiterer Flur in den hinteren Teil der Hütte verläuft. Von dem gehen zwei Schlafzimmer, wahrscheinlich für Kinder gedacht, nach links ab, rechts ist die Tür zum Elternschlafzimmer.«

»Gibt's keine Küche?«, erkundigte sich Judd.

»Dafür ist die Bude zu klein. Die Küchenzeile ist in den Wohnbereich integriert.«

»Verstanden«, sagte Cahill. »Natürlich kann es sein, dass nicht alle Hütten gleich geschnitten sind, wir müssen uns einfach auf unser Glück verlassen.«

»Das Mädchen befindet sich hinten im Haus, hinter der letzten Tür zur Linken. Das Fenster ist von innen mit Brettern vernagelt, die sie abgenommen und dann wieder an Ort und Stelle zurückgetan hat, als der Range Rover kam.«

Also hat Ellie auf eigene Faust einen Fluchtversuch unternommen, als Hardy und Washington eintrafen, dachte Logan. Himmel, wie hatte sie sich bei diesem Wetter ganz alleine durchschlagen wollen? Wahrscheinlich wusste sie noch nicht einmal, wo sie sich befand. Seine Tochter war ganz schön zäh, das stand fest. Bei dem Gedanken musste er lächeln, bis ihm aufging, dass sie vermutlich an Unterkühlung gestorben wäre oder die Verbrecher sie erwischt hätten, wären Hardy und Washington nicht vor Ort gewesen.

»Sie muss vollkommen verzweifelt gewesen sein«, sagte er.

Cahill pflichtete ihm mit einem Kopfnicken bei. »Ja, aber sie hat Mut. Ich weiß nicht, wie viele Elfjährige in dieser Situation eine Flucht versucht hätten.«

»Wie geht es weiter, Boss?«, meldete sich Hardy.

»Das besprechen wir jetzt. Sowie wir eure Position erreicht haben, schlagen wir ohne viel Federlesens zu.«

»Verstanden.«

»Hardy, du und ich positionieren uns links und rechts der Tür. Washington, dich möchte ich neben dem Fenster des Schlafzimmers, in dem sich das Mädchen *nicht* befindet. Judd und Carrie übernehmen die andere Seite, an der sich vermutlich mindestens zwei weitere Fenster befinden dürften. Du, Logan, stellst dich direkt vor Ellies Zimmer. Dein Job ist es, sie dir zu greifen, wenn sie aus dem Fenster klettert, denn ich bezweifle nicht, dass sie genau das vorhat. Diesmal wird sie nach uns Ausschau halten.«

Logan hatte damit gerechnet, im Wagen warten zu müssen, während die anderen Ellie befreiten. Jetzt war ihm, als hätte jemand mit einer eiskalten Klinge über sein Rückgrat gestrichen. Unruhig rutschte er auf seinem Sitz umher und versuchte seine Angst hinunterzuschlucken.

Cahill blickte ihn einverständnisheischend an. Logan nickte; er musste jetzt für sie da sein, koste es, was es wolle. Und wenn er noch so viel Schiss hatte.

»Wenn ich bis drei gezählt habe«, fuhr Cahill fort, »möchte ich Flashbangs durch alle Fenster, vor denen wir positioniert sind. Gleichzeitig sprengen Tom und ich die Tür auf, und ihr anderen folgt uns auf der Stelle. Das Leben des Kindes hat absolute Priorität. Wir gehen davon aus, dass der Gegner sich im vorderen Wohnbereich aufhält. Tom und ich stürmen den Raum und werden jeden niedermähen, der sich dort oder auf dem Flur zu rühren wagt. Chris, Carrie und Bails klären die übrigen Räume, die weiter hinten von dem Flur abgehen, und stoßen dann als Rückendeckung wieder zu uns.«

Alle nickten.

»Wir müssen den Gegner neutralisieren. Falls also einer von denen es nach draußen schafft, setzen Chris und Bails ihm nach, die Übrigen laufen zurück zu unseren beiden Wagen. Anschließend sehen wir, dass wir Land gewinnen.«

Kein Wunder, dass so viele junge Männer den Wunsch hegen, Soldaten zu werden, dachte Logan. Was für einen Adrenalinrausch das zur Folge haben musste! Selbst er konnte sich der Wirkung nicht entziehen, sein Kopf schien ihm auf einmal sonderbar leicht.

»Irgendwelche Fragen?«, erkundigte sich Cahill.

Nach einem vereinten »Nein« entfernten sie sich von dem BMW. Den Motor ließen sie laufen, das Heizgebläse war auf höchste Stufe eingestellt. Judd lief noch schnell zu dem Kombi, um dort die gleichen Vorbereitungen zu treffen, dann marschierten sie in Richtung See los.

Ellie saß auf dem Bett, hatte die Hände zwischen den Beinen zusammengepresst und schaukelte sanft vor sich hin. Sie tat ihr Bestes, um die Tränen zurückzuhalten.

Die Männer sind gekommen, um mich zu befreien.

Sie faltete die Fotografie ihres Vaters auseinander und betrachtete sein Gesicht. Es kam ihr seltsam fremd vor, als würde etwas nicht damit stimmen. Plötzlich bekam sie Angst, dass die Vorstellung, die sie von ihm hatte, nicht der Wirklichkeit standhalten würde. Der Gedanke verursachte ihr eine Gänsehaut. Als sie merkte, wie ihr Tränen in die Augen traten, kniff sie sie zu.

Die Männer aus dem Auto, das gerade vorgefahren war, schrien herum und stritten sich mit den anderen. Sie ahnte, dass diese Männer hier sein mussten, um sie zu töten –

nun, nachdem sie bekommen hatten, was sie wollten. Sie hörte Drakes Stimme und die der Frau, aber nicht mehr die des zweiten Mannes. Vielleicht hatte man ja auf ihn geschossen?

Ich will nicht sterben.

Der Satz ging ihr nicht aus dem Kopf. Sie zwang sich, vom Bett aufzustehen und ans Fenster zu treten. Sie wollte die Bretter herunterreißen, hinausspringen und davonrennen, aber irgendetwas hielt sie zurück. Stattdessen löste sie das eine Ende des untersten Brettes nur ein kleines Stück und hielt durch den schmalen Spalt nach ihren Befreiern Ausschau.

Gabriels Männer waren in dem Glauben zu der Hütte gekommen, nur schnell ihren Auftrag erledigen zu müssen. Stattdessen fanden sie Sergei tot auf dem Boden liegend vor, während das Mädchen in seiner Kammer nach wie vor am Leben war. Drake stand mit der noch warmen Waffe, aus der etwas Rauch zur Decke stieg, in der Hand am Fenster. Katrina hatte er in das große Schlafzimmer geschickt, sowie der Wagen vorgefahren war.

»Was für ein Schlamassel«, sagte der größte der vier Männer und konnte den Blick nicht von Sergeis Leiche wenden. »Wie konnte das passieren?«

Drake beobachtete sie teilnahmslos und schwieg. Die beiden Männer, die am weitesten von ihm entfernt standen, hielten einläufige Pumpguns vor ihrer Brust, und die Ausbeulungen ihrer Jacken deuteten darauf hin, dass sie Schulterhalfter trugen. Er kannte keinen von ihnen, wusste aber, dass er äußerst vorsichtig sein musste und eine gehörige Portion Schwein brauchte, um aus dieser Situation lebend herauszukommen.

»Also?«, drängte der größte der Männer auf eine Erklärung.

Einer seiner Kollegen in Drakes Rücken richtete seine Waffe auf ihn. Drake hob seinerseits die Pistole.

»Sachte, sachte«, sagte der große Mann und hob abwehrend die Hände. »Immer schön mit der Ruhe.«

»Wir stecken alle mit drin«, sagte Drake, während er immer noch auf den Kerl mit der Pumpgun zielte. »Sergei hat's erwischt, aber es ist nicht notwendig, dass noch mehr von uns sein Schicksal teilen.«

»Wir können alles bereden«, sagte der große Mann. »Bestimmt können wir das.«

»Dann lass uns das tun«, sagte Drake.

Logan, Cahill und die anderen bewegten sich an dem Holzhaus vorbei und dann rasch am See entlang. Sie waren fest davon überzeugt, dass Hardy sie warnen würde, falls sie Gefahr liefen, von der Hütte aus entdeckt zu werden. Schon aus der Entfernung sah Logan die beiden Gestalten unterhalb der Hütte im Schnee liegen, die ihnen Zeichen gaben, näher zu kommen.

Nun ist es also so weit, dachte er. Wenn wir ihre Position erreichen, wird keine Zeit mehr zum Atemholen sein, und eine zweite Chance wird es auch nicht geben.

Er benötigte seine gesamte Willensanstrengung, um seine Beine zum Weitergehen zu zwingen. Die Konsequenzen, falls etwas schiefging, versuchte er so gut es ging zu ignorieren.

Sie erreichten den Fuß des Abhangs und gesellten sich ein Stückchen weiter oben zu Hardy und Washington. Cahill ging neben den beiden in die Hocke, und die anderen folgten seinem Beispiel.

»Hände zusammen«, sagte Cahill und streckte seinen Arm mit der Handfläche nach unten aus.

Alle legten ihre Hände auf die seine. Logan war der Letzte und zögerte eine Sekunde, bevor er sich auf das Ritual einließ.

»Gebraucht euren Verstand, seid schnell und lasst keinen entkommen«, gab Cahill die Parole aus und zog die Hand zurück.

Die anderen taten es ihm nach.

»Auf drei.«

Cahill hielt die mittleren drei Finger seiner linken Hand hoch. Mit ihnen zählte er bis drei, dann schritt er ohne zu zögern auf die Hütte zu.

Logan wartete, bis alle ihre Posten eingenommen hatten, und folgte ihnen dann den kleinen Anstieg hinauf.

Ich werde versuchen, alles richtig zu machen, Ellie. Wenn du mir die Chance gibst, werde ich alles wiedergutmachen.

Er ging in die Hocke und sah zu, wie die Menschen, in deren Hände er das Leben seiner Tochter gelegt hatte, die Hütte umzingelten.

25

13:30 Uhr

Washington ging in die Knie und kauerte sich unter das Fenster von Ellies Nachbarzimmer. Judd und Carrie schlichen sich um die Hütte herum auf die Rückseite, während Cahill und Hardy sich an die Eingangstür des Holzhauses heranpirschten, wo die Autos parkten.

Von seinem Standort aus konnte Logan nur Washington beobachten. Er konzentrierte sich auf das zweite Fenster und bemerkte, wie nacheinander die Bretter von innen abgenommen wurden. Als er einen Blick auf Ellies Gesicht erhaschte, machte er instinktiv ein paar Schritte auf das Fenster zu – auf seine Tochter.

Washington sah, dass Logan sich bewegte, und wollte ihn warnen, sich zurückzuhalten, aber Logan ignorierte ihn.

Das Fenster wurde nach oben geschoben, und Ellie kam nach und nach zum Vorschein. Logan beschleunigte seinen Schritt.

Washington konnte ihm nur hilflos zusehen.

Über Funk ertönte Cahills Stimme. Sie war gedämpft, aber nicht minder dringlich.

»Auf mein Zeichen. Drei, zwei, eins. Bewegt euch!«

Washington richtete sich auf und schleuderte eine Blendgranate mit voller Wucht durch das Fenster. Logan hörte, wie auch auf der anderen Seite des Hauses die Scheiben zerbarsten, dann, als die Tür aufgesprengt wurde, ertönte ein Krachen. Sekundenbruchteile später erfolgten schnell nacheinander sechs laute Detonationen.

Bumm-Bumm-Bumm-Bumm-Bumm-Bumm

Logan sah einen sonnenhellen Lichtschein im Inneren der Hütte explodieren, dann setzten Cahills Leute sich in Bewegung.

Als Drake und Gabriels Männern in der Hütte Glassplitter um die Ohren flogen, um sie herum die Sprengkörper zündeten und auch noch die Tür krachend aufflog, warfen sie sich auf den Boden.

Drake war von dem grellen Aufblitzen der Flashbang-Granaten geblendet, hörte aber trotzdem die Schüsse, die

Gabriels Männer blindwütig abfeuerten. Er drückte sich flach auf den Boden, um in die ungefähre Richtung zu robben, in der er das Schlafzimmer vermutete, und hoffte inständig, dass Katrina nichts passiert war.

Dann hörte er draußen Schritte.

Brrrraaaat

Ein Automatikgewehr schickte im Stakkato von der Tür aus Feuerstöße in den Flur.

Brrrrraaatttt-Brrratttt

Zwei weitere Salven, und Drake hörte das schmatzende Geräusch, mit dem Kugeln auf Fleisch trafen, und dann die Schmerzensschreie der Männer hinter ihm.

In ihrem Zimmer schob Ellie das Fenster bis zum Anschlag hoch und begann hinauszuklettern.

Nachdem sie das Feuer eröffnet hatten, robbten nun auch Cahill und Hardy auf den Knien in den kurzen Flur hinter der Tür. Durch den Rauch hindurch sahen sie, wie sich unmittelbar vor ihnen etwas bewegte und feuerten erneut.

Brrrraaaatttttt-Bbbbrrrrraaatttt-Brraattt

Ihre Schüsse wurden mit einem Mündungsfeuer erwidert.

Peng

Und noch einmal.

Peng

Das Holz splitterte dort, wo die Geschosshülsen in die Wand eindrangen.

»Bails und Carrie!«, brüllte Cahill. »Noch mehr Granaten durch die Fenster! Schnell!«

Hinter Cahill und Hardy erschien nun auch Washington in der Tür und feuerte, sowie er am Boden in Deckung gegangen war.

Brrrraaaattttt

Judd und Carrie befanden sich hinter Washington, als sie Cahills Befehl vernahmen. Augenblicklich sprinteten sie zurück auf die dem See abgewandte Seite der Hütte, wo sie vor jedem der beiden Fenster die Sicherungsstifte ihrer Flashbangs abzogen. Judd zählte mit seinen Fingern bis drei, dann schleuderten sie die Granaten gleichzeitig in das Haus. Bevor er sich in den Schnee warf, rief Judd Cahill noch eine Warnung zu. »Jetzt gibt's Zunder!«

Cahill, Hardy und Washington senkten ihre Köpfe und verschränkten schützend die Arme darüber.

Bumm-Bumm

Die Granaten explodierten kurz hintereinander, und Cahill spürte die Erschütterung der Hütte.

So hört sich also Krieg an, dachte Logan.

Dann sah er, wie Ellie unsicher auf dem Fensterbrett balancierte und nach jemandem Ausschau hielt, der ihr zu Hilfe kommen könnte. Er richtete sich auf, rutschte auf dem Schnee aus und hastete zum Fenster, um sie hinunterzuheben.

Wie leicht sie ist.

Sie schlang ihre Arme fest um seinen Hals. Ihm war nur zu bewusst, dass er jetzt nicht mehr in der Lage wäre, seine Pistole aus dem Halfter zu ziehen, käme einer der Entführer plötzlich auf ihn zu.

Der Rauch klärte sich gerade, und Drake konnte wieder etwas sehen, als eine Granate durch das Schlafzimmerfenster flog und neben Katrina landete. Sie saß mit dem Rücken zu ihm auf dem Fußboden und war noch immer benommen von dem ersten Angriff. Sie griff nach dem Sprengkörper; Drake schrie noch, sie solle ihn loslassen, doch dann explodierte er, riss ein riesiges Loch in ihren Körper und ihr den Kopf ab.

Durch die Wucht der Detonation wurde Drake zu Boden geschleudert und schlug schwer mit dem Kopf auf den Dielen auf, obwohl Katrina die Explosion mit ihrem Körper abgefangen und ihn dadurch vor dem Schlimmsten bewahrt hatte. Er wälzte sich auf den Rücken und feuerte in der Hoffnung, denjenigen, der die Granate geworfen hatte, zu treffen, durch die Wand unterhalb des Fensters.

***

Logan hörte weitere Schüsse, nachdem die Granaten explodiert waren. Dem Geräusch nach erinnerten sie ihn an die Pistole, die er zum Übungsschießen benutzt hatte.

Peng

Peng

Peng

Peng

Plötzlich Carries Stimme in seinem Ohr. »Es wird durch die Wand geschossen. Erwidere das Feuer.«

Brrrraaaattt-Brrrraaaatttt

Logan hielt Ellie an sich gedrückt und rannte den Abhang hinunter, so schnell er konnte. Sie weinte hemmungslos an seinem Hals, und ihre heißen Tränen drangen in seine Haut, schlugen eine Brücke über die Jahre ihrer Trennung, versickerten in seinem Fleisch und seinen Muskeln, bis sie das Mark seiner Knochen erreichten.

Bitte, lass uns heil hier rauskommen.

Drake hatte gerade sein Magazin auf die Wand verfeuert, als er auch schon hörte, wie das Feuer von draußen aus einem Automatikgewehr erwidert wurde. Kugeln durchbohrten die Wände und die Bodendielen des Schlafzimmers. Spitze Holzsplitter trafen ihn im Gesicht.

Er wischte sich das Blut aus den Augen und kroch rasch von dem Fenster weg und auf das Zimmer des Mädchens zu. Wenige Schritte entfernt sah er die Tür auf der gegenüberliegenden Seite des Korridors vor sich. Das Schloss war mit einem Schuss aufgesprengt worden; daneben lagen, von Kugeln durchsiebt, zwei von Gabriels Männern. Die anderen beiden, darunter der große Mann, kauerten hinter den Leichen als Schutz am Boden.

Aus dem Eingangsbereich setzten die Automatikgewehre ihren Angriff fort.

Brrrraaatttt-Brrrraattt

Der groß gewachsene Mann blickte auf und schoss in Richtung Wohnzimmer.

Bumm

Er lud seine halb automatische Pumpgun nach und feuerte erneut.

Bumm

Er lud nach und schoss erneut.

Bumm

***

Logan hatte die Sicherheit des Uferabhangs schon vor Augen, aber er erschien ihm zu weit entfernt, um ihn noch rechtzeitig erreichen zu können. Hinter sich hörte er, wie in der Hütte weitere Schüsse fielen. Der Boden unter seinen Füßen zitterte. Er verlor das Gleichgewicht und drehte sich im Fallen auf die Seite, um den Aufprall mit seinem Rücken abzufangen und Ellie zu schützen. Der Sturz brachte ihn einen Moment lang außer Atem, und er rang nach Luft.

»Logan, hast du Ellie? Seid ihr außer Gefahr?«, hörte er Cahills Stimme über Funk rufen.

Logan wollte antworten, brachte aber kein Wort heraus.

Cahills Stimme wurde schrill. »Logan, verdammt nochmal!«

»Verstanden, ja. Ich habe sie. Ich habe sie.«

Cahill schoss auf die Gestalten vor ihm, Hardy folgte seinem Beispiel. Dann wagten beide einen Vorstoß durch das Wohnzimmer, während Washington ihnen Deckung gab. Das Rattern ihrer Gewehre erfüllte die Luft.

Ihr Feuer wurde von einem einzelnen Pistolenschuss erwidert, der aber viel zu hoch platziert war und in die Decke über ihren Köpfen einschlug.

»Ran jetzt!«, befahl Cahill.

Als alle drei gleichzeitig feuerten, war der Krach in den beengten Räumlichkeiten der Hütte ohrenbetäubend.

Drake sah, wie die beiden Überlebenden von den Salven aus den Automatikgewehren in Fetzen gerissen wurden. Er hörte, wie die Soldaten – denn für solche hielt er die Angreifer – sich auf ihn zubewegten. Ihm blieb keine andere Wahl, als sich zu verziehen. Er stand auf, und obwohl ihm noch die Knie von der Nachwirkung der Granatenexplosion zitterten, gelang es ihm, mit ein paar Schritten bei der Zimmertür des Mädchens zu sein.

Cahill entdeckte kaum mehr als drei Meter vor ihm eine Gestalt, die über den Flur huschte, und durchlöcherte den

Boden und die Wände mit einem ziellosen Kugelhagel. Doch der Mann war nicht aufzuhalten und verschwand durch eine Tür, obwohl Cahill sich sicher war, Blut spritzen gesehen zu haben, als eine seiner Kugeln ihr Ziel fand.

Drake stolperte in Ellies Zimmer. Ein rasender Schmerz durchfuhr seinen schlaff herunterhängenden linken Arm. Eine Kugel hatte ihn getroffen, einen Muskel durchtrennt und einen Knochen zersplittert. Als er Ellie nicht im Zimmer vorfand, wanderte sein Blick zu dem offenen Fenster. Er ignorierte seine Schmerzen, ging hinüber und kletterte hinaus. Plötzlich sah er jemanden mit dem Mädchen im Arm davonhasten. Er hielt inne, suchte Halt und feuerte hinter der Gestalt her.

Cahill hörte, wie der Mann sich in dem Zimmer bewegte, dann folgte nur noch eine Stille.

»Ich glaube, einer ist uns entkommen«, sagte er. »Ich werde ihn verfolgen.«

»Ich laufe um die Hütte herum und stoße dann zu dir«, antwortete Carrie.

Logan hatte die kurze Unterhaltung mitbekommen und rannte verzweifelt noch schneller auf den Abhang zu. Hinter sich hörte er Geräusche, wagte aber nicht, sich umzuschauen.

Die Kugel traf ihn einen Sekundenbruchteil, bevor der Schuss in seinen Ohren widerhallte, dann hatte er den Abhang erreicht.

Als ihn auch noch eine zweite Kugel erwischte, musste er Ellie loslassen und stürzte vornüber. Noch im Fallen spürte er den stechenden Schmerz im Rücken.

»Wer hat geschossen? Wer hat da geschossen?« Cahills Stimme klang ungewohnt angespannt.

»Ich bin getroffen worden«, rief Logan. »Tut tierisch weh.«

»Alles sammeln. Gebt den beiden Deckung!«

Logan lag am Fuße der kleinen Anhöhe auf dem Boden. Er streckte den Arm nach Ellie aus, die wenige Meter entfernt mit weit aufgerissenen Augen in ihrem von Tränen und feuchter Erde verschmierten Gesicht erst ihn und dann die Hütte anstarrte, von wo aus sie Drake auf sich zukommen sah. Er hinterließ eine Blutspur in dem frisch gefallenen Schnee.

Sie wollte zu Logan hinunterrutschen. Sie hatte keine Ahnung, wer er war oder wer all diese Leute mit ihren Helmen und Schutzbrillen und Gewehren waren, aber sie wusste, dass sie gekommen waren, um ihr zu helfen. Um sie zu retten.

Gelähmt vor Schmerzen und vor Verlangen, sie wieder in seine Arme zu schließen, ließ Logan sie nicht aus den Augen.

»Wo ist er?«, rief Cahill über Funk.

Geschwächt von der Schusswunde strauchelte Drake kurz vor Erreichen des Abhangs und fiel der Länge nach hin. Er schrie vor Schmerzen auf, und die schwarze Pistole, die er bis zuletzt noch in der Hand gehalten hatte, entglitt ihm. Sein Gesicht und sein Hemd waren voller Blut – es war nicht nur sein eigenes.

Als Ellie ihn sah, schrie auch sie auf. Mit seiner unversehrten Hand packte er sie am Bein.

»Er ist den Abhang runter«, meldete Carrie, als sie um die Ecke der Hütte kam und Drake noch stürzen sah. »Logan und die Kleine sind auch da unten.«

»Bewegung, verdammt!«, brüllte Cahill. Seine Stimme wurde panisch. »Alle!«

Logan wollte sich aufsetzen, aber ihn durchfuhr ein höllischer Schmerz.

Wenige Meter entfernt trat Ellie so lange wild um sich, bis es ihr gelang, sich aus Drakes Griff zu befreien. Der angelte mit der rechten Hand nach seiner im feuchten Schnee liegenden Pistole und bemühte sich währenddessen verzweifelt, das Mädchen zu fassen zu kriegen.

Logan zog seine eigene Waffe aus dem Halfter und war sogar so geistesgegenwärtig, sie zu entsichern. Er blickte zu Drake hinauf und sah ihn nach seiner Pistole greifen. Ellie schrie vor Angst.

Logan schoss – daneben.

Sofort drückte er erneut den Abzug.

Neben Drake spritzten Schnee und Erde auf.

Als Ellie so nahe an Logan herangerutscht war, dass sie sich fast berührten, gelang es Drake, die Finger um seine Waffe zu schließen.

Logan gab einen dritten Schuss auf ihn ab.

Und verfehlte ihn wieder.

Drakes Arm fuhr nervös in der Luft herum, während er auf Ellie zu zielen versuchte.

Nicht jetzt. Nicht aus so geringer Entfernung.

Logan gab drei weitere Schüsse ab.

Die letzte Kugel hinterließ ein Loch in Drakes Brust, zerschmetterte sein Schlüsselbein und trat an seiner Schulter wieder aus, wobei sie einen Klumpen Fleisch mit sich riss.

Er ließ die Waffe fallen, und der Schnee um ihn herum färbte sich blutrot.

Ellie glitt in Logans Arme.

Etwas oberhalb von ihnen erschien Cahill, der Logan mit scheinbar letzter Kraft den hochgereckten Daumen zeigte.

Nach Luft japsend versammelten sich nach und nach auch die anderen um ihren Boss.

Drake bemühte sich noch immer, sich auf seine blutverschmierten Hände zu stützen.

Cahill stapfte die Anhöhe hinunter und hob sein Gewehr, bis dessen Mündung auf Drakes Kopf zielte.

Logan schloss die Augen und hörte die hitzigen, metallischen Stöße von Cahills Waffe.

»Setzt die verdammten Buden in Brand«, befahl Cahill. »Brennt alles nieder.«

26

14:30 Uhr

Rebecca Irvine schlief auf der Wohnzimmercouch, als das Telefon läutete. Sie griff im nachmittäglichen Halbschlaf nach dem Mobilteil und hauchte ihren Namen.

»Ich bin es. Logan.«

Sie wartete, was er zu berichten hatte.

»Wir haben sie«, sagte er. »Wir haben Ellie.«

Er klang zutiefst erschöpft. Als er Ellies Namen aussprach, schien ihm die Stimme fast zu versagen. Im Hintergrund konnte sie ein Motorengeräusch hören.

»Ist Ihnen etwas zugestoßen?«, fragte sie.

»Nichts, was ein heißes Bad nicht wieder richten kann.«

»Und Ellie?«

Er schwieg.

»Logan?«

»Sie wird schon wieder. Sie ist durch die Hölle gegangen, aber sie lebt.«

»Mein Gott. Das hört sich ja schlimm an.«

Logan lachte. Zumindest dachte Rebecca, dass es ein Lachen sein sollte. Sie hatte noch nie zuvor jemanden so ein Geräusch von sich geben hören.

»Ist es nicht. Es geht ihr gut. Alles ist okay.«

»Sie hören sich mitgenommen an.«

»Das bin ich auch.«

»Und …« Sie wusste nicht so recht, wie sie die Frage formulieren sollte. »Was ist … mit den anderen passiert?«

»Darüber möchte ich jetzt nicht sprechen. Ich meine … was gehen die anderen mich an? Das Einzige, was zählt, ist, dass wir Ellie haben und wir alle mit heiler Haut da rausgekommen sind.«

»Was bedeutet ›da‹? Warum können Sie mir nicht erzählen, was passiert ist?«

»Belassen wir es vorerst dabei, Becky. Okay?«

Sie schämte sich dafür, ihn so gedrängt zu haben. Seine kraftlose Stimme sprach Bände darüber, wie erschöpft er sein musste und in welchem Maß der Stress der vergangenen Tage ihm zugesetzt hatte. Sie wusste, dass dies nicht der passende Zeitpunkt für ein klärendes Gespräch war.

»Hören Sie, Logan«, sagte sie. »Erholen Sie sich erst einmal ein bisschen, und dann bringen Sie Ellie her. Wir kriegen das schon auf die Reihe.«

»Okay.«

Dann war nur noch das Freizeichen zu hören.

Anschließend rief Rebecca Tom an und bat ihn, ihren Sohn abzuholen und ihn zu seinen Großeltern zu bringen. Zunächst wollte er widersprechen, willigte dann aber zähneknirschend ein, als sie ihm sagte, es habe berufliche Gründe. Sie hatte erwartet, dass er auf ihr nächtliches Ausbleiben gereizter reagieren würde, und erklärte sich sein jetziges Verhalten damit, dass nun vielleicht auch er das Scheitern ihrer Ehe realisiert hatte.

Warum ist das Leben bloß so kompliziert?

Nachdem sie Drakes Leiche zurück in die Hütte geschafft und alles angezündet hatten, waren sie so schnell wie möglich zu ihren Autos zurückgelaufen und hatten das Weite gesucht. Logan hatte Ellie den gesamten Weg getragen, und als er, nach wie vor mit dem Helm auf dem Kopf und der Schutzbrille um den Hals, auf den Rücksitz des BMW rutschte, klammerte sie sich noch immer an ihm fest. Judd setzte sich hinters Steuer und Cahill auf den Beifahrersitz.

»Nichts wie los«, befahl Cahill mit einer Mischung aus Nervosität und Erleichterung in der Stimme.

Ellie schwieg und lag, vor Kälte und Angst zitternd, neben Logan auf der Rücksitzbank. Cahill nahm eine Decke aus dem vorderen Fußraum und reichte sie Logan, der sie über Ellie breitete. Ihr Zittern ließ nach, und fünf Minuten später war sie eingeschlafen. Erst da ging Logan auf, dass er noch in voller Kampfmontur neben ihr saß. Er nahm Helm und Schutzbrille ab und rieb sich sein verschwitztes Gesicht und sein nicht minder vom Schweiß verklebtes Haar.

Auf dem Weg in die Stadt senkte sich rasch die winterliche Dämmerung über sie. Logan hielt den Kopf der schlafenden Ellie in seinem Schoß. Zwischendurch streckte er die Hand nach Cahill aus, der sie ergriff und fest drückte.

»Wir haben es geschafft«, sagte Logan.

»Lief wie am Schnürchen. Du warst klasse, Logan, richtig klasse. Du hast ihr das Leben gerettet.«

»Nein, das warst du. Ich war bloß am Schluss zur richtigen Zeit am richtigen Ort.«

»Einer musste ja da sein.«

Logan lächelte und lehnte sich an die Kopfstütze. Die Strapazen der letzten Tage machten sich mit einem Schlag bemerkbar. Nachdem er Rebecca Irvine angerufen hatte, schlief er ein, und Cahill weckte ihn erst, als sie an einer Tankstelle außerhalb von Dumbarton hielten. Judd füllte den Tank auf, und die anderen drei standen um den Kombi herum und dehnten ihre steifen Arme und Beine.

»Willst du etwas essen?«, fragte Cahill.

Während Logan versuchte sein Gewicht zu verlagern, ohne Ellie aufzuwecken, fuhr ihm ein Schmerz durch den Rücken, und er stöhnte auf.

»Die schusssicheren Westen sind sehr gut«, sagte Cahill, »trotzdem wirst du ein paar Tage lang Schmerzen haben.«

Logan strich Ellie das Haar aus dem Gesicht. Erst jetzt sah er, wie geschwollen und verfärbt die Haut um ihr Auge herum war. Ihm kam es so vor, als wäre er selbst so zugerichtet worden. Sein Magen zog sich zusammen, und er holte tief Luft.

Cahill beugte sich über die Sitzlehne, um Ellies Verletzung zu inspizieren.

»Das wird schon wieder. Ich kenne einen Doktor, der sie sich ansehen kann, wenn wir zurück sind.«

Logan nickte und strich seiner Tochter übers Haar.

»Sie lebt, Logan. Das ist das Allerwichtigste.«

Logan wusste, wie recht Cahill hatte, konnte aber dennoch nicht umhin, sich zu fragen, wie es denn nun weitergehen würde.

Plötzlich kam ihm ein ganz und gar unpassender Gedanke. Er sah Cahill an.

»Wie soll ich das alles nur meinen Eltern erklären?«
Cahill zuckte mit den Achseln.
»Das darfst du mich nicht fragen.«

Cahill rief noch von unterwegs seinen Arzt an und bat ihn, sich am Lagerhaus in der Scotland Street mit ihnen zu treffen. Er benötigte keine langen Erklärungen. Logan vermutete, dass der Doktor wahrscheinlich über CPO Bescheid wusste und deshalb nicht erst groß nachzufragen brauchte.

Gegen sechs erreichten sie endlich das Gebäude. Carrie und Judd gingen als Erste hinein, gefolgt von Cahill und Logan, der die immer noch schlafende Ellie in seinen Armen trug.

Ein Mann von Mitte vierzig mit kurz geschnittenem grauem Haar erwartete sie bereits. An seinem blauen Kittel erkannte Logan ihn als Arzt. Cahill verzichtete darauf, ihm den Mediziner namentlich vorzustellen, und Logan fragte wohlweislich nicht danach.

Der Doktor bat Logan, Ellie in den Erste-Hilfe-Raum zu tragen, der sich als ein kleines, aber professionell ausgestattetes Behandlungszimmer entpuppte. In dem Lagerhaus musste man ständig auf Überraschungen gefasst sein. Dann bat der Arzt ihn und Cahill, draußen zu warten, während er Ellie untersuchte. Logan protestierte, doch Cahill zog ihn beiseite.

»Er wird sich schon gut um sie kümmern«, sagte Cahill. »Er braucht Platz, und du musst dich sowieso erst einmal frisch machen. Du siehst sie wieder, wenn ihr beide so weit seid.«

Logan war einsichtig. Er folgte Cahill zu einem Sanitärraum, in dem er sich am Waschbecken die Hände und das

Gesicht wusch und sich wieder wie er selbst zu fühlen begann. Aus der angrenzenden Küche holten sie sich einen Kaffee und setzten sich dann vor dem Untersuchungszimmer Seite an Seite auf den Boden. Während sie warteten, tranken sie schweigend. Logan mochte gar nicht darüber nachdenken, was der Arzt nach der Untersuchung sagen würde.

Einige Minuten später kam Judd mit wichtigen Neuigkeiten zu ihnen. Cahill erhob sich und half Logan auf, dessen Rücken sich noch weiter versteift hatte. Gemeinsam gingen sie in ein Zimmer, in dem ein runder Tisch mit sechs Stühlen stand. Es war alles für eine Konferenzschaltung vorbereitet.

»Leg los, Bruce«, sagte Judd.

»Ich bin noch nicht ganz damit durch, aber …«

»Spuck's schon aus«, drängte Cahill.

»Na schön. Ich habe mich mal mit diesem Gabriel Weiss beschäftigt …«

»Wer hat dir gesagt, dass du das tun sollst?« Cahill war verstimmt. »Wir stochern nicht einfach ziellos in der Gegend herum und riskieren damit, schlafende Hunde zu wecken. Vor allem nicht ohne meine Anordnung.«

Judd hob beschwichtigend die Hand. »Lass gut sein, Alex«, sagte er. »Ich habe das in die Wege geleitet.«

Cahill warf ihm einen strafenden Blick zu, bevor er Bruce aufforderte, er möge fortfahren.

»Alles über offizielle Kanäle, Boss. Wir sind auf Nummer sicher gegangen. Keine Erkundigungen hintenherum«, erklärte Bruce zu Judds Verteidigung.

»Schon recht«, sagte Cahill, wirkte aber wenig überzeugt.

»Auf jeden Fall bin ich über Interpol auf etwas gestoßen.«

»Das klingt interessant«, sagte Logan.

»Ist es auch. Drüben in Frankreich haben sie eine Ermittlung laufen. Einem schweren Jungen aus den Staaten, einem richtigen Profikiller, der aber keine Verbindungen zur Mafia hat, wurde in Paris die Kehle durchgeschnitten. Man nimmt an, dass es einen Zusammenhang mit einem international operierenden Verbrechersyndikat gibt, das sich mit Drogenhandel, Prostitution, Waffenschieberei und – ihr wisst schon – den üblichen netten Sachen beschäftigt. Auf jeden Fall gibt es Hinweise darauf, dass dieses Syndikat Großbritannien zur Geldwäsche benutzt und auch Russen involviert sind.«

»Wahrscheinlich reicht das Netzwerk bis in alle Ecken der Welt?«, fragte Cahill.

»Sieht so aus, aber das ist auch so ziemlich alles, was ich darüber herausbekommen konnte. Mehr hat mir mein Mittelsmann nicht sagen wollen.«

»Und was sollen *wir* jetzt damit anfangen?«

»Nun, er hat mir immerhin den Codenamen für die Ermittlungen von Interpol anvertraut. Als ich ihm nämlich den Namen des Mannes nannte, um den es mir ging, wurde er plötzlich sehr reserviert und erklärte, dass er mir nichts weiter außer diesem Codenamen nennen könne – Projekt Weißer Engel.«

Bruce machte eine bedeutungsschwere Pause, doch Cahill und Logan sahen einander nur verständnislos an.

»Gabriel Weiss«, sagte Judd schließlich mit Nachdruck.

»Eben«, schaltete sich Bruce wieder ein. »Der Erzengel Gabriel. Und *Weiß* nach seinem deutsch klingenden Nachnamen.«

Cahill zog sich einen Stuhl unter dem Tisch hervor.

»Gut gemacht, Bruce«, sagte er und beendete die Verbindung.

Auch Logan und Judd nahmen am Tisch Platz.

»Und ich dachte, er wäre bloß ein gewiefter Winkeladvokat«, sagte Logan.

»Unter dem respektablen Deckmantel eines Anwalts kann er in der Weltgeschichte herumdüsen und die schönen Dinge des Lebens genießen, ohne Verdacht zu erwecken«, sagte Judd.

Cahill rieb sich die Augen, seufzte und wandte sich Logan zu. »Du hast vorhin für dein kleines Mädchen dein Leben aufs Spiel gesetzt«, sagte er.

Logan nickte schweigend.

»Du möchtest doch nicht für den Rest deines Lebens ängstlich über deine Schulter gucken müssen, um zu sehen, ob dieser Kerl möglicherweise hinter dir her ist und dir an den Kragen will, oder?«

»Ich dachte, du hättest gesagt, das würde nicht der Fall sein«, sagte Logan. »Dass das ganze Gerede von der russischen Mafia nur Bockmist sei.«

»Ist es normalerweise auch, aber in diesem Fall liegen die Dinge anders. Die Kerle oben bei der Hütte waren offenbar bloß Fußsoldaten, und von ihrer Sorte scheint es zweifellos noch eine Menge mehr zu geben. Das ändert die gesamte Lage. Jetzt müssen wir uns den Informationen entsprechend verhalten, die wir bekommen.«

»Und wie soll das aussehen?«

»Du hast zwei Möglichkeiten. Entweder erzählst du der Polizei, dass deiner Meinung nach mit Bobs Deal etwas nicht stimmt und nennst ihnen Weiss' Namen, damit die sich ihn vorknöpfen.«

»Aber das würde doch nur dazu führen, dass die ihre Nase tief in die Angelegenheit stecken und dabei auch herausfinden, was heute am See passiert ist«, wandte Logan ein. »Wer sagt mir überhaupt, dass sie *ihn* schnappen, bevor er sich *mich* greift?«

»Richtig«, pflichtete Cahill ihm bei. »Alternativ könntest du Weiss anrufen und ihm sagen, dass seine Leute erledigt sind und er nicht mehr mit ihnen zu rechnen braucht, dass aber du mit Bob die Transaktion abschließt und ihm einen Batzen hübsches, sauberes Geld zukommen lässt. Natürlich nur unter der Bedingung, dass Gras über die Sache wächst. Eine Hand wäscht die andere – sozusagen.«

Logan starrte Cahill an. »Du bist ja verrückt«, sagte er.

»Bin ich das? Möchtest du alles kaputt machen, was wir heute geleistet haben, nur um der letzte ehrbare Anwalt zu sein? Sollen all die Leute für nichts und wieder nichts ihr Leben gelassen haben?«

Logan öffnete den Mund, um zu protestieren.

»Willst du, dass deine Tochter vor deinen Augen umgebracht wird? Denn so etwas tun Typen wie Weiss, wenn du ihnen Steine in den Weg legst.«

Logan sah Judd um Beistand heischend an, doch der schwieg.

»Willkommen in der Realität, Logan«, sagte Cahill. »Willkommen in dem dreckigen, stinkenden Scheißloch, in dem wir leben und in dem jeder nur an sich denkt. Wenn du dir die Chance auf ein Leben mit Ellie nicht verderben willst, steckst du dir deine moralischen Bedenken besser in den Hintern und tust, was ich dir sage.«

»Ich soll also dazu beitragen, diese Schweinehunde noch reicher zu machen, als sie schon sind?«, schrie Logan ihn an. »Damit sie munter weitermorden können und Gott weiß was noch?«

»Ja. Dir bleibt keine andere Wahl.«

Logan erhob sich abrupt. Sein Stuhl schrabbte über den

Betonfußboden. Es klopfte, und der Arzt steckte seinen Kopf durch die Tür. »Ich wäre dann so weit«, sagte er.

»Was ist mit ihr?«, wollte Logan wissen.

»Im Prinzip ist sie in ganz solider Verfassung. Ein paar gebrochene Rippen, die ich so gut als möglich verbunden habe.«

»Und was ist mit ihrem Gesicht?«

»Nichts gebrochen. Es wird Zeit brauchen, bis alles geheilt ist, aber sie wird keine bleibenden Schäden davontragen. Ich habe die Wunde gesäubert, einen Verband angelegt und ihr ein paar starke Schmerztabletten gegeben.«

Logan nahm seine Kaffeetasse vom Tisch und ließ den restlichen Inhalt darin kreisen. Er scheute sich, die nächste Frage zu stellen, und hatte außerdem das Gefühl, sich gleich erbrechen zu müssen.

»Ist noch was?«, erkundigte sich Cahill.

Logan schloss die Augen und hielt die Luft an.

»Nein. Nichts weiter.«

Dann atmete er tief durch.

»Sie fragt nach ihrem Vater«, sagte der Arzt. Er sah Cahill an. »Ich weiß nicht, was ich ihr sagen soll. Ist er tot?«

Logan lachte. »Er ist soeben wiedergeboren worden«, sagte er bitter, erhob sich und ging an Cahill vorbei zur Tür hinaus.

27

18:30 Uhr

Logan betrat den Erste-Hilfe-Raum und schloss die Tür hinter sich. Ellie saß mit dem Rücken zu ihm und hielt sich leicht schief, um ihre gebrochenen Rippen zu schonen. Sie trug ein CPO-Polohemd und eine Kampfhose – beides ein paar Nummern zu groß für sie.

Der Raum schien zu schrumpfen, die Luft immer dünner zu werden. Als Ellie das Türschloss klicken hörte, drehte sie den Kopf auf die Seite, schaute ihn aber nicht an. Logan sah den weißen Verband, der ihr geschwollenes Gesicht zierte, und trat vorsichtig näher. Als er um die gepolsterte Sitzbank, auf der sie saß, herumging, entdeckte er, dass sie ein abgegriffenes Foto in den Händen hielt. Noch immer schaute sie ihn nicht an.

»Was hast du da?«, fragte er, da er nicht erkennen konnte, wen das Foto zeigte.

Sie schniefte und fuhr sich mit der Hand über die Nase. Logan musste lächeln.

Wie typisch für Kinder, sich einfach mit dem Handrücken die Nase abzuwischen.

»Das ist mein Dad«, sagte sie. Ihr Akzent verriet noch immer etwas von ihrer schottischen Herkunft, auch wenn sich andere Nuancen hineingeschlichen hatten.

Logan besah sich die Fotografie und wurde in seine Vergangenheit zurückversetzt.

Pennys warme Haut unter seiner Hand.

Ein neues Leben, das in ihr heranwuchs und von dem er nichts ahnte.

Die Fältchen, die sich neben ihren Augen bildeten, wenn sie lächelte.

Und wie er zuletzt im Regen auf der Byres Road gestanden hatte.

Er griff in die Seitentasche seiner Hose und zog das verknitterte Foto von Ellie hervor. Noch einmal versuchte er es zwischen seinen Handflächen zu glätten, als eine Träne mitten auf ihm landete. Er wischte sich über die Augen und räusperte sich.

Noch wusste er nicht, ob er überhaupt ein Wort hervorbringen würde.

»Knips«, sagte er und legte das Foto von ihr behutsam auf das Bild, das sie in ihren Fingern hielt.

Als sie einen Blick darauf warf, fiel ihr braunes Haar ihr ins Gesicht. Sie strich es sich aus der Stirn, stand auf und sah ihn an.

Zum ersten Mal blickten sie sich direkt in die Augen.

Ihr Kinn zitterte, und Tränen verschleierten ihren Blick.

Logan merkte, wie ihm seine eigenen Tränen über die Wangen liefen.

»Hallo, Ellie«, sagte er mit brüchiger, heiserer Stimme. Seine Hände zuckten, er wollte seine Tochter festhalten und an seine Brust drücken. Sie in sein Leben einschließen und nie wieder gehen lassen

Die beiden Fotografien fielen ihr aus der Hand und blieben neben ein paar Blutstropfen Seite an Seite auf dem Boden liegen.

Logan hatte das Gefühl, als würde ihm das Herz in der Brust zerspringen.

Unbeweglich stand sie da, und nun kullerten auch ihr die Tränen über die Wangen. Keiner von ihnen war sich sicher, was er nun tun, was er nun sagen sollte.

»Sie haben meine Mom getötet«, sagte sie, und ihr versagte fast die Stimme. »Diese Männer.«

»Ich weiß. Aber sie können dir nichts mehr tun. Du bist in Sicherheit.«

»Aber wer wird sich jetzt um mich kümmern?«

Sie bebte am ganzen Körper, ihre Tränen kannten kein Halten mehr. Logan trat einen Schritt vor und nahm sie zärtlich in seine Arme. Auch sie umarmte ihn und schmiegte sich an seine Brust. Er zog sie näher zu sich heran, bis ihre Wangen sich berührten und ihre Tränen sich vermischten.

Es kam ihm vor, als hätten sie eine Stunde lang so auf der Stelle verharrt, doch in Wahrheit war es nur eine Minute gewesen. Er ließ von ihr ab und rieb mit den Händen sanft die Tränen aus ihrem Gesicht.

»Wir beide kommen schon klar, du und ich«, sagte er.

Ellie sah ihn verunsichert an. Logan realisierte, dass sie sich trotz der Gefühle, die sie füreinander gezeigt hatten, noch fremd waren.

»Würdest du hier einen Augenblick warten?«, sagte er. »Ich bin sofort zurück.«

Sie nickte, und er half ihr zurück auf die Bank.

Cahill und Judd saßen noch immer an dem Tisch im Besprechungszimmer, als Logan hereinkam.

»Wie geht es ihr?«, erkundigte sich Cahill.

»Den Umständen entsprechend ganz gut«, sagte Logan. Er war sich bewusst, dass seine Augen feucht und wahrscheinlich verquollen waren, aber das kümmerte ihn nicht. »Ruf an«, sagte er. »Sag Weiss, dass ich es tun werde und er sein verdammtes Geld bekommt.«

Ohne eine Antwort abzuwarten, verließ er den Raum und ging zurück zu Ellie. Zu seiner Tochter.

28

20:05 Uhr

Cahill hielt vor DC Irvines Haus. Logan saß auf dem Beifahrersitz, Ellie lag wieder schlafend unter der karierten Reisedecke auf der Rückbank. Das Verandalicht ging an, und die Haustür wurde geöffnet. Logan und Cahill stiegen aus und gingen Rebecca Irvine zur Gartenpforte entgegen. Sie schloss die Tür hinter sich, hielt sich den Mantel über einem pinkfarbenen Trainingsanzug zu und kam mit den beiden durchsichtigen Plastikbeuteln, die Ellies Kleidung und ihr Tagebuch enthielten, auf Logan zu. Als sie vor ihm stand, ließ sie die Beutel fallen und schlang ihre Arme um ihn. Es kam ihm mehr als alles andere wie eine mütterliche Geste vor, doch nach den Ereignissen dieses Tages war er sich seiner Gefühle nicht mehr sicher.

»Mir geht es gut«, sagte er.

»Wo ist sie?«, fragte DC Irvine und hatte Cahill noch immer keine Beachtung geschenkt.

Logan machte mit dem Kopf eine Geste in Richtung des am Straßenrand abgestellten BMW. »Im Auto.«

Erst jetzt nahm sie von Cahill Notiz. »Haben Sie sie alle umgebracht?«

»Ja.«

»So mir nichts, dir nichts? Und das sagen Sie, ohne mit der Wimper zu zucken?« Ohne sich über den Grund bewusst zu sein, war sie plötzlich wütend auf ihn.

»Warum sollte ich mit der Wimper zucken, zum Teufel?«, erwiderte Cahill scharf. »Die haben es sich selbst zuzuschreiben. Wir sind Berufssoldaten, und das waren verdammt gewöhnliche Kriminelle. Es war ein ungleicher Kampf, aber was soll's.«

Rebecca versuchte in Cahills Augen nach unausgesprochenen Gefühlen zu suchen, aber er stand außerhalb des Lichtkegels der Straßenbeleuchtung.

»Wo sind die Leichen?«

»Das braucht Sie nicht zu interessieren.«

»Es ist wirklich besser so«, sagte Logan, um die angespannte Situation zu entschärfen.

»Hört sich ja alles nach einem Kinderspiel an.«

Logan zuckte mit seinen Schultern. Was sollte er darauf antworten?

»Das war es auch«, sagte Cahill.

Rebecca seufzte. Sie zitterte vor Kälte und schaute an Logan vorbei Richtung Wagen. »Ich möchte sie wenigstens ein Mal sehen.«

Sie nahm die Plastikbeutel, drückte den mit der Kleidung Cahill in die Hand und schob sich zwischen den beiden Männern hindurch, ohne einen Widerspruch abzuwarten. Am Wagen bildete sie mit beiden Händen einen Trichter und drückte ihn und ihr Gesicht dicht an die hintere Seitenscheibe, um das Mädchen besser erkennen zu können.

Logan und Cahill stellten sich neben sie. Ellie öffnete die Augen und schaute verunsichert in die drei Augenpaare, die sich plötzlich auf sie richteten.

Rebecca trat einen Schritt beiseite, als Logan die Tür öffnete.

»Die Dame ist eine Polizeibeamtin«, sagte er. »Sie hat uns geholfen, dich zu finden.«

»Danke«, sagte Ellie.

Rebecca setzte sich zu Ellie auf die äußerste Ecke der

Rückbank. Ellie sah Logan fragend an. Er lächelte, um ihr zu bedeuten, dass alles in Ordnung war.

Rebecca strich Ellie das Haar aus dem Gesicht und erschrak zutiefst, als sie die ausgedehnte Schwellung unter dem Verband neben ihrem verletzten Auge sah. »Sieht aus, als würde das ganz schön wehtun«, sagte sie.

»Es wird langsam besser«, versicherte ihr Ellie.

Rebecca öffnete den Beutel, um das Tagebuch hervorzuholen und es Ellie zu geben. Sogleich strich das Mädchen mit den Fingern über das Prägemuster des Einbands.

»Das habe ich aus deinem Zimmer geholt. Ich dachte mir, du würdest es bestimmt gerne wiederhaben.«

Ellie schlug den hinteren Teil des Buches auf und entdeckte die kaputte Gänseblümchenkette. Sie schob die Stellen, an denen sie zerbrochen war, auseinander und klappte das Buch wieder zu.

»Hast du das damals im Sommer geflochten, wie du es in dein Tagebuch geschrieben hast?«, fragte Rebecca und versuchte zu ignorieren, dass sie am liebsten Tränen vergossen hätte, weil sie dieses kostbare kleine Werk zerstört hatte.

Ellie nickte. »Das hier habe ich am selben Tag bekommen«, sagte sie und zeigte Rebecca das Foto von Logan. »Mom hat mir zum ersten Mal von ihm erzählt – von meinem Dad.«

Rebecca bemerkte, wie jung Logan auf dem Bild aussah, so ganz anders als jetzt. Dann fiel ihr die Bedeutsamkeit des Datums auf – Sommer 2003.

»Vielleicht kannst du es ja wieder reparieren«, sagte sie aufmunternd.

»Das ist doch egal«, sagte Ellie. »Das ist Babykram, und ich bin kein kleines Kind mehr.«

Rebecca legte die Hand um Ellies Nacken und gab ihr

einen Kuss auf die Stirn, bevor sie sich von der Sitzkante gleiten ließ. Cahill drückte die Tür zu, ging um den Wagen herum und startete den Motor.

Logan begleitete sie zum Gartentor.

»Es tut mir leid, dass ich die Blumenkette kaputt gemacht habe«, sagte Rebecca. »Ich dachte, sie würde sie bestimmt behalten wollen.«

»Sie hat ein paar schreckliche Tage hinter sich«, sagte Logan. »Sie meint's nicht so.«

»Vielleicht hat sie auch einfach recht. Die Zeit ihrer Kindheit dürfte nun wahrlich vorbei sein.«

Logan warf einen Blick zum Wagen und sah, wie Ellie in ihrem Tagebuch blätterte. Er fragte sich, ob sie darin nach Penny suchte – oder zumindest nach einer Erinnerung an sie.

»Es tut mir auch leid, dass ich mich so aufgeführt habe«, sagte sie. »Sie haben das schon richtig gemacht mit Ellie. Sie und Alex.«

»Ich nehme Ihnen nicht ab, dass Sie das wirklich glauben.«

Sie ergriff seine Hände, um ihm noch einmal zu versichern, dass sie alles richtig gemacht hätten. Plötzlich spürte er den Funken, der zwischen ihnen überspringen wollte, und er war sich sicher, dass sie ähnlich empfand. Aber wieder einmal passierte es zur falschen Zeit, am falschen Ort – in so mannigfacher Hinsicht.

»Wir haben sie«, stellte er fest. »Wir haben mein kleines Mädchen. Das ist alles, worauf es ankommt.« Wieder warf er Ellie einen Blick zu. »Jetzt braucht sie alles, was ich ihr geben kann.«

Rebecca Irvine legte die Hände an seine Wangen. »Ich weiß«, sagte sie, drehte sich um und ging zum Haus zurück.

Logan blieb noch einen Moment lang am Zaun stehen. Dann wandte er sich ab und setzte sich in den Wagen.

Sowie er die Tür hinter sich geschlossen hatte, fuhr Cahill auch schon an. Ellie winkte Detective Constable Rebecca Irvine zu, die ihnen von ihrer Haustür aus nachblickte. Logan kam der Abschied überraschend normal vor – ganz so, als hätten die letzten drei Tage niemals stattgefunden.

Dann beugte sich Ellie zu ihm vor, und sein Blick fiel erst auf ihren Gesichtsverband und gleich darauf auf ihre Augen, die sich bei der Erinnerung an den schrecklichen Tod ihrer Mutter eintrübten.

Wir haben noch einen weiten Weg vor uns, Ellie. Einen sehr weiten Weg.

»Wohin fahren wir jetzt?«, wollte sie wissen.

»Wir fahren jetzt nach Hause, Schatz.«

Ein leises Lächeln huschte über ihr Gesicht, und für einen kurzen Augenblick kehrte auch der Glanz in ihre hellen Mädchenaugen zurück.

Ein Anfang, dachte er.

Immerhin.